# 大和の冒険

今昔物語集外伝

絵と文 石井とし子

笠間書院

# ようこそ『今昔物語集』へ！

物語は、小学五年生の少年大和が鎌倉のおばの家に行ったときからはじまります。おじの書斎で見た拓本の玄奘三蔵法師から、リンボー（魔法の車輪）を授けられた大和は、リンボーに乗って時と場所を自在に移動する冒険の旅に出ます。

本書は日本古典『今昔物語集』を題材としています。『今昔物語集』は仏教がインドから伝来し遠い時間を遡って中国、日本へと伝わり、広まっていく過程を描いた説話集で、千余話からなります。

それらの説話のなかを少年大和が時空を越えて一人で旅を続けます。大和は少年らしい素直で正直な感覚で物事をとらえ、場面場面で、絶体絶命の危機を生き抜きますが、経験を重ねていくほどに、次第に視野も広がり、精神的にもたくましい成長をみせつつ世界と歴史の全体的な把握ができるようになっていきます。

また、この話の中でリンボーの果たす役割は、物語の全体を支えています。大和とリンボーの両輪が物語を推進していくのです。〈リンボーが危機的場面で示す対応は偉大な仏の手のひらを思わせます〉

この物語は、遠い昔の説話でありながら、常に現代と共通していると思っています。

著者

# 目次

# 主要登場人物

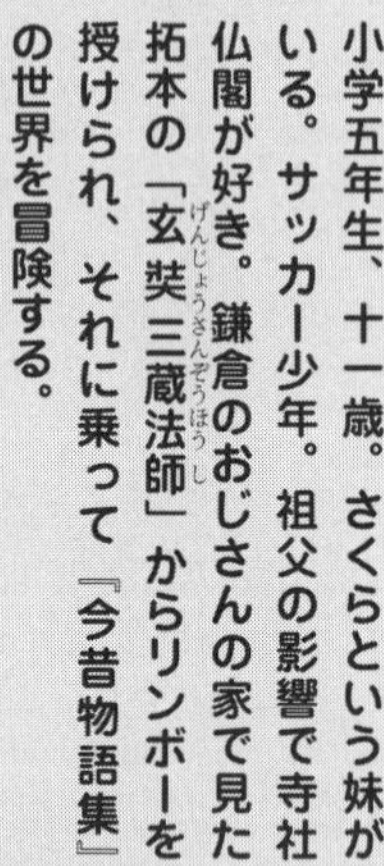

## 宮脇大和

小学五年生、十一歳。さくらという妹がいる。サッカー少年。祖父の影響で寺社仏閣が好き。鎌倉のおじさんの家で見た拓本の「玄奘三蔵法師」からリンボーを授けられ、それに乗って『今昔物語集』の世界を冒険する。

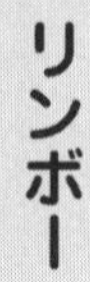

## リンボー

輪宝。大和の冒険の連れ。転輪聖王の七宝の一つ。円盤形または車輪形の武器で神童を乗せて飛ぶことができる。転輪王が軍を進めるときに、その先頭で回転し敵を破った。仏教では法輪と呼ばれ、悪を退け仏教を広める象徴。

## 玄奘三蔵法師

七世紀の中国の僧。『西遊記』の主人公。仏教を勉強するために、独力でインドを訪れ、大変な苦労をした後に、膨大な仏教の資料を持ち帰った。帰国後、仏典の漢訳につとめ、仏教東漸（東方に移る）の大きな貢献者となる。

## サーマ

もとは釈迦族の釈種の青年。自国のカピラエ国がシャエー国に滅ぼされるときに、仏法の戒を破って、敵陣に弓を射る。国が滅びて、大和を従えて放浪の旅に出た。竜女との出会いから、さらに次々と説話中の旅をする。

## クマラエン

インドの貴族出身の老僧。ウデン王が造った世界初の仏像を中国に届けて、人々に仏教を広めて幸せにさせたいと思った。老体にもかかわらず仏像を盗み出し、遠い道のりを背負って中国へ向かう。

## 円仁（えんにん）

天台宗の僧侶。唐の国に仏教留学しようとして受け入れられず、密入国をした。五山へ向かう旅、五山から長安に入る旅。帰国時の困難さ。仏教の勉強に伴う苦労を重ねた後帰国する。後に天台宗の基礎を据えた。

## 理順（りじゅん）

仏教の修行僧。全国を行脚して、修行をしている。大和を小屋寺の住職から預けられ、四国一巡の旅をする。奈良の長谷寺で別れるが、再び不破の関で出会い共に旅をすることになる。

## 藁しべ長者（わらしべちょうじゃ）

ひどく貧乏な青年が、長谷寺観音に金持ちにしてくれと願を掛け、それがかなえられてとんとんと長者になった。京で大和は長者について暮らしながら、さまざまな経験をする。

## 摂（せつ）

摂津の田舎から、貧乏で食べていけない青年が京へ出てきた。死人の衣装を盗んだり、女盗賊の恋人になったりして悪に染まりながら、過酷な人生を渡り、ついには高官、記助の家来となる。

# 大和の足取りマップ

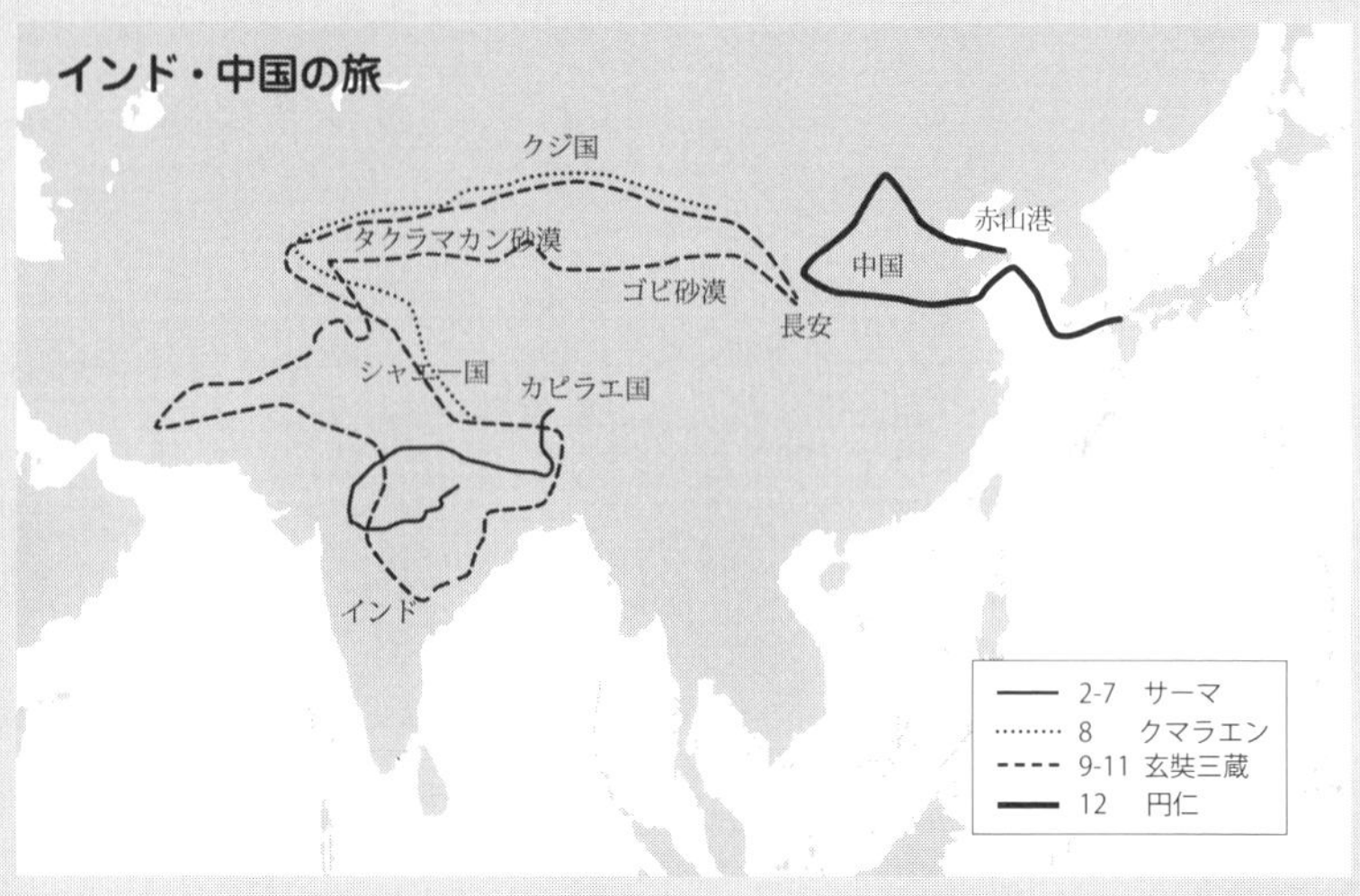
インド・中国の旅
クジ国
タクラマカン砂漠
ゴビ砂漠
長安
中国
赤山港
シャエー国
カピラエ国
インド
2-7 サーマ
8 クマラエン
9-11 玄奘三蔵
12 円仁

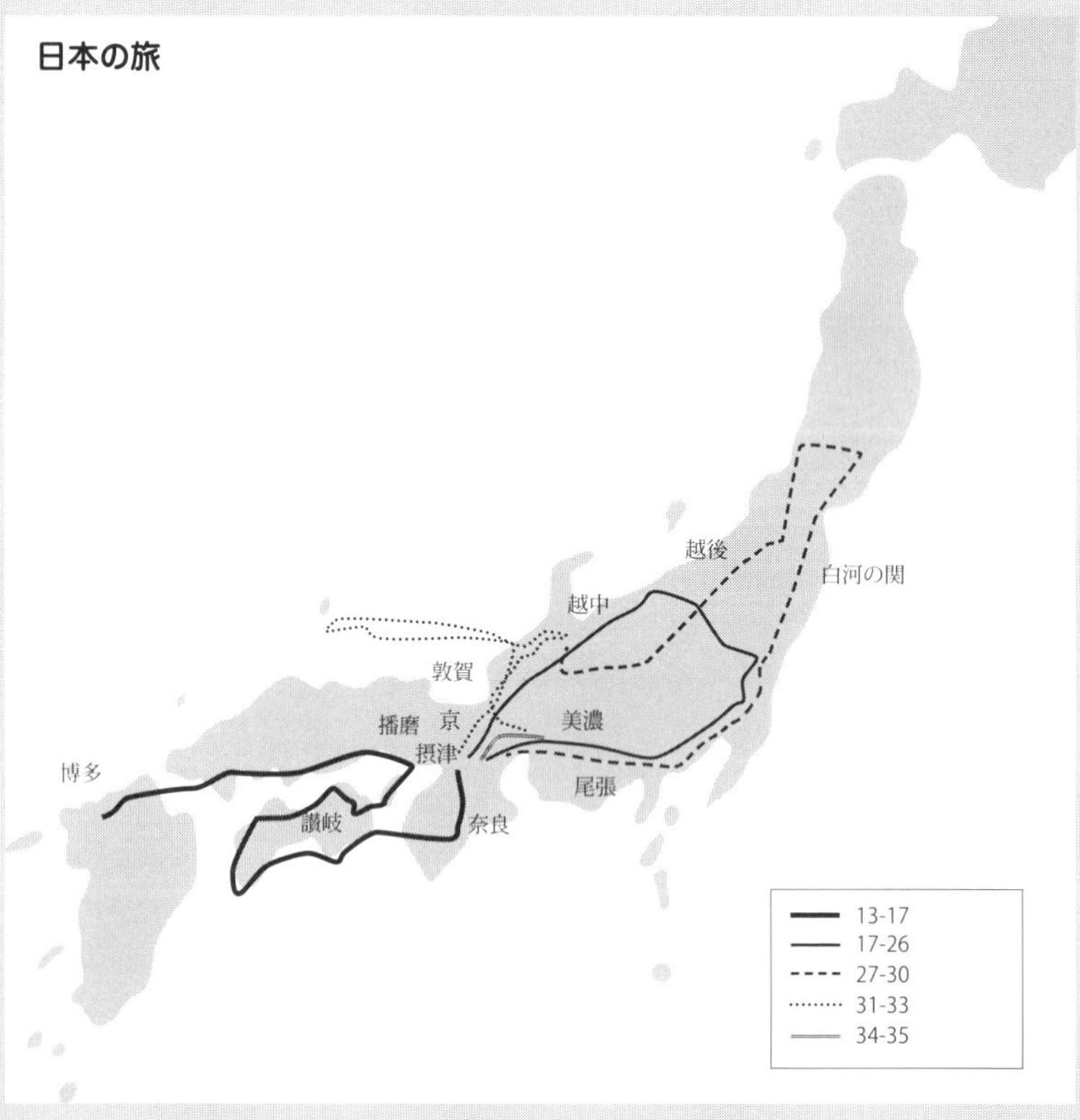
日本の旅
越後
白河の関
越中
敦賀
播磨
京
美濃
摂津
博多
尾張
讃岐
奈良
13-17
17-26
27-30
31-33
34-35

# 大和の冒険

## 今昔物語集外伝（こんじゃくものがたりしゅうがいでん）

## 1 三蔵法師との出会い

小学五年になる宮脇大和は春休みを利用して鎌倉を見学しようと、千代おばさんの家に行くところだ。千代おばさんはママの一番上のお姉さんで、鎌倉で小さな甘いもの屋さんを経営している。藤沢駅から「江の電」に乗って鎌倉へ向かう。江の電は、家々の軒下をかすめて走ったり、一般道路や神社の境内を横切って走るという人気のある電車だ。

湘南の海辺を走る電車の中の人々は、魔女のように長い爪を光らせたお姉さんや、背中が曲がって黒いマントからミミズクのような顔を見せたおじいさん、若いママは肌寒いのに胸もとを広くあけて今にもおっぱいが見えそうだ。ちょっとユニークな人が多くて、「江の電人種」とでもいうのかな、きっとこの電車は不思議の国から来た人たちが素知らぬふりで利用しているに違いない、と大和は思う。

稲村ケ崎の海岸を右に見て、ぐるりと曲がり込んだ所で電車は止まった。『極楽寺駅』である。

改札口を出て左の坂を上って少し行くと、千代おばさんの甘いもの屋さんがある。お店には一組のお客さんがいた。

千代おばさんは奥のカウンターにいて、

「大和！　いらっしゃい。そろそろ着くころだろうと思っていたわ」

オレンジ色のTシャツと黒いスラックスに黒いエプロン姿の千代おばさんは、すらっと背が高く、長い髪を後ろに束ねている。彫りの深い顔が笑っていた。

「あと二時間ぐらいで店をしまうから、奥のテーブルで待っていてくれる？」

大和はちょっと考えてから、

「それじゃあ、二時間後に戻ってくるよ。ちょっとこの近所を見たいから」

リュックを置いて身軽になり外へ出た。

大和は元気なサッカー少年だが、その年ごろにしては珍しく寺院や神社が好きだ。たぶん、一緒に暮らしている国雄おじいちゃんに連れられて、あちこちの神社仏閣を見てまわっているせいだろう。国雄おじいちゃんはJRを定年退職してからは、折をみては名所旧跡を訪ねることを趣味としている。休日には小学校に入ったばかりの大和の手を引いてよく出掛けた。国宝級の立派な寺院から、山中にひっそりとたたずむ古い神社のこともある。

あらかじめ下調べをしてから出かけるので、行く先々で大和にその歴史を話して聞かせてくれた。

「どうしてそんなに詳しく知っているの？」

「わたしは、見てきたからだよ」

国雄おじいちゃんはにやりと笑った。

「ウッソオ、実際に見たの？　昔の世界を」

「そうだな、本当は見なくても、ずーっと見たいと思っていると見えてくるものだよ」

真面目な顔で言った。

「ワープするの？」

「方法はいろいろあるさ」

大和が歴史、それも神社仏閣に興味を持つようになったのはそんな国雄おじいちゃんの影響が大きい。

店を出て、どこというあてもなく歩いていると、ふと目についた石段があった。上っていくと立派な山門の前に出た。

山門をくぐり進んでいくとパワースポットという立て札があって、その奥に不動明王の像とお供の小鬼、天女像が立っていた。その前には由緒がありそうな大きな金属製の円盤が置いてあった。不動明王は鬼のような顔つきだが、表情は大らかで愉快なことを考えているようである。お供の二人もひょうきんな顔をしていて、三人が一組で何かを企(たくら)んでいるのだろうか。大和は小銭を賽銭箱(さいせんばこ)に入れて目だたないように手を合わせ、

「面白い所を見学できますように」

と、この小旅行の成功を小声で念じた。

大和が店に戻るのを待っていた千代おばさんと、丘の上の家に連れだって帰った。

家にいた良彦おじさんは、

「おう、よく来たね。鎌倉の街を見たいの？　僕が案内したほうがいいかい？」

高校の先生をしている良彦おじさんはそれとなく案内役を買って出た。おじさんの部屋について行くと、壁にかかっている額縁の絵が目についた。細長い額縁に黒地に白い線で旅をしているお坊様の絵が描かれている。

「これ、何？」

「これはね、拓本(たくほん)といって石などに彫られたものに墨を塗って、紙を張って写し取ったものだ。ここに書かれているのは玄奘三蔵法師(げんじょうさんぞうほうし)といってね、千三百年ぐらい前の中国のお坊様だが、この人は世界的な冒険家でもあって、法律違反をして国を脱出して、ヒマラヤ山脈を越えて、歩いてインドに渡り、二百以上の小さな国々を訪問した。そこで修行したり、仏教の教えを集めたりして十五年後に中国にうんとたくさんの仏教の経典や、仏具を持って帰った人だよ。仏教が東方に伝わるために大きな柱となった人なんだよ」

「それって『西遊記(さいゆうき)』のこと？」

「そうだ、おなじみの孫悟空(そんごくう)の出るあれだ」

大和は、絵のそばに書かれている文字に目を移したが読みとれない。

中国・西安の慈恩寺蔵拓本

T. ISHII

良彦おじさんは本棚から緑色の表紙の分厚い本を五冊取り出して、大和の前に並べた。

「この本の中にはこの三蔵法師の話もあるよ。むずかしいかもしれないが読んでみるのもいいね」

パラパラとめくってみるとむずかしい漢字とカタカナなので、とても大和には読めないが、下のほうの説明文を拾うと何とか読めるかもしれない。

もう一度玄奘三蔵法師の前に立ってじっと観察をしている大和を残して、良彦おじさんは部屋から出ていった。

その絵のお坊様は、頭を丸めて、僧の衣装を身に着けて草鞋をはき、背中には高い背負子を負っている。背負子の上には日よけの笠が掛かり、笠の先には香炉のようなものがぶら下がっていた。左手に杖、右手に白い払子を持っている。その瞳は絵全体から受ける柔らかい印象とは異なって、厳しい目つきで前方を見つめている。大和はしげしげと見ながら、千三百年前の旅はどんなふうに目的地に向かったのかと想像した。ずいぶん厳しい旅だったに違いないが、絵から受ける印象では、なぜかのんびりとした雰囲気があり、きっと楽しいこともあったのだろうと思われた。

大和は思いついて両手を合わせ、目をつむってつぶやいた。

「三蔵法師様、僕にもお坊様のような楽しい旅をさせてください。お願いします」

その瞬間、頭の中にぼんやりと霞がかかったような気がした。と、額縁の中の画像の瞳がキラッと緑色に光った。あれ？瞬いてもう一度よく見ると、今度は顔色だけが白く浮き上がって頬にほんのりと赤みが差している。あらら！　画像は瞬きをしてじっと大和を見つめている。やがておもむろに口を開いた。

「大和、お前はいつも神社仏閣に興味を持って、じつに感心な奴だ。わたしのいたころの世界へ行きたいか？」

「はい、お坊様、ぜひ行きたいです！」

「よし、それでは、行かせてやろう。行った場所では最初に出会った人の後について行きなさい。いっさい言葉を使ってはならぬ。そこではお前の存在に不審感を持つ者はいない。旅のお供にはリンボーをつかわそう。困ったときには助けになろう。よく考えて正しく使うことだ。このことは誰にも言ってはいけない。幸運を祈る」

さっと手に持った払子を振ると、中からキラリと光る何かが大和の足元に転がった。大和が拾い上げてみると、金色に輝くリングに八本の剣のようなものが刺さっている車輪形のメタルだった。えっと思って、もう一度絵に目を戻すと、すでに拓本は元どおりに墨地に白い線で描かれ、僧のまなざしは遠い先を見つめているただの画像だった。しかし、大和の手にはキラキラと輝くリンボーが残っていた。一瞬のことでわけがわからないが、リンボーを手に入れたことは確かだ。その形は、昼間パワースポットで見た大きな円盤の形と似ていた。

大和は、それをそっとポケットに忍び込ませて、ダイニングルームに戻っていった。

夕食時、千代おばさんの手作り料理と、良彦おじさんの軽い冗談に笑いながら、大和の頭の中はポケットにあるリンボーのことでいっぱいだった。

『よく考えて正しく使うことだ』

お坊様の声が頭の中で響く……。どうやって使えばいいのか、どうすれば正しく使えるのか……。誰にも聞くことができない。早く一人になって考えたい。

大和は疲れたからと言って、急いでお風呂に入って自分の部屋に引き上げた。ポケットからリンボーを取り出して、じっと観察する。大きさは大和の手のひらより小さくて、握り込むとすっぽりと手の中に収まった。裏返しても模様は同じで、電灯にかざしても変わらない。息を吹きかけたり、こすったり、なめてみたり、いろいろと試したが何の変化もない。あの言葉は夢だったのか、いや夢でない証拠にここにリンボーがある。

考えるのをあきらめた大和は、それを丁寧にハンカチで包んでリュックの内側のポケットにしまい込んだ。その夜、大和は夢を見た。スケートボードのような姿勢で何かの上に乗り、高い空をぐんぐん飛んでいる夢だった。風に髪をなびかせて、息がつまるほど速く飛んでいる。太陽がギンギンに迫ってきてまぶしいったらありゃしない。どこへ行くかはわからないが、確実に目標に向かって進んでいることを心で感じとっていた。

スピードに合わせて速いテンポの楽しい音楽が耳元で鳴っている。大和はすごく嬉しくなって思わず、

「わおーっ」

と叫んだ。

とたんにハッと自分の声で目が覚めた。夢だと気がついて、あわててリュックの中からリンボーを取り出してみた。

なんと！　少し温かい感じがする。耳に当ててみると小さなエンジンのような音が流れたような気がした。

「そうかわかった、これだな、旅の秘訣は」

時計を見ると夜中の三時だった。大和は布団の上に座り込んだまま、リンボーを胸に当てて目をつぶり、さっきの夢を思い浮かべてみた。さあ、どうすれば空を飛べるか、とりあえず実行してみたい。乗ってみようか。なんだか怖いな。拓本のお坊様に尋ねてみようか。返事はもらえるかな。どこかへ行ってしまって帰ってこられなかったらどうしよう。どこへ行きたいのかも自分ではわからないし。

『よく考えて正しく使うことだ』

お坊様の言葉がまた耳によみがえる。すると、胸に当てているリンボーから大和の心にダイレクトに声にならない声が送られてきた。

「乗って飛べ。インドへ行こう」

インド？　そうだ、僕はインドへ行こう。大和の心は送られてきた言葉を疑いもなく受け止めて、明日になればインドへ行こうと決めた。

布団に横たわり目をつむると、外ではグオーンと新聞配達のバイクの音がした。

朝食のトーストを出しながら千代おばさんが、

「ゆうべはよく眠れた？　今日はおじさんとどこかのお寺まわりをする？」

と聞いてきた。

「僕、一人でまわってみようと思うの。もしかして他へ行くかもしれないから」

用心深く小さな声で答えた。

「あら、そうお？　行きたい所があるの？」

「うん、まだどこといって決めたわけじゃないんだけど」

歯切れの悪い返事に良彦おじさんは笑った。

「なんだ大和、何か企んでいる口ぶりだぞ」

長年、教育者としてやってきた良彦おじさんは、大和の口ごもりを怪しいと見抜いたが、深くは追及しなかった。

家の鍵を渡して千代おばさんは出掛けていった。

大和は、街の百円均一へ行って旅の必需品を買いそろえた。磁石、ビニールシート、あめ玉、ノートと鉛筆、バンドエイド、大体そんなものだった。革製の小さなポシェット付きのベルトが古道具屋の軒先にぶら下がっているのを見つけて、それも買った。

家に帰ると預かった鍵を郵便受けに入れて、家の内側から鍵をかけた。こうすれば、大和が鍵をかけて出ていったように思われるだろう。次に、千代おばさんに手紙を書いた。

「友だちがメールで遊びに来いと言ってきたから、少しの間そちらへ泊まりに行きます。ママにも言ってあるので心配しないでね。ではさようなら」

これで何日間かは大和が行方をくらましても誰も気がつかないだろう。買ってきた物をリュックに詰める。着替えの洋服はかさばるので持たないことにした。携帯電話も持たないほうがよいと決めた。リュックを背負い、ベランダに出た。

高台にある良彦おじさんの家のベランダからは、鎌倉の街並みを越えてはるか遠くまで太平洋が広がって見える。もうこの街に戻れないかもしれないと思うと、胸がドキドキして足が震えた。しかし、昨夜決めたことだから後戻りはできない。

リュックから磁石を取り出し、西南の方角を探した。たしか、地球儀で見ればインドは日本の西南のはずだ。次にリンボーを取り出して下に置き、両足の親指の部分がその上に乗るように足をそろえ、スキーのジャンプ競技の選手がジャンプ台から飛び立つような姿勢で膝を折り曲げ、目をつぶって意識を集中した。

「飛べ！」

声と同時にさっと飛び上がった。大和の体はふわりと浮き上がり、そのまま空中で停止している。足元を見るとリンボーがシャーッと回転していて、その上に透明な空気のかたまりがあり、大和の靴はその空気玉に密着している。

「リンボー、行くぞ！」

リンボーは斜めに傾きながら回転速度を上げていった。大和は猛烈な速さで前に押し出され、やがて吸い込まれるように空へ舞い上がっていった。

ギンギンの太陽に近づいたかと思うと、次には満天の星空を宇宙船のように進む。真っ白な雲の中に突入したかと思うと、雷雨と稲妻の荒れ狂う中をジグザグに飛んでいく。時にはうっとりとするような音楽や、紫色に輝く雲の間に金色の宮殿が見える所をすり抜けることもあった。

大和は初めのうちは高速に飛ぶ空気玉の上で、バランスをとるのがやっとだった。やがて空気玉から落ちることはないことがわかり、スキーの大回転のように体重移動をして左右に回転しながら進んでみた。スノーボードのように空中宙返りをやってみると案外簡単にできることがわかった。

「ソレッ！」

かけ声で二段宙返りに挑戦！

クルックルッと難易度５だ。

あれっ？　それまで大和の靴を命令どおりに動かしていた空気玉の圧力がフッと消えた。宙返りのときにうまく体の下になって支えてくれていた空気のかたまりがいきなり消えてしまった。踏んばっていた足の先が空まわりになった。

「ウワーッ！」

悲鳴をあげながら真っ逆さまに落下していった。手足をばたばたさせて落ちながら、ついに大和は気絶してしまった。

## 2 釈種サーマ

大和が気がついた場所は、柱も壁も金色に輝く大きな広間だった。大勢の人が集まって互いに何やら興奮した様子で話している。大和の存在については誰も無関心である。目を丸くして辺りを見まわしていると、隣に座っていた青年サーマと目が合った。彼は、大和を見てちょっとほほえんでうなずいた。

『最初に会った人について行け』

玄奘三蔵法師の言葉が頭をよぎる。きっと、この若者の後をついて行けばいいのかなと思い、大和もにっこり笑ってうなずき返した。

ここにいる人たちの服装は、上着は薄く短いもので、下は裾を結んでゆったりとしたパンツだった。どの人も色が黒く、くっきりとした太い眉と高い鼻で大きな黒い瞳の顔立ちである。

ふと自分の手を見ると色が黒い。服装も周囲の人と同じような薄い上着とパンツだった。日本を出るときに持ち出したリュックや着ていた衣服はどこへいったのか。ただ、例の革袋のついたベルトは腹巻きのように巻きついている。革袋を上からそっとさすってみると、何やら入っている感じだ。みんなに背中を向けてベルトの小袋をのぞいてみるとリンボーがあり、その脇から小さく折りたたんだ紙が出てきた。それにはリュックや磁石や洋服など大和の持ち物が小さく描かれていた。元の世界へ帰るときのためにマイクロ化したのかと納得した。

広間では、上段に髪と髭が真っ白な老人が座っていた。

考え深そうな中年の男性が立ち上がって説明し始めた。

「では、これから会議を始めます。ご承知のとおり、シャエー国のルリ王の軍隊が、もうすぐ攻めてきます。それに対していったいどうすればいいかを検討する会議であります。

なぜルリ王に攻め込まれるようになったのか、まずは、そのいきさつをお話しします。

話は三十年前にさかのぼりますが、ルリ王の父王ハシノク王が、我が国から妃を迎えたいと申し込んできました。

我がカピラエ国は、お釈迦様が生まれた国なので、住民は釈種という高貴な種族として認められています。我々子孫は仏の教えに従いながら生きています。だから、シャエー国のような下級の部族に嫁はやれないと決定したのです」

誰かが、

「そうだ、カピラエ国からシャエー国には嫁にやれない！」

「しかし、シャエー国は軍事力が強いので、もし断ったらどんな目に遭うかわかりません。どうしようかと迷っているときに、長老シャクマナン様の召使いの娘がとても美人だから、これを釈種の娘だと偽って嫁に出したらどうかという案が出ました」

上座に座っている長老シャクマナンは眉をしかめ、むずかしい顔をして目を閉じて聞いている。

「召使いの娘は、釈種のふりをしてまんまと嫁にゆきました。

ハシノク王は、この美女をとても可愛がって、マリ夫人と名づけ、他の后には目もくれない可愛がりようでした。やがてマリ夫人は二人の子供を産みました。

その長男のルリ太子が八歳のときに、ハシノク王は、『お前は釈種と親戚だ。あそこにはシャクマナンというすごい人がいる。知恵は優れて、福徳もすごい。石ころを握っても金銀に変えてしまう技を持っている。彼は大勢の釈種を教育しているので、お前もそこへ行って勉強してこい』と、ルリ太子をカピラエ国へ留学させました。

ルリ太子がこの国に勉強にきたときに、シャクマナン様の近くには釈種の子供が座り、遠く離れたところは他の部族の子たちの座席でした。ルリ太子は、『わたしも釈種だ』と釈種の場所に上っていくと、他の人たちが『君はシャエー国の王子だけれど、この国の召使いの娘の子じゃないか。どうしてこの尊い席に座っていいものか』と引きずり下ろしてしまいました。

ルリ太子は悔し涙にくれましたが、お供に連れてきた大臣の子コークに、『このことは、父ハシノク王には絶対に言ってはならん。父は母のことを信じて誇りにしているから。我々が大人になったときに、きっとこの敵はとってやる』と復讐を誓ったのです。

そして今ハシノク王が亡くなり、後を継いだルリ王が、軍を集めて攻めてきています。さあ、どうすればいいか」

別の男が立ち上がった。

「あの、ルリ太子が勉強にきたときに、黙って釈種の席に座らせればよかったのだ」

「いや、そんなことは許されない、召使いの孫だもの」

「でも、我々は釈種でありながら、召使いの娘を釈種の娘と偽ったのが悪かった」

「今更、そんなことを言ってもどうなるものでもない、すぐそこまで攻めてきているのに、さあ、困ったことだ」

大和のそばのサーマが立ち上がって言った。

「どうしてみんなで戦わないのですか。このままでは皆殺しになりますよ」

サーマと同い年ぐらいの若者が三人立って、

「どうせ、殺されるなら、とことん戦うべきだと思います！」

と弓矢を振り上げて叫んだ。大和は威勢のいい若者たちの発言を、目をみはって聞いていた。

するとそれまで目を閉じていた長老シャクマナンがまぶたを開いて、サーマの顔を見つめ、静かに言った。

「サーマ、お前はまだ若い。わたしはお前に教えたはずだ。釈種は仏の教えを受けているので、虫一匹殺してはならぬ。絶対にそれは許さない」

その時、見張りの男が駆け込んできた。

「平原の向こうからルリ王の軍が攻めてきております。その軍隊の前の枯れ木の下に仏が現れてお座りです」

その場にいた人たちが、ダダッと走って、城壁の上から平原を見た。この時代のインドでは、国ごとに城壁で囲まれて、その中で国民たちは暮らしていた。平原には土煙を上げて、馬や象に乗った兵士が幅広い軍団を組んで進んできている。

その前に枯れ木が一本立ち、周りの草も枯れているところに、お釈迦様が一人ポツンと座っておられる。お釈迦様は金色に輝いて、周りに光を放っていた。大和は初めてお釈迦さまを見たが、遠くからでも神々しく見えた。

お釈迦様を見たルリ王は、馬から下りてそばに寄っていき、丁寧に一礼をして尋ねた。

「お釈迦様は、どうして枯れ木の下にいらっしゃるのですか」

「釈迦族である釈種の滅亡が今なされようとしている。この枯れ木は釈種と同じだ。だからわたしは滅亡する釈種と共にいる」

ルリ王は、お釈迦様が、自分の生まれた国が滅ぶのを悲しんでおられるのを理解したらしく、自分もいくらかは釈種の血を引くものだと反省をした。そこで兵をまとめて引き揚げてしまった。お釈迦様もそのまま住まいの霊鷲山(りょうじゅせん)に帰ってしまわれた。

城壁からそのやり取りを聞いていた釈種たちは、お釈迦様の思いやりに感動した。やはり親族を見殺しになさらずお救いくださったと、深く感謝した。そしてまた平和な生活に戻ろうとしていた。

ところがサーマは、大和に向かって、

「お釈迦様が来られたのでルリ王は引き揚げていった。しかし、お釈迦様は、このカピラエ国が滅亡すると予言された。ということは、またルリ王は攻めてくるに違いない。お前はどう思うか？」

聞かれても、大和は口をきいてはならないので、悲しげに首を振るだけだった。サーマは笑って、

「お前にわかるわけがないよな」

と言った。

ルリ王はいったんは引き揚げたものの、大臣のコークが、若いときにカピラエ国で恥をかかされた恨みを忘れられず、

「王様、若い日に釈種を討とうとお約束をしたのをお忘れですか」

と、催促する。

ルリ王も、言われると、昔の悔しさがよみがえり、再び兵を集めて前のようにカピラエ城へと攻めてきた。城壁の見張りの男が駆け込んできた。

「地平線の方に軍隊の上げる土煙が見えます！　今回は、お釈迦様はお見えになりません」

釈種たちはそれぞれに弓矢を持って城壁からルリ王軍に立ち向かった。サーマももちろん城壁を駆け上がった。大和もそのあとに続いた。

釈種は優れた弓矢の術を持っていたので、その矢はビュンビュンと飛んでいって、ルリ王の多くの兵士に当たった。みな倒れてしまったが、急所をはずしているので死ぬということはなかった。それでも、おじけづいた兵士たちは前へ進まなくなった。すると、大臣コークは、

「釈種はみな兵法の道をきわめた者ばかりですが、仏の教えを守っている人たちですから、虫すら殺しません。まして、人を殺すなんてことは絶対ないのです。怖がらずにどんどん前進しましょう」

と勇気づけたので、兵士たちは立ち上がりワーッと攻めよせていった。釈種は防ぎようがなくて、みな城の中に逃げ込んだ。

そのとき、大和のそばにいたサーマは、

「もう我慢ができない！」

再び城壁目指して走った。大和もその後を追う。先の三人の若者も同様に登って、そこからルリ王の軍隊に向かって四人がいっせいに矢を放ち始めた。もともと熟練の兵士なので、一本の矢も無駄にせず、次々と多くの人に命中した。大和はサーマのそばにいて何をすればいいかわからず、おろおろしていた。

ルリ王は四人の若者の放つ矢で己の兵士たちが次々と死んでいくのを見て、コークが言った言葉とは違う、「釈種だって手ごわいぞ」とあわてている。ところが、城内では他の釈種たちが四人の若者の行動に気がつき、彼らを捕まえて部屋の柱に縛りつけてしまった。会議のときに説明していた男が寄ってきて、

「お前たちは、どうして仏様の教えにそむくのか？　釈種は仏の教えを身につけて虫一匹殺さないのに、ましてや人を殺すとは！　お前たちはもう釈種から追放する」

若者たちは身をもんで悔し泣きをした。大和は子供なので見過ごされ、サーマが縛りつけられた柱の後ろで小さくなって震えていた。

その間に、ルリ王の家来の魔法使いが釈種に化けて、城門を守っている釈種に、

「この門を開け。命令だ」

と言ったので、釈種は仲間が言うならと門を開けてしまった。今だ！　とばかりルリ王軍はカピラエ国になだれ込んだ。ルリ王は、

「おう、ここの釈種は何と大勢いることか、一人ずつ刀で切り殺すのは面倒だから、象に踏みつぶさせろ！」

何十頭もの象が逃げ惑う人々をウオーンウオーンと吠えながら踏みつぶしていった。象の爪は血で真っ赤に染まり、引っかかった人間の衣服と手足を引きずりながらドドッと走りまわった。世にも恐ろしい地獄の絵のようである。

「特別美人の釈種の女を五百人集めろ」

集められた美女たちにルリ王は言った。

「お前たち、怖がることはない。わたしはお前たちの夫である。お前たちはわたしの妻だ」

そう言って一人の美女の手を取って抱こうとした。ところがその美女は、

「ルリ王、これはどういうことですか」

「わたしはお前と愛し合いたいのだ」

「わたしは今、どういうわけで釈種の女として、召使いの産んだ王と契りを結ばなければならないの。とんでもないことよ」

ルリ王は激怒して家来に命じ、この美女の手足を切って、体を深い穴に投げ捨てさせた。すると四百九十九人の美女がみなルリ王をののしった。

「誰が、召使の産んだ王と仲良くするものか」

王はますます怒って、美女たちを一人残らず手足を切って、深い穴の中へ投げ入れてしまった。

手足を切られて胴体だけになった血まみれの美女が、次々と地面を転がされて穴の中へけ落とされるのを見て、大和は恐怖のあまり吐きそうになった。城の庭には象に踏みつぶされた人たちが、背骨を折られたり、内臓が飛び出たり、つぶれた頭から目玉が飛び出したりして倒れている。流れ出た血が低い方へ集まって、赤い血だまりの池ができた。

「すべての建物に火をつけろ」

ルリ王の言葉に兵士たちは松明（たいまつ）を持って城や民家、宮殿などを片っ端から燃やし始めた。

そのとき、権威ある長老シャクマナンがルリ王の前に進み出た。

「ルリ王、どうか言うことを聞いてほしい」

「何だ、シャクマナン。述べてみよ」

「わたしは、これからこの川に入る。わたしが水の中にいる間だけは、わたしに免じて釈種を解き放ち、城外に逃げさせてやってくれ」

「どれほどの時間もぐっていられるものか。よし、お前がもぐっている間は、釈種たちを逃がしてやろう」

シャクマナンは、川の中へ飛び込んだ。そして川の底にある木に自分の髪を結びつけて浮かばないようにした。シャクマナンが浮かんでこないので、ルリ王は釈種たちに城外へ逃げるように命じた。ところが、釈種たちは、今までカピラエ国より外へ出た経験がなく、東の門から一歩外へ出ると、怖くなって南門から入ってくるし、南門から出た人たちは西門から戻ってくるという有様で、右往左往するばかりで逃げて遠くへ行く者はいない。

ルリ王は、

「おかしい、ずいぶん時間がたつのに上がってこないぞ。おい見てこい」

川にもぐって見てきた兵士は、

「王様、シャクマナンは自分の髪を川底の木に縛りつけて死んでいます」

兵士の言葉を聞いてルリ王は思った。シャクマナンは自分の母、マリ夫人の父親だと名乗っていたので、自分にとっては祖父になる。祖父が自分の命と引き換えに親族を救おうとしたのに、自分はその祖父を死に追いやってしまった。後悔したルリ王は、兵を集めて引き揚げていった。

敵はいなくなったが、城内の火はますます燃えさかり、地面には死体や怪我(けが)人が転がっている。サーマが縛られている柱に炎が吹きかかってくる。

「おい、俺の縄を解け、逃げるんだ」

言われて大和は震える手でようやく縄をほどいた。サーマは落ちていた剣を拾って他の三人の縄を切り、

「わたしはこれからどこかよその土地へ行く。君たちも元気で暮らせよ……。さあ小僧、来い！」

身をひるがえして城外に出た。

自分たちの国が焼土と化してゆく。燃えさかる炎に追われるように釈種たちが平原にばらばらと出ていった。命からがらどこというあてもなく散っていく釈種の群れである。赤ん坊を抱いた母親が、もう一人の子供の手をひいて地平の彼方(かなた)に去っていった。年老いた夫婦がかばい合いながら、少し歩いては煙を上げている城壁を振り返り、振り返りしながらとぼとぼと進んでいった。人々が去ってしまったカピラエ国は、赤い夕陽に細い煙をたなびかせて滅びてしまった。

それから、大和は早足で進むサーマの足元を見つめながら必死について歩いた。

背の低い木がまばらに生えた荒地は、太陽がじりじりと照りつけて汗がしたたり落ちる。水が欲しいと思っても、生えている植物は乾燥しているので葉をとってくわえても水分を取ることもできない。何時間も歩くと山地に入り、日差しからは逃れられるがジャングルを切り開いて進まなくてはならない。サーマは腰の刀で小枝を切りはらいながら進み、その後から黙々と大和がついて歩く。サーマはみずみずしい草の芽を切り取って口にくわえ、大和にも噛むようにと与えた。

こうして山中を何日も歩いていったが、山は深くなるばかりで、集落に行き合うこともなかった。

洞窟を見つけて泊まることにした。サーマは食べられそうな木の実や、草の根、竹の子の小さいのを集めてきて、自分も食べながら大和にもすすめた。そして、今回の出来事についてポツリポツリと話し始めた。

「わたしは、釈種の子供として、お釈迦様の教えを学びながら育ってきた。平和で、幸福で誇り高い一族だった。今回のルリ王の復讐はこちらに原因があるとしても、あまりにもひどいではないか。

お前も見ただろう、あの流れ出た血が集まってできた池を。

わたしは仏の教えを破り、自分自身は地獄に落ちたとしても、何とか釈種を救いたいと思ったけれど、力が足りなくて追放されてしまった。長老シャクマナンも自分の命と引き換えに親族を救いたいと水に入って死んでしまった。お釈迦様は、枯れ木の下の枯れ草の上に座って、カピラエ国が今滅びると言われた。お釈迦様のカピラエ国が、どうしてこんな目に遭って滅びてしまったのだろう。本当に悔しくて、悲しくて……」

話しながら、サーマの頬にとめどなく涙が流れた。

大和は何か言わなければと焦ったが、言葉を発することができない。と、おなかの辺りが何となく熱くなった。ベルトを触ってみると熱を持っていて、かすかに振動が伝わる。

サーマに見えないように、洞窟の外に出て革袋を開いてみると、リンボーが金色の光を発している。

取り出して手のひらに置いてじっと見つめながら、

「リンボー、何か教えてくれ」

と問いかけた。

リンボーからすーっと白い煙が出てきて、それが見る間にふくらんで僧のモクレンが現れた。モクレンはうなずいて洞窟の中へ入ると、サーマに向かい合って座った。

悲嘆に暮れていたサーマは、突然現れたモクレンを見てあ然としている。

「サーマよ。お前は釈種の身でありながら、戒(いまし)めを破って大勢の人を殺した。これは地獄へ落ちるのにふさわしい大きな罪である。しかし、殺されていく親族を守りたいという愛情からの行為なので、それに免じて命は許されるであろう。今回の出来事について、我ら仏の弟子は、仏になぜこんなひどいことになったのかその訳を尋ねた。仏が言われるには……」

モクレンは、仏の言葉を話して聞かせた。

「釈迦族の滅亡は前世(ぜんせ)の報(むく)いであるから、逃れることはできない。ルリ王とその家来も、この七日間のうちに全員が死ぬだろう。

そのわけは、昔、ラエツ城の中に魚を獲って暮らす村があった。

ある年飢饉(ききん)で食べ物がなくなった。村の中に大きな池があり、そこにはたくさんの魚が泳いでいた。村人はおなかがすいたので池に来て魚を獲り、みんな食べてしまった。

その池には、クキとタゼツという二匹の魚がいた。

『我々は、生まれる前の世で、何一つ悪いことをしていないのに、ここの人民に食われようとしている。もし小さな運でも残っていてもう一度人間に生まれたら、必ず仕返しをしよう』

と誓い合った。

その村に八歳の少年がいた。少年は池で魚を獲らなかったが、陸に打ち上げられた魚を見て、面白がって魚の頭を叩いて笑った。そのときの村人たちが釈種である。復讐を誓った魚のクキは今のルリ王、タゼツはコークである。八歳の少年はわたし、釈迦の前世である。その報いで釈種はみな殺され、わたしもそのときに魚の頭を叩いた報いでときどき頭痛がするのだ。その後、村人のたいていは魚を獲った罪によって地獄に落ちて苦しみを受けたが、たまたま釈種となって人間に生まれた人たちも、今回このように全滅してしまった。ルリ王、コーク、兵隊たちもみな、ひどい苦しみの待つ地獄に落ちるだろう」

モクレンは釈迦の言葉に続けて、昨日、ルリ王たちが水遊びをしている最中に竜巻がきて全員が海でおぼれ死んでしまったことを告げた。

このように伝えた後、モクレンはかき消すようにいなくなった。話を聞いて、サーマと大和はぼう然と顔を見合わせた。

「わたしは、もともと殺される運命の人だった。でも、こうして命を与えられたからには、何とか生き抜いてみせる。お前もわたしと共に生きよう」

大和は何度もうなずいたが、果たして自分は釈種ではないのでどうなのかなと思う。

お釈迦様の教えでは、釈種は前世で池の魚を食べて全滅させたので、その報いで今回一族が全滅してしまったという。前世とはなんだ？　現世とはなんだ？　前世の行いが現世で報いとなって現れるということが本当ならば、人間は、何度も繰り返し生まれ変わるものなのかもしれない。大和は輪廻転生（生まれ変わること）の理論についておぼろげながら何かを感じ取っていた。

翌日から、再びさすらいの旅が始まった。

二人は歩き疲れて、ある丘の上で休んでいた。ふと見ると、一羽の大きな雁が近くにいた。ずいぶん大きな雁なので近づいてみたが恐れるふうもない。背中をさすっても逃げもしないので、

「おい、ちょっと乗ってみようか」

二人は雁の背に乗ってみた。すると、雁はバサッと羽を広げて飛び立った。本当に大きくて、二人を軽々と乗せて空高く舞い上がった。眼下には広い平原が見える。しばらく行くと今度は密林である。密林の間をS字型に蛇行する川が銀色に光って見える。どこまで行くのか、遠く、さらに遠くへと雁は飛び続けた。やがて、どことも知らぬ山奥に着地した。二人が下りると、雁は再び舞い上がり飛び去ってしまった。

見ると池のほとりだった。二人は木陰に入って休んでいるうちに眠り込んでしまった。

そのとき、池の中から一匹の竜が現れた。ほっそりとした体は、白と銀色のうろこにおおわれて、キラキラと輝いている。体をくねらせたり、空中で宙返りをして水しぶきをまき散らしたりして楽しそうに遊んでいたが、ふと木陰に眠っているサーマと大和を見つけた。寄っていってのぞき込むと青年はとても凛々しい顔立ちである。竜はこの青年をじっと見つめていたが、強く魅かれるものを感じたらしい。

「これは人間だろうか。わたしは地底に棲む怪しい竜の身なので、わたしの姿を見れば、きっと気味悪く思って、軽蔑されるに違いない」

そう思って首を空の方へ向かって高く伸ばし宙返りをすると、美しい女性の姿に変わった。そしてさりげなくその辺りで花を摘んで遊んでいた。人の気配に目覚めたサーマと大和は、楚々とした美しい乙女が遊んでいるのを見て驚いた。近づくと、乙女は恥ずかしそうにほほえむ。

「娘さん、どうぞここに座ってお話ししませんか？」

娘は頬を赤らめながらサーマのそばに座った。そしていろいろと話し合っているうちに、サーマはこの娘にすっかり恋をしてしまった。サーマは大和に小声で耳打ちした。

「わたしはこの娘に何かを差し上げたい。しかし何一つあげる物がない。お前、悪いが森の中に入って、きれいな花でも探してきておくれ」

サーマはこの娘ともっと親しくなりたかったので、理由をつけて大和を遠ざけたのだ。

大和はうなずいて、森へ花を探しに行った。きれいな花はなかなか見つからない。やっと古びた大木の幹にピンク色のランの花が咲いているのを見つけ、そっと摘み取って戻ってきた。

見ると二人がとても仲むつまじく寄り添って話し込んでいる。大和がいない間に二人は仲良くなったに違いない。サーマは大和が摘んできたランを娘の髪にさしてやった。娘は頬を赤くしていっそう美しく輝いた。サーマは見惚れていたが、しかし、こんな山奥にこのような美人がいるのはどうも怪しいと思った。

「わたしはこのように旅人でつまらぬ者です。このところ、何も食べていないので、やせて疲れて汚れています。衣服も汗臭くて、とてもみっともないことです。どうしてこのような立派な方ともったいなくもお近づきになれたのでしょうか。どう考えてもそら恐ろしゅうございます」

　すると、娘が言うには、

「わたしは父母の教えに従ってここにいるのです。本当にもったいないことですが、あなた様とは運命的な出会いがあったのですね。わたしの言うことを聞いてくれますか」

「どうして、どうして。どんなことでもお聞きしますよ。こんな出会いがあったからには、わたしも立ち去りがたい思いは同じです」

「あなた様は尊い釈種でいらっしゃいます。わたしはいやしい身の者です」

「あなたのいやしいと言うのはどういうことですか。わたしこそさすらい者で、家もなくいやしいのです。それにしてもここは深い山奥で、人の住み処（すみか）も見えません。あなたはどこにお住まいですか」

「申し上げますと、きっとおいやに思われるでしょうが、このように親しくしていただいたからには、隠しても仕方がないことですわ。

　実は、わたしはこの池に棲む竜王の娘なのです。この度のカピラエ国の滅亡で、尊い釈種が数多く放浪されて、迷い歩いていらっしゃるとお聞きしています。もし、幸いにもこの池の辺りに来られたならば、なにかお慰めして仲良くさせていただければと思っていました。また、わたしは前世で罪を作ったために、このようなうろこのある体に落ちてしまいました。人間と獣とは当然生き方の道が違います。だから、何事も慎んでおります。家はこの池の中にございます」

　これを聞いてサーマは驚いたが、

「もうすでに二人は愛を確かめ合った仲だから、これからは、夫婦になって二人で暮らそうじゃないか」

それを聞いて、竜の娘はパッと目を輝かせて、手を胸の辺りで組み合わせ、

「なんて嬉しいことでしょう！　今日からはあなた様がおっしゃることには、どんなことでも従いますわ」

サーマはひざまずいて、天に向かって祈り始めた。

「仏様、わたしは、前世で善いことをしたおかげで釈種の家に生まれました。どうかわたしが愛するこの竜女を人間にしてください」

釈種であるサーマの祈りが届いて、娘の周りに白い靄（もや）がベールのように立ち込めたかと思うとさっと晴れ、竜女はたちまち正真正銘（しょうしんしょうめい）の人間になってしまった。もう竜に戻ることはない。

人間になった娘が言うには、

「わたしはずっと先の未来までこの辛い竜の身は逃がれられないのに、今あなた様のお力で一瞬のうちに人間になることができました。何とかご恩返しをしたいのですが、もともといやしい身分のわたしですもの、どうすればよいかわかりませんわ」

「とんでもない、何もしてもらわなくてもいいですよ。こうなったのも、前世からの約束事だろうから、これから仲良くすればいいのです」

さっきから成り行きを見ていた大和は、すっかり驚いてしまった。サーマのことをカピラエ国の元気な若者で、親しみやすいお兄さんのつもりでいたら、なんと！　竜女を祈りの力で人間にしてしまうなんて、すごい能力の持ち主だったのだ。娘は、

「両親にこのことを言って参ります」

池のふちへ走っていったかとみると、そのまま水に消えてしまった。

やがて池の中から立派な竜王が人間の姿で現れて、サーマの前にひざまずいて言った。

「尊い釈種様、娘を人間にしていただき、さらに契りを結んでくださるとは、もったいなくもありがたき幸せでございます。ぜひとも我が家においでください」

大和はここで置いてきぼりになっては大変なので、サーマのパンツの端をしっかりつかんだ。

「おお、小さいお方、どうぞご一緒に」

娘がサーマの手を引き、竜王が大和の手を引いて池に入り、水底の竜宮城へと下りていった。

竜王の手は冷たくてごつごつと骨ばって、魚のようなうろこがついていた。大和は気味悪さに思わず手を振りはらおうとしたが、長い爪がしっかり手首に食い込んで引っ込めることができない。冷たい大きな手は、大和をぐいぐいと深い水底に引き込んでいく。大和の心は恐怖で凍りつくような思いだった。ふと、家に残してきた妹のさくらの顔が浮かんだ。

やがて竜宮城に着いた。見れば金銀で飾りたてた立派な宮殿である。壁も屋根も宝石で作ってあるのでキラキラと輝いて光を放っているのは、まるでイルミネーションのように美しい。立派な宮殿が、数多く並んで建っている。その美しさはおとぎの国のお城のようだった。中から、気品のある立派な女性が現れて、サーマと大和を宝石で作った輝く椅子に座らせた。美しい女性が大勢出てきて、歌を歌い、踊りを見せて大歓迎してくれる。出てきた料理はこれもまた素晴らしく、珍しいご馳走が次々と並べられていく。昨日までは、草の実や木の根をかじって飢えをしのぐ旅だったので、こんなご馳走を見てとまどうばかりだ。

しかし、大和は先ほど竜王につかまれたときの手の気味悪さが忘れられず、そっと手首を撫(な)でてみた。その手を腹巻きのリンボーの上に置いた。その時一瞬だが異様な光景が目に入った。ハッとして思わず目をこすった。が、何事もなく音楽が流れ、美しい女性たちが歌い踊り、大変な賑わいだ。広間の両側には、着飾った立派ななりをした家来たちがずらりと並んでいる。

もう一度リンボーに手を当ててみたが、変化はなかった。一瞬見えた異様な光景、それは薄暗い水の底に、数えきれないほどの蛇や竜が、とぐろを巻いたり首を伸ばしたりもつれ合ってうごめいている様子だった。その先、水の世界の地平線の、どこまでも、幾万、幾千の蛇がうごめいていた。脳裏に焼きついた一瞬の光景のあまりの恐ろしさに身体中が震えてきた。思わずサーマの方を見ると、目が合った。サーマは震え上がっている大和の様子を見ておやっという表情をしたが、素知らぬふりで目を逸(そ)らした。だが、大和のおびえた表情から何か恐ろしいことを知らせているとさとった。

（この少年のおびえ方は普通ではない。こんなに立派な宮殿や、美女、家来、金銀宝石の数々はあるけれど、もしかして、これらはわたしの目をあざむく見せかけだろうか。実際には、蛇や竜が棲む世界だとすれば、何とも恐ろしいことだ。どうやったらここを抜け出して人間世界へ帰れるかしら）

と思い始めた。

竜王は、酒をすすめながら言った。

「いやいや、本日はまことにめでたいことである。世界で一番尊い釈種様と、我が姫が結婚した記念すべき日であるぞ。その上、竜の身に生まれた姫を、釈種様の力で人間にしていただいた。どれだけお礼を申しても足りないぐらいだ。わたしはお礼の一つとして、サーマ様、あなたにはこの竜宮の中の国を一つ差し上げよう。その国の王様になってこの竜の世界にお住まいなされ」

大和はサーマが何と答えるか息をつめて見守っていた。もし、竜王の言葉を受け入れたら、さっき見た異様な世界で暮らさなければならない。

サーマは、

「王様ありがとうございます。しかし、それはわたしの願うところではないのです。わたしが願うのは、人間世界の王様になることです」

「おや、それはとても簡単なことだ。でも、この国にはなあ、宝は無限にあるし、金銀宝石の立派な宮殿もあるし、とにかく限りなく豊かで広い国ですぞ。永遠の命を与えられて毎日楽しく暮らせるのだ。それでも、もとの人間世界に戻って王になりたいと言うならば、それも仕方がないだろうな」

竜王は、宝石をちりばめた箱の中に、美しい模様の絹の布で包んだ立派な刀を入れた。これを与えながら言うには、

「インドでは、国王は遠い所より届けられた宝物を受け取るときには、必ず自分の手で受け取るものである。だから、そのときに彼の手を引き寄せて、この刀で突き殺しなさい。そしてその国の王様になればよい。わたしが見守っているから。あなたが王様になるまで、娘はこちらで待っている。できるだけ早く王様になって迎えにくるように」

サーマと大和の二人は、神剣の箱と、宝物の入った小袋を旅費にもらって、それぞれが金と銀の竜に乗り、水底から一気に空へと飛び出した。池の上を旋回する竜の背中から下を見ると、妻の竜女が岸辺に立って手を振っている。

「必ず迎えにくるから、信じて待っていてくれよ！」

サーマは大声で妻に別れを告げた。

二匹の竜は雲間を悠々と飛んで、山林を越え、やがて平野に出た。大和は竜の背中から下界の景色を眺めながら、この間から気になっていることを考えていた。

前世で池の魚を全滅させた報いで、釈種の種族は滅亡した。前世では魚だったが殺される前に復讐を誓い合って人間に生まれ変わったルリ王とコーク大臣も、復讐を果たした直後に死んだ。前世に犯した罪悪で竜にされてしまった竜女など、前世と現世の因果関係の法則を次々と知ることになり、これはきっととてつもなく大きな法則かもしれないと思い始めた。あの釈迦でさえ、魚の頭を叩いた報いで現世では頭痛に悩まされているという。

いったい誰が、何のために、そういう総合的な支配を行っているのだろうか。

二匹の竜ははるか向こうに集落らしいものが見える丘の上に舞い降りて、二人を下ろして飛び去っていった。

# 3 亀の恩返し

竜の背中から下りた二人は集落に向かって歩いていった。

川辺にさしかかったとき、人だかりがあり、見ると二人の男が争っている。

一人の男が大きな亀を釣り上げて、今夜煮て食べるのだと言う。もう一人の男は、それはかわいそうだから逃がしてやってくれと言う。

亀を釣った男がただではいやだと断るので、もう一人の男は、今手持ちの金がないので家に来てくれれば支払うと言った。その家はどこかと聞けば半日ばかり歩いた先だと言う。亀を釣った男はせせら笑ってそれは信用できないから駄目だと断っている。

周りにも幾人かの野次馬がいたが、ニヤニヤして見ていても亀を助けようとはしない。

大和（やまと）はサーマの腕をつついて、自分の持っている竜王からもらった袋を示した。サーマはうなずいて、袋の中から夜光る石の小さい玉（ぎょく）を取り出して、亀を逃がそうとしている男に声をかけた。

「もし、よろしければ……これをお使いください」

男は驚いてその玉を見た。

「これは素晴らしい。こんな高価なものをいいのですか？」

その玉を亀を釣った男に見せると、男はそれをすばやくもぎ取って亀を相手に押しつけ、大急ぎで走り去った。

亀を受け取った男は、抱いていって川辺に逃がしてやった。そしてサーマに向かって、

「旅のお方、おかげさまで亀を助けてやることができました。高価な玉をくださって本当にありがとうございました。心ばかりのお礼をしたいのですが、ぜひわたしの家にお立ち寄りください」

二人はどこというあてもないので、男の家について行った。

この男の家で体を洗って食事をご馳走になった。どこから来たのかと聞かれたので、滅びたカピラエ国の釈種（しゃくしゅ）だと名乗ると、驚いてサーマを尊敬のまなざしで見つめ、

「噂には聞いております。やはりそういう慈悲の心のお方でしたか。さぞかしご苦労の旅でございましょう。どうぞいつまでもわたしの家にご滞在ください」

二人は四、五日その家に滞在させてもらうことにした。

そろそろ旅に出ようと思っていた矢先、男が押しとどめて言った。

「ゆうべ、枕の方で、何やらコソコソと動く気配がするので、何かと頭を上げて見れば先日の亀がいました。その亀

が言うには、

『わたしはこの前、あなたに逃がしてもらった亀でございます。このご恩を何とかお返ししたいと思っていましたが、大変なことが起こりそうなのでお知らせに参りました。

　それというのは、数日後に川上の地方からこの辺りに大雨が降り、前の川が氾濫し大洪水になります。人、馬、牛など生きているものはみな流されて死んでしまうでしょう。この家も水の底になってしまいます。大急ぎで船を造って川上から水が流れてきたらその船に親しい人々と一緒に乗って、命を長らえてください』

と言って去っていったのです。怪しいと思いますが、とにかく亀の言うことを信じて、船を造り、食料などを積み込んで避難の用意をするので、あなた方もしばらくここにいて、わたしたちと一緒に避難してください」

と言った。聞いて二人は驚いたが、あの大きな亀ならば、それぐらいのことを予言するかもしれないと思った。

「そうですか、それは一大事です。よろしければ船を造るお手伝いをしましょう」

　そして一日がかりで大きな船を造って、家につないで待っていると、夕方から暴風雨になり、終夜荒れ狂った。明け方になると、上流より水かさが増して山のように流れてきた。家の人はみな船に乗って漕(こ)ぎだした。高い方へと向かって漕ぎだすと、大きな亀が流されてきて、

「わたしは昨晩おうかがいした亀です」

「おお、早く乗れ」

と喜んで乗せた。次に大きな蛇が流されてゆく。この船を見て、

「わたしを助けてください、死にそうです」

　船の男が乗せようと言わずにいると、亀が、

「蛇が死にそうです。乗せてやってください」

と言う。

「いや、乗せることはできない。小さな蛇さえ恐ろしいのに、ましてこんなに大きな蛇ならどうして乗せられるか、呑み込まれてしまうよ」

「大丈夫ですから、とにかく乗せてください。こういう生き物を助けるのはよいことです」

と言われて、乗せると大蛇は船尾の辺りでとぐろを巻いていた。

船が大きいので狭いということはない。さらに漕いでいくと狐（きつね）が流されてきて大蛇と同じように助けを求め、亀がまた同じようにすすめるので乗せた。

また漕いでいくと男が一人流されていく。この船を見て、

「助けてくれ！」

と叫んでいる。助けようと漕ぎ寄せていくと亀が、

「あの男を乗せてはいけません。獣は恩を知っていますが、人間は恩を知りません。死んでも仕方がないのです」

「何を言うのだ、こんな恐ろしい蛇さえ慈悲の心で乗せたのだもの。まして、同じ人間同士で見捨てることができようか」

漕ぎ寄せて男を乗せた。男は喜んで手をすり合わせて泣き続けている。

やがて水も引いて川がおさまった。みなは船から下りてそれぞれに去っていった。男は流されてしまった家を建てなおさねばならない。サーマたちも助けてもらったお礼として、しばらく残って家を建てるのを手伝うことになった。

家もでき上がり、いよいよ明日、二人が出発というとき、家主の男は、

「あなた方が夜光る石をくださったから亀を助けることができて、そのおかげでわたしも家族も助かりました。旅に出られるなら、何かお土産を探しにいってきます。小さい方もご一緒にいかがですか、きっと気に入った物が見つかるでしょう」

そう言って大和を連れて出掛けていった。

その道で船に乗せた大蛇に会った。大蛇が、

「命を助けていただいたお礼をしたいと思っていたのですが、今日ここでお会いできてよかった。どうかわたしの後ろについて来てください」

大蛇の這(は)っていく後をついて行くと、大きな墓の中に入っていった。二人は恐る恐る墓の中について入った。中は意外に広くて、じめじめした壁に光る苔(こけ)のようなものが生えていたので、おぼろげながら内部を見渡せた。

「この墓にはたくさんの宝があります。みな、わたしの物です。それをすべて、命を助けていただいた嬉しさに、差し上げますからお使いください」

そう言って蛇は出ていった。

大和は、前の竜王といい、今回の大蛇といい、蛇類はすごい財宝を持っているのだと感心して、チラッと鎌倉の伯母の家の裏山で、小さな蛇を見かけたのを思い出した。

男は大和にこの宝は蛇からもらったものだからと言って、人を雇って墓の内の財宝をある限り運び出した。

こうして家の中には、財宝が山積みになった。そんなところへ、この前助けた男が来た。なぜ来たのかを尋ねると、

「命を助けていただいた嬉しさにやってきました。おや、この山と積まれた財宝はどうされたのですか」

「実は、これこれこういうわけでもらったのだ」

「これは、不意にもうけた宝じゃないですか。わたしにも分けてください」

家主の男は少し分けて与えた。救助された男は、

「これでは少な過ぎやしませんか。長年貯えてきた財ではなくて、不意に入った思いがけないものだから、わたしに半分はくれてもいいでしょう」

「それは違うでしょう。わたしは蛇を助けたので、蛇が恩返しにくれたのです。あなたは蛇のようにわたしに恩返しをすることもなく、わたしがもらったものを寄こせと言うのです。変だなと思いながら、たくさんありますし、少し分けてあげるのも仕方がないと思ったのです。それを半分寄こせとは、非常識もはなはだしい」

男は腹をたてて、もらったものまで投げ捨てて帰ってしまった。その足で国王の所へ行って、

「あの男は墓をあばくという悪事をして、たくさんの財宝を盗んで家に蓄えています」

と、訴えた。国王は使いをやって男の家に財宝が積まれているのを確認した。

やがて城から大勢の兵士が来て、この男を捕まえて牢獄に入れてしまった。

大和は事情を知っているが口をきけないので説明することもできず、サーマもどうしてよいかわからない。牢獄に入れられた男は手足をはりつけにされて休むことなく鞭(むち)打たれ、声を限りに泣き叫んでいた。

大和は自分だけが真実を見聞きしていたので、何とかしなければと思った。そっと家を抜け出して川辺の草むらにしゃがみ込み、リンボーを取り出して握りしめながら声を出さずに必死に念じた。

「亀よ、出てきておくれ」

カサコソと草むらからこの前の亀が出てきた。

大和は亀を持ちあげてじっと目をにらみつけた。亀は黄色っぽい瞳をぐるりと回して言った。

「そんなににらまないでください。あなたの思いは読みとれますから。え？　あの方が牢獄に入れられたのですか。大丈夫です、お助けしましょう」

その夜、鞭を打たれてぼろきれのように眠っている男の枕元でカサコソと何かの気配がした。見ると例の亀だった。男は忍び声で尋ねた。

「なぜ、ここへ来たの？」

「あなたがこのように厳しい責めを受けていると知ったので参りました。だから言ったでしょう、人間を乗せてはいけないと。人間はこのように恩知らずになるものですよ。

今更言っても仕方がありませんが。とにかくこんな辛い思いをいつまでもすることはないですよ。わたしたちに任せてください。ご恩を受けたあなたが釈放されるように相談します。まず、狐に城内で鳴かせます。すると国王が驚いて占い師にその吉凶を占わせるでしょう。国王には溺愛している姫君が一人います。占い師は姫君の身辺を厳重に注意させるように言うでしょう。その後で蛇とわたしが姫君を重病にしてしまいます」

翌日、王城の中に一匹の狐が現れた。かと思うと、あちらの建物の脇、こちらの城壁の下、物見の塔の横など城の中のあらゆる所に何千という狐が現れた。一匹が、

「コーン！」

と鳴いたのを合図に狐たちがいっせいにコーンコーン、ケーンケーン！　と鳴き騒いだ。城の中は狐の鳴き声で一時は嵐のような騒がしさになった。王様をはじめ家来たちもこれはどうしたことかと驚いて、占い師を呼んで尋ねた。占い師は眼をつむって何やら呪文を唱えていたが、

「王様、お姫様も厳重に警戒なさいますように。悪いことが起こっております」

王様が心配をして姫を見にいったところ、姫は高熱で真っ赤な顔になり、腹が大きくふくれて動くこともできないというありさまになっていた。城中は心配のあまりさらに大騒ぎになった。王様が重ねて占わせると、

「罪のない人を牢獄に入れて苦しめているたたりです」

王様は牢獄の看守を呼んで、一人ずつ罪を再調査させた。片っ端から尋ねると、最後にこの家主の男に当たった。

「きっとこの男です」

国王は家主の男を呼び出し、事の次第を尋ねた。男は毎日の鞭打ちに背中も破れてボロボロのみじめな状態で王様の前に引き出された。

問われるままに亀を助けたときのこと、亀の予言で大洪水に備えて船を造ったこと、洪水のときに獣や人を助けたこと、蛇に連れられて墓穴に入り、お礼に蛇の持つ財宝を与えられたこと。それから最後に助けた男が現れて蛇にもらった財宝を半分寄こせというので断ったら、このような目に遭っているなどと詳しく話した。

「そうか、わたしは罪のないものを罰していたのか。すぐにこの男を釈放せよ。また、この男を訴えたものを捕らえるべし」

こうして男はサーマたちが迎える家に戻ってきた。

「いやはや、亀や動物は恩を忘れぬものだが、人間は災難が過ぎればいつどのように裏切るか知れないものだねえ。あの時に亀の言うとおり人間を助けなければよかったのかな。でもそんなことが人としてできるかどうかだ。そもそも、最初に『夜光る石』を恵んでくれて亀を助けることができたのはあなた方のおかげです。だから、この財宝もお分けしましょう」

サーマは自分たちも命を救われたのでもらうわけにはいかないと断ったが、男は無理やりにいくつかの宝を大和の持つ袋に入れてくれた。こうして二人はまた少し豊かになって旅立つことになった。

大和は宝の入った袋を肩にかけて、サーマの後に続きながら考えていた。あの亀は、獣は恩を知っているが人間は恩を知らないと言い、あの男を一目見て乗せてはいけないと見抜いたのはすごい超能力だなあ。動物も年を取ると神に近くなるのかしら。しかし、獣より高い地位にいるはずの人間が獣よりも卑劣であるということは、いったいどういうわけだろう。

## 4 ゼンショーニンとアジュ

サーマと大和は、広いインドの平原の旅を続けていた。

サーマは早くどこかの国の王様になって妻を迎えにゆかなくてはならない。竜王からもらった神剣を背負い、大和は宝物が入った袋を肩にかけて歩き続けた。ところどころの集落で食料を買って、大きな樹の下で野宿をする毎日である。

ある日、大きな竹藪のそばに粗末なあばら家があるのを見つけ、一杯の飲み水を恵んでもらおうと立ち寄った。薄暗い家の中に入ると、むしろの上に一人の男が横たわり、その両脇に子供が一人ずつ寝ていた。三人ともひどくやせて、骨と皮ばかりの病人に見えた。起き上がる力もなさそうである。三人は澄んだきれいな目で二人を見上げた。助けを求めるふうでもない。

驚いたサーマは、具合が悪いのかと尋ねた。寝ている男は、舌で乾いた唇をしめらせてから、

「わたしたちは病気ではありません。食事をとっていないので動けないのです」

サーマは大和に言って袋の中から果物とナンを取り出して、果物の汁を唇に垂らしてやり、ナンを小さくちぎって口の中に入れようとした。子供たちは食べていいかと目で男に聞いて、かすかにうなずいたのを見て少しだけ果物の汁を飲んだ。

「ありがとうございます。子供たちもこれが最後の食事になりますが、本当においしくて感謝しています」

「どうして飢え死をしようとしているのか」

男はじっとサーマの顔を見つめていたが、

「あなたはどなたですか」

「わたしは滅びたカピラエ国出身の釈種でサーマと言う」

「ああ、そういう尊いお方でしたか。わたしたちは今死のうとしているところですが、一つだけ心残りがあります。旅の途中の釈種様に聞いていていただいてもいいでしょうか」

細い手をサーマの方に差し伸べた。サーマはその手を握り、のぞき込むようにして、

「心残りがあれば何でも言ってみなさい」

男が最後の力を振りしぼってとつとつと語ったのは、次のような内容であった。


東城国にミョーキョー王がいた。一人息子の名前はゼンショーニンと言った。西城国に王がいて一人の娘がいた。名前はアジュと言う。この姫は、近くの国々に並ぶ者がいないほどの大変な美人だった。

ゼンショーニンはアジュの噂を聞いて妻に迎えたいと思い、嫁取りの旅に出た。出掛ける前に九十センチほどの釈迦像を造り、旅の安全と嫁取りの成功を祈願した。二国の中間辺りに、強国のシャエー国がある。その前には船で七日間もかかる大海があった。ゼンショーニンが船に乗って進むうちに、急に嵐となり、逆風が吹いて船は暴風雨にほんろうされて、逆の方向へとどんどん流されてゆく。そのときゼンショーニンは国に置いてきたお釈迦様の像を頭に思い浮かべながら、

「お釈迦様、どうかわたしを助けてください」

と泣いて祈った。すると逆風がやんで順風となり、無事にムイの港に着いた。

港に着いたところで家来たちに、

「ここからは、わたしは一人で旅をするからお前たちは国に帰りなさい」

ゼンショーニンはただ一人で旅を続けた。やがて二十日ほどが過ぎて西城国に着いた。彼は城門の外に立っていた。

一方、アジュは三日前の夢の中に、高貴な感じの僧がぼうっと現れて、

「東城国のゼンショーニンという王子がお前を嫁にしたいと迎えに来る。あと三日したら門を出て迎え入れなさい」

と言って消えた。アジュは夢で告げられたことを信じた。

はるか遠くの東城国からいったいどんな王子様がわたしを迎えに来られるのか、そう考えるだけで会う前から恋する気持ちになっていた。ついにその日がきたので、アジュが城門の外を見に行くと、立派な体格でとてもりりしい男が一人立っている。きっとこの方がゼンショーニンに違いないと思い、

「どこから来られた方ですか」

「わたしは東城国の王子ゼンショーニンです」

「あら、やはりそうでしたか」

二人は一目会ったときからすっかり恋のとりことなってしまった。昔から、結ばれる約束事だったのかもしれない。

アジュは誰にも内緒で自分の部屋にゼンショーニンを連れ込んでしまい、誰も部屋の中に入れないで、二人きりで七日間を過ごした。そのことが父王に知れて、

「姫の部屋におるのは誰か」

「東城国の王子、ゼンショーニンです」

呼び出して見ると大変な美男子で、堂々と輝くような男である。

王も一目見て気に入り、姫にふさわしい男だと、即座に結婚を認めた。

ところが王の妃は王がゼンショーニンを気に入って可愛がるのが気に入らない。妃はアジュの継母で、アジュの実母ではないのだ。王が三年後にはゼンショーニンに王位もゆずり、全財産を与えると言ったのを聞いて非常に怒った。

妃は王に隠れてゼンショーニンに辛くあたった。食事にしても王がいるときには白飯を与え、いないときにはまずい黒飯を出すというふうに、あの手この手の意地悪をする。ゼンショーニンは、妻のアジュが義母に気兼ねをしながらいろいろと夫のために食事の支度など気配りをしているのがいじらしく、何とかしてやりたいと思った。

「わたしの国には限りないほど宝があります。それを持ってきて、アジュにあげましょう。そうすれば不自由はしないでしょう」

アジュが、

「あなた、やめてください。わたしはすでに妊娠しています。どうか子供の顔を見てから故郷にお帰りください。こんな体であなたがいなくなるのは心細くてたまりませんわ」

「いや、一日も早く宝を持ってきてお前を安心させてやりたいのだ」

泣いてすがりつくアジュを振り切ってゼンショーニンは東城国へと旅立ってしまった。急いで往復すればアジュの出産に間に合うので、安心して家庭を築けると思ったからである。

アジュは、その後八カ月を過ぎて双子の男児を産んだ。父王はこれを限りなく可愛がり、兄をジューユー、弟をミョーユーと名づけた。夫が不在のまま母親になったアジュにも何かと気配りをしてくれた。

一方、故郷に帰ったゼンショーニンは、すぐに戻ってこようとしたが、父王が病気になって命が危ない状態だったので、最後まで看病して親孝行をしたいと思い、帰れないまま長い年月が過ぎた。

やがて双子は三歳になった。アジュは子供に話しかけた。

「わたしはお前たちのお父さんの帰りを待っていたが、ずいぶん長い間お帰りにならない。かといって、他に夫を求め

ることはできない。だからわたしはお前たちのお父さんを探しに行こうと思うの。もし、お父さんが死んでしまっていても、わたしは他の人と結婚する気はないわ」

そう言って、ひそかに米五升を持って、一人の子供を背負い、もう一人を先に歩かせてときどき交替させながら、東城国に向かって歩いていった。十五日ほど過ぎたところで米がなくなってしまった。上着を売って米四升を買い、なお進んでいった。そして今日あたりムイの港に着くだろうという日に、アジュは急に重い病気にかかり、倒れてしまった。高熱にうなされ、起き上がることもできない。道端から少し入った所の樹の下の草むらに横たわって、双子を両脇に来させた。双子は母の周りに取りすがって泣いていた。アジュは苦しい息の下で子供に教えた。

「わたしの命は今日限りで終わります。わたしが死んでもお前たちはここを離れないで、通りがかりの人に一合の穀物を恵んでもらい、それを食べて暮らしなさい。人が来て、誰の子かと尋ねられたら『わたしの母は西城国の王の娘アジュです。父は東城国の王の子ゼンショーニンです』と答えなさい」

と言いおいてそのまま死んでしまった。

双子は母に教えられたとおりにその死骸(しがい)の近くの藪(やぶ)の中に入って、もらったものを食べながら一カ月ほどが過ぎた。

そのとき、ゼンショーニンが東城国より数万の家来を連れて、山のような宝を持って通りかかった。そこへ藪の中から双子が出てきて一合の米をくれという。恵んでもらった後、双子は、

「お父さーん、お母さーん、どこへ行ったの」

と泣き叫ぶ。ゼンショーニンが、

「お前たちは誰の子だ」

「わたしの母は西城国の王の娘、アジュです。父は東城国の王の子、ゼンショーニンです」

「おおっ！　それではお前たちはわたしの子供だ。わたしはお前たちの父だよ。お母さまはどこにおられる」

抱き上げて尋ねると、

「この先の木の根元で亡くなられました」

子供は先だってゼンショーニンを連れていく。そこには死骸が散らばって青草が生い茂っていた。ゼンショーニンは気絶するほどもだえ悲しんで、地面を転げまわって悲しみ、死骸を抱き上げて、

「わたしの限りないほどの財宝を持ってきたのはすべて君のためではないか。どうして死なれたのでしょうか。あと少しで迎えにいけたのに、どんなに辛く悲しい日々を過ごされたのでしょうか。ここまでわたしを追ってこられた君の心を思えば気が狂いそうです。ほんとうにすまない。わたしはいったいどうすればいいのか……」

頭をかきむしって泣いた。すぐに位が高い僧を十人呼んで、一日に二十巻の経を書かせて供養をした。

その後、連れてきた家来たちに、

「わたしはこの土地で妻の供養をする。お前たちにはそれぞれ財宝を分け与えるから、どこへでも行くように」

と命じた。

「そのゼンショーニンがわたしです。妻がわたしを追って東城国へ旅をしたように、今ここで、わたしも妻の後を追って死の世界へ子供と共に旅をしようとしているところです」

長い話を終えて肩で息をしているゼンショーニンの手を握って、涙をハラハラとこぼしながらサーマが尋ねた。

「では、わたしができることは何でしょうか」

「今となっては仕方がありませんが、東城国には老いた母がおります。また、わたしが妻と再会して帰ってくるまで国を守ってくれと頼んだ大臣が、わたしを待っているのが気がかりです」

「わかりました。わたしにもどうすればいいかわかりませんが、とにかく東城国へ行って母上様にお目にかかりましょう」

「ありがとうございます、釈種様。でも、行っていただかなくてもいいのです。こうして死にぎわに、心残りを聞いてもらって、すっかり心も晴れました。これで子供たちと共にあの世へ旅立つことができます」

ゼンショーニンは晴々とした表情で笑いかけ、そのますーっと目を閉じてことりと息絶えた。子供たちも眠るように息絶えていた。

サーマと大和は人を頼んでその辺りに塚を築き、その中に四人の遺体を丁寧に埋葬し、高い位の僧を呼んで供養した。葬式が終わって夕暮れ時、塚の前で香りのいい木を燃やしながら、頼んだ人たちと言葉少なに死んだ親子のことを思っていた。すると、薪の炎の中に、ぼうっと気高い仏の姿が浮かび出て、

「今この地は、仏の世界となり、心を静めて死者をとむらうところなり。墓は死者の冥福を祈るところなり。このゼンショーニンは今の善見菩薩、アジュは今の大吉祥菩薩、ジューユーは今の多聞天、ミョーユーは今の持国天の過去の姿であるぞ」

と、告げられた。今、彼らはそれぞれがお釈迦様の教えを受けて、菩薩や天王という高い位の仏になって世の中の人々を救っているという話だった。

サーマと大和は何も知らずに、尊い仏の弟子の過去の世界に踏み込んで、その死を悲しみ、冥福を祈っていたのであった。

大和は、今まで見聞きしてきたことから、前世での行いが現世の結果となって表れることを知ったが、今回は現世の行いが未来につながることを見たのだと思った。

翌朝、サーマと大和はゼンショーニンの故国へと旅立っていった。年老いた母に彼の死を伝えねばならない。国を任されている老大臣はどうしているか。

ムイの港から船に乗って七日七晩、東城国への道を急ぐ。やがて、それとおぼしき城門が見えてきた。サーマは一軒の家に立ち寄り、出てきた老婆に尋ねた。

「あの城はゼンショーニンという王子の城か?」

「はい、この間まではそうでした。王子様が美しいお姫様をお迎えするために、たくさんの宝と家来を連れて出かけられましたが、途中でお姫様が亡くなられたのを知って、ゼンショーニン様もそこで死なれるつもりでとどまられたと、戻ってきた家来が言いました。

それを聞いた太后様は嘆き悲しまれて、三日で亡くなられました。大臣様が国を治めていましたが、それもご高齢のためとても弱っておられた様子です。そういうときに家来の中の強い兵士が大臣様を殺害して、今は王様になっております。前の王様はとてもいい方でしたが、今回の王様は気に入らないとすぐに牢獄に入れて討ち首にするという、恐ろしい方でございます」


事情を聞いたサーマは一つの計画を立てた。城門の門番に、

「わたしは、旅の者だが、この国の王様が大変強いお方だと噂に聞いてやってきた。ついては、遠く竜王の国より捧げ物を持ってきた。珍しい宝剣なのでお目にかかりたいと伝えてくれ」

門番にその話を聞いた新王はさっそく二人を王城の広間に招き入れた。

「何か珍しいものをわたしにくれるというのか」

「はい、これこのとおり」

サーマが金銀の箱のふたを開けて、中から美しい布の包みを取り出しほどいてみせると、光り輝く神剣が出てきた。

新王は、サーマがどのようにして神剣を手に入れたかと、お聞きになった。サーマは山の上にある池のこと、水底にある竜王の国のことを詳しく話した。新王は非常に興味を持ったらしく、立ち上がって手を差し伸べ、

「さ、早くその宝物を見せなさい」

サーマはうやうやしく布に包まれた剣を捧げて近づき、渡すと見せかけて王の手を引き寄せて一気に突き殺してしまった。居並ぶ大臣、公卿、家来たちは蜂の巣をつついたような大騒ぎになった。サーマは、彼を捕らえようと寄せてくる人々を振り切って、王様が座る玉座に駆け上がり、血がついた神剣を高くかかげて大きな声で宣言した。

「今日からわたしがこの国の王になる。なぜならば、わたしはムイの港の近くでゼンショーニンと最期の言葉を交わし

た者である。そのときゼンショーニンは、妻のアジュを追って死の国へ旅立とうとしていた。そして気がかりは、残してきた国の民と、太后と大臣のことだと言われた。わたしは必ず東城国へ行って、国の様子を見ましょうと約束をした。王子はわたしの手を握り、静かに息を引き取られた。わたしはその土地で、ゼンショーニン、アジュ、二人の子供の四人のおとむらいをして、仏様の世界に生まれ変わられることを見届けてから、旅を続けてこの国へと訪ねてきたのだ。来てみればなんと！　太后は亡くなられて、大臣は殺されて、悪くて強い家来が王様になっているではないか。わたしはこれをどうして見過ごすことができようか。ゼンショーニンの代わりに悪王を倒して、この国の民を幸せにするのがわたしの役目ではないか！　みんな聞いてくれ。昔のミョーキョー王のときのように豊かで平和な国にしようではないか！　わたしは神の命令に従ってここへ来たのだ」

と言って、剣を床に突き立てた。

サーマの熱い演説を聞いた大臣、公卿、家来たちは、

「お気の毒なゼンショーニン王子によくしてくれて、神の命令で来たとなれば、仕方がない。あの人を国王と認めるとしよう」

みなは相談をして、サーマを国王として迎えることとした。サーマの言動には、国民を納得させるものがあったのだ。

大和は、以前、カピラエ国がシャエー国に攻められたときに、城壁に登って勇敢に戦ったサーマの姿を思い出した。また今回はゼンショーニンに頼まれてはいないのに、並みいる大臣、公卿、家来の面前で、悪王を突き殺してみなを納得させるスピーチを行い王の座に就いたサーマの行動力にもあらためて驚いた。

サーマは釈種というよりは、強い戦士という呼び名にふさわしい人物なのかもしれない。

## 5

# 鼠の守りで戦勝

サーマが東城国の王になった直後に、隣国の王が、この国の混乱に乗じて乗っ取ろうと、百万人ばかりの兵隊を集めて領土に攻め入ってきた。

隣国の軍隊がはるか平原に広がっているのを見て、サーマ王は驚いて騒いだが、兵を集めるとしても、敵に比べて人数がだんぜん少ない。王は個人的には武芸に優れてはいても、もとは釈種なので戦争をすることには熟練していない。しかし、国が占領されては国民が不幸になるので、何とか防ぎたい。とりあえず、集った四十万人ほどの兵を引き連れて進軍していった。

日暮れとなった。その日は戦いは起きず、両軍は大きな塚をはさんで、向こうとこちらで宿陣していた。あちらの軍勢はいかめしく、いかにも強そうだ。サーマ王は即位したばかりで、軍勢を調えることもできなかった。

「どうすればいいのだろう」

傍らにいる大和に問いかけた。大和が返事をできないのを知りながら、困り果ててこぼしてしまったのだ。大和もしょげながら、どうすればいいのかと考えた。ふとテントの脇を見ると、一メートルばかりの大きな金色の鼠がテントの中に入ってきて、食べ残しの食料を食べ始めた。大和の目線を追った王は、この金色鼠を怪しく思った。

「これは、どういう鼠か」

尋ねると鼠は、

「わたしは、この塚に棲む鼠です。この塚を鼠塚と申します。わたしは鼠の王です」

と答えて走り去った。サーマ王はただちにテントを出て塚の所に行き、塚に向かって大声で言った。

「先ほどの金色鼠はただの鼠ではない。獣といってもこれはきっと神様である。よくよく聞いてください。わたしはこの国の王である。鼠の王もこの国の中にいらっしゃる。わたしはこの国の民を守らなくてはならない。だから、この度の合戦に力を貸して勝たせてください。もし、助けてもらい勝つことができたなら、わたしは毎年大きな祭り事をして国をあげてあなた方を大切にお祀りしましょう。もし、そうでなければこの塚を壊して火をつけて、みな焼き殺してしまうつもりだ」

半ばお願い、半ば脅しのようなセリフである。

暗闇の中の塚に向かって助けを頼むサーマ王の気持ちは、この劣勢のなかを、何としても国民を守りたいという必死の願いであった。

その夜、サーマ王の夢に金色の鼠が来て言うには、

「王様、お騒ぎにならなくても大丈夫です。わたしはお守りして必ず勝たせてあげましょう。夜が明けるやいなや、すぐに合戦を始めなさい」

大和もまったく同じ夢を見て目が覚め、二人は同じ夢を見たことを確認して喜び合った。まだ夜中であったが、二人はすぐに行動を起こした。

眠っている兵たちを起こして、象に鞍を置き、すぐに乗れる準備をさせる。弓矢の準備を整えて、即、戦闘に入れるようにかまえる。そして夜が明けかかると同時に、みなで大太鼓を打ち、旗を振り、楯を手にして、大象や車や馬に乗って、甲冑で身を固めた兵士が四十万人、心を合わせてワーッと襲いかかっていった。

敵方は、昼間になったら戦をしようとぐっすり眠っていた。そこをにわかに襲われて、あわてふためいた。象に乗ろうとすれば、鞍の道具、手綱やあぶみなどがみな鼠に食いちぎられて乗られない。また、弓の弦などの武器もみな食いちぎられている。甲冑、太刀、剣の紐までみな食いちぎられて、兵士たちは裸で着るものもない。象や馬をつなぐ綱も切れているので、てんでにどこかへ行ってしまった。車も軸がかじられて使いものにならない。楯を見れば籠の目のように、大きな穴をあけられて、矢を防げるはずがない。そんなわけで、百万人の兵士たちは右往左往して逃げ去ってしまった。向かってきた者は首をはねられて捨てられた。

こうして、サーマ王は合戦に勝って無事に城内に引き揚げてきた。国民は、新王の戦果に大いに喜び、国中で鼠塚のお祭りをするようになった。

サーマ新王は即位して間もなく国の難を救ったので、国民の絶対の信頼を勝ち取ることができた。

それからしばらくして、サーマ王は竜宮城に残してきた妻をお妃に迎えて、一緒に暮らしたいと思うようになった。

さて、あの遠く彼方にいる竜女を迎えに行くにはどうすればいいか。サーマ王は大和に話しかけた。今まで困ったことがあると、大和は口をきかなくても、ヒントを与えてくれることがたびたびあったからだ。

「竜女と会った池へは、雁に乗せられて行ったし、竜女の棲む竜宮城からは、二匹の金竜銀竜に乗ってはるかな山を越えてきた。いったいどうすればあの池に行って妻を迎えることができるのだろうか」

聞かれた大和は、おなかのベルトのリンボーを両手で押さえながら、目をつむってしばらく考え込んだ。すると『森の竜泉（りゅうせん）に行くべし』という声が聞こえたような気がした。目を開けた大和は、にっこり笑って、王を手招き、先に立って歩き出した。

　王城の裏にこんもりとした森がある。その中に、竜泉という泉があるのを知っていた。

　泉に着くと澄んだきれいな水が満々とあふれていて、その底をのぞくとあまりの深さに青黒くて底は見えない。王は泉のほとりから中をのぞき大声で言った。

「竜泉に棲まわれる竜神様。わたしはこの国の王でございます。わたしは竜宮城に棲む竜王の娘を妻としました。王になって迎えに行くと約束しましたが、行き方がわかりません。あなた方竜神様はその消息をご存知かと思います。なにとぞ愛する妻に会わせてください」

　すると今まで静かだった水面がブクブクと泡立ち、中から一匹の青い竜が飛び出してきた。

「竜王との約束を守って、妻を迎えようという心がけはさすがに立派なものだ。わたしは竜王にそのことを知らせに行くから、王はこれより西に向かって千キロメートル歩き続けなさい。そうすれば向こうから妻が来るであろう」

　ギョロリと目をむいて、そう言い放つと、竜はまっすぐ西の空に向かって飛んでいった。

　サーマ王はさっそく象に鞍をつけてそれに乗り、大和をはじめ幾人かの家来を連れて西に向かって出発した。もう一匹、美しく宝石で飾った鞍をつけた象を、迎える妻のために引き連れて出かけていった。

　王たちの一行が夕日に向かって歩み続けて七日目の朝、大きな海の渡し場まで来たときに、海の向こうに積乱雲が急にわき上がり、真っ白に輝く雲の上に金銀二匹の竜に支えられた籠に乗って竜女が運ばれてきた。他に二匹の竜が背中に籠を乗せて後に続いている。四匹の竜は籠を下ろすと大きく旋回してさーっと来た方の空へ舞い上がり、積乱雲の中へのまれていった。籠から出て立ち上がった竜女の妻は、輝くように美しかった。そして、両手を差し伸べるサーマ王の胸に抱かれた。持ってきた二つの籠の中は竜王が持たせた嫁入り道具の金銀財宝でいっぱいだった。

誰よりも美しくて並ぶ者がない花嫁を迎えて、婚礼の儀は三日三晩、城内で盛大に行われた。きれいな声で歌を歌い、楽器を鳴らして踊る舞姫たちは、身も軽やかにとびはねた。晴やかな甲冑で着飾った兵士たちが、そろって足を踏み鳴らし、力強い太鼓の音で城内は幸福色にわきたった。

大宴会を見ながら大和は考えていた。

あの焼け落ちるカピラエ城を後にして行方も知れない旅に出た二人。木の芽、草の根を食べてしのいだ日々を思うと、この大宴会に至るまでのサーマの歩いた道はどうだったか。カピラエ国の民のために戦って人を殺し、ゼンショーニンの思いを汲んで悪王を突き殺し、鼠の力を借りながら隣国と戦闘して国民を守り、ついに竜王との約束どおり王座と美人の妃を迎えることができたサーマ。

大好きなサーマのとんとん拍子の出世を喜びながら、少しわだかまりが残るのはなぜかなあと考えていた。

# 6 イッカク仙人のこと

昔々、インドに一人の仙人がいた。名前をイッカク仙人という。額に角が一本生えていたのでイッカク仙人と呼ばれている。

深い山奥で修行を積み、千年以上が過ぎた。雲に乗って空を飛んだり、高い山を動かしたり、獣や鳥を家来のように従えていた。

あるとき仙人は外出先で思いがけない大雨にあった。道が大変ぬかるんでいたため、険しい山道を踏みはずして、倒れて足をくじいてしまった。やたらに腹をたてて思うには、

「世の中に雨が降ればこのように道も悪くなって転んでしまう。苔で作った着物も雨を吸い込んでじめじめして気持ちが悪い。頭にきたぞ！　雨を降らせるのは、きっと竜王に違いない」

そう言って、たちまちあちこちの竜王を捕まえて、水を入れるビンの一つに入れてしまった。大勢の竜王たちはビンに閉じ込められて嘆き悲しむこと限りない。

竜王たちがいくら頑張っても、この仙人の強い神通力からは逃れることができなかった。

この間、雨は一滴も降らず、世の中はひでりが続き、広いインドの国々は乾ききって土地はひび割れができ、作物もとれなくなってしまった。人々は嘆き合って大騒ぎになった。サーマ王を含む十六の大国の王が、あらゆるお祈りをして雨が降るように願ったが、どうにもならない。なぜなら、イッカク仙人が竜王たちをビン詰めにしているからである。

サーマ王の妃は、今は人間であるが、もとは竜王の娘だったので、その辺りの事情に詳しかった。そこで夫の王に言った。

「この世に雨を降らせるのは竜王の仕事です。こう長い間雨が降らないのは、竜王たちが仕事をできない困難な状態にあるからだと思います。実家の父とも連絡がつきませんし、裏の森の竜泉の水もかれ果ててしまいました。どうか占い師を呼んで竜王たちの災難を救ってください」

　サーマ王が占い師を呼んで聞いてみると、

「ここより東北の方に、深い山があります。その山にイッカクという仙人が住んでいます。雨を降らすすべての竜王をつかまえて水ビンの中に閉じ込めているので、世の中に雨が降らないのです。尊い聖人たちにお祈りをさせても、あの仙人の力には負けてしまいます」

　これを聞いて、十六の大国の王たちは、竜王でさえつかまえるほどの強い神通力のある仙人に、どう対処すればいいかわからない。

「なあ、なにかいい考えはないものだろうか」

　王に聞かれて大和はパッとひらめくものがあった。仙人について国雄おじいちゃんが教えてくれた昔話を思い出したのだ。大広間から走り出して、城内の芸人の部屋の方へ走っていった。戸を開けると、この前のサーマ王の婚礼の儀で、美しい姿で踊ったり歌っていた舞姫たちがいた。彼女らは、大和がサーマ王の側近でいつも行動を共にしているのを知っているので、急に現れた彼を見て何事かと驚いたのだ。

　大和はにっこりと笑いかけて一人の舞姫の手を引っ張り、もう一人についてくるように身振りで示して、大広間に戻ってきた。そして、サーマ王の前に二人の舞姫を連れてくると後ろに下がった。急に王の前に連れて来られた舞姫は、どうしてよいかわからなかったが、ともかくこれも舞台の一つかもしれないと思い、身をくねらせて魅力的に笑いかけてポーズを作った。

　王は、二人の美女の魅力的な姿を見て何かを思いついたらしく、よし！　とうなずいた。

「うん、わたしはすごい案を思いついたぞ。いくら尊い仙人であっても、美しい女性と歌声には油断しないとは限らない。昔、ウッズというイッカク仙人よりは優れた仙人がいた。それが女性を愛してしまい、たちまち神通力を失ってしまったという話がある。ためしに十六の大国の中のとびきり美人を選び出して、あの仙人の住む山へ連れていき、高い峰、深い谷間などの仙人が住んでいそうな所で、心にしみいるような、または楽しくなるような歌を歌えば、もしかして仙人の心がゆるむかもしれない。どうですか他の王様方は」

　聞いた十五の大国の王は、

「それはいい考えだ、できるかどうかはわからないけれど、やってみる価値はある」

　さっそくとびきり美人で、きれいな声の舞姫を五百人選び出した。彼女たちに、何ともいえないセクシーな衣装を着せて、香水風呂に入れて、性的な強い香りの香水をつけさせ、美しく化粧して、きらびやかに飾って、五百台の車に乗せて深い山奥に向かわせた。

　サーマ王は笑いながら大和に言った。

「お前も見に行きたいだろう。女子の姿をしてついて行ってよろしい。お前はいつも何かに守られているような気がするから、行っても怪我（けが）はしないだろう」

　大和は少女の衣装を着せられて頭からきれいな布をかぶり、お化粧をするととても少年には見えないあでやかな少女に変身した。美女のお供のような顔をして車に同乗した。

　舞姫たちが山に入り、車から降りて五百人連れだって歩いていく様子は、言い表せないほど美しくきらびやかで、まるで動くお花畑のようである。やがて十人、二十人と洞穴の周りや、大きな木の陰、峰や谷の間などにちりぢりに散っていった。

そこでしみじみと心にしみる歌をいっせいに歌い始めた。歌声は山に響きわたり、谷間にこだまして、全山をゆるがした。その美しい響きには天人も空から降りてくるし、竜神さえも訪れるのではないかと思われるほど素晴らしいものであった。

そうしているうちに、山の奥の方にある薄暗い洞穴の所で歌っている舞姫のそばに、苔の衣を着た一人の仙人が現れた。骨と皮ばかりのありさまで、あまりにもやせ細っているので、どこに魂が住んでいるかと思えるほどだった。真っ白な髪がぼうぼうとして、額に角が一本生えている。恐ろしいことったらこの上ない。影のように杖に寄りすがって、片手に水ビンを持ち、顔をくしゃくしゃにゆがめて笑いながらよろめいて出てきた。

「これは、どういうお方々がこのように珍しく尊い歌を歌われるのじゃ。わしはこの山に住んで千年にもなるが、今までにこんな歌は聞いたこともないぞ。天人が空から舞い降りてこられたか、それとも魔物が来たのか」

舞姫が答えた。

「わたしたちは天人でもないし、魔物でもありません。五百人のケカラ女と申します。インドの国中をこのように団体で旅をしている者です。この山は、他では見られないすてきな形をして、あらゆる花が咲き乱れ、水の流れも美しく、しかもその中に尊い仙人がいらっしゃるとお聞きして、歌を歌ってお聞かせしようということなのです。このような山奥にいらっしゃるならば、こういう歌もお聞きになれないでしょう、そして、仲良くなってお慰めしたいとも思っております」

そう言って、再び声を合わせて山から谷から歌い始めた。仙人は、今まで一度も見たことがない美しい姿、輝く衣服、うっとりする香り、何とも言えない心にしみいるような歌声に、目もくらみ、心が動転して我を忘れてしまった。仙人はかすれ声で問いかけた。

「わしが申すことに従ってくださるか」

舞姫は、

（心がとろけてきたようだわ。うまくだまして堕落させてやろう）

と思い、

「仙人様、どのようなことでも、どうしてお断りできましょうか、お受けしますわ」

「ちょっとだけさわってもいいかな、と言いたかったのだ」

「どうぞ」

小さく答えて身をくねらせる。

すると、とてもこわごわとぎこちない様子で、女の胸をさわってきた。女は、一方ではこの恐ろしい者の機嫌をそこねまいと思い、また一方では、角が生えて汚らしくて気味が悪いと思ったが、国王がわざとそのようにふるまうようにと命じているので、仙人の言うことに従い、洞窟の奥に入っていった。

仙人はなれないしぐさで女の肌を撫で、口を吸い、乳房をもみ、夢中になって抱きついて思うままにした。舞姫はまといつかれながら、仙人が傍らに水ビンを置いたのを見た。仙人の注意がまた水ビンに戻らないように、いっそう濃厚に愛を深めていった。やせて枯れかかっていた仙人は、どこにそんな力があるのかと思われるほど精力的に舞姫にいどんでいった。

舞姫は何気なくトイレに行くふりをして水ビンを袖に隠して、洞窟の外へ出てさっと投げ捨てた。大和は洞窟の中から着物を乱した女がかけだしてきて、ビンを捨ててまたかけ戻っていくのを見た。

捨てられたビンを拾った大和は力いっぱい遠くへ投げた。空中に投げ出された水ビンの中の竜王たちは、仙人が女を愛したために呪いが破れた。喜び勇んで水ビンを食い破って空に昇っていった。竜王たちが昇るやいなや、空は見る間に黒雲におおわれて、雷がとどろき稲妻が光って大雨が降ってきた。四百九十九人のケカラ女たちはずぶ濡れになって車に戻り、帰っていった。

例の女はイッカク仙人から身を隠すこともできず、かといって都にたち帰る方法もなく、恐ろしいと思いながら数日間洞窟の中で仙人と共に過ごしていた。大和も洞窟の入り口で雨宿りをして、女が出てくるのを待っていた。

仙人は心底この女を愛してしまった。五日目に、雨が少し小降りになって青空も出てきたので、舞姫は仙人に、

「いつまでもこうしてはいられないので、帰ります」

仙人は、

「そうか……、それならお帰りなさい」

と、口では言いながら心が辛そうである。

「わたしは、今までこんな険しい山登りをしたことがございません。このようなひどい岩の道を歩いては足もはれてしまいます。また、帰る道順もわかりません」

「ならば道案内をしてあげよう。わしの後からついてきなさい」

先に立って歩く仙人を見れば、腰は二重に折れ曲がり、足は枯れ木のようである。杖をつき立て、ゆらゆらとよろめきながら歩いていく。

やがて、一つの谷を渡るために、古びた吊り橋にきた。

両岸の断崖絶壁（だんがいぜっぺき）は屏風（びょうぶ）を立てたような切り立った崖（がけ）である。険しい岸壁の下には、大きな滝があった。その下は淵である。ずっと見渡せば、下から逆さまにわき上がるような水しぶきが、雲の波、煙の波のようでどこまでも深い。羽も生えていないし、竜に乗るわけでもないので渡ることなんてできない。

「こんな橋、見るだけでも目がくらんで、気絶してしまうわ。まして渡ることなんてとてもできない。仙人は日ごろか

T. ISHII

ら行き来なさっているのでしょう。わたしをおんぶして渡ってください」

仙人はこの舞姫を心底愛していたので、言われることに逆らえない。

「たしかにそうだ。どうぞおんぶされなさい」

仙人のふくらはぎはつまむとたち切れそうにか細くて、背負われれば折れてしまうのではないかと思われるほどだった。

吊り橋は風に揺れて、たわんで今にも切れそうだ。大和は二人が渡りきった後で、絶対に下を見ないようにしてそろそろと渡った。そこを通り過ぎても舞姫は、

「もう少し」

と言って、背中から下りようとはしない。人里に来ても、

「もうすこし」

と言って、そのまま王城まで背負われていった。

舞姫は城を出るときに、サーマ王に、

「わたしはその仙人の首に乗って戻ってきましょう」

と、公言していたので公約どおりになったのだ。

道中では見る人すべてが、あの深山に住むイッカク仙人が、ケカラ女を背負って王城に入るよと、広いインド中の人々が、高貴な人もいやしい人もみな集まってこれを見た。仙人が、よろめきながら杖を女の尻に当てて、垂れ下がればゆすり上げて行く姿を、あざけり笑わない人はいない。

王城に入ると、国王は、ばかばかしいとは思ったが、仙人は尊い方だからと思いなおして、

「せっかくこの国においでなさったのですから、大臣に任命します。彼女と夫婦になって楽しく過ごされてはいかがで

すか」

仙人は、考えさせてくれと部屋に戻った。

大和がその部屋に入っていくと仙人は、

「おお、お前は水ビンを空に投げて竜を放った子供だな。それはそれで仕方がない。わしは、千年も修行をして尊い神通力を身につけ、風や森や水と一緒に暮らし、獣たちも従わせて、竜王さえ捕らえられるほどの強さを身につけていた。我一人で自由で楽しい生活をしておったよ。

しかし、あの美しく妖しい姫に出会い、今までの千年の苦労と交換しても悔いのないほどの激しい愛に身をこがしたのよ。ありがたいことだった。目もくらみ体中がわき立つほどの嬉しさだ。

王様は、この国でわしを大臣にしてあの妖しい姫と夫婦になれとおすすめくださった。いやいや、わしにはそんな生活は合わないよ。やはりもとの山中で修行する生活が懐かしく思われるので、帰ってもとの生活をやりたい」

と言った。千年かけた修行を一時の恋でフイにしてしまった仙人は、それでも悪びれることなく、姫と知り合ったことを喜んでいる。その上自分に合ったもとの住み処（すか）へ帰ろうとしているのを聞くと、大和は複雑な気持になった。

仙人が、山へ帰りたいと王に告げると、

「では、早くお帰りください」

王に言われて仙人は、本来なら空を飛んで帰るところを、神通力が失われて飛ぶこともできずに、よろめいて転びながら帰っていった。

影のようにはかない姿を見て、人々はあざ笑ったが、大和は笑う気にはなれずに見送っていた。

# 7 蔵の父を殺した泥棒

ある晩、けたたましい声でサーマ王の寝室へ家来が呼びに来た。

「王様、大変です。蔵が泥棒に襲われました！」

サーマ王は飛び起きて上着をはおり、蔵の方へ駆け出していった。騒ぎに目覚めた大和（やまと）も追っていった。

蔵の前では大勢の蔵番（くらばん）たちが騒いでいた。蔵の戸が打ち破られている。王と大和が蔵の中に駆け込むとムッと血の匂いがした。窓の方に行くとおびただしい血が流れていて、一人の男が倒れていた。よく見るとその男には首がない。見まわすとかなりの量の財宝がなくなっていた。

様子を見て王は言った。

「この頭のない死体は、蔵の中に入った泥棒に違いない。きっと親子だろう。親は蔵に入って宝物を取り出し、子は外にいてそれを受け取っていたのだ。そのとき、人が来て騒いだので、子の泥棒が思ったのは、自分は何とか生きて逃げねばならないと思ったのだろう。だが、父と一緒に外に逃げ出すには、この状況では絶対に逃げきれなくて捕まってしまう。捕まったら殺されるし、どこの誰かとわかって恥をさらすことになる。

それならいっそ、親を殺して誰だかわからないようにしたほうがよいと思ったのだろう。子は親を窓口に呼んで、首を出したところを太刀（たち）で打ち落として、首を持って逃げ去ったのだ」

こう推察した。続けて、

「この国では、親の死後、その日から三日以内に必ず葬式をすることが風習として決まっている。だから、この首のない死体を、人通りの多い十字路交差点に置いてみよ。泥棒が死体を取りにくるだろうから、ひそかに見張るように」

その首のない死体は、人目にさらされて交差点の角に投げ出された。

ひそかに物陰から見張っていた者たちは、誰かが現れるのを待って一日中緊張していたが誰も来ないし、すっかり疲れて空腹になってしまった。大和も、交差点の近くにある家の陰から、成り行きを見守っていた。

やがて夕暮れになったとき、ボロのようなものを腰からぶら下げて、間が抜けた格好をした男が、大きな酒樽とご馳走をいっぱい載せた籠（かご）を天秤棒（てんびんぼう）で担いで通り過ぎていった。見張り番の男たちは目配せし合ってこっそりその後をつけて行き、人気のない所で、みんなでワーッと襲いかかった。男は、ウワーッと叫んで、天秤棒の荷物を投げ出して逃げ去った。

見張り番の男たちは、やった！　とばかりに、その荷物を開いてうまい酒とご馳走をがつがつと食べ始めた。空腹のところへ強い酒を飲んだので、たちまち酔っぱらってしまった。酔っぱらって満腹になった見張り番たちは、一日中何事もなくて安心したのか、みなでグウグウと眠ってしまった。

さらに暗くなったころに、きこりのような男が現れた。木こりは火をつけるとすぐに燃えそうなよく乾いた薪（まき）を山のように積んだ車を牛にひかせて、交差点を通りかかった。車が死体のそばを通りかかったとき、間違ったように車が傾き、積んでいた薪がドドッと死体の上にかぶさってしまった。

見張り番たちはみな酔っぱらって頭を逆さまにして眠りこけている。

木こりは、

「あらら、大変！　大変なことをしてしまった。誰かを呼んできて片づけさせよう」

と言って車を捨てたまま走り去った。見張り番たちは眠りこけているし誰も見とがめる者はいない。

それからしばらくして、暗い通りを火縄の炎をくるくると回しながら、それを灯りにして歩いてくる人がいる。この薪の山のそばを通りかかったとき、いきなり燃やしていた火縄を薪に打ち掛けて逃げ去った。薪はすぐに燃え出して死体はすべて焼けてしまった。だが、見張り番たちは何も気づかずに眠りこけていた。

大和は、事の成り行きを見守っていたが、酒とご馳走で見張りを眠らせ、木こりになって間違ったふりをして死体に薪をかぶせ、いたずら半分のように薪に火をつけて逃げ去った男の、用意周到な計画に驚いてしまった。事の次第をサーマ王に伝えたいところだが、言葉を発することができないので、さらに成り行きを見守ることにする。

朝が来て、見張りの男たちが目を覚ますと、そこには死体はなく、燃えた灰が残っているだけだった。大変なことになった、きっと叱られるに違いないとおびえながら王に報告をすると、王は叱らないで、

「そうか、きこりが間違って薪をかぶせたと見た人が言うのか。この泥棒は、大変賢い奴だ。では、この国の風習として、父母の葬式をした後三日以内に必ず身を清めに水浴する川がある。そいつも必ず水浴したがるだろうから、川に見張りをつけておけ。兵士が川のそばで見張りをしているのを見ると、奴は察して逃げるだろうから、取り押さえる兵士は遠くに置いて、若い女を一人川のほとりに置き、見張りをさせなさい。もし、人が出て来て川で水浴するならば、それを女が兵に告げて、囲んで捕らえなさい」

大和は、サーマ王が泥棒をどうにかして生きたまま捕らえようとしていることを察した。

一人の女が川のほとりに配置された。大和も隠れて女を見張っていた。しばらくすると若い男が一人通りかかり、座っている女を見つけて寄ってきた。

「おや、お嬢さん、ずいぶん美しいねえ。こんな所で何をしているの。そばに座っていいかい。ああ、なんてきれいな方だろう。いい匂いは目がくらむようだよ。わたしはすっかり心を奪われてしまったよ。ちょっと手をさわってもいいかい？」

若い女は、男がとても好ましく見えて、両手を握ってじっと見つめられると頬を赤らめて見つめ返し、何とも言えない気持ちになった。男はこらえきれないように、優しく接吻した。うっとりした女の肩を抱いて人目につかない木陰に連れてゆき、そこで二人は激しく愛し合った。起き上がった男は、

「ああ、すごく暑い。汗を流してこよう」

そう言って、川に下りて水で体を洗い、上がってきて再び女の所に戻ってきた。

これからの二人の将来について女と固く約束をした。

「君は本当に優しく美しく素晴らしい。わたしたちは必ず夫婦になって幸せになろう。この次はいつ会ってくれるの？　そうだ、城の裏手の森に泉があるのを知っているかい？　そこでまた会おうね」

男が去った後、うっとりとした女は、あの方は汗を流しただけだわと思い、誰にも告げずに三日間、川へ水浴に来る男を待っていた。大和も見張りの兵も女の恋愛には眼をつぶることにした。

三日後、サーマ国王に、結果を聞かれて女は答えた。

「わたしは、河のほとりで三日間待ちましたが、誰も来ませんでした」

「そんなはずはない、もう少し詳しく述べてみよ」

「いいえ、絶対に来た人はおりません。ただ一人の男がわたしの所にやって参りました。そして、わたしを見てとても優しくしてくれたのです。わたしたちは夫婦になろうと約束をしました。そこで、二人は愛し合ったのですが、その後で彼は川で汗を流して戻ってきました。そして、この次には森の奥にある泉のほとりで会おうと約束しましたの。それだけですわ」

国王は、これを聞いて、

「ああ、それだ、その男だよ。そいつの計画に毎回負けるとは本当に悔しい。なあ、大和、ずいぶん賢い男だと思うが、

悔しいね。よし、女よ、お前はそいつの子供を身ごもっているかもしれない。これからは誰とも愛し合ってはいけないよ、他の男と愛し合った場合にはその男の子供を身ごもるかもしれないから。しばらく城で様子をみなさい」

やがて、サーマ王が推察したとおりに、女が妊娠していることがわかり、王は大喜びである。十カ月が過ぎて元気な男の子が生まれた。

王は、

「この国の風習として、我が子が生まれたならば、父親は三日以内にその口を吸うのだが、今回は、我が子と知っているかどうかは疑わしい。しかしもし、誰かが現れて、その子の口を吸えば、そいつは犯人だから捕まえよ」

そう言って、生まれたばかりの子供を女に抱かせて人通りの多い市場に立たせた。こうなると、大和は盗人が今度はどんな作戦でくるかを見届けなくては気がすまない。

「もし男が出てきてこの子の口を吸うようなことがあれば、必ず捕まえてこい」

兵士が物陰から見張っていたが、この赤ちゃんの口を吸う者はいなかった。

そのうち、一人の男が市場に物売りにやってきた。餅売り（もち）の男である。

「もちー、餅はいらんかねー」

通りかかりながら、ふと赤子を抱いている女に目をとめた。

「おや、これはまた元気でかわいい赤ちゃんだね。ウン、なんて可愛いのだろう。おいしい餅を食わせてやりたいなあ、でも、まだちっちゃいから無理だね、あ、ちょっと待ってね」

男は小さくちぎった餅を自分の口に入れ、柔らかく噛んでほんの一口赤ちゃんに飲ませた。それを見て母親はなんて優しい方かしらと思い、見張っていた者もそう思った。母は、餅売りが以前愛し合った男だとは全然気づかなかった。

サーマ国王に、尋ねられると女は、

「赤ちゃんの口を吸う人は来ませんでしたわ。だから、捕まえることはできませんでした。ただ、この子がとっても可愛いと言ってくださり、売り物の餅を噛んで飲ませてくれた男がいました」

サーマ王はこれを聞いて、あきれるやら悔しいやら。ついに親殺しの泥棒を捕まえることはできなかったので、そのままうやむやになってしまった。

やがて、時が過ぎて隣国に戦争が起こった。ある男がその国の王を打ち破って新王の座に就いたという噂が流れてきた。新王はどんな男かはっきりしないという。サーマ王は、この隣国の新王がどういう手段で前の王を打ち負かしたのか調べさせた。新王の策略は誰もが考えも及ばぬ巧みな計画で、非常に知恵のある者だと思われた。隣国の王がこのように何者かわからず、すごい知恵者であることが判明すると、我が国も警戒を要すると考えているときに、その隣国の新王が、

「貴国の王の娘を妃(きさき)としたい」

と、申し入れてきた。サーマ王は断った場合、攻めてこられても困るのですぐさまそれを承知した。といっても、サーマ王はまだ若く、適齢期の娘がいないので、二歳になる幼い姫を嫁に出すしかないと思って、妃の竜女に告げた。妃は非常に怒り、

「まだ言葉も話せない赤ちゃんを、過去もわからない男の嫁にやるのですか、それではこの子は死んでしまいます。わたしは断じてやれません。大臣の娘が大変きれいだから、それを代わりにやりましょう。貴方は、娘の命と引き換えに自分の地位を守りたいのですか」

王の言うことを聞き入れないので、王は困ってしまった。妻の言うことももっともだが、あの策略家の新王の申し出を断ると危険である。そこで、妃の言うように、大臣の美人の娘を養女にして、王の娘として嫁がせることになった。

成り行きを見ていた大和は、カピラエ国のときと似ているなあと思った。

新王が嫁取りに来る日が決まった。その日になって隣国の新王は、大勢の軍隊を引き連れて、美しく飾りたててこの国を訪れた。歓待の準備は大変なものだった。姫もこれ以上はないと思えるほどに美しく飾りたてた。

笑いと酒盛りの賑やかな宴会が三日間続いた。隣国の新王が妃を連れて帰ろうとするときに、舅となったサーマ王は婿の王のそばにそっとにじり寄り、

「君は、以前にわたしの蔵に入って、財宝をとった人ではないか？　君の知恵や心配りの巧みさをみると、きっとそうではないかと思うのだが。絶対に隠し事はなりませんぞ」

婿の新王は、これを聞いてちょっと笑い、

「そう、そのとおりです。昔のことですからおっしゃらないでください。わたしの妻も王様の娘でありますが、もとは大臣の娘ですね？」

軽くいなしてしまった。

後ほど、サーマ王は、

「とんでもないすごい奴の知恵に負けてしまったよ。娘さえ嫁にやることになってしまった。実にたいしたものだったよ」

すっかり感心して、知恵比べではとうていかなわない相手だと知った。

この隣国の新王はその後、周囲の他の国々ともうまくやって次第に認められるようになっていった。

事の成り行きを見ていた大和はその後裏の森に行き、リンボーを取り出していったい何があったのかとじっと念じた。

リンボーがかすかに振動して薄い煙が立ち上り、尊い菩薩のような人が現れた。

「大和よ、新王は釈迦如来の前身なるぞ。首を切られた父親は釈迦の弟子ダイバダッタの前身なり。ダイバダッタは釈迦の弟子なるが、裏切って地獄に落ちた者なり」

そう告げて消えていった。大和はこれを聞いて、釈迦の前身は、池のそばで魚の頭を叩いた無慈悲な少年であったり、知恵者の新王であったり、いろいろな人生の果てに釈尊（しゃくそん）として人を救うために世に現れたと理解してもいいのかなと思った。そして今回の出来事は、現世から未来へとつながる流れの一点を示しているのだろうと考えた。

それからしばらくして、サーマ王が大和にささやいた。

「お前は口がきけないが、いつもわたしのそばにいてわたしと行動を共にしてくれた。竜宮城へ行ったときは、お前の恐怖の表情を見て、わたしは竜宮城にとどまらず人間社会へ帰る決心をした。ここぞという時にそれとなく助けてくれたおかげでこうして一国の王になれた。それはもちろん竜王と妃の力添えが無ければできなかった。

ところが、困ったことがある。わたしは天に祈って妃を竜の体から人間に変えることができた。しかし、悲しいかな、釈種（しゃくしゅ）といっても若輩のわたしの力では、妃を完全な人間にすることはできなかったのだよ。

あの美しい妃の体は、まだ竜の血が流れているらしい。それでも、昼間はあのように美しい女人である。ところが夜、わたしと愛し合っているときや、熟睡しているときに、頭から九匹の蛇が出てきて、ヒラヒラと舌なめずりをするのだよ。蛇を見るのはとても気味が悪くてね。何かの拍子にちょっと触れたりするとドキッとする。だから、妃が眠っている間に、蛇どもを切り捨てようと思っているのだ」

聞いて大和はびっくりした。あの美しいお妃様が、おやすみのときとか、王様と愛し合っているときに、頭から九匹もの蛇が出てきてうごめき合っているなんて。それはすごく気味が悪いと思う。でも、それを切ってしまったらお妃様のお体に差しさわりがあるのではないかしら。サーマ王がお妃様の頭から出て動いている蛇たちを切り捨てる光景を想像するだけで、恐ろしくて震えがきた。大和は、あの美しく優しい王妃様をそんな目に遭わせるのはとんでもないと激しく首を振った。

サーマ王は大和の怖がる表情を見て、彼も同様に蛇のことをいやだと思ったのだと解釈した。そこでその夜、妃が眠っているときに、蛇を根元からみんな切り取ってしまった。

「誰か！」

悲鳴がしたので、近くの部屋にいた大和は飛んでいった。そこで大和が見た光景は、美しい妃が真っ青な顔で立ち上がり、頭から幾筋もの血が流れ落ちて衣装は真っ赤に染まっていた。切られた蛇がその辺りに、ピクピクと死にきれずに動いている。そばに血のついた剣を持ったサーマ王がぼう然と立っていた。

妃はサーマ王に、悲しそうな瞳を向けながら言った。

「王様のなされたことは、わたしの命には影響はありません。しかしこれから後、王様をはじめ子供や孫たちは、呪いを受けて何代も頭痛を病むことになります。国の民たちも同じ病を持ち続けることになりましょう。

王様、あなたは尊い釈種の家柄に生まれながら、シャエー国との戦争のとき、仏の教えに背いてたくさんの敵を殺しました。また、自分が王になるために、前王をあざむいて殺してしまいました。鼠（ねずみ）に助けられたときも戦争とはいえ多くの人を殺しました。そして今、愛すべき妻の頭をこのように切り刻んでしまわれました。

これは、とうてい釈種のなさることではありません。どのような裁きが下されるか、とても恐ろしいことですわ。

これ、そこの子供、お前は口はきけないけれど、サーマ王についてここまで来ましたね。国王たる者は、国王にふさわしい人徳を積まねばなりません。わが王は、今まで国民のために立派な政治をしてこられました。しかし、別の面では仏の教えに背いていることも確かです。その報いは国民に長きにわたって影響するということを知りなさい。

お前は顔立ちもこの国の者とは思えない。きっと旅の者ですね。今まではお前がいつも王のおそばにいることについて、不思議議には思わなかったけれど、なぜか今、お前には頭痛の呪いはかからないことがわかりました。それはお前がこの国の民ではないからです。さあ、もうここにはいないで旅立ちなさい」

頭から赤い筋をひきながら、じっと大和を見つめる妃の瞳から、ひとしずくの涙がほろりと落ちた。あまりにも美し

く、悲しい涙だった。

　大和は振り返ってサーマ王の目に問いかけた。王は自分の犯した罪の大きさに打ちひしがれてしょんぼりと立っていた。そして、黙って大和の両手を握った。王は声を出さずに心で話しかけてきた。

「少年よ、わたしの犯した過ちは、妻の言うとおり計り知れない。これからわたしは犯した罪をつぐないながら生きていくつもりだ。お前は、いつからかわたしの影のようにそばにいてくれたね、長い間ありがとう。我々は別れる時がきたようだ」

　王の瞳にうっすらと涙が浮かび、大和は唇を噛んでうつむいた。この後、この国のありとあらゆる人々は、妃が言うとおり、みな、発作的な頭痛に悩むことになってしまった。

　大和は思った。一人が犯した罪でも、その者が国王ならば、罪のむくいはすべての国民が背負うことになるのかしら。為政者の罪は、長い時間をかけて万人が償うものだろうか。

　大和はサーマ王と妃に一礼をしてその場を去り、裏の森まで走り出てリンボーを取り出して乗った。たちまちリンボーは大和を乗せて空の彼方へ消えていった。

　空に飛び出した大和は、進む方向を見定めた。ようやく白み始めた藍色の空の向こうに薄いピンクの光が広がっている。日の出である。

　どこへ行くかは知らないけれど、大和の体はリンボーに押されるように前傾しながら、昇ってくる太陽を背に西に向かって飛び続けた。下を見ると一面の雪に包まれた高い山々が見える。あれはヒマラヤ山脈かもしれない。ずっと右手の下界には波立つ黄色の海が見えていた。海ではなく砂漠である。

　鳥になったような気分になった。大きな川の南側に街並みが見えてきた。その中心部にある城の上をぐるりと旋回した後、リンボーはふっと消えた。

「ワーッ!」

　またあのいやな気絶の瞬間である。

# 8 クマラエン

どのくらいの時間が過ぎたか、大和は薄暗い建物の床の上に転がっているのに気がついた。見ると自分はオレンジ色の僧の衣を着ていて、頭はツルツルに剃って僧のような格好をしている。

がらんとした広い部屋で、柱が鈍い金色に光っている。どうやら真夜中の寺院にいる様子である。

向こう側の扉が少しずつ開いた。そっと忍び込むように一人の老人が入ってきた。顔は色が黒くてしわが深く、大きなわし鼻、ぎょろりとくぼんだ目がらんらんと輝いている。髪の毛は剃り落として頭頂が高くとがっている。やせてすじばった手足に、オレンジ色の衣をまとった老僧である。誰もいないかと油断なく目を配る。大和は柱の陰に隠れて老僧の動きを観察していた。

彼は薄暗い部屋を静かに横切って、奥の間の扉をそっと開けて中へ滑り込んだ。すかさず大和もすっと入って柱に隠れる。そこはこぢんまりとした部屋で、天井や柱に濃い原色の絵が描かれ、中央にはちょうど人間と同じくらいの大きさの木彫りの仏像が安置されていた。

老僧はいきなり身を投げ出して床にひれ伏し、仏像に向かって一心に拝み始めた。小さな声でブツブツと唱えている。耳を澄ませると老僧のつぶやきが聞き取れた。

「お釈迦様、どうかこの罪深いクマラエンをお許しください。この天竺（インド）の地はお釈迦様の教えが広く行きわたり、人々はみな幸せに暮らしています。けれども、これより東の方に震旦（中国）という国がございます。その国は野蛮で、まだ仏教が伝わらず、人々はいがみ合い戦い合って、暗闇の中で暮らしているようなものでございます。

このお釈迦様のお像を、この国の人々は誰もが大切に拝んでいます。このお像こそ、お釈迦様ご本人のお姿であります。しかし、この国では、このお釈迦像がなくても、人々は今までの教えを守っていけば多くのおかげを受けることができましょう。わたしはあなた様を震旦に運んで震旦の王にお届けしたいのです。そして仏様のおかげで人々に幸福になってほしいのです。

ここからお像を盗み奉り、震旦に届けることをお許しください。盗みは、教えのなかでも特にいけないこととされています。わたしはその戒めを破ってでも、東の国の大勢の人々に仏教を広めて、幸せになってもらいたいと願っています。どうかわたしをお許しください」

涙ながらに仏像に向かってかきくどく老僧の姿を見て、大和は胸がつまるような気持ちになった。仏像に向かって盗みという罪をさせてほしいと頼んでいる老僧がいる。

と、部屋の中に何ともいえないよい香りが漂い、遠くから響くような声が聞こえてきた。

「クマラエン、クマラエン、ワタシトトモニヒガシノクニヘイコウ」

瞳を薄く閉じた仏像の口から、ふわりとかすかな煙が出たように見えたが、大和の耳にも「ヒガシノクニヘイコウ」という声が小さくこだましている。

老僧は、ははっと伏して、涙をぼたぼたと落とした。

「ありがたや、それでは一刻も早く」

どこからか大きな布を取り出した老僧は、

「南無！」

ひと声をかけて仏像をすっぽりとくるみ、さらに紐を取り出してその上からよく縛り、別の紐で自分の体に背負った。

それからの老僧クマラエンの行動は素早かった。小走りに部屋を出ると、薄暗い廊下の細い隙間をサササッと走り抜けた。あらかじめ手順を決めていたのだろう、寺から外へ出るまでにほんのわずかな時間を要しただけだった。老僧の足が速いので、大和はあわててついて行った。

寺の外には、夜更けて寝静まった街が広がっていた。月も星もなくちょっと離れると闇に吸い込まれてしまうような暗い街道を、ひたひたと早足で歩く。後を追って大和も小走りに追いかける。と、突然その姿が見えなくなった。

「あら！　大変だ、お坊さんはどっちへ行ったのかしら」

あわてて次の角を曲がると、いきなり目の前に大きな鼻とギョロリとした目が現れて老僧がぬっと立っていたのである。

「子供よ、どうしてわたしの後をつけてくるのだ。さあ、帰りなさい」

大和は黙って首を横に振った。

老僧はぐっと顔を近づけて大和を観察した。大和は、怖さに震えそうになるのをこらえて見返した。大和の顔はインド人とは違って、色白のつるりとした顔だ。老僧は目を大きく見開いたり、つぼめたりして観察したが、ふーっと大きく息をついて、

「子供よ、お前はどこから来たのじゃ？」

大和は口がきけなくて、また首を左右に振った。

「子供よ、わしがどこへ行くか知っているのか？」

大和は大きくうなずいた。

「何、知っているというのか。それはどこじゃ？　言ってみなさい。

ウン？　お前は口がきけんのじゃな。それならわたしが何をしようと人に告げることもできまい。じゃが、お前の顔

を見れば、この国の人間ではないことがよくわかる。もしや、お釈迦様が東の国から迎えによこしてくださったか。いやいや、そんな甘えたことを考えてはならぬ。とにかくこの口をきかぬ少年に関わり合っていては時間の無駄というものじゃ。さあ急ぐとしよう」

独り言をつぶやいて、大和を無視して再び歩き始めた。人目を避けて暗がりから暗がりへと小走りに進んでいく。二時間も行くと道は人里外れた山裾（やますそ）の迂回路（うかいろ）にさしかかった。

曇っていた空が晴れ、見上げると満天の星である。さすがに老僧は息苦しくなってきた。だが、背中に背負った仏像から何やら力が伝わってくるような気がする。この道は、今は西北に向かっているが、必ず遠く東の国へとつながるはずだ。来たこともない道を自分の足元だけを見つめて一歩一歩進んでいく。

道に迷うはずがない。仏様はワタシトトモニイコウと言われたではないか。その仏様を背負っている限り、わたしの足は正しい道筋を進むに決まっている。声にならない経文を心の中で唱えていると、そのリズムに合わせて、足は着実に前へと踏み出されるのであった。

北にはヒマラヤ山脈がそびえている。その西側をまわり込んで北上し、その辺りから天山南路（てんざんなんろ）のシルクロードを進むことになろう。果てしなくはるかな道を、震旦までたどり着けるだろうか。いや、考えまい、とにかく虫のように一歩でも半歩でも進むことだ。朝の四時になれば、最初のお祈りに来た僧たちはこの仏像がないと気づくだろう。追手が四方八方に差し向けられるに違いない。こちらは徒歩で進んでいるのだから、どんなに急いでも急ぎ過ぎることはない。クマラエンはこのとき、あの少年がついてきているとは思わなかった。

大和は仏像を背負って黒いかたまりになった老僧の後をひたすら追った。夜中にこうして歩いていても疲れを感じないのは不思議だった。

ついに道端に一息という感じで老僧は座り込んだ。肩で息をしているが、背中には仏像を背負ったままである。

ベルトの中のリンボーがかすかに振動した。ポケットに手を入れると、木製のお椀が出てきた。大和が辺りを見まわすと、道の向こうに小さな一軒家があり、明かりが漏れていた。大和は駆けていってその家の前に立ち、扉をコンコンと叩いた。

「誰じゃ」

しわがれた声がしてしばらくすると、あのクマラエンよりもっとしわの深い老婆（ろうば）が扉から顔を出した。

「おお、おお、子供の托鉢（たくはつ）じゃ。よしよし、婆さんはな、お前のことは、ゆうべ夢に見たぞ。小さな托鉢に、少しの食べ物と水をやれという声が聞こえたからな。わたしゃ村のはずれの一軒家で、旅の人が最後に寄って何かを買っていくのを助けているのじゃ」

老婆はそれだけ言うと家の中へ引き返して、薄い餅（もち）を焼いたようなナンを木の椀に入れて、革袋いっぱいの水もくれた。

「おお、おお、子供の托鉢や、どこへ行くのか知らないが、村のはずれの一軒家のババアは、お前が来るのを夢で知って待っていたのを覚えておいとくれ」

（ありがとう）

大和は声に出さずにつぶやいて深くお辞儀をし、もらった食べ物と水を持って老僧が休んでいる所へ戻った。

黙ってお椀と革袋を差し出す。

「おっ、これはなんと……ありがたい」

この少年はやはり東国からの使いかもしれない。

合掌してから食べ物の端を少しちぎって口に入れた。水は革袋から直接二口ほど飲んで、残りは大和に返した。

「お前も食べなさい」

大和もこれからの旅を思うと全部食べては心配なので、少しだけちぎって食べた。するとあら不思議、なんだかおなかがいっぱいになったような気がする。残ったナンと水の革袋を包んで首から吊るした。

見ると、老僧はちょっと一休みするはずだったのに、そのままずるずると眠り込んでいる。

するとあら不思議、仏像を背負っている紐が解けて、包んだ布がするすると解けて広がった。眠っている老僧をすっぽりと包み込んだのである。仏像は、前にまわって布に包まれた老僧を、

「よいしょ」

と背負って立ち上がった。

そして、仏像は、しっかりとした足取りで山道を上り始めた。仏像と大和の二人は、星の明かりを頼りに険しい山道を進んでいった。

遠い山並みの稜線の向こうは、降るような星の世界である。大きな荷物を背負った仏像が細い山道を先に歩んでゆく。大和は五、六歩遅れてついて行く。二つの影法師はゆっくりと、休むことなく岩肌の固い道を進んでいった。この辺りは昼間なら焼けつくような高温地帯だが、夜になるとヒマラヤ山脈から吹き下ろす冷たい風が、衣の裾をはたはたと揺らす。

大和は、前を行く仏像の足元だけを見つめて歩いた。目を上げて周りを見るような余裕はなかった。どこまで続くか

わからぬ一本道、音を立てて流れるような流星群、ひょうひょうと、うなる風に乗せられて頬を打つ小石、二人をすっぽりと包む深い闇、どれ一つを取り上げても悲鳴をあげて逃げ出したいような恐怖感に襲われる。

目を大きく見開いて仏像の足を見失わないようにしているが、思わずホワッとあくびが出て涙がにじんできた。フッと仏像の足が見えなくなった。大和と仏像との間に、何か黒い大きなものが立ちはだかった。眠気が一気に消し飛んで、左右を見ると、大和の周りは黒い大きな壁が立ちはだかり、それがかげろうのようにゆらゆらと揺れて迫ってきた。壁は生き物のように大和をのみ込もうとする。恐ろしさに立ちすくんで一歩も足が出ない、周りを見まわしても仏像の後姿は見えない。ああどうしよう！

（お釈迦様！　助けて！）

大和は心の奥で叫んだ。右手をベルトのリンボーに当てる。

「あわてちゃいけない。さあじっと目をつぶるのだ。耳を澄ませてよく聞こう。それから音がする方をじっと見つめろ」

どこからともなく声が聞こえた。危うく悲鳴をあげそうだった大和は、声が教えるとおりにしっかりと目を閉じた。目を閉じるとゆらゆらと動いていた黒い壁も見えなくなる。息を殺して耳を澄ます。ササッ、ササッとかすかに足音が聞こえた。大和は目を開けると音のする方向をじっと見つめ始めた。一秒、二秒……目の前で揺れていた黒い壁に縦の細い隙間が開いた。隙間の向こうには岩と岩の割れ目があり、やっと人一人通れるほどの細い道がある。そのずっと向こうに荷物を背負った仏像が歩く姿がかすかに見えた。大和は瞬き（まばた）もせずに仏像を見つめながら小走りに進んで間を詰めた。少し広い場所にきて、振り返ると黒い大きなかたまりの岩山があり、鬼の顔が笑っているように見えた。恐ろしさに二度と振り向けなかった。

仏像は、立ち止まって、肩で息をしている大和の方をじっと見ている。仏像の瞳に応えるようにリンボーが振動を始めた。大和がリンボーを取り出すと、いきなり大きく広がって、それは金色の籠（かご）の形になった。大和が乗るとふわりと浮き上がった。そのまま大和は籠の中で引き込まれるように眠り込んでしまった。老僧を背負って仏像が歩く。その後から小さな籠がふわふわと浮かびながらついて行く。

明け方になって東の空が白み始めるころになると、仏像は立ち止まって背負っていた包みを下ろした。布がさっと広がって仏像を包み込み、紐がくるくると布に巻きついてそれを縛った。その仏像にもたれて眠る老僧と、数歩離れた所で地面に転がって眠り込む大和。籠はどこかへ消えていた。

しばらくすると老僧は目を覚まして、ゆうべ眠り込んだ地点といささか様子が異なるような気がして周りをきょろきょろと見まわしていたが、誰に聞くこともせず、仏像に手を合わせて熱心に朝の祈りを捧げ、自分が眠っている間に少しでもインドから離れた所に来ていることについて無心に感謝を捧げた。大和も起き出して、例の袋の中からナンを少しと革袋の水を取り出し、二人で分けて少しずつ食べた。

「東の国の少年よ、ありがとう」

老僧は、小さくつぶやいて朝ご飯を口に入れた。

その日は右手にヒマラヤ山脈の雪の峰を見ながら少しずつ高い所へ登っていった。インドを出たときには大変暑かったけれど、この辺りは風も冷たく、手足が凍えるようだった。それでも老僧はハッハッと短く息を切らして、追手が来ないかと後方を振り返りながら、必死に進んでいった。大和は衣をすっぽりと頭からかぶり、体に強く巻きつけて寒さを防ぎながら険しい山道をついて行った。

凍った山道で、大和はズルッと足が滑り、そのまま斜面を滑り落ちた。両手を衣の中に入れていたのでとっさに岩肌をつかめない。軽い大和の体は二転三転と転がり落ちて、つき出した岩の上に投げ出されて止まった。ようやく身を起こした大和の目には、大和の転落に気がついていない老僧があえぎながら、はるか高い所を進む姿が見えた。声を出してはいかんと言った玄奘三蔵（げんじょうさんぞう）法師の言葉が浮かび、助けを呼ぶこともできない。さいわい手足はどこも傷ついていない。

四つん這(ば)いになって大和は山肌にしがみつき少しずつ登り始めた。大和の耳に少年サッカーの仲間の声がワイワイと聞こえた。右から左からサッカー少年たちが走りまわっている掛け声が聞こえてくる。大和は猛然と岩肌にアタックしてじりじりと登り始めた。細くてしなやかな体を曲げたりくねらせたり、手がかりを求めながら這い上がっていく。けれども老僧の姿は次第に遠ざかっていく。一瞬、玄奘三蔵法師に昔の国を見たいなどと言わなければよかったという後悔が頭をかすめた。涙がどっと噴き出して、喉が切なく痛んだ。

「お兄ちゃん！　あと少しで道に出るわ！　相模川(さがみがわ)の土手の半分ぐらいよ」

いるはずもない妹さくらの声が聞こえた。相模川の土手の半分か。

柔らかい風になびいた芳(かんば)しい草むらが目の前に広がった。土手の芝桜もちらちら見える。大和は柔らかい草につかまりながら再び夢中で登っていった。突然平らな土手の上に出た。座り込んで肩で息をして見まわすと向こうに相模川が悠然と広がって見え、鉄橋も見える。暖かな風が吹いている……。瞬きをすると、そんなわけはなく、足元にあるのは草原ではなく、冷たい山肌だった。だが、やっともとの道まで戻れたみたいだ。前方を見ると、老僧は背中を丸めて山道の尾根の端を曲がろうとするところだった。大和は立ち上がって泥を払い、再び後を追って登り続けた。

立ち止まって大和を待ち受けていた老僧は、大和が着くとそこに座って景色を眺めた。尾根から続く白雪(はくせつ)の遠くの山並みを見つめ、来た方向の低地の森林や平野を眺めながら、この釈迦像について話し始めた。

「昔、お釈迦様の母君のマヤ夫人は、六本の牙の象に乗った仏様がおなかに入る夢を見て、身ごもられた。出産のために実家に帰る途中で、ルンビニーという庭園に立ち寄られた。マヤ夫人は、孔雀のように葉っぱが輝く無憂樹(むうじゅ)という木の下に来られた。その輝く枝を取ろうとして、右手を伸ばしたときに、脇の下からお釈迦様がお生まれになった。ところがマヤ夫人は無理なお産のために、七日後に亡くなられてしまったのだよ。そして、天界の忉利天(とうりてん)というところで生まれ変わり、そこで暮らしておられた。

　お釈迦様は大人になって、苦しい修行をして仏になられた。長い年月、仏教を説いて大衆を教え導いておられたが、マヤ夫人が早くに亡くなられたので、忉利天にまで行って母君に仏教を教えさとらせようと思われたのだ。弟子の文殊（もんじゅ）菩薩（ぼさつ）を使いにやって、マヤ夫人にそのことを告げさせた。マヤ夫人はそのとき自然にお乳がほとばしり出たので、

『お前の言うとおり、仏が我が子ならば、この乳はその口に入るでしょう』

と言われた。そして、お乳ははるか遠くのお釈迦様の口に届いた。マヤ夫人は大喜びで仏の教えを受けることになった。

忉利天に行ってしまわれた仏のお留守は九十日目になった。仏の弟子のウデン王は仏を恋しがって、代わりに赤栴檀（しゃくせんだん）の木で仏の像を造らせたのだ。その後、仏が天界より戻ってこられたときに、仏弟子（ぶつでし）がみんなでそろってお迎えした。そのときにこの仏像もみなと一緒にお迎えしたのだよ。

　お釈迦様は、天から雲に乗ってしずしずと降りてこられた。お迎えした弟子たちにそれぞれ会釈をしながら通っていかれたが、この仏像の前で足をとめられてじっと見つめ、大きくうなずかれたのだ。

　仏像は自分の存在を認めていただいて、深く腰を折って感謝の気持ちを表したという話だ。これが世界で最初に造られた仏像だ。その後、仏が亡くなられた後にも、人々はこの仏像をお釈迦様として敬いお祀（まつ）りしている。わたしが、お釈迦様に震旦へ行くことをお願いしたときに、『トモニイコウ』と言われたのをお前も承知しているな」

　大和は、そういうわけだったのかと納得した。

　二人は追手を恐れて、夜も昼もひたすら急いだ。

　ヒマラヤ山脈を左に遠まわりしてアフガニスタンの辺りからタクラマカン砂漠へと入っていく。もうこの辺りには追いかける人も来ないだろうと思われる。

　砂漠の左手には真っ赤に燃える火の山がそびえ立つ。はるか向こうの砂漠にふわりと赤い炎が見えた。炎は見る見る

うちに広がって、渦巻きながら二人の方へ進んでくる。熱い風がピシッピシッと頬を打った。

竜巻の渦が舞い上がり、猛烈な勢いで砂の柱が接近してくる。

襲いかかる熱い砂の波を見て二人は棒立ちになった。背中から仏像が滑り落ちて、くるんでいた布を広げて風に背を向けた。老僧と大和は仏像の足元にひれ伏した。仏像が彼らの上におおいかぶさるように倒れ込んだと同時に、ゴオーッと赤い炎の砂嵐が襲いかかってきた。砂嵐は一面に砂煙を巻き上げ、まき散らし、めちゃくちゃに荒れ狂った。大和たちが岩になったように地面に張りついていると、上から容赦なく砂がかぶさってくる。砂の重みで息が止まりそうだ。ああ苦しい。何も聞こえなくなって、頭がぼーっとして眠くなってくる。


「お兄ちゃん！　寝ちゃ駄目よ！」

またもや妹のさくらの声にハッと我にかえった。手足を動かそうとしても、すっぽり頭からかぶさった砂がしめつけるように重くて動けない。首をねじると砂が流れ落ちて少し隙間ができた。腰のベルトのリンボーもジグザグに上へ進んでいって、少し呼吸ができる隙間を作った。

二人の上からかぶさっていた仏像が背中でぐいぐいと砂を押し上げて、二人が這い出しやすいようにしてくれた。目も鼻も砂だらけになってやっとのことで這い出して、その辺りを見まわしてまたまた驚いた。

さっきまではどこまでも平らな砂漠だったのに、目の前には巨大な砂山がそびえ立ち、砂嵐によって地形がすっかり変わってしまっていた。細く続いていた砂漠の道もどこにあるのかわからない。

老僧は空を見上げて砂の舞う彼方にある太陽を探した。太陽は黄色にどんよりと曇って見えた。右手を太陽に差し出してその手を軸にして自分の進む方向を定め、迷うことなく歩き出した。小さい声で経を唱え、それに合わせて進んでいく。

大和は照りつける太陽で体中の水分がなくなったような気がする。唇は白くひび割れができ、目も瞬きをするとかさかさする。老僧のやせてほこりだらけの黒い足が、重い荷物を背負い一歩、また一歩と砂を踏んでいく。大和はその細いかかとを見つめながら、どれくらいの時間が過ぎたのか……気が遠くなりそうだった。革袋の最後の水もなくなっていた。

あのインドのお寺を出てから幾日、幾月が過ぎたのだろうか。色白の大和もすっかり日焼けして、たまに見かける遊牧民の子供と同じ顔つきになってしまった。ときどき遊牧民のテントに行っては、例の木の椀を取り出して、いくらかの食料と水、山羊の乳をもらい、二人はそれを分け合って飢えをしのいできた。けれど、砂漠の真ん中で砂嵐に遭い、黄色い太陽を頼りに進む二人の足はなかなか進まない。

老僧はぐったりした様子で、

「少年よ。わたしは疲れた。このままでは震旦はおろか、ゴビ砂漠を抜け出すことも困難だ。今少し休もう」

仏像を下ろすと布をはずして日よけを作り、そこにうずくまると、スウスウと寝息をたて始めた。見ると、しわだらけの頬はこけて、髭（ひげ）はぼうぼう、あばら骨が浮き上がり、眉を寄せて固くつむった目の端に目やにがついている。

大和はそれを見て、このまま眠ってしまったら、二人とも再び起き上がれないかもしれないと思った。ベルトからリンボーを取り出し、片足を乗せて、「飛べ」の姿勢を取る。回転を始めたリンボーはあっという間に空高く舞い上がった。

方向を定めて鳥のようにしばらく飛ぶと、視界に都市が見えてきて、屋根の瓦がキラキラと光っている。人目にたたない所に着地する。例の木の椀を持って大きな屋敷の門の前に立った。門番が出てきて、

「何だ、お前は。どこから来たのだ」

大和は丁寧にお辞儀をして、やってきた砂漠の方角を指差した。そして木の椀を差し出してお恵みを乞う。門番は大和を待たせて中に入っていった。中からお母さんぐらいの年齢のきれいな夫人が出てきて、

「お前はどこから来たの？　あちらは広い砂漠でお前のような子供が一人で旅をすることはできないよ。とにかく手足を洗って、何か食べなさい。ちょっと休むがいいよ」

温かく声をかけてくれた。大和は、その言葉に頼りたい気持ちはやまやまだったが、砂漠で寝ている老僧のことを思うとそれどころではないので、手を振って断り、もう一度お椀を差し出した。夫人は、

「そうなの、急ぐのね、では少し何かを」

そう言って召使いに食料と水を持ってこさせて渡した。大和は嬉しさに何度も何度もお辞儀をして、もらったものを抱きかかえて走り去った。人気のない所まで来ると、リンボーに飛び乗って再び老僧の所に戻った。

老僧は口を開けたまま眠っている。大和は、もらってきた革袋の水を白く乾いた唇に垂らしてあげた。

「ウーン」と唸(うな)って老僧は目覚め、大和が差し出す水と食べ物に両手を合わせて拝んだ後、まずは仏様にお供えしてから、二人で少しずつ分け合って食べ始めた。こんな砂漠の中で、どこからこのような食料を手に入れたかは聞かなかった。今では、大和を東国からの使いだと信じて疑わないからである。

睡眠と食事を取った老僧は少し元気を取り戻して、再び仏を背負って東に向かって歩き始めた。その後から大和もとぼとぼと袋を肩にかけてついて歩いた。夜は、仏像が老僧を背負って歩き、その後ろに大和を乗せたリンボーの籠が続いた。大和には、間もなくあのキラキラとした瓦の街に着くことがわかっていた。

夕暮れの砂漠の向こうの空が薄く明るいのが見えた。

「あの明かりの下に街がある。あそこまで行けばどうにかなる」

老僧は、うめくように言って、一歩、また一歩と、明かりを目指して這うように進んでいった。夜も更けて、二人はやっとクジ国の街に着いた。

大和は、老僧の手を引いて、見覚えのあるあの屋敷の前に連れていき、コンコンと門を叩く。老僧は、その場で座り

込んでしまった。

中からあの門番が出てきて、二人を見ると、声もなく家の中に駆け込んだ。奥から出てきた夫人は、

「まあ、お前、どうしたの」

やせ衰えた老僧が背負っている荷物の布がほどけて、中からほのかな光を放つ仏像が姿を現した。夫人は驚いて、二人を屋敷内に通し、召使いに命じて体を洗わせて食事をさせた。その間に、別の家来が王様のお城へと走った。王城からはさっそく輿（こし）の迎えがつかわされた。

この国はクジ国といい、王様の名前はノウソン王である。

大勢の人々の見守るなかを正面の扉が開いてがんじょうな兵士二人が衰弱した老僧を支えるようにして入ってきた。その後ろから、これまた二人の兵士が布に包んだ物体をうやうやしく捧げて続き、最後に少年が入ってきた。

人々はその物体が仏像であると確信した。なぜなら布で包んであるにもかかわらず、誰の目にもかすかに光を発しているように見えたからである。

老僧は王の前にひれ伏した。

「僧よ、お前はこの国の者ではないな。どこから来たか、名は何という」

「王様、わたしは天竺（インド）の僧で、名前はクマラエンと申します」

「そうか、ずいぶんと遠い国から来たものだな。お前の背負ってきた物は何だ。どこへ向かって旅をしているのか」

「王様、わたしは王様が大変慈悲深く、信仰も厚いお方だとお聞きしています。今はこの仏様と一緒に震旦へ向かう途中でございます。あまりにも長い旅で、大変疲れておりますので、しばらくの休息をと訪ねて参りました」

やせて眼ばかりぎょろぎょろした老僧が小さな声で答えるのを、王は快く聞き届け、

「よし、それではまず体を休めてゆっくり眠るがよい。元気になったら事情を話せ、よいな」

老僧は兵士に支えられ別室へと連れていかれた。大和もその後に続いた。

部屋に入って、仏像の包みを開いて安置すると、クマラエンはまず王様と話をしたいと申し出た。王様の部屋に案内されてみると、王様とその横にきれいなお姫様と、数人の召使いがいるだけだった。老僧は話し始めた。

「わたしは、もとは天竺の貴族の出身ですが、仏の教えにひかれて長い年月修行を続け、今では聖人（しょうにん）といわれるほどになりました。尊い仏の教えはクジ国にも伝わって、この国の人たちも幸せに暮らしているのは遠く天竺でも知られています。けれども震旦ではまだまだ教えが広まっていないので、人々は戦争や殺し合い、盗み、病気など不幸が絶えません。この仏像は、すべての仏像の中で最初に造られた特別尊いものです。この尊い仏像を震旦に届けることによって、多くの人々が仏の教えで救われるに違いないのです。わたしの願いはお釈迦さまにも聞き届けられて、険しい難路を共に切り抜けてようやくここまでたどり着きました」

事情をつぶさに話した。

王は話を聞いてたいそう感激され、旅路の厳しい苦労話にも声をのんで聞き入った。

王は目をつむり深く考え込んだ後、椅子から下りてクマラエンの前にひざまずき、両手を取って語りかけた。

「聖人よ。あなたのなさろうとしていることはどれほど多くの人々を救い、幸せをもたらすことになるか計り知れないものがある。だが聖人よ、あなたはクジ国へ来るまでにどんなに遠くから歩いてきたか、ここはまだ震旦までの道のりの半分である。あなたの体力ではいくら頑張ってもこの仏像を震旦まで届けることは不可能であるぞ」

のぞき込むようにしてささやく王の言葉に、老僧は深く頭を垂れて肩を落として一筋の涙を流した。王は考え深く言った。

「聖人よ、わたしには素晴らしく可愛がっている娘がいる。この娘を嫁にして子供をもうけ、その子供にこの仏像を震旦まで運ぶ仕事を託してはどうかな」

「えっ」

と、老僧は飛び上って後ずさりし、激しく首を振った。

「王様、わたしは生まれてこの方、仏の教えを一筋に生きて参りました。女人と接することなどいっさい考えたこともございません。何と恐ろしいことを言われるのでしょうか。どうか、今のお言葉はなかったことにしてください」

「聖人よ、あなたの言うことはよくわかります。あなたが女人に興味を持たないのも当然だし、それは許されないことかもしれない。しかし、もう一度考えてくれ。妻帯は仏弟子なら当然許されないが、大きな目で見ればどうだろうか。この仏像をあなたの子供の手によってはるばる震旦に運んだならば、素晴らしい結果をもたらすのは間違いない。それこそ仏の道を行うことになるのだ。命がけでここまで運んできたならば、たとえ死んで地獄へ行こうとも、体がぼろぼろに切り裂かれようとも、やり遂げるべきではないか？　人々を救うという立派な目的を達成するためならば、きっと仏様も認めてくれるに違いない。最初に盗みを計画したときにも戒めを破る覚悟があったのではないか」

このように、ノウソン王は強くすすめた。

老僧は王の言葉を聞きながら、うなだれて一言も言わなかった。たしかにここまでの道のりは自分の体力の限りを尽くしてやってきた。しかし、ここはまだ道の半ばである。ここまで運べたのはすべてみ仏のおかげであるが、さらに遠い道のりを進むには寿命が持つかどうかは自信がない。けれども仏教一筋に帰依（きえ）してきたこの身を、余命わずかなこの時に破戒（はかい）するとは……。思いは乱れて言葉もない。

王のそばで話を一緒に聞いている姫は、まるで天女のようにきれいで賢い姫であった。王はこの姫を何ものにも代えられないほど愛おしく思い、その可愛がりようはたとえようがないほどだった。しかし仏法を広めることの尊さを思えば、娘を聖人に差し出すことのほうが大事だと判断して、姫によく言い聞かせた。

「姫よ、わたしはお前のことを世の中で一番愛している。しかし、今この聖人の願いがかなえば震旦の多くの人々を救うことになる。わたしはクジ国を治め、国民のすべてが幸せになるように願っている。もちろん震旦国の民たちについても同じだ。それにはこの仏像を無事に届けなければならないが、この聖人のお年では、はるかな震旦へはとても行き着かないだろう。そこでじゃ、お前が聖人に嫁いで立派な子を産み、その子が長じて震旦へと届けるように引き継いでくれ。ここは一つ、聖人と夫婦になってくれ」

言いながら、可愛い娘にむごい役を押しつけることを思い、王自身もはらはらと涙を落とした。

姫は父王の涙と言葉をじっと聞き、そこにいるやせ衰えたインド人の老僧を見つめた。老僧は目を伏せてしょんぼりと座っている。今にも命の火が消えるのではないかと思われる疲労ぶりだった。姫の長いまつげの大きな目からも涙が一滴落ちた。

「お父様、よくわかりました。このお方の向こうには何千何万もの救われたい震旦の人々のお顔が見えます。わたしの体でこのお方のなさろうとしたことを成し遂げられるなら、仰せのとおりにいたします」

きっぱりと言い切った。姫の言葉を聞いた老僧は、大きく目を見開いて王と姫とを交互に見た。

「しばし、しばし考えさせてくだされ」

「そうか、よく考えるとよい」

老僧はよろよろと立ち上がり自分の部屋の方へと歩き始めた。大和は老僧に付き添って部屋へと向かった。

部屋に戻るとクマラエンは仏像の前にひれ伏し、長いこと祈り続けた。

「お釈迦様、わたしの体で、あなた様を無事に震旦にお届け奉るには、わたしの命は尽きようとしています。仏像を盗み奉るという大きな罪を犯そうとしたとき、この身は地獄の果てまでもと覚悟をいたしました。しかし、お釈迦様は一緒に行こうとお許しくださいました。今ここにきて、妻帯の罪に落ちるのでしょうか。み仏よ、わたしの命を差し出せと言われれば差し出しましょう。何もかもみ心のままにわたしをお導きください」

泣きながら訴えた。

やせて枯れた身を床に投げ出して祈っている。疲れ果てていたのか、涙で床を濡らしながらそのまま床に突っ伏してしまった。大和はそばへ行って薄い絹の掛物をふわりとかけてやった。木の椀に一杯の水を汲んで枕元に運んでいった。

……老僧はふと顔を上げて、目の前に水を入れた椀を支えている大和を見た。ぼんやりした頭に、なぜか懐かしい心がわいてきた。

「おう！　お前は、そうか、わたしがここでまたお前に水をもらうのは、み仏のお導きに違いない。よしわかった。それならば流れに身を任せよう」

老僧は姫と結婚するように心を決めた。

その翌日から姫と同じ部屋で暮らすようになった。色が白くて目が涼やかでふっくらとした姫は、色黒の、やせて目ばかり大きく、枯れ木のような老人の世話をかいがいしく行った。しかし、老僧は妻の親切なふるまいに本当に恐縮しているようだが、いつも少し間をおきたがっている。そして一日中、ほとんど話をしないで仏像の前に座っては何か経文をつぶやいていた。大和の見た感じでは、仏像にも、妻帯をただひたすらお詫びをしているようだった。

二人は同室で暮らしていたが、姫は一向に妊娠する気配はなかったし、老僧も少しずつ衰弱していくように見えた。

ある日父王が姫を呼んで尋ねた。

「お前はどうして妊娠しないのか？　何か特別な事情があるのだろうか」

「お父様、わたしたちは仲良く暮らしています。ただ気になるのはあの方が眠りに入る前に必ず呪文のような言葉を言われるのです」

「そうか、では呪文を言いそうになったらその口を手でふさぎなさい」

姫はそれから眠る前に夫が呪文を唱えそうになると白い手を伸ばして夫の口をふさいだ。すると間もなく姫は妊娠した。

姫がそのことを夫のクマラエンに告げると、彼は、両手を合わせて姫を拝んだ。

「姫よ、そなたはこれから計り知れぬ苦労の海を渡ることになるだろう。けれども何が起ころうとも、いついかなるときにもみ仏はお前たち二人をご加護くださるから、どうかこの仏像を震旦までお届け奉るように」

姫も覚悟のほどを示すように大きくうなずいた。

クマラエンはその日から、ほとんど口もきかず、水も飲まず食事にも手をつけなくなった。大和がいつもの椀に水を入れて差し出しても、弱々しく首を振って飲もうとはしなかった。大和は、老僧が自分の命を終わらせようとしていると思った。

あの寒い雪山を共に歩き、炎天の砂漠の砂嵐を共に逃れた大和にとって、老僧の死を見るのは耐えがたい辛さだった。黙って、横たわる細い足をさすっていると、

「少年よ、わたしは願いが必ず叶えられるのを信じることができる。死を前にしていろいろなことをみ仏はわたしに見せてくださった。お前はどういう者かということもわかったのだ。遠い未来の国からこの世のありさまを見にきたのだね。よく頑張って尽くしてくれた、ありがとう」

かすかな声でささやいた。大和は声もなく手を動かしていた。薄く目を閉じたまま老僧はつぶやいた。

「少年よ、今、わたしは夢のお告げをいただいた。これからの出来事をすべてお釈迦様に見せていただいた。わたしの子供はクマラジュウと名づけられて、母の姫と共に立派な学者に育つだろう。七歳で出家して、母と共にインドへ勉強に旅立つのだ。

クマラジュウの心は清く、頭脳明晰であることは仏のようである。しかし、若いころには、数多くの戦争に巻き込まれ、捕らわれの身になる。その折、心ならずも嫁を迎えさせられることにもなるだろう。だから、彼は学者にはなるが

僧にはなれないのだ。母の姫は尼になり、その苦労は大変なもので、なかなか震旦へ行けない。しかし、やがて長い年月の末に、震旦の王に招かれて、仏像を渡し奉ることになる。クマラジュウは語学や知識が非常に優れているから、インド語の法華経（ほけきょう）や般若心経（はんにゃしんぎょう）を漢の国の言葉に翻訳し、さらにたくさんの経典を翻訳することになる。こうして多くの民衆と仏教に貢献した彼の業績は後世まで語り継がれることになろう。わたしは今夜死ぬが、共に苦労をしてくれたお前に、これから先に起こることを伝えたかったのだよ……」

大和は、声も出さずに泣いて何度もうなずいた。そして老僧の細い足をさすり続けた。その夜、クマラエンは姫に手を取られて眠るように死んだ。

大和は冷たくなってゆく老僧の部屋から走り出て、庭の片隅に行って身を投げ出し、土に顔を押しあてて声が漏れないように泣いた。

もう、お供をする相手がいない大和は次の旅立ちをしなくてはならない。何という悲しい別れだろう。いや、別れではなく新しい出発かもしれない。きっと姫の産む子が聖人の希望を叶えてくれるはずだ。クマラエンは命がけで、み仏を震旦へ届けようとした。自分の命も、死後の世界も何もかも犠牲にするという行為。このような一途の心によって、仏の教えは広まっていったのだろう。

リンボーに乗った大和はクジ国の上空をなごり惜しそうに二、三回旋回して、やがて東の国へまっすぐに飛び去った。

# 9 中国に初めて仏教が来た

大和はベッドで気持よさそうに眠る王に、大きな羽根のうちわで風を送っている自分に気がついた。どうやら今度はこの王につくらしい。見まわすと、金銀の細工に宝石がちりばめられた笠のようなものがベッドの上にあり、豪華な宮殿の中の寝室らしい。リンボーに乗って空から眺めた景色から考えるに、ここは震旦、すなわち昔の中国である。黄河の南側にある洛陽の街である。着ている物はひらひらとした柔らかい布で作った長袖の着物と、ゆったりとしたパンツだ。

王は「ウーン」とうなって目を覚ました。ガバッと起き上がり、

「誰かある。誰か！」

王の呼び声に、執事らしい男が腰をこごめながら現れた。

「うん、わたしは今すごい夢を見た。その夢のお告げを知恵者の大臣に尋ねたい。すぐに呼んでくれ」

執事が素早く部屋を出て間もなく知恵者の大臣がにこやかに笑いながら現れた。

「明帝、今朝もご機嫌うるわしくお目覚めですな。何かすごい夢をご覧になられたとか、ぜひお聞かせください」

「実は、身長が三メートル以上の金色の人の夢を見たのだ」

「それは、大変ありがたいことです。他の国から尊い聖人が来るでしょう。これは、明帝が新しい教えを受け入れる能力を持っていらっしゃるということです」

「新しい教えとは何か、言ってみよ」

　大臣は一冊の古い本を取り出して話し始めた。

「……はい、今は昔、偉大なる秦の始皇帝のときでございました。インドからシャクのリホーという僧が修行している弟子十八人を連れてやってきました。始皇帝がお尋ねになって、

『お前はどこの国から来たのか。見たところ、とても怪しい姿だ。髪はつるつるに剃り上げているし、衣服も人と違うではないか』

『西の方に大王がおられました。その王子の仏陀は大変な苦しい修行をされて仏道を修められたのです。一切の人々を救う教えでありますが、この仏の説かれた教えを伝えるためにやって参りました』

『お前は仏の弟子だと言うが、わたしは仏という者を知らないぞ。僧という者も知らない。お前たちを見るととても気持ちが悪い。すぐに追いはらうべきかもしれないが、そのまま返すわけにはいかない。牢獄に入れて厳重に戒めよう。このような者はこうしてこらしめてやるのだということを、世のみなに知らせるためにだ』

　そして彼らは重罪人を置く牢獄に入れられて、しっかりと鍵をかけられてしまったのです。リホーは嘆き悲しんで、

『わたしは仏の教えを伝えるためにこの国にやって来たのです。悪い王のために捕らえられて地獄の責め苦に遭っております。お釈迦様、あなたが亡くなられて久しくなりますが、どうか神通力でもって、わたしたちを救ってください』

　泣きながら祈って眠りにつきました。

　夜中、お釈迦様が五メートルほどの体に、金色に輝く光を放って、空から飛んでこられたのです。この牢獄の門を踏み破り、リホーをはじめ十八人の修行者を連れて空へと飛び立って救い出され、そのときに、牢獄につながれていた多くの罪人たちも逃がしてやったのです。

　もっと昔には周の時代に正経という教えがありましたし、また別にアショーカ王の造られた塔もありましたが、始皇

帝はそれらを一つ残らず焼き捨てられ、経典も焼き捨てられて、それ以来仏教はこの国に伝わっておりません」

大臣の説明が終わると、皇帝は、

「そういういきさつがあったのか、それでは夢のお告げによって尊い聖人が来られるのを待つことにしよう」

と、心待ちにしておられた。ほどなくインドよりマトーガ、ジクホーランという二名の僧が遠い旅路の果てに、この国を目指してやってきた。そして皇帝に面接を乞い願った。彼らは仏舎利という仏の骨と、多くの経文を献上した。

大和はマトーガたちの彫りの深い考え深そうな黒い瞳を見ると、この前まで共に行動をしていたインド人だと気がつき、茶色の衣に包まれた姿に思わず駆け寄りたくなった。あのサーマとの長い旅、クマラエンと一緒の苦労の旅を思い出した。が、この時代はクマラエンのころよりずっと前らしい。

マトーガは仏の教えを丁寧に皇帝に説明した。皇帝は彼らの説く仏法について、なるほどそうなのかと納得をして、教えを深く信じるようになった。

しかし、この仏法を受け入れない大臣や公卿もたくさんいた。とりわけ道教の道士は大反対である。

「わたしが行っている道教は、国王をはじめ人民に至るまで深く信じて、昔から国を挙げて崇拝していたのに、急に異国から来た、髪もなく、衣服も妙なわけもわからぬ奴が、つまらぬ書物を持ってきたのを、皇帝が信じられるのはとても不愉快だ」

こう言って互いに歎き合っていた。世間でも同じような考えで、仏教の悪口を言い合っていた。

ところが、明帝はこのマトーガ法師を大変に崇拝して、城の近くに白馬寺という寺を建てて、そこに仏舎利や経文を祀り、マトーガを住まわせた。これが、この国後漢に仏教が伝わる最初のいきさつである。大和は、インドでの経験で、あの地では釈迦の教えが絶対的であったことを思い出すと、この国では仏教がどのように広まったのかと興味深かった。

道教の道士はこれに対して憤懣やるかたない。嫉妬のあまり皇帝に、

「異国より来た怪しい禿げ頭の者が、わけもわからぬものを書いた書物や、仙人のしかばねの骨など持ってきて渡したものを、皇帝がこんなに崇拝されるのはおかしいことです。あの禿げ頭はどれほどの力があるのでしょうか。わたしたちの道教は、過去や未来を占い、人相を見て将来を予測し、とてもあらたかな神のような教えです。昔から国を挙げて崇拝されてきたのに、今になって急に見捨てられるのはひどいではありませんか。ご提案があります。あの禿げ頭と力比べをして、勝ったほうを大切にし、負けた側を捨てられてはいかがでしょうか」

いかにも力のありそうな立派な様子の男が皇帝に詰め寄る姿を見て、大和は皇帝がどう答えるかと見ていた。皇帝は頭を抱えて困ってしまい、返事は後でと言って道士を帰した。皇帝は、お付きの少年の大和に向かって聞かせるでもなくつぶやいた。

「あの道士の行っている道教は、天のことも、死のことも占えばよく当たる道だ。異国からきた僧は、まだどんな力があるかを知らない。術を比べたときに、もしかして異国の僧が負けた場合にはとても悲しいことになる。あの夢を見て以来、わたしは異国から来る僧の教えを待ち続けていたのに」

大和が差し出すハンカチを受け取って、チンと鼻をかみ、大臣を呼んで、マトーガを来させるように命じた。現れたマトーガに、

「この国に昔からある五岳の道士という者たちが、あなたに嫉妬の心を起こして、術比べをさせろと言ってきているが、どうすればいいかな」

マトーガはにっこり笑って答えた。

「わたしが持っている仏法は昔から術比べをして勝ち、人に崇められるようになったことがよくありました。そういうことでしたら、すぐに術比べを行ってその勝負を見ていただきましょう」

と、かえってとても嬉しそうな様子である。それを聞いて、皇帝も、

「そうか、それならやらせてみよう」

正月十五日に、マトーガ法師と道士とが、宮殿の前の庭で術比べをするようにと、皇帝のおふれがくだった。その日になると、国を挙げての一大イベントとなり、国中から見物人が続々とつめかけた。

東の陣地には錦で織られた天幕が張りめぐらされて、その下には尊い道士が二千人ほど並んでいる。年を取っていても気高い様子の者もいれば、若くて勉強熱心な者もいて、それぞれが教育を受けて、立派なみかけである。また、居並ぶ大臣、公卿、孫子、百官たちはみな道士を応援している。道教の経典はひじょうにたくさんの資料があり、過去・現在・未来を知るための書物であり、多くのまじないもある。マトーガ法師のほうについたのは大臣一人であるが、たぶん皇帝も同じ考えだろうと思われた。

道士の側の宝石をちりばめた箱には、道教の書物を入れて、立派な台にずらりと並べている。一方、マトーガ法師の側は、西側に錦色の天幕を張って、その前にマトーガ法師とジクホーラン、大臣のほかに仏弟子が数人立っているだけである。大和は、この人数の大差を見て、これでは仏法側は苦戦するかなと考えて見守っていた。ブルーの宝石のルリの壺（つぼ）に、持ってきた仏舎利を入れて台に載せている。また、皇帝に献上した仏教の経典も立派な箱に入れて飾ってあるが、わずか二、三百巻ぐらいしかない。　こうして術比べが始まると、道士のほうが、

「マトーガ法師のほうから、道士の法文に火をつけなさい」

と言い、マトーガ法師のほうから弟子が一人歩み出て、火打ち石でカチッカチッと道士の法文に火をつけた。また、道士の側からも一人の道士が出てきてマトーガ法師の法文に火をつけた。たちまち両方の炎は燃え上がり、真っ黒な煙が空に昇っていった。

このとき、マトーガ法師のルリの壺の仏舎利が強い光を放ちながら空へ上っていった。火をつけられていた仏典も仏舎利の後に続いて空中に浮かび上がった。マトーガ法師は、両手に気高い香りを出している香炉を捧げ持って瞬きもせずに、空に浮かぶ仏舎利と経典を見続けている。

道士の並べ立てた法文はみな焼け果てて灰になってしまった。それを見ていた二千人の道士の中には、絶望のあまり、ある者は舌を噛み切って死に、あるいは目から血を流し、鼻からも血が噴き出て息がたえて死ぬ者、自分の座をたってマトーガ法師の方へ走り寄り、弟子にしてくれと頼む者、ある者は飛び上がって気絶して突っ伏したまま、という具合に不吉なことが続出して大騒ぎになった。

皇帝は、立ち上がり、

「今日の術比べは仏法の勝ちとする。これより漢の国では仏法を取り入れることとする」

と、宣言した。先の大臣が明帝のそばに駆け寄って、

「陛下、まことに立派な決断をなさいました。今日は仏教が正式に、漢土に広まる記念すべき日であります」

と、申し上げた。その後、白馬寺を中心に後漢の人々の間に仏教は広められていったのである。

これが、仏教が初めて中国に受け入れられた場面である。残念なことにはインド語で書かれた経典は、読み解くこと

もむずかしく、一人や二人の法師がいても広めるには力も乏しく、これからどんな経路で仏教の教えが広まるのか、皇帝をはじめ国民はもっと強力な知識や方法を望んでいた。

中国にぽつりと仏教の芽が出てきて、この後、インドから次々と僧や経本が伝わり、中国からもインドへ行って仏教を習う僧も出て、次第に仏教文化が花開くことになる。

大和は仏教の幕開けの中国に来て、これからどんな展開になるかを見るのがとても楽しみになってきた。どこをどのように旅をするのかは、すべてリンボー次第だし、もちろん基礎知識も何もないので、ただ眼を大きく開いて、主となる人について行くことが大和の旅である。

## 10 再会

大和（やまと）は唐の都長安（ちょうあん）の西門の脇に立っていた。

長安の都は、東西南北に延びる城壁で四角に囲まれていて、四面城壁の中央に東西南北の名を持つ、大きくいかめしい門がある。塀の屋根にあたる二階には通路が延びて、そこを人々は行き来していた。西門の二階の窓から西方を眺めると、はるか遠くまで荒地が続いて、その先は砂漠だろうか、地平線も定かではなかった。

西門から先はシルクロードとなる。ゴビ砂漠、タクラマカン砂漠を越えて、ローマやインドへと通じる道で、中国と、ヨーロッパや東アジアを結ぶ陸の交易路である。

大和は誰を待つということもなく、朝からそこに立っていた。人々が忙しそうに行き来していたが、大和に気がつく者はいなかった。ゴビ砂漠から飛んでくる黄色い砂の土煙が空をおおい、昼間から街は黄色にかすんでいる。

長安では日暮れになると門が閉まって住民は門外に出ることは許されない。人々が家路を急ぎ、西門の門衛兵が大きな扉を三人がかりで閉めて、辺りには誰もいなくなってしまった。大和はそこに座り込んで、今夜はどうしたものかと考えていた。腰のリンボーに手を当ててみたが、冷たい金属の手触りが伝わるだけで何の知らせもない。ここにいると何となく次の旅が始まるような予感がして、立っているうちに夕暮れになってしまった。

薄暗くなって人気も絶えたときに、背中に背負子（しょいこ）を背負った僧が大路の向こうから足早に現れた。そして、閉じられた西門の大きな扉に手をかけて、さて、と思案をしている。大和はそれを見て、はじかれたように僧の前に立った。僧はいぶかしそうに大和を見ていたが、その表情に驚きの色が表れた。

「お前は、大和だな。そうかここまで来たのか、よく頑張ったね」

大和は、その僧が鎌倉の良彦おじさんの部屋で見た拓本の僧の玄奘三蔵法師（げんじょうさんぞうほうし）であることを直感的に理解して、思わず抱きついた。絵に描かれていた様子とは少し違って、ほっそりとした美しい青年僧である。玄奘に抱きつくと、懐かしさで涙がとめどなくあふれて、うっうっと声にならずに泣き出してしまった。玄奘はしゃがんで大和の涙をふいてやり、じっと額に手を当てて、大和の記憶の箱から彼が今まで歩んできた旅の様子を読みとったようだった。

「お前がここでわたしを待っていたのは、多分お釈迦（しゃか）様がわたしと共に旅をさせたいと思われたのであろう。過去にもこれからも、お前はいろんな人のそばにいて、いにしえの歴史を見る旅を続けることになるが、お前の存在は誰の記憶にも残らないし、歴史にも残らない。それは理解しているね。お前はただその場にいる機会を得ただけで、全体の流れにはまったく関係のない存在であることも」

大和は大きくうなずいた。今回は、鎌倉の伯母の家から歴史の世界に大和を送り込んでくれた玄奘法師と共に旅ができることが、どんなに嬉しいか、泣き笑いの表情で伝えるしかない。

玄奘が、鍵のかかった門に手を当てて、何やらつぶやくと、二人は難なく城外に滑り出た。しばらく行くと、小さな小屋の陰から二人の若い僧が馬に乗って現れた。さらに若い馬を二頭引き連れている。四人は馬に乗って西に向かって進み始めた。唐では僧が仏教の勉強のために国外へ行くことを禁じていた。だが玄奘は仏法をきわめたいという思いがつのって、夜の暗さにまぎれて国を脱出したのだ。玄奘は馬を進めながら、後ろの大和に説明を始めた。

「鎌倉で、お前を送り出したときに、この日が来ることを予測していたが、実によくやったね。少し説明をしてあげよう。今より六百年ほど前の西暦五五年ごろに後漢（ごかん）の明帝（めいてい）が積極的に西域との交流を進められて、そのときに仏教が正式に認められて白馬寺が建てられた。それはお前も見てきたであろう。それから、三百年後には、お前が共に苦労をしたクマラエンが東国に仏教を伝えるために、尊い仏像を背負って砂漠を越える旅をした。その子のクマラジュウがインド語の経典を漢語に訳した貢献は大きいのを知っているか？　そしてそれから二百五十年後の今、わたしは仏法をさらに詳しく学ぶために中国から、法を犯して国を出て、インドへと旅立つことになった。お前は、何世紀もの時空を超える旅を体験しているのだよ」

大和は、目を輝かせて美しい玄奘の顔を仰ぎ見た。夜空に輝くあの大きな星は北斗星だろうか。それは仏道をきわめて大衆を救おうとする玄奘法師の姿に似ているかもしれない。

玄奘が国外に出たと知った政府はこれを捕まえて連れ戻すようにおふれを出したので、昼間は人目を避けて、夜になって行動する日が続いた。ところが、数日過ぎたころ、一人の供の僧が逃げ帰ってしまい、それを知ったもう一人の僧も帰らせてくれと泣いて頼むので、結局は玄奘と大和だけになってしまった。

瓜州（かしゅう）に来た玄奘は、その地の寺院に宿をとり、観音様に旅の無事を一晩中祈願した。すると、翌朝、北方民族の胡人（こじん）の王が来て、道に詳しい赤い馬をくれた。

「昨夜、夢の中に菩薩（ぼさつ）のような方が現れて、こちらに尊い僧がお泊まりだから、馬を連れて力になるようにと言われました。本当かどうかと思いながらやってきましたが、一目であなた様が並の方ではないとわかりました。この馬は普通の馬ではなく、砂漠をよく知っております」

鉄の鞍（くら）と赤い馬を見て、玄奘も夢で、鉄の鞍をつけた赤い馬に乗ると旅は成功するというお告げを受けたのとまったく同じだった。大変喜んでその馬に乗って旅をすることになった。お供に強そうな胡人の若者をつけてくれたが、何日かすると彼はどこかへ逃げてしまい、再び玄奘と大和の二人きりになってしまった。

その日は林の中の細道を、苦労をしながら進んでいた。途中まで来ると、何だか異様な臭いが漂ってきた。それでも進んでいくと、周りの木々がみんな枯れてしまって飛ぶ鳥もなく虫もいない荒地に出た。地面のあちこちから煙が立ち上っている。煙の臭いは目や鼻をおおいたくなるような刺激の強いものだった。それに混じってもっと強烈な、腐ったような臭いが漂ってきた。大和は臭さに耐えかねて袖で鼻をおおっていた。すると臭いのする方向に死体が一つ転がっている。玄奘はその死体に近づいて、供養の経をあげようとしたら、死体がわずかに動いた。ギョッとして一歩下がりじっと観察する。見ると、頭の毛は抜け落ちて血が混じったうみがにじみ出て、手も足もはれてふくらみ、泥を重ねたようなかさぶたが黒く張りついて、ひび割れた皮膚から黄色い汁が流れ出している。それらから、鼻が曲がるような強烈な悪臭が漂っていた。うみただれた顔の目が薄く開いて二人を見た。目玉に血がにじみ、黄色いうみが目じりにたまっている。死人ではなく生きているようだ。

「お前はどういう病でここにいるのか」

玄奘の問いに、病人はかすれた声で小さく答えた。

「わたしは、こう見えても本当は女なのです。この病気になってからは、あまりにも生臭いので父母もあきらめてこの深い山奥にわたしを捨ててしまいました。その臭さで草木も枯れるほどでございます。早く死んでしまいたいのですが、寿命が尽きないので死ぬこともできずに、こうして転がされています」

玄奘はかわいそうにと思い、さらに尋ねた。

「お前、家にいたときに、この病気に効く薬はなかったのか？」

「家にいたとき、なんとか治したいと八方手を尽くしましたが駄目でした。あるお医者様が、『頭から足の裏までうみ汁を吸い取ってねぶってもらえば、じきに治る』と言いました。でも、あまりの臭さに耐えられなくて、近づく人もいないのに、まして吸ったりねぶったりはどうしてできるでしょうか」

それを聞いた玄奘は涙を流して言った。

「お前の身はけがれている。わたしは健康な身であるが、よくよく思えばわたしもけがれた身であるのだ。だからお前もわたしも共にけがれた者同士なので、わたしだけが清らかだと思うのは愚かなことだ。わたしがお前の体をなめてうみを吸い取り病気を治してあげよう」

病人は、これを聞いて身をよじって喜んだ。

玄奘は背負った荷物を下ろしてひざまずき、まず病人の胸の辺りからなめ始めた。泥のようになった肌をなめてうみを吸い取り、脇にぺっと吐き出す。その臭いことは、腸（はらわた）がひっくり返って気絶しそうだった。

大和は、玄奘が病人に『共にけがれた者同士だから』と言ったのはなぜかなあと考えた。僧の口の周りが血とうみで汚れているのを見て、水を汲んでこようと思った。少し戻れば泉があったはずである。来た道を引き返して見覚えのある泉に出た。そこには睡蓮（すいれん）が生えていたので、大和は大きめの蓮（はす）の葉を二枚取り、重ねてその中に水を入れ、捧げ持つようにして戻ってきた。僧は夢中になって病人の肌をなめている。首の下から腰の辺りまで、舌の這（は）った跡がきれいな皮膚になっていくので、嬉しくてたまらないらしい。大和が蓮の葉で水を運んできたのを見て、彼はおおっと喜んで、そのしずくを病人のきれいになった肌にかけ、残りで自分の口をすすいだ。

そのときに、にわかに微妙な香りがしてきた。そして明け方のような光が差してきた。二人が驚いて後ろに退くと、この病人はたちまち変わって観自在菩薩（かんじざいぼさつ）となった。

「なんじ、まことに美しく清い心の持ち主なるぞ。なんじの心を試すために、わたしは病人の形（なり）を現した。なんじはきわめて尊い人である。よって、わたしが持つ尊い経をさずけよう。これからの旅に役立つし、多くの人に広めよ」

そう言うと、かき消すように消えてしまった。

玄奘の手元には『般若心経（はんにゃしんぎょう）』という経が残されていた。この般若心経はこの後、玄奘の旅の苦難を数知れず救ってくれるものとなる。

夕暮れ時になって、砂漠に冷たい風が吹き始めた。どこかに一夜の宿はないかと足にまかせて尋ね尋ねて進んでいく

T. ISHII

うちに、ふと見ると地平線の彼方から土煙を上げて大勢のキャラバン隊が近づいてくる。あら、嬉しいこと、人に会える、どんな人たちだろうかと心おどらせて近くに寄っていった。

大和は期待を込めて、近づくキャラバン隊を見つめていた。その群れの中から身の毛もよだつ恐ろしい声がした。

「何だ、人間臭いぞ。久しぶりのご馳走にありつけるかな、どこだ？　うまそうな奴は」

その群れは人間かと思えば、体は人間でも、頭は牛や馬であり、足にはひずめが生えているものが槍を持っている。大きな金色のボールほどの一つ目をランランと光らせ角を生やしている。こん棒を振りまわす赤鬼や青鬼。大きな目玉の一本足の坊主頭。ナメクジの巨大な奴。ザンバラ髪の下から血だらけの青い顔を見せた女、などなどの妖怪たちが、人間の生き血を求めて走り寄ってくる。

その時、玄奘は手にした般若心経を大声で唱え始めた。大和は玄奘の衣の端をつかんで小さくなって目をつむっていた。二頭の馬も彫刻のように動かない。

「どこだ、どこだ！　臭いぞ、人間臭い！」

ドッドッと周囲を走りまわっている足音が聞こえる。毛むくじゃらの太い脚が、爪を立てて土煙を上げている。どうやら鬼どもには大和たちの姿は見えないらしい。

「カンジーザイボーサツマーカーハンニャーハーラーミッターシンギョー……」

澄んだ声が響くなか、いつの間にか足音は追われるように遠ざかり、妖怪の鬼たちは消えてしまった。般若心経のおかげで鬼の難を逃れたのである。幾日か、夜になると妖怪たちは松明を持って現れ、人間臭いぞとわめきながら走りまわった。

昼間はじりじりと照りつける太陽光線と、吹き荒れる熱砂の嵐に責められて、夜には妖怪が来るかと怯える旅を続けた。さすがに、何日も過ぎると、水も食料も尽きてしまった。疲れ果てて砂の上に倒れ込んでしまった。赤い馬も倒れ、大和の馬も泡を吹いて倒れた。もう息をするのも辛い状態になった。これでおしまいかという気がする。大和は意識がボーッと薄らぐようだったが、決して死なないという自信はあった。

玄奘が、かすれた声で般若心経を唱えていると、突然ヒヤリとした冷たい風が吹いてきた。転がっていた赤い馬がガバッと起き上がった。大和の馬も立ち上がった。二人を乗せた二頭の馬は、誰の指図も聞かないで、ある方向を目指してトットッと走っていった。砂漠の山を迂回（うかい）して走り込むと、そこには三日月形の池が広がり、周りには背の低い草むらがあるではないか。二頭と二人は夢中で水を飲んで、やっと元気を取り戻した。その先に敦煌（とんこう）の街があった。長安から来て第一の要所に着いた。二人はしばらく体を休めた。

ゴビ砂漠、タクラマカン砂漠を通過するときに、トルファン、クジ国などを訪れたが、どの国でも大唐から来た尊い僧だということで、大変歓待されて、その国の王に引き留められた。

特にクジ国では、ずっと昔に大和がクマラエンと共に仏像を背負ってたどり着いた国である。そのころからすでに仏教を信じていた国なので、大唐から来た玄奘は手厚く歓迎されて、このままこの国にとどまってほしいと頼まれた。しかし、仏法を求める玄奘の決意は固く、さらにインドに向かいたいという彼に、王は金品や食料、従者らを贈って援助をした。

天山南路（てんざんなんろ）からカシミール山脈を越えることになる。山は高く、雪が夏も冬も吹雪いて、峰や谷を埋め尽くしている難路である。一行は猛烈な寒さに襲われた。高い崖（がけ）から雪がなだれ落ち、行く手をはばんでしまう。耳も手も引きちぎられそうな激痛が走る。足を滑らせた馬がダダッと落ちていく。先を行く荷物を担いだ若者が雪にまみれて転がり落ちていく。それを見ながら、どうすることもできない。吹雪がおさまることはないので、皮の上着に毛の靴をはいても寒さはつのるばかりである。休む場所がないので夜は氷の上にテントを張って眠る。氷点下の寒さに襲われ、朝、目覚めてみると、従者が何人か顔に白い氷をつけて凍死しているという悲劇に出合った。

何人かの従者を亡くした後で、やっとのことで山地を抜け出すことができた。一行はインドに入っていった。インドではまず聖地の巡礼を目指す。

最初にシャエー国にたどり着いた。昔のシャエー国は、ハシノク王が率いる人口数千人の立派な仏教国であった。しかし今、城内は荒廃して、数々の伽藍の跡も敷石だけとなり、名のみをとどめるばかりのありさまだった。大和がサーマと共にカピラエ国を出ることになったあの強力なシャエー国の面影は今はなく、草ぼうぼうで苔むしていた。東門に瓦ぶきのお堂が残っていて、金銅仏が安置されていた。ルリ王の父ハシノク王がウデン王にならって造らせた仏像である。玄奘は仏像の前にひれ伏して礼拝した。

大和はあらかじめ玄奘から時間の経過について聞かされていたので、ついこの間別れたばかりのサーマが、六百年も遠い昔の人だったかと、それは言うに言えない驚きだった。

そこから城の南方二十キロぐらいに祇園精舎の古い跡があった。

もとは、七階建ての建物が空にそびえ、釈迦が多くの信者に説法をされたという所である。

「ああ、なんといたわしいことだろう。大唐にも聞こえていたあの盛んな祇園精舎が、このように苔むして、いばらが生い茂り、狐や狼が走りまわっているとは……」

玄奘は荒廃した祇園精舎跡を見て、悲嘆にくれた。

大和は、玄奘の悲しみを見て、時の流れの冷酷さ、恐ろしさをつくづくと感じないではおれなかった。

次に行ったのはカピラエ城の古跡である。ここは釈迦の故郷であり、釈種の本拠地だった。レンガを積み上げた塀は周囲七キロもある広さである。釈迦の両親が住み、子供も生まれたところである。

大和にとって、この旅の始まりはカピラエ城の滅亡のときからだった。シャエー国のルリ王に攻め滅ぼされたカピラエ城が、炎を上げて燃えるのを後にして、釈種たちがそれぞれに散っていくのを見たのである。今この荒れ地に再び立って、広い敷地と苔むした敷石を見渡すと、あのときには感じられなかった高い空、流れる雲、吹き渡る風、さんさんと降り注ぐ陽光の下には、悲しみはなく、白く乾いた空気があるのみだった。

　次に玄奘が向かったのは、クシナーガルという場所である。うっそうとした密林の中を何日も歩き続けて、やがて沙羅（しゃら）の木の林の中に入って行った。そこには大きな沙羅の木が四本生えていて、その真ん中でお釈迦様は亡くなられたという。

　お釈迦様は八十歳になり、長い伝道の旅の果てに疲れきって故郷へ帰ろうとしていた。クシナーガルで休んだときに、信者がお供えした肉料理を一目見て、

「わたしは供えられたものだから食べるが、お前たちは絶対に口に入れてはいけない」

　弟子たちに言って、料理を食べた。直後に食中毒を起こし、激しい腹痛と下痢（げり）で力尽きて、ついに亡くなってしまった場所である。

　立派な煉瓦（れんが）造りの堂が建って、中には釈迦の死を悲しむ衆生の絵が飾ってあり、玄奘と大和、従者たちは、堂の前で額を地面にこすりつけて、厳粛（げんしゅく）な気持ちで祈りを捧げた。

　こんな苦労を重ねながら玄奘はやっとインドのマカダ国にたどり着いた。この国は、人口も多く、強力で立派な仏教王国である。マカダ国にはセムエン寺があり、そこにはカイゲン論師（ろんし）という僧がいて正法蔵（せいほうぞう）という高い位を持っていた。玄奘はカイゲン論師に仏教の奥義を教わりたいと尋ねていった。

　カイゲン論師は玄奘を見てさめざめと泣いて、このように話した。

「わたしは、ずいぶん長い間病気がちで、体中に激痛が走るというひどい苦しみが多かったのです。もう、こんなに苦しいならいっそ死んだほうがましだと思い、死のうと思いました。その夜、夢の中に三人の天子が現れました。一人は黄金（こがね）色の天子、二人目はルリ色、三人目は白い銀色の方でした。その美しさは想像以上に何ともいえぬ神々しい方々でした。

　言われるには、

『お前の病気は、過去の世界でお前が国王であったときに、多くの人民を苦しませたことにより、今その報いを受けているのだから、すぐに昔の過失を思い浮かべて、お詫（わ）びをしたなら、その罪を取り除いてあげよう』

わたしは、そのことを聞いてさっそく仏に礼拝をして過去のあやまちを許してほしいと悔い改めました。

黄金色の天子が、ルリ色の天子を指差して言われるには、

『なんじ、この方を知っているか、この方は観自在菩薩である』

また、白い銀色の天子を指して、

『この方は慈氏菩薩なり』

それを聞いてわたしはお尋ねしたのだ。

『わたしは常日ごろ、亡くなったときには兜率天に生まれ変わって、慈氏菩薩を礼拝したいと願っておりますが、叶えられますか』

すると、

『お前はこれからも広く世の中に仏法を伝えて、その後に生まれることができるだろう』

黄金色の天子が自ら、

『わたしは文殊菩薩なり。わたしたちは次のことをお前に知らせるために来たのだ。それは、やがて唐の国からある僧が来てお前に教えを乞うだろう。すぐによくよく教えなさい』

と言われ、かき消すように姿が見えなくなってしまわれました。

その後、わたしの病気はすっかりよくなって、夢でお告げの僧をお待ちしておりましたが、今、唐の国から法師が来られました。あの夢と少しも違うところがありません。さっそく教義をお教えしましょう。わたしが教えることは、あなた様がさらに広く世の中へ伝えてくれるでしょう」

そう言って、なにも惜しまずに、詳しくすべてを教えてくれた。大和は、玄奘のそばでカイゲン論師の教えを聞いていたが、仏教のむずかしい話になると、ほとんど理解できなかった。

玄奘は深く教義を教わると、また次の国へ向かって巡礼を始めた。

ゴーガという河に行き着いて、そこから船に乗って河を下ることになった。八十人ほどが乗れる大きな船が待っていた。大勢の旅人が乗り込んだ後から、玄奘たちの一行が乗り込み、船の最後尾に座った。両岸はうっそうとした密林が生い茂り、時たま獣の吠える声やけたたましい鳥の声がした。緑色の不透明な川面に、小さいアメンボウや小魚のうろこが光っている。玄奘に教えられて岸辺を見るとワニの目がいくつか見えたりする。草木がおおいかぶさるように茂っている所を通りかかったときに、急に林の中から船が十艘以上出てきた。小さな船に三、四人が乗っていて、上半身は裸の男たちだった。それらは盗賊船だった。盗賊はすばやい身のこなしでスルスルッと大和たちの船に飛び移ってきた。大きな刀で逃げまどう乗客を打って縛り上げ、衣服をはぎ取り、荷物の中から大切な物を探り取った。

この賊たちは『突伽天神』という神を信仰していて、毎年秋には一人の美しい人を探して殺し、その肉や血を天神に供えて、幸運を祈っていた。今年はまだ、ふさわしい生贄を見つけていない。そういうときにこの船に乗っている玄奘が美しい顔立ちをしているのに気がついた。お供の少年もなかなか美形である。賊たちは喜んで、

「我々は天神を祀るときが、すでに終わろうとしているのに、心にかなう生贄が、見つからなかった。ところが、この男はなかなかきれいな顔をしている。こいつを殺してお供えにしよう。子供も美しいぞ。生かしておいて来年の分にするか、ヒッヒッヒ」

盗賊は歯をむき出して笑った。捕まえられた玄奘は、

「わたしの体はけがれた者ですから、殺されてもあえて惜しむわけではありません。ただし、わたしが遠くからやってきた理由は、お釈迦様が悟りを開かれた所の菩提樹の樹や、ギシャクツ山を礼拝して仏教の教えを受けたいと願ったからです。しかし、まだこの志は果たされておりません。こんなわたしを殺すのはよくないことです」

これを聞いた乗船していた人々は、玄奘がただならぬ尊い方だと知った。船上の人々と従者は、

「どうかこの人を許してください」

口々に頼んだ。

しかし賊は聞き入れず、泥を水でこねて祭壇を造った。二人が刀を抜いて、玄奘の両脇を抱えるようにして壇に登らせた。そうされながらも玄奘は少しも恐れるふうもなく、平然としているので、盗賊たちはなぜ怖がらないのかと不審に思っていた。祭壇の上に玄奘は横たえられた。

そして今まさに殺そうとしたときに、玄奘は盗賊に告げた。

「お願いがあります。今しばらく時間を与えてください。その間は殺さないで待ってください」

盗賊はこれを承知した。玄奘は目をつぶり、一心に兜率天の慈氏菩薩を念じた。

「わたしは今、殺されてすぐに兜率天に生まれて、慈氏菩薩様を拝みます。そして高度な仏教を教わってこの世に戻り、この盗賊たちを教え諭したいと願っています」

そう誓って、多くの仏様の名を呼んで拝んだ。目をつむったまま念じていると、あら不思議、心の中に尊い須弥山（しゅみせん）が現れて、兜率天に昇り、慈氏菩薩が多くの仏たちに囲まれておいでになるお姿がありありと見えてきた。あまりの嬉しさに、玄奘は壇の上にいることも盗賊に殺される寸前であることもすっかり忘れて、仏の世界に見入っていた。大和も目をつむり、リンボーを握りしめて、一心に玄奘の思いに寄り添った。リンボーから伝わってくる玄奘の心の世界を感じ取って、なんと！　生きていながら、兜率天の慈氏菩薩と交信できる人なのかと、驚いてしまった。

と、玄奘は眠っている姿のまま、静かにすーっと空中に浮かび上がっていった。体全体が薄い金色の光に包まれているように見える。空を見ると積乱雲がわき出てふくらんでいたが、その雲のコブの一つ一つが諸仏諸天人（しょぶつしょてんじん）の顔に変わって、何やら話し合いながら玄奘の横たわった姿に視線を当てていた。

玄奘が静かに空中に横たわる姿を見た船の人々は、みな声をあげて騒いで、殺されるのを歎き悲しんだ。

すると急に黒い風が四方よりゴーッと吹いてきて周囲の樹木をみんなへし折り、河は怒涛のごとく荒れて、船が高く低く漂い始めた。盗賊たちはこれを見て非常に驚いて、玄奘の従者に尋ねた。

「この坊主はどこから来た人で、名前は何と言うのか？」

「唐の国から仏法を求めて来ている人です。この人をもし殺したならば、その罪は限りなく深いものになるでしょう。この風や波をご覧なさい、これは天界の幾万の仏たちがお怒りになっているのです」

盗賊たちはこれを聞いて何となく不安になって、後悔し始めた。玄奘の肩を揺さぶって起こした。玄奘は目を開いて、

「いよいよ殺されるときが来たのか」

「いや、そうではない。そこまで聞いては、もはや法師を傷つけることはできない。できればわたしたちの懺悔を聞いてくださいませんか」

盗賊は両手を合わせて拝んだ。玄奘はほほえんで、

「強盗は地獄の刑を受けるべきです。どうしてはかない命を持ちながら無限の地獄へ落ちるようなことをされますか」

これを聞いて盗賊たちは自分の頭を叩いて後悔し、泣いて頼んだ。

「我々は、今日からこのような悪いことはいっさいいたしません。どうかこの我らの誓いを証明してください」

そして奪った金品をすべて返して、玄奘から仏法について基本的な手ほどきを受けた。すると吹き荒れていた嵐はおさまり、川面の波も静かになった。乗船客も泥棒たちも改めて玄奘がただならぬ人であると認めた。

次の訪問地のカイニチ王は特に仏教を保護し、仏教に寄付をたくさんした王である。玄奘が立ち寄ったときにも手厚くもてなし、帰りにはいろいろな宝を与えた。その中に一個の鍋があった。この鍋は、中に入っている物をいくら食べても、次々と出てきてなくならないし、また、この中にある物を食べた人は病気にならないという。この世に伝わる幻

の宝であるが、玄奘の徳をたたえて、この鍋も与えられた。

　こうして玄奘が十六年という長い年月に通過した国は百二十八カ国にもなった。おびただしい量の経本や、仏像を集めることができた。それらを唐へ持ち帰ることになる。

　その帰途で、シンド河という大きな河を渡っているときに、河の中ほどで船が大きく傾いた。このままでは、集めた経本がすべて沈んでしまうだろう。そのとき、玄奘は船が沈まないように大声で祈ったが、船は右に左に傾いていっこうに効き目がない。

「これはきっと、この船に何か用があるに違いない。もし、この船に竜王の欲しい物があるなら、そのしるしを示したまえ」

　すると、河の中から白髭（ひげ）の老人が現れて、この鍋を指差して、これを欲しいと言った。玄奘は、この鍋は世界に二つとない珍しい宝であるが、集めた経本を失うよりはと言って、鍋を河に投げ入れた。するとたちまち河は穏やかになり、無事に旅を続けることができた。

　大和は玄奘に呼ばれた。

「わたしが集めたおびただしい量の教本や仏像は、長安の慈恩寺（じおんじ）に大雁塔（だいがんとう）という塔を建てられて、そこに保存されることになるだろう。

　お前は、わたしとの約束を守って口もきかず、声も出さず、弱音も吐かないでよく孤独と闘ってここまで来たね。まだまだ旅は長いけれど、しばらくは唐の中を見て行きなさい。さあ！」

　いたわりの言葉をかけられた大和は、楽しかった玄奘との旅が終わったことを知った。玄奘は手を伸ばして大和のベルトからリンボーを取り出し、地面に置いてその上に大和を立たせ、

「行け！」

　背中をどんと押した。猛スピードで飛び立つ大和の両眼からあふれる涙が空にキラキラと散っていった。

# 11 ショーコーの恋

玄奘（げんじょう）に背中を押されて飛び立った大和（やまと）は再び長安（ちょうあん）に舞い降りた。黄色にかすむ長安の都の夕暮れ時、大和は宮城から流れてくる川のほとりの、柳の木の下で、石に腰かけている若い男のそばにいた。

男の名前はショーコーという。懐からきれいな紙に包んだ何かを取り出した。見ると赤く色づいた柿の葉である。墨で何かが書き込まれている。それを読みながら、ショーコーは再び大きなため息をついて、涙ぐんでいた。きっと人知れず大きな悩みを抱えているに違いない。その柿の葉に書かれている文字が、青年の悲しみの原因だろうか。ふと大和がそこにいるのに気がついたショーコーは、

「おや、お前は見かけない顔だね。どこから来たの？　そしてどこへ行くの？」

大和は答えずに、向かいの石に腰かけてショーコーの顔を見つめながらにこにこと笑った。

ショーコーはすらりと背が高く、色が白くて眉がきりっとしていて、見るからに優れた人柄を思わせる青年だった。

彼は、大和に語るでもなくつぶやいた。

「お前はどうしてそんなに楽しそうな様子なのかい。この世は自分で解決できない辛いことがたくさんあるのに。きっと悩みがないのだろうね。わたしは自分でどうにも解決できない問題を抱えて、毎日辛い思いをしているのだよ」

大和はできるだけ優しい笑顔を作って先をうながした。

「わたしはね、以前にこの川のほとりに遊びにきたときに、この柿の葉が流れてくるのを見つけて拾ったのだ。見ると

美しい文字で詩が書いてある。文字の美しさを見るだけでも魅力的なのに、この詩の内容はどうだ。

『王様に召されて宮中に入ったものの、王様にお会いすることもなくいたずらに時が流れてゆく。空に流れる雲さえ山河を越えて動いてゆくのに』

と、書かれているのだ。なんとかわいそうではないか。こんな美しい文字を書く女性はいったいどういう方だろうか。王様に召されて宮中にあがっても、空しく日々を過ごしているのはどんなにか辛いことだろう。

この詩を読むたびに、何とも言えない恋しい思いがふくらんできて、一目でいいから会いたいと思うようになってしまったのだよ。彼女の悲しみをわたしが理解していると伝えて、慰めてあげたい。誰とも知らないので、訪ねる方法もなく、会うこともできない。この思いに毎日もんもんとして、この木の葉を見るたびに恋しさと悲しさで泣いてしまうのだ。そうだ、わたしも詩を書いて彼女に送ろう。そう思いついて、この詩に合う詩を柿の葉に書いたのだ。

『今は寂しい身の上でも、空の雲が自由に流れるように、きっといい日が来ると信じなさい、美しい文字の乙女よ』

それを、宮城の川上に持っていって流したのだ。柿の葉はくるりくるりと回りながら宮城の中へと流れ込んでいったよ。彼女が拾ってくれることを祈るばかりだがね。拾ってくれたかどうか、その場所にいたかどうかもわからない。声さえ聞いたこともない。なのに、毎日このように悲しいほど恋しく思われるのはいったいどうしたことだろうか。

実は明日、わたしは結婚式を挙げて嫁をもらうのだ。親が決めた娘なので、まだ会ったことはないが、この柿の葉の乙女のことを思うと、見知らぬ女性と結婚するのが何とも心が進まない。親が決めたことだから仕方がないけれど、こうしてこの葉を拾った川のほとりに来て、雲になりたいと言ったあの人のことを思っているのだ。いつか会えると思った夢も、もうあきらめねばならないし……」

そこまで話すとショーコーはまた涙をこぼした。涙をぬぐって、木の葉をもう一度きれいな紙に包んで懐に入れ、立ち上がって家に帰ろうとした。

「明日は、わたしの結婚式だ。お前も来るがいい」

言われて大和は青年のそばをついて行った。

翌日は盛大な結婚式が行われた。花嫁は隣村の立派な家柄の娘だった。

彼女は宮中に女御（にょうご）として召されていたが、王様が、『宮中にとどめられてわたしの愛情を受ける機会もないままにいたずらに年を取っていく女性たちが大勢いる。考えてみればかわいそうなことだ。彼女たちを実家に戻し、男にも嫁がせなさい』と言って返されてきた娘である。

大和は、この時代、中国では王様が絶対的な権力を持っていたので、若い美しい女性を何人も愛人として身辺に置いていたらしいと推測して、今回、王様に返されたショーコーの妻になる人も、そういう境遇の人だったのだろうと思った。

花嫁は大変な美人で、透き通るような美しい肌をしている。きれいな髪飾りをさして、金銀の錦織りの花嫁衣装に包まれて、輝くように美しい。花嫁がショーコーの家に着いたときには、招待された大勢のお客から、おおっという讃嘆のどよめきが流れた。
新婚生活に入っても、ショーコーは柿の葉の乙女のことを忘れることはできず、それが誰かも知らずに恋しく思いこがれていた。しかし、親が命じた縁談なので、心ならずも結婚してみると、この嫁が心を尽くしてよく仕えてくれて、とても愛らしく可愛いのでそちらの方にも心が傾いて、夜も昼も恋しく思った柿の葉の乙女のことは少しずつ心から離れていくようだった。
ある日の昼過ぎ、居間でショーコーと大和がくつろいでいると、ショーコー

はふと思いたったように立ち上がり、タンスの引き出しから例の木の葉の紙包みを取り出して、大事そうに上からさすりながら、

「わたしは、あなたに恋をしながら心ならずも結婚してしまった。しかし、妻は本当によくしてくれていて、とてもありがたいと思っている。かといってあなたのことを忘れてしまったわけでもない。何もしてあげられなかったけれど、仕方がない、許してくれるだろうね……」

そこへ、お茶とお菓子を盆に載せて新妻が入ってきた。

「あなた、今隠した紙包みは何ですか。お嫁に来てからわたしは一生懸命にあなたに尽くしてきましたわ。でも、いつも変にもの思いにふけたりして、ぼんやりと他のことを考えたりなさっていますわ。いったい何があったのかしら。そのことをわたしに隠さずにおっしゃってくだいませんか」

ショーコーは妻の問いにポツリポツリと答え始めた。

「わたしは、以前に宮城の中から流れ出てくる川のほとりへ遊びに行ったのだ。水の上に木の葉が漂って流れてきたので拾ってみれば、紅葉した柿の葉に、女の筆跡で一つの詩が書いてあった。それを見てから何とかその詩を書いた人に会いたいと思ったけれど、名前も何もわからなくて会えなかったのだ。それを、今も忘れることができないのは申し訳ない。けれども、君とこうして仲良く暮らすようになってからは、思った以上に慰められて、君を一番大切に思えるようになってきたのだ」

それを聞いた妻は、

「その詩はどういうものでしょうか。それにあなたはその詩に合わせて返しの歌をお作りになりませんでしたか」

「それが、この包みの中の詩だよ。もしかしたら、宮中の女性が書いたに違いないと見当をつけて、わたしも木の葉に詩を書いて、その女性が読んでくれるかもしれないと、願いを込めて宮城に流れ入る川に浮かべたものだよ」

聞くやいなや、妻は自室に走り去って小さな布の包みを胸に抱えて戻ってきた。

妻が涙をこぼしながら言うのには、

「その詩はわたしが作って書いたものですわ。お返しのほうは、見つけてずっと大切にしていましたわ」

二人はそれぞれが大切に持っていた木の葉を見せ合った。お互いに自分の筆跡であることを認め合い、何という不思議な深い契りだろうと感激した。

「わたしがその詩を作ったときは、わたしは王様に召されて宮中に参りましたが、王様にお目にかかることもなく、いたずらに月日が流れてゆく辛い毎日でした。川のほとりで遊んでいるときに一つの詩を作って柿の葉に書いて流したのです。その後、川のほとりに行きましたならば、岩の間に漂っている木の葉を見つけて、拾い上げてみると柿の葉に一つの詩が書いてありました。きっとわたしが書いた詩を見つけた人が作ったに違いないと、大切にしておりましたのよ。この方だけはわたしの心をわかってくださっていると信じて、いつかこの詩のように、雲のように自由になれる日がくると励まされながら」

涙で声をつまらせながら語る言葉を聞いて、ショーコーはこらえきれないほどに妻を愛おしく思った。本当に不思議な縁である。二人は会う前から激しく恋しあって、その当人とは知らずに結婚していたというのだ。

大和はインドで会ったサーマ夫妻のことを思い出して、夫婦の契りの不思議さを強く考えていた。あの夫婦はとても深く愛し合っていたけれど、最後にサーマがお妃(きさき)の頭の蛇を切ったことで、未来につながるひび割れができてしまった。ゼンショーニンとアジュは誰にも負けないほど互いに強く愛し合いながら共に暮らすことができずに、天界に召されていってしまった。そういうなかで、ショーコーたちは会わないうちから愛し合って、それと知らずに当人同士が結婚できたという。不思議なめぐり合わせのカップルである。

男と女が純粋に愛し合っていても、その結果が必ずしも幸福な家庭につながらないというのは、いったいどんな力の働きなのかしらと大和は考えていた。恋と愛の行方の不思議さを見せられた場面だった。

# 12 円仁の旅

大和はぼそぼそと小声で話す声で目が覚めた。その言葉は何となく懐かしい気がする……。

「西へ向かっているのか北へ向かっているのか、さっぱりわからないね」

あ、日本語だ！　大和はガバッとはね起きた。

頭を剃った僧侶が三人と、下男風の男が手すりにつかまって、霧の向こうをのぞいていた。手すりの下は黒く泡立つ海原だった。小雨が混じった濃い霧は、息を吸うのも苦しいぐらいの密度だ。

どうやらここは船の上らしい。ショーコーの甘い恋の結末を見定めて、リンボーに片足を乗せ、どこか好きな所へ連れて行けと念じて、ふわりと空中に飛び出した。飛んでいる途中でたまらなく眠くなって雲の中でウトウトとしたところまでを覚えていたが、目覚めた所は、しけで揺れている船の上らしい。

自分の身なりを見ると、長い髪を一つに束ねて、上下が別れた衣服だった。船の中央へ行くとそこではおもだった数人の人が、水夫を交えて話し合っていた。

「まずは、この船が今どこにいるかを知らなくてはならない。新羅（古代朝鮮）かもしれないし、山東半島かもしれない、しかし、他の八艘の船はいったいどうしているのだろうか」

話の様子では九艘が一団となっている船団らしい。水夫の一人が左手前方を指して、霧の向こうにかすかに黒い島影が見えたと言った。

「よし、それならば、そちらに向かって水夫を五人つかわそう。行ってここがどこか、遭難しかかっている船をしばらく停泊させてもらえないか、聞いてこい」

五人の水夫が小舟を漕いで霧の中に吸い込まれていった。

強い風と高い波に船はもてあそばれて一カ所をぐるぐると回っているような気がする。

大和は、人々の話から、日本国へ帰ろうとする船が悪天候に巻き込まれて遭難しかかっていることを理解した。占い師と僧侶が陀羅尼という経をよんで順風が吹くように祈っている。大きな火の玉を作って海の神に捧げ、水晶の珠数を海竜王に捧げ、カミソリを船の神に捧げて、無事に日本まで帰れるように祈っている。

やがて、五人の水夫が戻ってきて、ここは大唐国の山東半島の近くなので、小さな港があるからそこに停泊させてもらえるらしいと言う。

それを聞いて喜んだのは、三人の僧の中のおもだった人だった。円仁という名前だ。大和はこの人にこれからついて行くのだと直感した。

「ああ、ありがたい。この船が順調に日本国へ帰ってしまえば、わたしは再び大唐国を訪れることはできない。これはめったにないチャンスなので、これを見逃すわけにはいかない」

そう言いながら、船主の長官らしき人のところへ行ってひそひそ声で話し始めた。

「わたしはご存知のとおり、仏教を勉強するために日本から遣唐使の船に乗せてもらって、唐に着くことができました。しかし、大唐国ではわたしの上陸を許可せずに、こうして日本へ返されようとしています。わたしは唐の長安まで行って、仏教の奥義を学び、日本に持ち帰って人々を幸せにしたいという大きな夢を持っています。この船が港に着いたら、わたしは供の者を連れて、その土地のお寺にお参りするので、その間にいい風が吹いたなら、わたしたちを置き去りにして出港してくれませんか」

「それでは、密入国ではないか。そんな危ないことをすると命も危ないよ」

「旅の途中で命を失うかもしれませんが、わたしは仏教を勉強しに行くのだから、必ず仏が守ってくださると信じています。このままおめおめと帰国するぐらいなら、いっそ海に身を投げて死んだほうがましだと思うのです。道中で命をなくすようなことがあれば、それでも惜しくはないのです」

「よし、わかった。お前たちがそれほど命がけなら、寺へお参りしている間に、いい風が吹いたら、お前たちが帰るのを待たずに船出をしよう。幸運を祈る」

先ほどの水夫に先導されて、船は小さな港に入った。

やがて他の船も入ってきて九艘がそろった。ここで天気がよくなるまで停泊したいと港の役人に申し込んだが、役人は大きな船団を見て、ただちに出航せよと厳しい態度である。水や食料を補給してあわただしく船出の用意をしているときに、円仁は、今まで集めてきた経本やその他の貴重な資料を、遣唐使に預けて日本に届けてくれるように頼み、自分は弟子の惟正(これまさ)、惟暁(ゆいぎょう)、通訳兼道案内の新羅人のチョウと大和を連れて、出航の直前に船を下りた。船中の人々は別れを惜しみ、旅の無事を祈ってくれた。

崖(がけ)の上によじ登ってそこから、九艘の勅使(ちょくし)の船がつらなって東北に向かって進んでいくのを見送った。

円仁は、供の者に、

「もうこれで、日本へ帰ることはできない。密入国だが、命がけで仏法を学ぶ旅に出かけるのだ」

こうきっぱりと言って、決意の固さを示した。

それでは、どこか人目につかぬところに行ってこれからの計画を立てようということになり、山深い谷側の所まで一行は進んでいった。すると人声がして川上から荷物を積んだ大きな船が下ってきて停泊した。中から十数人の人が出てきて円仁たちを見つけた。

「ややあ、こんな所に人がいる。お前たちはいったいどこから来たのだ。俺たちは新羅人で、この川上で炭を焼いてそれを川下の町に運ぶところだ」

「わたしたちは、日本の朝貢船に乗っていたが、ちょっと下りたときに、船に置き去りにされてしまい、これからどうしたものかと考えているところだ」

「そうか、この辺りは人家もないし、もし嵐でもきたらどうするのだ。よし、ここから一番近い村まで案内人をつけてやるから、そこで保護してもらいなさい」

案内してくれる新羅人は体も大きく、髭もぼうぼうで見るからに怖そうな男だった。

連れられて山道を登り、谷川のふちをたどり、いったいどこかわからぬ深い山の中まで連れていかれて、そこで殺されたらどうしようと疑いの思いさえ出てくる始末。五人は恐る恐る、男の後から息を切らして必死でついて歩いた。やがて小さな谷間にある集落に出て、男はその村の長のところへ連れていって、保護を頼んで去っていった。

円仁たちは密入国の日本人であることがわかると捕らえられるかもしれないので、新羅人の僧であると名乗った。長は、

「お前たちの話す言葉は新羅語ではないし、もちろん中国語でもない。噂によると、難破しかかった日本の朝貢船が停泊していたと聞いたが、お前はその船から逃げてきた日本の僧ではないか。嘘を言ってはいけない。本当のことを正直に話しなさい」

本当のことを言って捕まってはどうにもならないので、策略を立てて、

「たしかにわたしは日本の船に乗っていた僧です。体を壊したので陸に上がって少し休もうとしました。ところが夜の間に船が出てしまい、置き去りにされて、まだ体調もよくないので人を頼んでここまでやってきました。どうか、日本の船が来るところまで送り届けてください」

せっかく上陸したがここで捕まってはどうにもならないので、折からの台風で日本の朝貢船が避難している港へと連れていってもらうことになった。残念だけれど仕方がない。

比較的近い港に避難している第二の船に拾い上げられた。乗ると、事情を知っている大使たちは気の毒がった。その後も悪天候はおさまらず、船は波と風にもまれながらある港に逃げ込んだ。

そこは赤山港（せきざんこう）という場所であり、そこには赤山寺法花院（せきざんじほっけいん）という立派な寺があった。赤山寺は新羅人の高僧が建てた寺で、円仁たちにも親切だった。その中に道玄という高僧がいて、何くれと面倒をみてくれた。円仁も気を許して、

「自分は日本から仏教の教えを求めてやってきましたが、上陸を唐の政府に許されずに、こうして遣唐使の船で送り返されるところです。でも、何とかして仏教の教えを深く知って、日本の民衆を幸せにしたいと願っているのです」

熱い口調で語る円仁に道玄は感動して涙さえ見せながら、

「あなたの素晴らしい希望が何とか叶えられるように仏様にお祈りしましょう」

と、手を合わせてくれた。

あちこちで遭難しかかった九艘の朝貢船がすべて赤山港にそろった。円仁たちは船が出港の準備をする間、赤山寺のあちこちのお堂をまわった。その夜は、赤山寺でおかゆを食べさせてくれるというのでみんなで訪れた。いつも気をもんでばかりいる旅なので、おかゆのおいしさは身にしみて嬉しい。その夜は寺に泊まった。

翌日の朝、寺の僧があわただしく知らせにきた。

「港に船がいません！」

飛び出した円仁たちが、山の上から赤山港の湾を見下ろすと、昨日まで九艘並んで停泊していた船が影も形もない。

円仁の意思を知った赤山寺の道玄和尚と、勅使との密かな計画によって、円仁たちはわざと置き去りにされたのである。

何も知らないお寺の僧たちは、置き去りにされた円仁たちを気の毒がったが、これでいよいよスタートできると、一

行は内心で喜んでいた。

その夜、円仁たちは輪になって座り、これからの方針を練った。道玄の助言により、ここからは五台山へ向かったほうが近いので、五台山経由で長安へ行くことに決まった。それぞれの荷物を行李(こうり)に詰めて背中に背負った五人は、赤山寺の僧たちに見送られて長い道のりを旅立っていった。

一日に三、四十キロを進む歩行は山あり谷ありで、大変困難だった。田舎の道に一軒の寺があるとそこへ立ち寄って、一晩泊めてもらう日もあれば、行けども行けども人家が見当たらず、ついに野宿のこともある。通訳兼道案内の新羅人のチョウの存在は本当に頼りになった。彼の力強い歩みに連れられていくつもの村を通り過ぎ、いくつもの寺に泊まり、五人の旅は続いた。

その日は夕暮れ時にある村に到着したが、あいにくと宿となる寺が見当たらない。そこで、チョウが泊めてくれる家を探しに出ていき、大きな屋敷に案内された。

ここの主ケイシュクは円仁一行を大歓迎してくれた。

ケイシュクには昔、とても可愛い娘がいたが、幼いうちに死んでしまって、両親はとても嘆き悲しんでいた。その夜は、遠く日本国からやってきた高僧の一行に喜んでもらおうと市場へ出かけて一頭の羊を買ってきた。

その前の夜、娘の母は夢を見た。死んだ娘が青い服を着て白い布で頭を包んで、髪の上に二本の玉かんざしをさしている。これは娘が生きていたころの身なりと同じである。娘は泣きながら母に訴えた。

「わたしは生きていたころ、お父様お母様に大変愛されて、何事も思うように暮らしていましたが、お父様お母様には言わないで好きなだけ財宝を取って人に与えていました。悪いこととは知らなかったのです。その報いで今は羊に生まれ変わっています。その罪をつぐなうために、明日こちらへ連れてこられて殺されようとしています。どうかお母様、わたしを殺さないでください」

娘がそう言ったところで目が覚めた。あくる日の夕方、裏庭へこの母が入っていくと、頭だけ白い青い羊がつり下げられていた。頭には二つの斑点がついている。この母は、肝がつぶれるほどにびっくりして、

「この羊を殺してはいけません。旦那様が帰ってきたらわたしから話しますから」

料理人がこの羊を殺すかどうか迷っているところへ、主人のケイシュクが戻ってきて、

「おい、どうした、お客様のご馳走はまだか」

「いえ、奥様がこの羊を殺してはならないと言われたので」

「何を言っているのだ、早くつり下げて殺しなさい」

そう言い捨てて主人は家の中へ入っていった。

そのときに円仁たちが裏庭を通りかかると、一頭の羊がぶら下げられていた。もう一度見直すと、とても可愛らしい十歳あまりの少女が髪を縄でくくってつり下げられている。大和も少女を見て、うわっとびっくりした。少女は、

「わたしはこの家の娘でしたが、羊に生まれ変わってしまいました。どうかお客様、わたしを助けてください！」

と叫んだ。瞬(まばた)きすると羊の姿である。

円仁たちは料理人に、

「絶対にこの羊を殺してはならないよ」

そう言い置いてこの家の主人に会いに行っている間に、料理人にはただの羊としか見えなくて、

「遅くなって旦那様に叱られると大変だ」

と思って殺してしまった。その羊の泣く声は料理人にはただの羊の鳴き声に聞こえたが、家の中の円仁たちの耳には少女の悲鳴に聞こえた。円仁たちは少女の悲鳴を聞いてぎょっとして棒立ちになり、料理人のいる庭にかけ戻ったら、そこには殺された羊が転がっていて、その横に二つの美しい玉かんざしが落ちていた。

やがて夕食に羊肉の蒸し物、焼き物が出てきた。誰も料理に箸をつけるものはいなかった。

円仁たちは黙って席を立ち、丁寧にお辞儀をして先を急ぐからとその家から逃げるように出ていった。

大和はあのつり下げられていた少女が、羊だったか人間だったかわからなくなり、他の四人も心に痛みを持ちながら黙々と進んだ。

「今夜は野宿しかないね」

一休みしたところで大和は腰のベルトからリンボーを取り出してのぞき込んだ。ふわりと煙が出て、そこには鏡に映るような光景が見えた。

お客が立ち去った後、この家の主人はなぜ彼らが食べなかったかを不審に思って聞いた。夫人が、目を泣きはらして夢のことを話したので、ケイシュクは聞いてびっくりし、泣き悲しんで、とうとう病気になってしまっていた。

弟子の一人がつぶやいた。

「あれは、間違いなく羊だった。しかし、あの羊の前世はあの家の娘だったのだろう。わたしたちはあの羊を助けようとして助けることはできなかった……」

誰もこたえる者はいなかった。


円仁一行の旅は続いた。五台山に着けば、仏教の深い教理を学ぶことができるという夢に支えられて。毎日三、四十キロの道程を突き進んでいった。弟子の惟正は、足の皮が破れて、草鞋(わらじ)がすれるのが痛いのでぼろ布を巻いて歩いた。惟暁も日焼けして高い鼻がいっそう高くとがって見えた。チョウだけは相変わらず元気でときどき円仁にいたわりの声をかけている。大和はその厳しい旅にもかかわらず元気な足取りで大人についていった。

ある大きな町にたどり着いて町のはずれにある立派な屋敷の門の前を通り過ぎようとしたとき、ちょうど中から一人の老人が出てきた。老人は円仁と目を合わせて、驚いたように円仁の顔をしげしげと見つめている。円仁もまた、老人の瞳をじっと見返した。

「これは、旅のお坊様、どこか遠くの国から来られたのでしょう。しかし、わたしはあなた様を見てとても懐かしいような気がします。いつかどこかでお会いしたことがあるのでしょうか」

「いや、お会いしたことはありますまい、わたしは遠く日本国から仏教を勉強しにきた僧ですから。この広い唐の国であなたとお会いしたことはない。しかし、あなたの背後にはきれいな光が見えるような気がいたします。もしや、あなたは仏教とは何かの関係がおありですか」

「ああ、遠い日本国から来られたお坊様、わたしはブンポンと申しますが、仏教には特別な思いがあるのです。どうか今夜は我が家にお泊まり願えませんか」

一行は喜んで泊めてもらうことにした。

ブンポンは旅人を風呂に入らせてから、広い立派な部屋で丸いテーブルに座らせて、豪華なご馳走を食べさせた。大和が見たこともない珍しい料理である。大和は、今この国はイナゴの害や、日照り、洪水などの飢饉(ききん)で苦しんでいるというのに、このような立派なもてなしができるのは、ブンポン家は大変豊かな家だと思った。それに、ブンポンは円仁が立派な僧なので泊めることを光栄だと喜んでいる。それはインドで歓待された玄奘三蔵(げんじょうさんぞう)法師と同じかもしれない。クマラエンにしてもクジ国で歓待された。

円仁は尋ねた。

「あなたが仏教に特別な思いがあるというお話を聞かせていただけませんか」

ブンポンはにこにこと笑いながら、

「それではお話しいたしましょう。それは、わたしの先生のニンセン様のことです」

遠い昔のことを思う目つきで、ブンポンは静かに語り始めた。

「スイという国にニンセンという男がいました。ニンセンは子供のころから儒教の教えを熱心に勉強していたので、仏教の教えのなかの、死後の世界の神を信じなかったのです。本当に死後の世界に鬼神はいるかどうかを知りたくて、鬼を見ることができるという呪術者について、鬼を見る方法を十年以上も勉強しました。しかしついに見ることができなかったのです……」

ブンポンが話し始めたときに、大和は急にたまらなく眠くなってきた。そばにいた惟正が肩に手をかけて揺さぶった。惟暁の声がして、旅で疲れているからそっとしてやりなさいと言っているのがうっすらと聞こえたが、そのまま深い眠りに入った。


「おい、早く支度をしなさい」

四十歳ぐらいの男性が大和に声をかけた。大和はこの人がニンセンであるとすぐに理解した。これから県庁へ仕事に出かけるらしい。ニンセンは、学問に優れているし、家柄も立派なので、ときどき県庁に呼ばれて大切な仕事をしている。彼の馬に続いて大和も馬に乗って、二人は県庁へと急いだ。しばらくして道は町をはずれて荒野に出た。向こうから土煙を上げて騎馬団がやってくる。先頭の男は大変体格もよく、髭もいかめしく、どこかの役人のようである。黒い冠には金色の飾りが輝いていて、赤い上着も広い肩幅がたっぷりとしていて堂々たる姿である。乗っている馬も立派な馬である。県庁のある方向から来たらしいが、知っている人ではない。従者が五十人もそろって馬に乗って従っている。

ニンセンは小声で大和にささやいた。

「あの人はどなたか知らないが、ときどきここですれ違うのだよ。怖くはないから普通の顔をしていなさい」

ダダッと馬を飛ばしてやってきた騎馬軍の大将がニンセンの前で急に止まった。

「もうし、そこの人、わたしはときどき君とすれ違うけれど、とても君を尊敬している。できれば交際して楽しく遊びたいですな」

「あなたはいったいどなたですか」

「わたしは鬼だ。姓はジョウ、名はケイという。生まれはグホウノウという所だ。西晋では補佐官をしていたが、今は胡国の長史をやっている。長史というのは、死後の世界、つまり冥府の中の高級官吏だ」

「それはどんな国ですか、王様の名前は？」

「黄河の北の方がすべて我が国である。王様は霊王といわれて、この国を霊界から治めておられる。毎月身分の高い鬼神を大山に招集して会議を開いている。そういうわけで、しばしば君と会うのだよ」

ニンセンは過去に鬼神に会う訓練を受けたことが今になって実現したことを悟った。

「人間界と鬼神の世界は違うので、何のために君と付き合うのか教えてくれないか？」

「君、何もわたしを怖がることはないよ。わたしは人間のためによいことをして役立つこともある。たとえば君が災難に遭いそうなときには、あらかじめそれをなくすことができるし、急な危険に遭っても逃げさせられる。ただし、宿命的に決められている寿命と、悪いことをした場合には助けてあげられない」

「それは、ずいぶん便利だな」

ニンセンは思って、ケイの言うことを恐る恐る受け入れることにした。

ケイは、ニンセンに一人の従者をつけて、いつもニンセンの身に起こることを知らせるようにと言って去っていった。そういうわけでケイの従者がいかにもニンセンの家来のようなふりをして、身の上に起こることをあらかじめ教えてくれた。だから、ニンセンには従者と大和の二人がついてまわっていた。

「今日は夕方から大雨になりますから、雨具を用意してください。明日県庁に行くと、支庁からこれこれの仕事を頼まれるので準備するといいでしょう」

このように先のことがわかるので、ニンセンはとても便利だと喜んだ。大和は従者の予知能力が普通でないことに驚いていた。

ニンセンの学問の力は有名だったし県庁の働きも抜群なので、地方の豪族が、ニンセンを呼んで、息子のブンポンの教育を頼んできた。そこで、ニンセンとブンポンは子弟の間柄になった。ある日、ニンセンはブンポンを呼んでこう言った。

「わたしはケイという偉い鬼を知っている。このことは人に話してはいけないと言われたが、君とは子弟の間柄なので内緒にできない。ケイが言うには、『鬼というものは、いくら食べても満腹できなくて、いつも猛烈な飢えに苦しんでいる。ところがもし人間の食事を一食食べれば一年間は空腹を感じないのだ。だから、大方の鬼は人間の食い物を盗んで食べるのを仕事としている。わたしは身分も高く、盗みをしたくないので人の食い物を盗んだことはない。ただ、君が一食を捧げてくれれば受けようと思うよ』と言ったよ」

ブンポンはその話を聞いて、ではわたしが鬼に食い物を捧げましょうと言って、山海の珍しいご馳走をたくさん用意して鬼にお供えすることにした。ニンセンが言うには、

「鬼は人間の家には入らない。郊外の水辺に幕を張ってむしろを敷いてその上に酒やご馳走を並べなさい」

ブンポンは河原に大きな幕を張ってその中にむしろを敷いた。ブンポン家の召使たちが大きな櫃（ひつ）にいっぱいのご馳走を幾箱も運んできて並べた。すると、一陣の風が吹いて、ケイが二人の客を連れて現れた。幕の中に入り上座に座る。三人が食事をしている間、百人以上の家来たちは馬に乗って幕を取り囲んで待っている。ブンポンは幕の中に入って行き、ケイたちに向かって深くお辞儀をし、たいした食事ではないことをあやまった。ニンセンもまた何度もお辞儀をしてつまらない食事で申し訳ないとお詫（わ）びをした。

最初にブンポンが接待の用意を始めたとき、ニンセンは金箔をブンポンに渡して、ケイが教えてくれたことを告げた。

「鬼は、人間同様に、金や絹物を必要としている。だから、金や絹を贈るととても喜ぶのだ。けれども、本物でなくてもいいのだよ。鉛に金色の色を塗ったり、紙で作った絹でもいいのだ」

そう教えたが、ブンポンはたくさんの本物の金と絹の準備をした。

ケイたちが食べ終わると、家来たちは馬から下りて代わる代わる席について食べ始めた。大和は鬼たちが嬉々として食べる様子を見てどんなにかおなかがすいていたのだろうと思った。ブンポンは前もって用意したたくさんの金銭と絹布の土産を差し出した。

ケイはたいそう喜んで、

「ああ、わたしはすごくご馳走になった。いや、実に嬉しい。とても感謝しているし、忘れないよ」

そう言って笑うとさっと消えた。

それからしばらくして、ニンセンが病気になって寝込んでしまった。大変な苦しみようで、布団の上に起き上がることもできない。いつも身の回りについている大和もどうしてよいかわからない。ケイが残した従者が来たので、ニンセンは、

「この病気はいったい何だろうか」

ところが彼にもわからなくて、主人のケイに尋ねにいった。持ち帰ってきたのは、ケイも首をかしげて、

「このニンセンの病気はこの国では見たことがないのでわたしもわからない。来月に大山に鬼の集会があるからそこで詳しく聞いてみよう」

という答えだった。その月になって、冥府の長史のケイは自分からわざわざやってきてニンセンに話した。

「君のことを尋ねたら、君の故郷に、ショウという人がいたのだが、今は大山で主簿という役職をしている。その大山

で主簿が一人欠員になってね、そこで彼は君が学問もあるし字も上手なので、君の才能を見込んで官にしようとしているのだよ。文章を考えたり、記録を書いたりする役目の仕事だが、そのために君を霊界に召す計画を立てたのだ。だから君は病気になったのだよ。霊界の大山でその計画が文章として提出されたなら、君は必ず死ぬことになる。大山というのはな、霊王が鬼神を集めて会議をする場所だが、つまりあの世のことを決定する機関だよ」

「それを逃れるにはどうすればいいのでしょうか」

「君の命は六十余歳まである。今は四十歳だ。それをあのショウの主簿が無理やりに病気にして召そうとしている。わたしはこれを許してくれと願い出ようと思うのだ。聞くところによると、あの主簿は昔カイという人と一緒に勉強していた。お互いに同窓生で仲良しだ。今ショウはたまたま運がよくて主簿となれた。そしてもう一人主簿が欠員になった。冥府では、長史は人を選ぶ役である。そこでわたしは君を許してもらい、あのカイを推薦しようと思う。しかし君、いつまでも生きているわけにはいかないのだ。必ず死ぬよ。死んだ後で、必ずしも官に就けるとは限らない。どうして二十年の命を惜しんで死ぬことを怖がるのだ。もうすでに文書で決定していることだから、絶対に止めることはできないのだ」

ニンセンはこれを聞いて病気がますます重くなってしまった。ケイが言うには、

「他の長史が言われるには、ショウ主簿は必ず君を召すと思うよ。君、鬼に会って頼みたいと思うならば、すぐに出かけなさい。大山のお城の東の尾根に行って、小さな山を一つ越せば平らな草原がある。そこが鬼の冥府の中心地の都だから、そこへ行って鬼に頼んでみなさい」

ニンセンはこのことをブンポンに話し、自分はとうてい起き上がることもできないので、行って頼んでもらえないかと言った。ブンポンは言われたとおりに金や絹布の土産を持って、大和を連れて大山に出かけていった。

大山の東の尾根を越えて、もう一つ小山を越した先の広い平原に出た。平原の真ん中で二人が立っていると、見る間

に情景が変わった。

　そこでは立派な何階建てもの高層の建物があり、中の会議場では霊王を中心に閻魔大王や鬼神がずらりと並んで、決め事の文書についての承認をしていた。ブンポンと大和は呼び出されて、土産を差し出してニンセンを主簿にしないようにと一生懸命にお願いして帰ってきた。

　数日後、再びケイが来て、

「ブンポンが来て、鬼の長史たちに、君の寿命を延ばす訴えをしていたが、君の死は免れることはできないという恐れがある。まだ体調が戻らないならば、それは死ぬことを意味している。すぐに仏像を造りなさい。そうすれば君を召す文書が自然に消えてしまうだろう」

　ニンセンはこのことをブンポンに伝えた。ブンポンはそれを聞いて、三千の銭を使って絵師を雇い、ニンセンの寝ている堂の西の壁に、大きな一体の仏像を描き上げた。絵の仏像は薄目を開いてニンセンを見ていた。

　その後ケイがまた来て、

「君、これで死から逃れることができたよ。君の死を決めた文書が消えてしまったのだ」

　ニンセンは体調がよくなって起き上がっていたが、なぜか不審に思ってケイに尋ねた。

「わたしは儒教を信じて仏教は信じていないが、仏法の中には、生まれる前と、現在と、死んでからの、三世のつながりがあるというが本当か」

「本当だ」

「それでは、なぜ死んだ後で、天道、人道、修羅道、畜生道、餓鬼道、地獄という六つの道に生まれ変わるのか、どうしてみんな鬼にならないのか」

「君の住む県には何万という人家がある。その中に上層貴族が少ないように、天道に生まれ変わる者はほとんどいない。

徳を積んだ人が人道に生まれる。鬼に生まれる者もあるがその中でも差別がある。地獄に落ちる者は、人間界で監獄に入れられている人ぐらいの割合だ」

「鬼でも死ぬのか」

「もちろん死ぬ」

「死んだらどこへ行くのか」

「それはわからない。人間が死んだらどこへ行くかわからないのと同じだ。六道にも天帝がおられて、すべてを治めておられる。閻魔大王は人間界の天子のようなものだ。天帝が閻魔大王に命令すると、王はそれを聞くようになる」

「仏教をする家に福があるというのは本当か」

「仏は、偉大である。六道の文書も仏の前には必要がない。仏を敬い奉れば福徳（ふくとく）も多い。これはなぜだかわたしも知らない」

　こう言ってケイは去った。

　大和はその会話を聞いていて、今までの旅の中で、前世、今世、来世の生まれ変わりについては見てきていたが、このように六つの道があることを初めて知った。

　ニンセンはすっかり元どおり元気になった。元気になってからは仏教について詳しく学んで、ブンポンにもすすめるようになった。

　その後ブンポン一家は仏教を大切にしたので、おおいに恵まれて本人も兄弟も国の高官に就任し、豊かな生活を続けることができた。

　穏やかな笑顔でご馳走をすすめながら、いかに仏教に感謝をしているかを語ってその夜の話は終わった。老人のブンポンが語り終わったとき、大和は目が覚めて円仁のそばにいた。円仁が大和の頭を軽くこづいて、笑いながら、

「大事な話のときには、グウグウ眠っていて、終わったら目が覚めるのかね」

他の三人も笑った。

円仁一行は、ついに最終目的地の長安に着いた。そこには外国人の僧のナンダやホーガツなどがいて、仏教の講義を受けるにはとても便利にできていた。円仁は少しの時間も惜しんで勉強に励んだ。胎蔵界、金剛界のむずかしい法を学び、巨額の銭を投じて仏画工を雇い、曼荼羅を写した。大和はいつも円仁の後ろについて影のように行動を共にしていたが、円仁が長安へたどり着くまでの数えきれないほどの苦労を取り戻す勢いで仏法を学ぶ姿を見ると、その迫力はすごいと思った。学ぶとはこういうことかと目が覚める思いがした。

ある日、円仁は慈恩寺に大和を連れていった。この寺は、玄奘三蔵法師がインドから持ち帰った数えきれないほどの経本が納められている大雁塔という塔がある。

円仁は塔に登って、過去の偉人が果たした業績の偉大さを大和に話して聞かせた。大和は玄奘のインドへの旅に同行したので、今、円仁が話してくれていることはあの玄奘が旅の最後のときに言って聞かせてくれたこととまったく同じだった。玄奘の仕上げがこの大雁塔だと思うと胸がいっぱいになった。そのことを円仁に伝えたかったが目に表れた感動の色を見て、円仁はこの少年が玄奘の辛い旅を理解していることを悟った。大和は、円仁がしていることは、玄奘がインドへ行ったのとまったく同じことだと思った。自分の国の人々のために、法を犯してまでも外国へ行って、道を学ぶという行動をした人だと理解した。

円仁は指導してくれる僧にも恵まれて、先輩の最澄も知ることができなかった仏教の真髄まで深く学び、ほぼ目的を達したので、帰国の申請をした。

ところが、そのころ皇帝の座に就いたブソウ皇帝が道教を信じて仏教を排斥したので、仏教徒は迫害されて、僧を辞めさせられて、寺院も焼きはらわれた。

円仁たちもその難を免れることができない。髪を伸ばして寺に閉じ込められて、外出も許されなかった。そんなときに弟子の惟暁が病気になって八カ月も病に苦しんでついに亡くなってしまった。墓地を買うお金もないので寺に頼んで寺の端に墓となる地を一区画もらい、そこで数人の僧が経を読んでひっそりと葬式を行った。大和は、いつもおとなしく円仁を支えてついてきた惟暁が、辛くて長い外国生活を送り、帰国を目前にして亡くなった悔しさを思うと、本当にかわいそうで涙が止まらなかった。

外国人僧は帰国させるようにとの指示が出たので、円仁たちは荷物をまとめてとるものもとりあえず長安の都からあわただしく発った。一つの駅に着くと、次はこの駅だと指示を出されて、道を選ぶこともできず、ひたすら東北を目指して進んでいった。

はるかな山を越えていく道で、その向こうの山に人家が一つ見えた。円仁はみなで行くと何かあるといけないからと荷物と従者を残して一人でその家に向かっていった。大和もついて行った。その家は人家というより城という感じで堅牢（けんろう）な城壁は高く築き上げられ、一カ所に大きな門があった。門の前に一人の門番が立っていて、二人を見るとにこにこしながら近づいてきた。

「この家は一人のお金持ちの家です。あなたはどういう聖人（しょうにん）ですか」

「仏教を習うために日本から来た僧です。仏教が迫害されて日本に帰るところです」

「それはお困りでしょう。しばらくうちに逗留（とうりゅう）して世の中がしずまれば旅を続けられるのがいいでしょう。さあ中へお入りなさい」

二人が門を入ると門番はすぐに大きな鍵をガシャンとかけてしまった。あれっと大和は振り返った。なんだか閉じ込められたような気がする。大きな屋根が並んでいて人が行き来している。

案内された部屋に二人は座って、円仁は、

「こんな静かな家にいられるのはありがたい。もう少し様子を見て惟正たちにも声をかけようか」

と喜んだ。部屋の周りを見渡しても仏教に関する物は何一つない。大和は部屋から抜け出して外へ出た。後ろの方に小屋があるので寄ってみると、病人がうめくような声が聞こえた。隙間からのぞくと人間が何人も天井からつり下げられてその下に壺が置いてあり、体中に切り傷をつけられて血が壺に滴り落ちている。大和はびっくり仰天して円仁の所へ駆け戻った。円仁の袖を引いて外へ連れ出す。血相を変えた大和の表情に、円仁も何事かとついて出た。血を採られている人は声をかけても何も答えない。他の棟をのぞいてみると、人の唸る声がする。そこには真っ青でやせ枯れた者が多く横たわっていた。そのうちの一人を招くと這い寄ってきた。円仁は、

「これはいったいどういうことだ、ひどいところを見たのだが」

　この人が木の端を取り上げて、ぼろのように破れてやせた手で土に、

『これは纐纈の城です。知らないでここに来る人を泊めて、まず物を言わなくなる薬を飲ませ、次に太る薬を飲ませます。その後で高い所からつり下げて、体のあちこちを刺して血を出して

集め、その血で纐纈染を作って売っているのです。知らぬ顔をして薬を食べたふりをし、人が来たら物を言えないふりをしてうめいていなさい。わたしたちは知らずに食べてこうなったのです。何とかして逃げ出してください。逃げられる道はまずありませんが』

こう書いたのを見て、二人は真っ青になった。ともかく部屋に戻ると、ほどなく男が料理を盛りつけて持ってきた。ゴマのようなものをすって盛りつけたのがあるが、これがその薬かもしれない。二人は食べるふりをして懐に隠した。男が来て、「どうだ?」とのぞくので二人は、うんうんとうなって苦しそうにしたので男は満足したように笑って、次の料理を運んだ。これには太らせる薬が入っているのだろう。

大和は外へ抜け出してどこか出ていける所はないかと偵察してまわったが、周りはそり返った高い塀に囲まれてとうてい出られる所はない。がっかりして部屋に戻ると、円仁が正座をして日本の方角に向かい必死に拝んでいる。

「どうか比叡山にまします三宝薬師仏様、わたしを助けて故郷に帰ることを許してください」

大和も並んで両手を合わせ、祈った。大和が何かの気配を感じて部屋の隅を見ると青い光が二つ光っている。よく見ると大きな黒犬が現れて目玉が青く光っている。のそのそと寄ってくると円仁の袖を強く噛んで引っ張り出した。円仁は犬の導くままについて行くと、人が通り抜けることができないような水門のそばに出た。大きな犬は円仁の顔と水面を交互に見て、一人ずつ飛び込むようにと仕種で示し、ドボンと飛び込んで深くもぐっていった。すかさず、円仁と大和も飛び込んだ。暗い水の流れに沿って泳いでいくと、檻の向うで待ち構えていた犬が二人の衣服を噛んで引っ張り出して水面に押し上げた。

二人が岸に這い上がると、犬も続いて上がってきてブルルッと水をはらうと、さっと姿が見えなくなった。

二人は待たせている惟正たちのいる所へ転げるように走りに走った。行くとそこには誰もいない。二人は再び山を越えて道を急いだ。やっと人家の群れが見えるところまで来たときに、そこには荷物を持った人夫や、惟正たちが待っていて、

「大きな黒犬が現れて袖を引いて急かすのでここまで来てしまった」

と言った。

その夜泊めてもらった寺で、ブソウ皇帝が皇帝の座を失脚したという噂を聞いて、これで仏教迫害がゆるむかもしれないと、これからの帰路について安心した笑いが広がった。無事に帰国できるめどがついたので、その夜はみんなで声高く唐で起こった苦労や面白話に花が咲いた。

翌朝から、一行は日本を目指して夜を日についで、急ぎの旅となった。多くの経典や仏像、宝物、資料を運ばせながら、政治が変わらぬうちに一刻も早く日本へ帰りたい一心である。

しかし、帰りの船はなかなか捕まらず、やっと日本へ向かう新羅の船に乗せてもらうことができた。途中、赤山港に寄港した。ここは円仁たちが、唐の奥の奥まで旅をする出発を助けてもらった赤山寺のある所である。赤山寺の道玄和尚は、円仁たちが九年半にわたる長い旅の果てに立ち寄ってくれたことを心から喜んだ。別れを惜しむ間もなく、船は日本海へ出港した。

船は順調に進み、明日にも日本に着くという日の昼ごろ、大和は何となく体がだるくて、吐き気を催した。船べりからゲエゲエと吐き出した。惟正がどうしたと抱きかかえると、すごい高熱を出してぐったりしている。惟正は、船室に大和を寝かせて円仁を呼びにいった。円仁は、額に手を当てて、眉をひそめていたが、新羅人を呼んで薬を飲ませた。だが、飲まされた薬も吐いてしまい、高熱は下がらない。

翌日、肥前（ひぜん）の国鹿島（かしま）に船は着いたが、そのまま北上して博多（はかた）の津（つ）の港に向かった。

博多の津では噂を聞いて役人や、寺の僧、近隣の人たちが九年半も大唐で学んできた立派な僧に一目会いたいと集まってきていた。

円仁は、船から下りて、入国の手続きをすませて、役人に相談を持ちかけた。

「わたしは、仏様のおかげと多勢の方々の助けをいただいてここまで帰ってくることができました。急ぐ旅なので船を乗り換えて、明日にも出発したいのだが、実は少年を一人連れているのです。体を壊しているので、これからの瀬戸内海を北上する旅はとても無理なのです。まことに申し訳ないが、体がよくなるまで面倒を見てやってほしい」

　博多の大弐（だいに）という役職の人がそれを聞いて、

「大丈夫です。うちで面倒を見ましょう。息子を呼んで運ばせましょう」

と引き受けてくれた。

　円仁は、再び船に戻り、横たわっている大和のそばに座りその手を取って、人ばらいをして静かに話しかけた。

「これ、具合はどうかね。長い旅だったね。お前がわたしといつも一緒にいてくれたので、どんなにか心強かったことか。お前がただの少年ではないということをわたしはとっくに知っていた。この九年の間にちっとも体が成長しなかったのは、お前の上には時が流れていないからだよ。そしてお前は口をきかないけれど、日本語、中国語、新羅語、そしてインド語もすべて聞き取る能力を持っている。今お前が病気なのはきっと仏様のご意志であろうと思われる。今日、お前をこの筑紫（つくし）の国に置いていくが、これからもよい旅をしなさい」

　大和は、高熱で体が衰弱していて、本当に心細くなっていたので、円仁にそう言われて抱きついてしまった。抱きつく大和の背中を撫（な）でながら、円仁も涙をこぼした。

　ドアを叩いて惟正が一人のたくましい青年を連れてきた。青年はかしこまってお辞儀をして、

「たしかにお預かりします」

　青年は大和を軽々と抱き上げて大きな馬にまたがって大弐の屋敷に向かっていった。

# 13 盗賊の僧

九州の大宰府に小野好古（おののこうこ）という人がいた。役職は大弐といってその地域では最高の地位だった。子供が大勢いたが、末の子はまだ二十歳ぐらいだった。とても凛々（りり）しくて頭もよく、性格も考え深く、そのうえ力が強くて武芸にも優れている。だから好古はこの子をことのほか可愛がっていた。名前を小野武古（おののむこ）という。

大和（やまと）はこの小野武古に抱かれて大弐の屋敷に着いた。屋敷ではさっそく大和の体をお湯でしぼった布でふき清めた。あかが背中にも腹にもこびりついているのを、きれいにふき取って、柔らかい布団に寝かせた。薄めのかゆを与えると、目をつむったまま舌を鳴らして少し食べた。それから深い眠りに入って丸三日間、こんこんと眠り続けた。四日目の朝、目覚めた大和は、起き上がって大きく伸びをしてにっこりと笑った。いきなり元気を取り戻したかのようだった。

そのころ、筑前の守で藤原永保（ながやす）という人がいたが、その娘が大変器量がよくて心も美しく評判の高い娘だった。大弐はこの娘をぜひとも武古の嫁にと思い、何度も嫁にくれと守に言ったので、守は上司の言うことに逆らえなくてよい日を選んで結婚させた。

武古は、まれにみる優しく美しい嫁と仲むつまじく暮らしていたが、もともと京へ上って仕官したいという希望を持っていた。しかし、妻と離れるのはとても辛いので、一緒に行かないかと誘ってみた。妻はすべて武古の言うとおりにすると答えたので、妻を連れて京へ上ることとなった。親の好古もこれを喜んで、天皇や、親しい高級貴族に手紙を書いて持たせた。京へ上った武古が首尾よく仕官できるようにと計ったのだ。

たくさんの土産物を用意して、えりすぐりの家来を二十人ほどつけて、荷物を乗せて運ぶ馬も数多く用意して、旅の支度を調えてくれた。可愛い末の息子が立派に仕官できるようにと、親ができることをすべて行った。

海路は危険なので、陸路を行くことになった。遠い道のりを素早く通過して京都まで無事に行き着かねばならない。

いつのころからか、身の回りにいる大和に向かって、武古は言った。

「これ、童子（どうじ）よ、お前も京へ上りたいか。円仁（えんにん）さまは、京の北の比叡（ひえい）のお山におられるそうだ。京まで行けばいつか会えるかもしれんぞ。残しておくのもかわいそうだな」

大和は、かわいそうだという言葉を聞いて少し悲しくなった。思えば長い旅路、いろいろな人のお供をして、話しかけたいときも何度かあったし、口をきいてはならないという強い戒（いまし）めは、大和を苦しめることが度重なっていた。しかし、鎌倉で玄奘三蔵法師（げんじょうさんぞうほうし）と交わした約束の実行のためには、こらえて無言でいた。そこへあわれみをかけられると孤独がいっそう身にしみてしょんぼりとしてしまった。

「あらら、悪かったね、いやなことを言ったらしい。では一緒に京まで行こうよ」

武古は、大和の表情を見て、自分なりに解釈をして、大和にも小ぶりの馬を用意してくれた。

明日は出発という夜、大和は夢を見た。鎌倉の良彦おじさんの部屋の三蔵法師が出てきて、優しく笑いかけながら言った。

「大和よ、案じることはない。お前は立派に約束を果たしているぞ。どうしても話したいときや寂しいときには、人がいない場所でリンボーと話すがよい。お前にはまだたくさんの旅を用意しているから、人の記憶に残らぬように、無言で最後まで行き着きなさい」

目が覚めて、大和はリンボーを取り出して小さな声で話しかけてみた。

「リンボー、僕といつも一緒にいてくれてありがとう」

手のひらの中でリンボーがほんのり明るく輝いた。

賑やかな行列は、侍大将の馬が一番前を行き、その後ろに護衛の人、武古、妻、大和の馬と続いて従者の馬、さらに荷物を積んだ馬や歩く家来たちが列になって大宰府を出発した。

危険な旅路を一日も早く京に着きたいと、夜に日をついで急ぐ旅である。やがて、難波（なんば）に近い播磨（はりま）の国の印南野（いんなみの）を通りかかった。十二月の夕暮れ時、粉雪も舞ってさすがに旅の疲れは全員に広がっている。しかし、もうすぐ明石、続いて難波となれば、旅は終盤に差しかかる。

そのとき、北の山の方から馬に乗った法師が駆けてきた。近くに来て、馬から下りた。見ると五十歳過ぎで、太って立派な風格の法師である。赤い色の上着に紫色の袴（はかま）と藁沓（わらぐつ）、手にはうるし塗りの立派な鞭（むち）を持っている。これまた勇ましく堂々とした馬には、貝殻をはめ込んだ模様のうるし塗りの鞍（くら）が置かれている。その僧が武古の馬の前に来てひざまずき、かしこまって言った。

「あいや、しばらく。わたしは以前に筑前の守に長く仕えていた者でございます。この北の方に住んでおりますが、人の噂に筑前の守の娘御が京へお上りになるとうかがって、せめて馬の足でも洗っていただきたいと思い、こうしてお迎えにあがりました。どうかみすぼらしい家ではありますが、ぜひともお立ち寄りくださいませ」

その態度が実に礼儀正しいので、武古の家来たちもみな、馬を下りた。

武古はそれを聞いて断った。

「なんと、妻の実家の筑前の守と親しい方でいらっしゃるか。せっかくの申し出でありがたいが、大切な用事で夜も昼も旅を続けているので、この度はお断りをしたい。せっかくそのようにおっしゃってくださるなら、年が明けて用事をすませて帰りに立ち寄らせていただきます」

ところが僧は引き下がらない。何とかお立ち寄りくだされと強硬にすすめるので、それをなかなかふり切れないでい

るうちに、日も落ちて暗くなりかかった。家来たちが、

「こんなに誘ってくれるなら行ってはどうですか」

と言う。武古も、

「それではお世話になります」

僧は大変喜んで、すぐそこですからなどと言うがなかなか遠くて、十キロばかり行った山の麓（ふもと）に土塀を高くめぐらした立派な寝殿造りの屋敷があった。武古夫妻は寝殿と思われる部屋に通された。家来たちは遠く離れた別棟に侍の詰所（つめしょ）となる大きな部屋に通された。主にも従者にも素晴らしいご馳走が出て、酒もふるまわれ、馬にはまぐさを食わせて大変なもてなし方である。

武古の部屋では、周りに美しい侍女が付き添って面倒を見てくれた。目の前にご馳走が山と出され、お酒も出されたが、あまりの疲れに箸（はし）を取る気にもなれない。ところが接待に来た侍女たちは、出されたご馳走を食べたりお酒を飲んだりして、酔っぱらってそこで眠り込んでしまった。武古夫妻は疲れすぎて眠ることもできずにひそひそと、ささやき交わした。

「こんな旅の空で、この先どうなるのかしら、なんだか心細いね」

大和は、家来たちと一緒にいたが、旅の疲れであまり食欲もなく出された果実をかじろうと手を伸ばすと、腹の辺りでリンボーがピッピッと動いたので、何の合図かなと周りを見まわした。まだ宴が始まったばかりなのに、酒を飲んでいる者が、盃を持ったまま眠りこけているのが何人もいるではないか。なかには盃を口に当てながら目がぼんやりとした者、盃を取り落としたまま眠りこける者もいた。大方の者が、酔いつぶれようとしている。

部屋の入り口では腕組みをした男が立っていて、眠り落ちる者の様子を確認するような目つきで観察している。

「危ない！」大和は、持った果実をそのまま下に置いて、自分も酔ったふりをして横に転がった。すべての人が眠りこけるのを確かめて給仕の男女は、今日は早く寝ついてくれたなあと言いながら出ていった。

大和はしばらく眠っているふりをしていたが、この家の者が誰も来ないらしいので部屋をそっと抜け出して武古を探しにいった。出てみると、家来たちの部屋と屋敷の間には堀があり、橋ははずしてあるので、向こうへは行けない。大和は堀に沿ってしばらく歩き、堀が終わる水門の門をよじ登って屋敷内に入ることに成功した。

大きな寝殿造りの母屋の辺りに忍び寄ると、いきなり中から戸が開いた。大きな男が武古の髪をわしづかみにして引きずり出した。

「金尾丸はいるか」

するとすごく恐ろしげな声が、

「ここにおりまする」

その声が大和のすぐそばから聞こえたので、大和は心臓がつぶれるほど驚いた。金尾丸という背の高いやせた青年が大きな男に代わって武古の襟首を引っ張って、引きずっていく。

この屋敷の隅の方に丸く土塀を築いて、小さな出入り口をつけ、その中に深さ十メートルほどの井戸のような穴がある。その底に先を鋭くとがらせた竹を隙間なく立ててあった。ここでは長年の間、この辺りを行き来する旅人をだまして連れ込み、死んだように酔う酒を用意して、それを飲ませ、酔ったところをこの穴に突き落として殺し、家来たちの衣服をはぎ取って殺すものは殺し、生かすものは生かして家来として使っていた。

金尾丸は、武古がてっきり酔っていると思って、出入りの戸を開けて、そのまま穴の中へ突き落とそうとした。けど、武古が入り口の柱をつかんでいるので落ちない。今度は金尾丸が土塀の中へ入って武古を引き入れようとした。土塀の内側は少し傾斜になっていたので、武古が金尾丸を逆にドンと突いたら、

「わーっ」

と、逆さまに穴に落ちてしまった。

武古が戸を閉めて部屋へ戻ろうとしたときに、大和がそっとそばへ寄ってきた。

「なんだ、お前か、妻が心配だが縁の下に入って様子を見てみよう」

二人は縁の下にもぐり込んだ。家来たちを起こしに行こうとしても、堀の橋ははずされている。二人は縁の下を次第に奥に入り座敷の板敷の辺りまで這(は)い寄った。聞き耳を立てると、法師が妻のそばへ来ているようだ。

「ばかなことを言うと思われましょうが、昼間、笠の隙間からちらっと見えたあなたに心を奪われてしまいましたよ。どうか失礼を許してください」

などと言いながらそばによって横になった。けれども、武古の妻は、

「こちらに寄らないでくださいませ。わたしは百日の願を立てまして、殿方と仲良くいたしておりません。あと三日で願が明けますので、願かけが終わったならあなたの言うとおりになりましょう」

「何、今でももっと幸福にしてあげますよ」

「頼りにしていた夫がこのように目の前でいなくなってしまったのですもの。こうなったらあなたに身を任せるしかありませんわ。いやとは申しませんから、あと三日だけお待ちくださいな」

そう言って断るものだから、法師は出ていった。やれやれと思っているとまた足音がして引き返してきたらしい。

「あなたは三日待てと言われますが、どうしてそんなに長く待たれましょうか。さ、今すぐわたしと仲良くしようじゃないですか」

「あら、わたしの申し上げたことをお聞き届けてくださいませんの。これからの長いお付き合いでたったの三日もお待ちくだされないなんて、なんてひどい方かしら」

「いや、ただあなたが恋しくてどうにも我慢ができないのです」

「さ、もう遅いことですから、今夜はお引き取りくださいな」

仕方なく法師は出て行った。しかしその後もたびたび来てはせがんだが、妻が相手にしないのであきらめて引き上げていった。武古は板敷の下で二人のやりとりを聞いて悔しくも悲しい。ふと見ると、妻の声がする辺りに板敷の大きな穴が開いていた。その辺りを手探りで木の枝を穴から差し込んで動かした。妻はすぐそれに気がついて、「やはり夫は生きている」そう思って木の枝の端をつかんで動かした。武古も妻が合図をよこしたので、嬉しくてまたもや合図を送り返した。

そのとき、法師がまたやってきて口説いた。

「もうたまらん！　我慢ができんぞ。わしは何としてでもお前をものにする！」

「お待ちください！　いやだとは申しませんが、今日だけは、いなくなった夫の冥福(めいふく)を祈らせてください。明日夜が明けたなら何でもあなた様のなさりたいようにしてくださいませ。でないとわたしは心の切り替えができませんもの」

妻はそう言ってさめざめと泣きくずれた。法師は女に泣かれてはどうしようもないので、舌打ちをして出ていった。

妻は足音が聞こえなくなると、縁側の戸をそっと開けた。武古は縁の下から這い出して部屋に入ると、妻と手を取り合って涙にくれる。

「どうせ死ぬなら一緒に死のう。わたしの刀はどうした？」

「あなたが引きずり出されたときに畳の下に隠しましたわ」

「よし、それでは一緒に逃げよう」

妻に着物を一枚着せて連れ出し、北側の家の者がいる居間をそっとのぞいた。長いいろりのそばにまな板を七つ、八つ置いて数人の男が食べ物を食い散らかしている。そのそばには弓矢や刀剣、鎧（よろい）が立て並べてある。法師はと見ると、前に台を二つ並べて銀の器に食べ物を盛って食い散らかし、脇息にもたれて居眠りをしている。

このとき、武古は念じた。

「観音様、命を長らえて今一度両親に会わせてください」

刀を抜いて、「ワオーッ」と声を上げて走り寄り、いきなり法師の首を太刀で打った。法師は両手をあげてもがいたが、さらに太刀を首に打ちつけると死んでしまった。

そのとき、法師の前に男たちが数多くいたが、大勢の人が来てこの法師を殺したのだと勘違いをしてしまった。しかも、もとは捕らわれの身で、心ならずも法師に使われていたから、手向かいしようと思う者はいない。頭の法師が殺されてしまっては、どうにもならない。血刀をぶら下げて仁王立ちになっている武古の強烈な迫力に震え上がってしまった。

それぞれが口々に、

「わたしたちは、何も悪いことをしておりません。実はかくかくしかじかの人の従者だったのが、主人は殺されて、ここで捕らわれの身になって働かされていたのです。どうかお助けください」

武古はこれらの者を蔵に押し込めた。多数の者が襲ってきたように見せかけて夜明けを待ったが、内心は何とも心細い。妻と大和は抱き合って震えていた。

やっと夜が明け始めたので、堀の橋を渡して家来たちの所へ行った。みなは夢見心地で目をこすりながら出てきたが、昨夜のことを聞かされていっぺんに目が覚めてしまった。

土塀の中の穴のある所の戸を開けてみると、深い穴の底にとがった竹が隙間なく立てられて、それに貫かれた古いのや新しい死骸がたくさんあった。金尾丸はみすぼらしい着物一枚に下駄をはいたまま杭に突き刺さり、死にきれないで動いている。

「地獄というのはこういう所だろうか」

武古は思い、一つ間違えばゆうべは自分が串刺しになるところだったと、身震いをした。思えば疲れすぎていたので酒に手をつけなかったのが幸いだったのだ。

ゆうべ捕まえたこの家の家来たちをみな呼び出した。彼らは心ならずも長年ここで使われていたと言うので、罰することはせず、使いを京まで送って朝廷に事の次第を報告させた。

すぐさま検非違使（けびいし）たちが早馬でやってきて、すべてを調べ、家来たちを解放した。

武古は天皇から、『武士の家柄でもないのに、こういう武芸をするのは珍しい。しかしよくやった』と、お褒めの言葉をいただいた。父からの手紙も見ていただいたらしく、『早く京に来るように。立派な働きを期待している』との伝言も添えられていて、これで上京すれば無事に官職に就ける保証ができたようなものだ。

武古の一行は、検非違使の見聞が終わってから、再び京へと向かった。摂津（せっつ）の国まで来たときに日が落ちてしまった。京まではあと一息なので、もう少し進みたいところだが、みなの疲れも溜まっている。通りがかりの寺で一休みさせてもらうことにした。見ると門を入ってすぐそばに鐘堂があり、広い庭の向こうには本堂や講堂があった。みなを門前に待たせて、武古は本堂の方へと入っていった。

## 14 小屋寺の鐘

「おたの申します。おたの申します」

武古の呼びかけに僧坊の戸が薄く開けられて、中から若い僧が顔を出した。

摂津の国にある小屋寺である。

「わたしは大宰府から京の都を目指して急ぎの旅をしている小野武古と申します。これから夜道の旅をするのですが、人馬ともに大変疲れております。そこで、一時間ほど庭先で休ませていただけないでしょうか。人には夕食を、馬には飼葉を与えたいのです」

聞いた若い僧は、少しお待ちくださいと庭を駆け抜けて、住職の住む建物に駆けていった。ほどなく住職が現れて、

「うちでは何のもてなしもできないが、そちらのほうで食事を自前でなさるなら、一時間ぐらい庭先で休まれるがよかろう。そうだ、湯を沸かして持たせるので一杯ずつでもどうぞ。あ、そう言えば、今朝がた飛脚が京と印南を往復したが、何でも九州の公達が盗人にあって、逆にやっつけて、捕虜を逃がしてやったという話を聞いたが、もしかするとそれはあなた方ではないかな？」

武古が認めると住職はとても喜んで、とにかく上がれと中へ入るようにすすめた。しかし、武古は時間がないのでと断った。住職は無理にはすすめず、

「夜道を京まで行かれるのか、明日のうちには着くじゃろう。わたしも月末には比叡山にお参りするつもりじゃ」

「え？　比叡山？　ああ、それならちょうどよかった。実は子供を一人連れていますが、この子を円仁様から預かったのでどうやってお山に届けるかを考えていたのです。ご住職が行かれるなら、この子をお供に連れて行ってくださらぬか。口はきけないがなかなか気がきいてよく働く子供です」

「円仁様のご縁の子供ですか。おやすい御用です。お預かりしましょう」

住職の言葉でその日から大和は小屋寺で暮らすことになった。

大和の仕事は寺の稚児として住職の身の回りの世話をする小間使いだった。

数日後の冷たい風の吹く夕方、寺では何となくのんびりとした空気が漂っていた。そのときに、年齢は八十歳ぐらいの法師が本堂へふらりと訪ねてきた。住職に会いたいと言う。住職は自分の住まいに戻っていたが、玄関まで出てきて老法師に会った。

背が高くやせていて、着ている物はかなりくたびれて色も灰色になり、ところどころ破れも見える。浮浪法師といったところか。木枯らしに吹かれて破れた衣が細い体にまといつき、いかにも心細い様子である。しかし、一応法師の身なりをしているのでむげに追い払うこともできない。

「これはご住職様。わたしは西国からやってきて、京まで上りたいと願っておりまする。しかし、年を取っているものですから、長い旅路ですっかり疲れてしまいまして、このまま旅を続けることはとうていできないような気がいたします。すみませんが、このお寺の隅にでもしばらく置いていただけないでしょうか。適当な場所をお願いします」

息を切らせながらかすれ声で言う様子はとても疲れきっているようで、住職のそばからのぞいていた大和は今にも倒れるのではないかと心配した。

「ご坊、急に言われてもあなたを置けるような所はないねえ。囲いがない廊下などで寝たら、風に吹かれて凍えてしまわれるだろう」

「そうですか。疲れているので、もう歩けないし宿は見つかりません。あ、そうだ、鐘堂の下ならいかがですか？ゴホゴホ……」

「うーん、鐘堂か。あそこならいいかもしれない。お前、鐘撞き法師を呼んできておくれ」

大和は走って鐘堂まで行って、中の法師の袖を引いて住職の家を指差して呼んでいると伝えた。鐘撞き法師が急いで住職の所へ来ると、背の高いくたびれ果てた老人法師が玄関で住職と向かい合っていた。体が左右に揺れているので、そのままよろよろと倒れそうだった。

「おう、来たか。こちらに宿無しの法師が来て、鐘堂の下に泊めてくれと言うから、泊めることにしたよ。鐘撞きもやると言うので、泊まっている間は撞くようにと言ったのだ。お前さんが使っているむしろやこもがあるからそれを貸してやりなされ。ここにいる間は鐘を撞くから、その間お前さんは休んでいいよ」

「おや、それは結構なことで」

鐘撞き法師はそう答えて去っていった。住職と大和は二人で老法師を鐘堂の下に連れていった。

「ひもじかろうから、何かもらってきてやれ」

住職は、口がきけない大和をまるで普通人のように扱って何でも用事を言いつける。大和は寺の台所に行って、飯作りの僧にその夜のご飯の残りを小さな皿に盛りつけてもらい、老法師の所へ運んでいった。

翌日から食事を運ぶのは大和の仕事になった。他の僧たちは、

「まったく住職様はとんでもないご親切な方だ」

と笑って近づこうともしない。その後二日ほどこの老法師が朝夕の鐘を撞いた。その次の朝十時ごろに、もとの鐘撞き法師が、あの鐘撞きをする法師はどんな奴か見てやろうと思って、鐘堂の下に行き、

「お坊様はいらっしゃいますか」

言いながら戸を開けて入ると、老いぼれた背の高い老人がみすぼらしい衣を腰にまとってそり返って死んでいた。

「ゲッ！」

驚いた鐘撞き法師は住職のいる建物の方に転がるように走って行き、

「ご住職様！　大変です！　あの老法師が死んでいます。どうしましょうか」

聞いた住職はあわてて鐘堂へ走った。大和も続く。住職は、戸を細目に開けてのぞき込むと、たしかに老法師は体をつっぱらせて死んでいた。大和は今朝がた持っていった朝食の皿が空になっているのを見て、死んだのが信じられず、隙間から中へ入ってお爺さんに触ろうとした。

「待て！」

住職が大和の衣の端をつかんで引きとめた。

「これ、死人を触るとけがれるではないか、けがれたら大変だぞ」

えっ！　けがれるの？　土気色でこわばっている死人に目をやると、急に怖くなって後ずさりをした。

住職は戸をぴったりと閉めて、

「触ってはならぬ」

寺の僧たちがいる所へ足早に戻っていった。事情を聞いた寺の僧たちは、

「わけのわからない人を勝手に泊めて、寺にけがれを出して、大変なご住職様だよ」

　ぶつぶつと文句を言う者が多かった。

「お前たちが言うのももっともだが、しかし、今更言っても仕方がないだろう。村の人たちに声をかけて死体の始末をさせなさい」

　住職の話を村人たちに伝えると、

「村の氏神様のお祭りが五日後に迫っているのに、今死人を触るとけがれてしまうのでお祭りに行けないじゃないか。ご住職様のご命令でも誰一人死体の始末をできるものはおりません」

　きっぱりと断られてしまった。だからと言ってこのままにするわけにもいかないし、いったいどうすればいいのかしらと、みなで騒いでいるうちに昼過ぎになってしまった。

　そこへ、三十歳ぐらいの男が二人、薄い鼠（ねずみ）色の上着に濃い紫色の袴（はかま）を着けて、袴の裾（すそ）を高々とはさみ上げて、腰には大きな刀をこれ見よがしに差して、旅用の綾藺笠（あやいがさ）を首にかけて、二人とも見苦しくなく、軽快な姿でさっそうと現れた。僧坊の僧たちがいる所へ来て、

「もしかして、このお寺の付近に年取った法師が参りませんでしたか」

　尋ねたので、僧たちは、

「二、三日前から鐘堂の下に、八十歳ぐらいの背が高い老法師がいましたよ。それが、なんと今朝見ると死んで転がっていたのです」

　と言うと二人の男は、

「そりゃ大変だ、どうしよう！」

　と言うといきなり大きな声で泣き始めた。僧たちは、

「あなた方はどういう方ですか。どうしてそんなに泣いておられるのですか」

年長と見える男が涙ながらに語り始めた。

「その死んだ老法師はわたしたちの父親なのです。それが年老いてつまらぬことでも気に入らなければ、いつも家出ばかりするのです。古びたぼろの法師の衣服を用意していて、いかにも哀れな格好で出ていくのです。わたしたちは、播磨の国は明石に住む者です。今回も家出をしたので心配になって手分けしてここ数日探していたのです」

そこまで話すと涙で声が出なくなり、顔をおおって泣くので、もう一人が話を続けた。

「我々はけっして怪しい者ではありません。生活も豊かだし、田んぼの十町も我々名義で持っています。この隣の郡にも我々の配下の郎党がたくさんおります。それにしても、本当に我々の父かどうか会わせてください。そしてもし本当に父ならば、葬式の支度もせねばなりません」

そう言って、案内された鐘堂で下の部屋の戸を開けて入っていった。

「ああーっ！　父上！」

絶叫が聞こえた。住職も僧たちも恐る恐る後をついて行ったが、のびきって死んでいる老法師に、一人はしがみつき、一人は床に転げて身もだえをして声を限りに泣き叫ぶ。住職も僧たちもこれを見て本当にかわいそうだと涙をこぼした。

大和もふと自分の父親が急死したら、いったいどうするかしらと考えていた。

「年を取ってひがみ根性を持たれて、ともすればあちこちに家出をして、あげくの果てにこんな所でこんな死に方をされるとはあまりにも情けない、ああ、父上！　今一度生き返ってください、死に目にも遭えないとは悲しいじゃないですか、ああっ！」

泣き叫びながら死体にすがっている姿を見て、誰もがもらい泣きをした。やがて、出てきて言うには、

「今はこの父親を引き取ってお葬式をいたします。準備をしてから戻って参りますのでよろしいでしょうか」

「おお、おお、お気の毒に。ではさっそくそのようにして差し上げなさい」

男たちは、戸をしっかりと閉めて去っていった。

みなはそれぞれの持ち場に戻っていったが、大和は何かが違うような気がしてならない。何だろう、あの男たちの泣き方があまりにも突然で激しいので変だと思ったのかしら、いや、違う……。そうだ、着物だと気がついた。大和は鐘堂の下の戸から中へ入ろうとして、住職に引っ張られて入らなかったのだが、そのときの死体の様子がカメラで捕えたようにしっかり脳裏に残っている。その映像と、二人の男が戸を開けて入ったときの死体の形に少しブレがある。どことは言えないが、腰にまとった汚い衣のかかり方が何か違うような気がした。でも気のせいかもしれない。

男たちが去った後、住職は寺の僧たちにそのときの様子を語り、

「父親が年を取って、ボケて家出をするようになり、そのあげく寺の鐘堂の下で野垂れ死をするとは、子供たちもやりきれないだろうね」

しきりに気の毒がって、話すのを聞いた僧も気の毒がってしんみりとした。

それにしても、と大和は考えた。あの老法師が寺に現れたときの様子を思い出すと、短い髪は河原のススキのようにぼうぼうとして、衣類も汚れて破れて垂れ下がり、裸足の足は黒くあかじみて、立っているのもやっとの衰弱ぶり。法師の衣を着ていなければどう見ても行きくれた乞食(こじき)にしか見えなかった。けれどもさっき現れた二人の若者は、さっそうといい身なりをして、地方の豪族の跡取りだと名乗ったが、それならば豪族の老人は、家出をしてから、たった二、三日であんなにもみすぼらしい浮浪者になれるのかなあと不思議な気がした。

寺の僧たちは、

「やあ、ご住職様、よかったですね、身内が現れて。あんな立派な息子なら引き取ってくれるし、死体の処理はしなくてすむ。本当によかった。もう、あんな得体の知れない者を泊める親切はやめてくださいよ」

「そうじゃのう。しかしこの寺は行基菩薩様が、旅の者が困っているときに、泊めたり、食事を与えたりする施しを目的に建てられた、といういわれの寺だから、あのように困っている人を見過ごしにはできなかったのじゃ」

住職は、言い訳をしながらも、死体の引き取り手が名乗り出てきたことでほっとしていた。

その夜、八時ごろになると四、五十人ほどの人がやってきた。馬に乗った者や、弓矢で武装した者も数多くいる。寺の僧たちは、迎えの人たちが、物々しく武装して現れたのを見て、肝をつぶしてそれぞれの僧坊に逃げ帰った。怖がって誰一人出て行く者もいない。鍵をかけて息をひそめていた。

みなでがやがやと騒ぎながら、老法師の死体を担ぎ出すようである。死体を運ぶ行列は、三キロ余り離れた山の麓の松原に運んでいって、夜中じゅう火葬をしていた。鉦を叩いて大きな声で念仏を唱え、たき火をして全員でたいそうな葬儀をとり行っているようである。風に乗って鉦や読経の声がかすかに流れてくるのを聞いて、僧たちは安心して眠りについた。翌日は何事もない静かな朝を迎えた。

その後、老法師が死んだ鐘堂の辺りには寺の僧は誰一人近づくものはいない。大和も人の死のけがれは三十日だから、その間は近寄るといけないと、住職に厳しく言われていたので近づかなかった。

やがて三十日が過ぎたので鐘撞きが鐘堂の下の掃除をしようと行ってみると、なんと、大鐘がない。驚いて僧坊の方へ駆けていって、

「大鐘がなくなったぞ！」

と、告げてまわったので、僧たちがみな鐘堂に集まった。見ると、大鐘は影も形もない。

「あの老法師の葬式のときに鐘を盗み出したのか。いや、鐘を盗むのを目的にたくらんだ芝居だったのか」

そう言い合い、寺の僧たちは、村の者も多く引き連れてあの松原の所へ行ってみた。大きな松の木の切り株がいくつもあり、鐘にかぶせて燃やしたのであろうか。銅の破片がところどころに散らばっている。

「奴らは実にうまく計画をしてだましやがったな」

みなで騒いだが、誰の仕業ともわからないし、一カ月も前の話なので行方も追えない。

大和も驚いてしまった。しかしながら計画的に盗みをするにしても、家出をしたお爺さんはどうしてあのように哀れをさそうようにできたのか、死にまねにしても、どうして動かずにいられたのか、いや、あのとき腰に巻いていた布衣の形が違うような気がしたのは気のせいではなく、誰もいないときに動いたからに違いない。あの蒼白な顔や死体の手足の色は何だろう。そういう死人化粧の粉を塗ったのかしら。父親を探して現れた二人の若者は、まだ父親の死を確かめてもみないうちから大声で泣き叫び、涙をあふれさせた。あの突然の大泣きに、みなはドギモを抜かれた。死体を見てからのあの嘆き、身もだえの様子は、見た者は誰もがもらい泣きをした。どうやって心のままに涙を流すことができるのか。死人のけがれを利用して村祭りの前に人を遠ざけるとはすごい知能犯だなあ。葬式の迎えに弓矢を持った人が多かったのは、もしかしていざというときに戦うつもりだったのか。大鐘を焼いて溶かして小分けにして持ち去ったのは、そういうことをできる職人もいたのだろう。

僧たちも同じようなことを考えて、それを裏打ちするように、住職が言った。

「とにかく、ものすごく計画的な盗賊だった。もう当分この寺に大鐘は置かないことにしよう。しかしわたしは本当にうかつだった。この話はあちこちに知れ渡るだろう。そうするとわたしはみなに笑われてしまう。当分比叡山のお参りも見送りだなあ」

がっかりして寝込んでしまった。

若い僧が、住職が寝ている部屋に入ってきて、

「三人の法師がご住職様にお会いしてご挨拶をしたいと言っています」

住職は、

「駄目だ。わたしは具合が悪くて寝込んでいるので、誰とも会いたくないと断ってくれ」

「それがもう玄関に来ているのです」

「仕方がないなあ。お前が連れてきたのだろう。会いたくないのに……」

住職はしぶしぶと玄関先まで出ていった。

玄関には三人のみすぼらしい僧が座ってお辞儀をしていた。この間だまされたばかりの住職は、疑り深い表情で三人をじろりと見た。

「これは、ご住職様、お休みのところをずうずうしくおうかがいしてまことに申し訳ございません。ご住職様のお慈悲深いお人柄はかねがねおうかがいしておりました。

わたしたちは比叡山から下りて、全国を修行して歩こうと思っている者です。京から摂津に下ってきまして、まずは最初にこの小屋寺にお参りしてからと寄らせていただきました。決して怪しい者ではございません。ご住職様のお顔を拝ませていただけただけで十分です。どうもありがとうございました。では、これで失礼いたします」

住職は不機嫌な顔で僧たちを見た。

「お前たちは、比叡山から下りてきたと言ったね。

実は比叡山の円仁様にご縁のある子供がここにおる。いつかお参りするときに連れていくつもりじゃったが、わたしは体調を崩して当分は動けない。そこでじゃ、この子を一緒に連れていって、もし比叡山に戻ることがあれば届けてやってほしいのだが」

「わかりました。しかしこのような稚児の姿ではどうも……。わたしたちは法師姿で旅をしているものですから」

法師たちは当惑した様子だ。住職は大和に向かって、

「小僧の姿になってもいいかな？」

大和がうなずくと、若い僧に命じて髪を剃り、小さな僧の衣を着せた。

三人のうちのおもだった法師は理順と名乗り、大和を連れて旅をすることを承諾した。こうして大和は理順に連れられて小屋寺を去ることになった。

# 15 冥途から戻った綾氏

船で四人は四国の讃岐に着いた。

これから四国の霊場を巡礼することになる。讃岐平野を、経をあげながら歩いていった。ある村に着いたときに大変裕福そうな家があった。四人はその家へ托鉢をしに立ち寄った。すると家の中が何やら騒がしくて、出てきた主婦が、

「あら、お坊様方、ちょうどいいところに来てくださったわ。どうぞお入りください。今、主人がやっと目覚めたところですので、みなさんでありがたいお経をあげて供養してやってください」

そう言いながら四人を家に招き入れた。通された広い部屋の中には布団が敷いてあり、主人らしき人が青い顔で脇息にもたれていた。周りには家族や召使いがじっと見守っている。

「あなた、旅のお坊さまが来られたのでお招きしました」

「それはありがたい、どうか一つ、ありがたいお経をあげてくださらんか」

主人は薄く目を開いて修行僧たちに言った。そういう例はあまりないが、頼まれてはいやとも言えず、彼らは声を合わせて短い経を読んだ。すると主人の顔色が急によくなって生き生きとしてきた。

「旅のお坊様方、ありがたいことです。お経のおかげで元気が戻ってきました。本当に感謝しています。わたしがこのような目に遭ったのも、もとはと言えばわたしに責任がございます。これから懺悔をして二度とこのような目に遭わないようにしますので、どうか聞いてください」

主人が話した内容は次のとおりだった。

この家の主人は綾氏(あやのうじ)という名前である。召使いも大勢いて田畑も多く持っている。いつも賑やかに栄えている家だった。

綾氏は体格もよく、心もおおらかで信仰も熱心だったので周囲の人から尊敬されていた。その妻は色白でふっくらとして、とても優しい人である。貧しい小間使いにも、自分の子供と同様に分け隔てなく接している。

その家の隣に貧しい老婆が二人暮らしていた。二人とも結婚しなかったので子供もいない。これという仕事もなく、毎日の食べる物にも事欠くありさまだった。一枚しかないぼろを身に着けて毎日隣の綾氏の所へ行って、食事を恵んでもらい何とか生き延びていた。

最初は、綾氏も親切に食事をさせたが、次第に老婆たちをうとましく思うようになった。そこで、老婆たちが気づかないように、夜中にこっそりと食事をした。ところが老婆たちはちゃっかりとその時間に現れて食事を欲しがるので、仕方なく与えるような状態だった。妻である夫人は、この老婆たちをあわれんで、快く食事を与えていた。

召使いたちが並んで食事をするときに、老婆もその端に座って他の人と同じに食べられるようによそってやっていた。召使いたちのなかには、綾氏と同様に、食事時に現れるぼろを着た汚い二人の老婆を快く思わない者もいた。その気持ちは綾氏から出たものだが、次第に召使いの多くが同じように思うようになっていった。

初めのうちはみなもよくしていたのに、何年も同じことが続くといやがるものなのか。こうして家じゅうの者がいやがったが夫人だけは夫に、

「わたしは慈悲の心をもって、この二人の老婆を幼児のように養ってあげようと思います」

はっきりと言ったので、綾氏は反対をするわけにもいかず、

「今後はあの者たちに食べ物を恵んでやるにしても、各自、自分の食べる分をさいて与えるようにしなさい。仏の伝説の中でも、自分の肉体を削って人に与えることがもっとも尊いという話がある。だからわたしもそのようにしよう。さっそく家の者にもそう言って、自分の食べ分を分けて恵んでやれ」

ところが召使いの中の一人の男が、この老婆たちを極端に嫌って、食べ物をやろうとしない。すると他の大勢の者も次第にやらなくなってしまった。

そこで夫人だけが自分のご飯をさいて二人に分け与えていた。家の者はそれでもこの老婆たちを憎んで主人に訴えた。

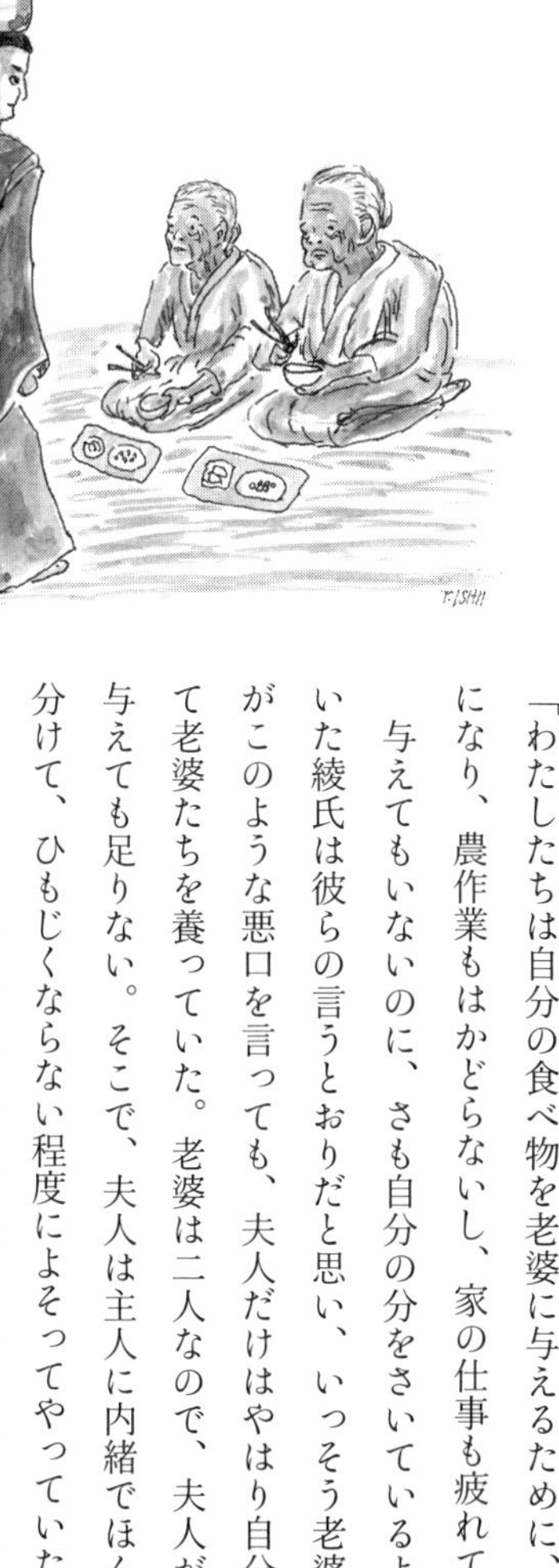


「わたしたちは自分の食べ物を老婆に与えるために、日ごろから空腹になり、農作業もはかどらないし、家の仕事も疲れて駄目です」

与えてもいないのに、さも自分の分をさいているように訴える。聞いた綾氏は彼らの言うとおりだと思い、いっそう老婆を憎んだ。みながこのような悪口を言っても、夫人だけはやはり自分のご飯を減らして老婆たちを養っていた。老婆は二人なので、夫人が自分の分を分け与えても足りない。そこで、夫人は主人に内緒でほんの少しずつ取り分けて、ひもじくならない程度によそってやっていた。

ある日、主人の綾氏が庭の方へ出ていくと、釣りが上手な召使いが、海で釣りをして、釣り糸に大きな牡蠣（かき）が十個吸いついて揚がってきたので、みなが騒いでいた。主人はそれを見て、

「ずいぶん立派な牡蠣だね。これをわたしにゆずってくれないかね」

「旦那様、それは駄目です。牡蠣が揚がるのは珍しいし、家には子供もいるので今夜はうまいものを食わせてやりたいのですよ」

「昔から信仰心の篤(あつ)い人は、お寺を造ったり、塔を立てたりして、よい行いを積んできたものだよ。お前もわたしにゆずることでわたしを喜ばせておくれ」

「そう言われると断れないですがね。でも、新鮮でまだ生きていますから、牡蠣十個は米五斗となら取り換えてもいいですよ」

「わかった、米五斗だな、よしそれで成立だ」

綾氏は高くふっかけられたと思ったが、自分から言い出したことなので、文句も言わないで米と牡蠣とを交換した。そして近所の僧を呼んで経をあげさせてから、牡蠣を海へ逃がしてやった。

「旦那様、立派なことをなさいましたね。放生(ほうじょう)というのは、捕らえた生物を逃がすことです。慈悲の心の現れですから、あの世に行ったら必ず報われますよ」

近所の僧はそう言って、日ごろから信仰深く徳のある人だという評判の綾氏なら、この放生によって必ず極楽に行けるに違いないと話した。綾氏が陰では、二人の老婆に食事を恵むのを極端に嫌っているのを、知らないから、しきりに褒めたので、綾氏は大満足だった。

ある日、綾氏は召使いを連れて、山へ柴刈りに出かけた。薪(まき)になるものは大きな木だが、小さな木は燃えやすいので火つけに使用する。綾氏は枯れた栢(かしわ)の大木を見つけ、

「いい具合に枯れて乾いている。よし、わたしが登って枝をはらってやろう」

木に登って鉈(なた)を打ち込んで大枝をはらい落とすと、下で待っている召使いが拾って小さく束ねる。と、それまでまた

がって体を支えていた大きな枝がミシミシッと折れて、綾氏は地上に真っ逆さまに落ちた。打ちどころが悪くてそのまま死んでしまった。召使いたちは驚いて、

「旦那様、旦那様！」

揺り動かしてみたがすでにこと切れてしまっている。仕方がなく、みなで担いで屋敷まで帰った。屋敷の近くまで来ると、知らせを受けた夫人が門の所で待っていた。

このころの習慣で、死人を家に入れると、家がけがれるので死体は家の外に置くことになった。石の台の上に、一枚の板を載せ、その上に死体を載せて布をかぶせておき、葬式には焼いてお墓に埋めることとなる。夫人は悲しみにくれながらも、けなげに葬式の準備をしていた。家じゅうが忙しいときに、旅の行者が訪れた。奥さんにお会いしたいと言う。夫人が出ていくと、

「わたしは、ゆうべこの家のご主人の夢を見た。ご主人は夢の中で、『こういう所にわたしの屋敷があり、そこにわたしの死体がある。家の者が葬式の準備をしている。しかし七日間は死体を焼かずにそのままにしておくように伝えてくれ』と言われました。頼まれたのでお伝えに来ました」

そこまで言うと、行者はかき消すように消えてしまった。夫人は不思議なことを言う人があるものだと思ったが、夢のお告げと言うなら、そのとおりにしようと、死体には触らずにそのままにしておいた。

八日目の朝、屋敷の門の戸を叩く者がいるので下男が戸を開けてみると、綾氏が立っているではないか。八日目に生き返ったのだ。下男はひっくりかえるほど驚いた。

「奥様ー！　旦那様が生き返りましたよー！」

叫びながら奥へ走っていく。声に驚いた家人たちが母屋の入り口に集まってのぞくと、まさに綾氏が病気上がりのような青い顔でよろよろと母屋の方へ歩いてくる。

「あなた！　どうなさったのです！　さ、早く中へお入りなさいませ。誰かお水と重湯を用意してちょうだい」

　夫人は夫を抱えるようにして家の中へ連れて入った。

　綾氏は、重湯を与えられて少しは食べたが、まだ青い顔でぼんやりとしていた。ちょうどそのときに、巡礼の四人の僧が来たので、ありがたい経をあげてもらったのだ。さらに不思議な話が続く。

「わたしは死んだとき、まっすぐな広い道を一人で歩いていた。すると突然、目の前に大きな体の僧がぬっと現れた。驚いて息をのんで見ているとすかさずその両側に一人ずつ体格のよい僧がパッと現れた。恐ろしくなってタジタジしていると、その外側にもう一人ずつさらに大きな体の僧が現れて一歩踏み出した。怖くなったわたしは引き返そうと振り向いた。すると、目の前にこれまた大きな普通の男が立ちはだかっていた。すかさずその左右に一人、二人と大きな普通の男が現れて合計十人の僧と男に囲まれる形になった。前にいる五人の僧はくるりと向きを変えて前へ進み始めた。わたしも自然に僧について歩く形になったのだ。後ろには普通の男が五人ついて歩いてくる。特に危害を加えられそうもないので、冥途（めいど）に行けばこういう形で行進するのかなと思った。その道の両側には五色のお堂が立ち並んで、その先には黄金色の立派な宮殿がある。

『あの宮殿はいったい何ですか？』

　後ろから来る普通の人が、

『あの宮殿はお前の妻が生まれ変わるときに住むように建てられたところだ。老婆を二人養った褒美にこの宮殿を造られたのだ。ところでお前はわたしたちが誰だか知っているのか』

『いったいどなたですか？』

『わたしたち僧と普通人（ふつうじん）の十人は、お前が助けて海へ逃がした牡蠣である』

　聞いてわたしは以前に牡蠣を買い取って逃がしてやったのを思い出した。その宮殿の前まで行くと、角が一本生えた

鬼のような者が立っていて、

『やや、綾氏、ここでお前の首を切ってやる。覚悟をしろ』

大きな刀でわたしの首を切ろうとかかってきたのだ。ところがこの十人の人がそれを防いで切らせない。鬼は首を切るのに失敗して、

『いったいどういうことだ』

そう言いながら消えていった。あの牡蠣たちが、自分の周りを固めて助けてくれたのだ。あのときの五斗の米は高くはなかったと今更思い出した。その門の両脇では、おいしそうな匂いのご馳走をいっぱい並べてその辺りの人に食べさせている。十人の僧と男は、

『お前はここにいて七日間座っていなさい』

そう言って、わたしを置き去りにして消えてしまった。

わたしはご馳走の並んでいるそばで七日間座らされていたが、何も食べさせてもらえない。空腹に耐えかねて手を伸ばしておいしそうなご馳走を取り、口に入れて食べようとすると、口から炎が噴き出して食べることができない。水を飲もうとしても、口の辺りに持ってくると水は炎を上げて飲むこともできない。おいしそうな匂いが漂っていっそう空腹になる。あまりの空腹に喉をかきむしって苦しんでいるところへ僧たちが戻ってきた。

『これは、お前が二人の老婆を憎んで食事も与えなかった罪の報いなのだ。お前は我々を放生したために、今回は鬼に首を切られることを防いでやった。これからは本当の慈悲の心を学んで暮らすがいい』

そう言って、いなくなった。と、目が覚めて石の上に寝かされていた」

ここまで話した綾氏はもう一度四人を見て、

「おかげさまでこうして生き返ることができました。過去の罪を悔い改めて、これからは陰ひなたなく慈悲の心で生き

ていきます」

しおらしく懺悔して言葉を結んだ。

大和（やまと）は、この話を聞きながら、冥途という所は、生前の行為について、善い事、悪い事のをすべてを見通して、査定するところなのだなあと思った。唐で、鬼神のケイが言っていた閻魔（えんま）大王のことを思い出していた。それにしてもあの貧しい二人の老婆は綾氏にとってはいい教訓の材料になったと思う。

# 16 源太夫よいずこへ

四人の一行はさらに讃岐（さぬき）の国の田舎道を歩いていた。早春のひんやりとした日差しの中を足取りも軽い。

道端に堂があり、そこに三十人ほどの人が集まっている。四人は、これは講（こう）をするところだと思い、こういうところに来合わせたのは運がよかったと言って、端のほうに座らせてもらうことにした。と、そのとき、堂の外で何事か大声で話す者がいる。入り口近くの人がそっとのぞき見て、

「源太夫だ、源太夫が来ているぞ」

その一言で堂の中はざわついた。いったい何があったのだろう。

実は源太夫は五位という高い身分を持ちながら、大変な悪人だった。殺生（せっしょう）が大好きで、毎日山に行っては鹿や鳥を狩り、川や海では魚を獲る。また、人と争って相手の首を切る、気に入らぬ者の手足の骨を折らぬ日はほとんどない。仏教は信じないし、善悪の行動には報いがくることを信じない。ましてや法師は大嫌いで、そばへ近寄せない。地位を利用して好き放題に悪事を楽しんでいる人だ。そんなわけで、みなにひどく恐れられている。

その源太夫が四、五人の家来を連れて、山で鹿や獣を多く獲り、下りて帰る道すがら、堂の中に人が大勢集まっているのを見て家来に尋ねた。

「これは何をするところだ?」

「これは堂です。これから講をやるのでしょう。講というのは仏の教えを話して供養することです」

「そうか、そういうことはチラッと聞いたことがある。しかしこんなに間近に見るのは初めてだ。よし、坊主がどんな話をするか一つ聞いてやろう。ちょっと待っておれ」

そう言って馬から下りた。家来たちも馬から下りて、

「我が君はいったい何をやらかすつもりだろう。講師の坊様を痛い目に遭わせなければいいが……」

と心配している。その間に、源太夫は、どんどん堂の中へ入っていった。源太夫が入ってきたのを見て、

「こんな極悪人が来たのではどんなことになるかしら」

人々は心配して恐れ騒いだ。怖がって外に逃げ出す者もいる。源太夫が並みいる人を押しのけて進めば、人々は風になびく草のように横になぎたおされる。そのなかを講座に近い所に来てデンと座った。

「講師よ、おまえはいったい何をしゃべるのか。わしの心に納得できるようなことを話してみよ。もしそうでなければただではおかぬぞ」

怒鳴りつけて刀をひねくりまわして見せた。

聞いた講師は、大変なことになったと恐れて、自分が話すことの中身どころか、今に講座から引きずり下ろされるのではと、とても怖気(おじけ)づいてしまった。目をつむって、

(仏様どうかよい答弁ができますようにお助けください)

と念じると答えが口からすらすらと出てきた。

「ここより西の方に、たくさんの国を超えた先にみ仏がいらっしゃいます。『阿弥陀仏様』といわれます。その仏様は心が広くて、長年罪を作り貯めてきた人であっても、反省してひと度『阿弥陀仏』と申し上げれば、必ずその人を迎えて楽しく素晴らしい国にお迎えしてくださいます。そこでは思うことは何でも叶う身となって、ついには仏となれるのです」

源太夫はそれを聞いて、

「ならば、わしが仏のみ名を呼び奉ればお答えいただけるのか」

「誠の心を尽くして呼び奉ればお答えいただけないということがありましょうか」

「その仏様はどんな人をよしとされるのか」

「人が、他人よりは我が子を可愛いと思うように、仏様も誰も憎いとは思われませんが、なかでもみ弟子となった者には、今少し心を寄せてくださるというものです」

源太夫は重ねて、

「どういう者をみ弟子というのか」

「わたしのように頭を剃（そ）った者はみな、み弟子です。頭を剃らない男や女も一応はみ弟子ではありますが、頭を剃ったらなおいっそうよしとされます」

これを聞いた源太夫は、

「ならば、わしの頭を剃れ」

突然の話に講師は驚いて、

「大変尊いことではありますが、なぜ急に剃るのですか。とにかく一度家に帰って妻子や親戚ともよく話し合って、いろいろな手続きを終えて、それから剃るべきでしょう」

「お前は『仏のみ弟子』と名乗って、『仏は嘘を言わない』と言った。『み弟子になる人に哀れみをたれたまう』と言いながら、どうして言葉をひるがえして『後で剃れ』と言うのか。どうにも合点がいかぬわい」

そう言うといきなり刀を抜いて、自分の髪の結び目を、根元からぷっつり切り落とした。結んでいた髪はバラリと肩に垂れた。大悪人が急に髻（まげ）を切り落としたものだから、講師はあんぐりと口を開けたまま。周りの人たちもどうなることかと騒ぎ出す。

外にいた家来たちはそれを聞いて、

「我が君、いったい何事でございますか」

刀を抜いて、矢をつがえて走って入ってきた。源太夫はこれを見て大声で、家来たちに静まるように叱りつけた。

「お前たち、わしは今、よい身になろうとしているのだ。どうしてそれを妨げるのか。今朝まではわしはもっとたくさんの家来と宝が欲しいと思っていた。しかし、今は思わない。『阿弥陀仏』のみ弟子になりたいのだ。これから後は、お前たちは行きたい所へ行って使われたい人に使ってもらえ。一人もわしについて来てはならぬ」

「いったいどうして急にこんなことになったのですか。とても、正気の沙汰とは思えません。何かに憑(つ)かれてしまったのかしら」

聞いた家来たちは、お互いに手を取り合って泣き叫んでいる。源太夫は彼らをなだめて、切った毛を仏様にお供えして、ただちにお湯を沸かさせた。着物の紐(ひも)を解いて首周りをゆるめて自分で頭を洗った。講師に向かって、

「さあこれで頭を剃れ。言うとおりにしないとひどい目に遭うぞ」

「このように思い決めたのはまことに尊いことです。もし、わたしが出家を妨げたならその罪は大きいでしょう」

言いながら高座から下りて頭を剃ってやった。目をつむり、髪を剃らせる主人を見た家来たちは、涙を流して悲しむこと限りがない。

でき立ての入道は、着ていた着物を僧の衣装に取り換えた。持っていた太刀(たち)や弓矢は、道中で叩く金鼓(きんこ)という鉦(かね)に取り換えた。その金鼓を首からさげて、

「わしはここから西に向かって阿弥陀仏を呼び奉りながら、鉦を叩いて、仏様が答えたまわる所まで行くのだ。答えたまわぬ限りは、高い山であろうが、海や川であろうが、帰ることはない」

声を高くあげて宣言した。

「阿弥陀仏ヨヤ、オイオイ、阿弥陀仏ヨヤ、オイオイ」

鉦を叩いて出ていく。家来たちがついて行こうとすれば、

「お前たちは、わが道を妨げようとするのか」

と言って、手を振り上げて叱りつけた。皆はとどまってしまった。

大和(やまと)たちはこのいきさつを終始見ていたが、入道が鉦を叩きながら西に向かって行くので、お互いに目配せして、少し離れてからついて行くことにした。行先に深い池や川があっても、ザブザブと入って、浅瀬を探そうとはせずまっすぐに突き進み、高い山や切り立った崖(がけ)でも、回り道をせずに転びながら突き進む。

入道を見え隠れしながらついて行く四人は厳しい道でも、自分たちも修行だと思ってついて行った。

やがて日が暮れて、入道は行く先に寺があるのを見つけて立ち寄った。その寺の住職が出てきたのに対して、

「わしは阿弥陀仏に会いたいという思いを起こして、西に向かって歩いている。左右には目もくれないで歩いている。もちろん後ろも振り返ったりしない。ここから西にある高い山

を越えて行くのだ。これから七日後にわしがいるところを必ず尋ねてほしい。草を結んで目印を作りながら行くから、その目印を見ながら来てくれ。もしかして少しの食べ物はないか。あれば少しだけくれよ」

住職が干したご飯をあげようとすると、

「こんなにたくさんはいらない。少しだけ」

と言ってほんの少しだけを紙に包んで腰にはさみ、出ていこうとした。

「もう夜が更けている。今晩はここに泊まりなさい」

住職が引き止めたが、聞き入れずに夜道を西へと進んでいった。鉦を叩く音が次第に遠ざかっていった。

ついて来た四人はハタと困った。夜道は前を歩く人が見えないので見失う恐れがある。見失ったらどうにもならない。さっき盗み聞いた話では、草を結んで目印を作ると言っていた。明日の朝、あたりが少し見えるころまでこの寺に泊めてもらおう。ということに話が決まった。寺から出てきた住職は、くたびれ果てた四人の僧が、夜明けまでしばらく休ませてほしいと言うので、今夜は変な僧たちが来る日だなあと思いながら、

「お疲れの様子だから風呂でも入って貧しい食事でもおあがりくだされ」

リーダーの理順は、

「いや、ありがたいが飯は持っています。明日の朝四時には出発するので、ご挨拶もなしで出かけます。この出窓のある小部屋に寝かせてください」

住職は特に何も言わず玄関脇の小部屋を使うことを許可して奥へ消えた。

明け方、まだ暗いうちに四人は寺を出た。行き先は西と決まっているので、少し歩いていくと、草の結び目が西に向かっているのが見つかった。結び目の先を目指して四人は駆けるように進んだ。高い山を越すと、また次にはもっと高い山が見えた。そこら辺で入道に追いついたらしく、鉦を叩く音と共に、

「阿弥陀仏ヨヤ、オイオイ」

という声が聞こえてきた。

険しい峰をよじ登っていくと、ぽっかりと広い原っぱに出た。その下は断崖絶壁で青海原が広がっていた。そこに二股の木が海に向かって突き出すように生えていて、入道はその木にまたがって、

「阿弥陀仏ヨヤ、オイオイ」

と、繰り返し呼んでいる。声もかけかねて、四人は木陰に座ってどうするかを相談した。理順が、

「七日後に来いと言っていたからもう一度出直して七日後に来てみようか」

「いなくなったらどうしよう」

「それはないだろう、住職と約束していたから」

「死んでしまうのでは？」

「それも心配だが、声をかけるとかえって邪魔をすることになるかもしれない」

四人は彼が家来たちを振り切って一人で旅に出たときの様子を思い出した。結局は山を下って、途中で見かけた古い炭焼き小屋の所に戻り、そこで六日間を過ごして住職が来るのを待ってから同道することになった。

やがて六日目に住職が旅姿に身を固めて登ってきた。その前に四人が現れると住職はびっくりして飛び上がった。

「この間は泊めていただきありがとうございました。実はあの入道はかなりの悪人でしたが、僧になって阿弥陀仏様を求めて旅立ったので、どういうことになるかと思い、付いて来たのです。入道は今、この峰の先にある崖っぷちにいます。どうか同道させてください」

理順の言葉に住職もいきさつがのみ込めて、それでは、と五人で草の結び目の指す峰へと登っていった。

入道は、相変わらず木の股にまたがって鉦を叩きながら、

「阿弥陀仏ヨヤ、オイオイ」

と声をかけているが、体が少しやせて声も張りがない。住職たちを見て嬉しそうに笑った。

「わたしはここから海に入って西へ行こうとしたのだが、ここで阿弥陀仏がお答えになったので、海に入らずにここでお呼びしているのじゃ」

住職はそれを聞いて不審に思い、

「どのようにお答えなさるのか」

「それならお呼びしょうか」

鉦を叩いて、

「阿弥陀仏ヨヤ、オイオイ。どこにおわします」

呼び声にこたえるように、沖の方から何とも言えない美しい声で、

「ここにおる」

とお答えがあった。入道は、

「どうだ、これを聞いたか」

住職も四人もこの尊いお声を確かに聞いた。素晴らしくありがたく思えて、涙を流して両手を合わせて拝んだ。入道も涙を流して言うのには、

「お前たちはもう家に帰れ。そしてあと七日したら、もう一度来てわしの様子を見届けてくれ」

「おなかがすいているかと思い、食べ物を持ってきましたが」

「いや、今は欲しくない。前にもらったのが残っているから」

見ると紙に包んで腰にはさんだのが同じ形で残っている。それでは七日後にまた来ますと言って、住職と四人は山を

下りた。

　大和はほのかに聞こえたあの美しい声は耳の錯覚だろうかと思った。が、他の四人がみんな聞こえたし、そのありがたさに涙を流して拝んだのだから、嘘ではなかったと思える。その後七日たって行ってみると、入道は死んでいた。そしてその口から一本のきれいな蓮（はす）の花が伸びて、美しいピンクの花が海に向かって咲いていた。

　住職と四人はこれを見て、死体に向かって手を合わせ、尊い経を読んで供養した。

　住職は、口から出ている蓮の花を折り取って、

「この蓮は寺に持ち帰って、入道と思い大切に供養しよう。死骸（しがい）は埋めて埋葬するよりも、このように気高い人だからこのままにして、鳥や獣の餌にしたほうが喜ばれるだろう。あなた方も心一つで極悪人が成仏（じょうぶつ）できるのを目の当たりに見ることができてよかったですね」

　そう言って、泣く泣く山を下りていった。

## 17

# 打たれて馬になる

蓮の花を口から咲かせて死んでいた源太夫を後にして、四人はさらに旅を続けた。

四国の辺地、田舎の寺など、讃岐、伊予、阿波、土佐の海辺の辺りを連なって歩いた。ある朝は海から登る太陽を拝んで念仏を唱え、ある夕暮れには浜辺に長く影を残して、念仏を声を合わせて唱えながら進んだ。

その海辺では、崖が水辺にせまっていて、進みきれないので、山に登って迂回していこうと崖のゆるい所からよじ登り始めた。ところがどんどん深い山の中に入ってしまい、もとの海辺に戻ることもできず、ついには人気がまったくない深い谷間に入り込んでしまった。

大変なことになったと嘆き合い、いばらや茂った木の間を分けて進んでいくうちに、突然平らな土地に出た。見ると、周りを石垣で囲った場所がある。ここは、人が住んでいる所に違いないと嬉しくなって、石垣の中に入って行った。中には家が立ち並んでいた。

この家に住む者がもしかして鬼でも、こうなっては仕方がない。道もわからないのでどちらへ行けばいいのか見当がつかないから、とにかくその家に立ち寄った。

「ごめんください」

中から、しわがれた太い声がした。

「誰だ」

「修行中の僧ですが、道を間違えて迷ってしまいました。どう行けばいいのか教えてください」

「しばらく」

と返事がして、中から六十歳ぐらいの僧が出てきた。見ると顔つきも体つきもすごく恐ろしい気がする。

その僧はこちらへ来ておあがりなさいと招き寄せた。ひどく恐ろしい気がしたが、こうなったら鬼でも神でも、今はどうにもならないと思って、板の間に上がった。

「お前さん方は、疲れておられるだろう。ゆっくりしなさい」

僧は言って、間もなくこざっぱりと調(ととの)えた食事を運んできた。

（きっとこの人は、顔には似合わず優しい人に違いない）

そう思って嬉しくなって、みんなでがつがつと食べた。食べ終えてほっとしていると、さっきの僧が恐ろしい顔をして人を呼んだ。なんて怖い顔だろう、と思って見ているところへ、呼ばれてきた法師を見ると、とても気味の悪い雰囲気である。主人の僧が、

「例の物を持って来い」

と言ったので、法師は馬の轡(くつわ)と手綱(たづな)と鞭(むち)を持ってきた。

「いつものようにやれ」

法師は一人の修行僧の襟首をつかむと庭に投げ出した。残りの三人は、

（これはどうしたことだろう）

と思っているうちに法師は鞭で背中を打ち始めた。ちょうど五十回打った。修行僧は、

「助けてー」

と叫んでいるが、三人は主の僧が見張りをしているので動くこともできない。

続いて着物をはぎ取って、裸にしてまたピシリピシリッと鞭を打ち始めた。背中は見る間にはれ上がって血が噴き出した。またもや五十回、合計で百回鞭を打ったら、修行僧は血だらけになって失神してしまった。

「さあ、ひき起こせ」

法師が引き起こすと、血だらけの僧がたちまち馬になってぶるぶるっと身ぶるいをして立った。鞭で打っていた法師が、立ち上がった馬に轡と手綱をつけて引いていった。

「次をやれ」

法師は板敷に土足で上がってきて、もう一人の修行僧の襟首をつかむと庭に投げ出した。僧は這（は）って逃げようとしたが、ピシリと強く鞭を打たれてひっくり返ってしまった。

着物の上から五十回、裸にして五十回、合計百回力任せに鞭打つ。

「助けて！　ギャー」

泣き叫んでいた修行僧はついに声も出なくなり血だらけになって、うつ伏せになった。引き起こされて、ぶるぶるっと身ぶるいしたら馬になった。馬は立ち上がって、轡と手綱をつけられて引かれていきながら、首を伸ばして大和（やまと）たちの方を見た。馬の瞳からは涙がこぼれ落ちた。

あまりのむごたらしさに抱き合って震えていた大和と理順(りじゅん)は、お互いに今度は自分の番だと思った。大和は、いざというときにはリンボーで一気に空へと逃げるしかないと考えていた。主人の僧は二人をじろりと見て、

「こいつらは、しばらくそのままにしておけ」

理順は大和にささやいた。

「自分は馬になるぐらいならとにかく逃げてみよう。追いつかれて殺されても、どのみち死ぬのは同じだから、やれるだけやってみよう」

そうだと大和は力強くうなずいた。しかし山の中なのでどちらに向いて行けばいいのかわからない。

「こんな思いをするならいっそ身投げをして死んだほうがましだよね」

理順がつぶやいた。悩んでいるところへ、主人の僧が来て理順を呼んだ。

「おい坊主、どこにいる」

「ここにおります」

「あの後ろの田んぼに水があるかどうかを見てこい。ヤイ、小僧は行くな、一人で行け」

理順は大和を残して恐る恐る田んぼの方へ行った。暗がりの中で細い畦道(あぜみち)を田んぼに向かうのは本当に気味が悪い。足元が滑るのをこらえて進むと田んぼには水があったので戻ってきて、水はありましたと報告すると、主は黙ってうなずくと裏の部屋の方へ引き上げていった。

そのうち、人がみな寝しずまったころに、理順と大和はそっと家から這い出した。荷物はすべて捨てて、体一つで走り出て、足の向く方に必死に走った。

四キロぐらい来たところに一軒の家があった。これはまたどんな家かしらと怖くて走り過ぎようとしたところ、家の

前に女性が一人立っている。

「あなた方はどういう方ですか」

「実は修行の旅をしている者ですが、この先の家で仲間が二人、打たれて馬にされました。こんなことなら、いっそ身投げをして死んでしまおうと思い、ここまで来たのです。どうか助けてください」

「それはお気の毒に。そういうこともありましょう。まず、ここにお入りなさい」

女性に言われて家に入った。女性は、

「ずっと前から馬にするなんていやなことだと思って見ていましたが、わたしの力ではどうすることもできないのですよ。でも、あなたたちだけは何とかしてお助けしたいと思います。わたしはあの家のあるじの女房なのです。ここから少し下の方へ行くと、わたしの妹が住んでいます。そこへ行くのにはこれこれこういう所をお行きなさい。その妹だけがあなたたちを助けることが出来るでしょう。わたしの所で聞いてきたと訪ねて行きなさい。手紙を書いてあげるから」

手紙を書いて渡しながら、

「二人の修行者をすでに馬に変えてしまったなら、あなたを田んぼの水を見にやってそのまま土に埋めて殺すつもりだったのですよ」

と聞けば、よくよくここまで逃げてこられたものだったと思い、泣く泣く女性を拝んで手紙を受け取った。

手紙を握りしめて教えられた方向に走り出した。言われたとおりに、大きな木の下をくぐって、岩をよじ登り、さらに三キロも走っていくと人気のない山の中に一軒の家があった。

たぶんここだろうと寄っていくと、召使いらしい人が出てきたので、こういう方から聞いて参りましたと手紙を渡した。

召使いは手紙を受け取って、どうぞこちらへと招き入れた。家には一人の女性がいた。

「わたしも長年あれをいやなことだと思っていましたよ。姉がこのように言ってきたので、助けて差し上げましょう。でも、ここはすごく恐ろしいことがあるのですよ。しばらくここに隠れていなさい」

そう言って奥の一間に隠れさせた。上から黒い布をかぶせて荷物のようにした。

「絶対に音を立てないでください。ちょうどその時刻になりました」

ぴしゃりと戸を閉めて出ていった。理順と大和は何が起こるのかしらと、暗がりの中で部屋の隅に固まって息を殺していた。

しばらくすると恐ろしそうな気配のする者が入ってきたようである。何か腐ったような、獣のような臭いが漂ってきた。女性が迎えて、二人で食事をしながらいろいろと話をしている。やがて二人は床について、激しく吠えながら愛し合っている様子である。

「きっとこの女性は、鬼の妻に違いない。鬼はいつもこのように来ては妻を抱いているのだろう」

理順たちは震えながらじっと息をひそめていた。やがて、鬼は帰っていったが、何ともいえず気味が悪い。

「あなた方は、本当は助からない命なのに助かってありがたいことだと思いなさい」

二人は前の女性のときと同じく泣く泣く伏し拝んで感謝した。そこから教えられたままにどんどん歩いた。

やがて夜が明け始めて、もう十キロは歩いただろうかと思うころ、辺りの景色もはっきりとしてきた。いつの間にか普通の山道に出ていた。そのときになってやっとほっと安心して胸をなでおろした。そこからさらに山を下って人里に出た。人里で人家を尋ね、こういうわけで命からがら逃げてきたと言うと、その家の人はびっくりして、いろいろと詳しく聞きたがった。

あの二人の女性からは、『このように助からない命を助けてあげたのだから、ここのことは絶対に人に話さないでね』と、固く口止めされていたにもかかわらず、次から次へと人が聞きにくるので、気軽に話してしまった。里人たちは軍隊を作って鬼退治に行こうと騒いでいたが、行く道もわからないのでそのままになってしまった。

理順は、旅の途中で馬にされた友人のことを思うと心が晴れない。どうにか助けられなかったのかしら……。

「この前の源太夫は、死んで口に蓮の花を咲かせて望みを叶えた。しかし、あの信仰の篤い友だちが馬にされてしまったのは、いったいどういうことだろう。わたしはまだまだ修行が足りないが、ひとまず都に戻って、馬にされた友だちの供養をしよう」

そう言って大和と二人は四国を後にすることとなった。

# 18 藁しべ長者

理順と大和は四国から帰ってきて、奈良の長谷寺を訪ねた。長谷寺の観音様は霊験あらたかという評判なので、もしかしたら、馬にされた仲間の僧が人間の体を取り戻せるかもしれないと思ったのだ。

住職に会ってここまで来たわけを話し、しばらく馬になった友人の供養をしたいからこの寺に置いてくれと頼んだ。理順はその日から裏のお堂にこもって、観音経を書き写す仕事を始めた。

その日も、大和は他の小僧たちに混じって寺の拝殿の雑巾がけをしていた。大和の身なりは小僧たちの僧服とは異なり、短い袖の簡単な上下の着物を着て、寺の小間使いのようだ。広い講堂の端から端まで、床の目に沿って雑巾を当てて尻を逆立てて走っていく。あらかたふき掃除が終わると拝殿の床はピカピカに磨き上げられて、壇上の観音菩薩像がほのかに笑ったような気がした。

そこへ青色のみすぼらしい着物を着たやせた侍風の男がひょろひょろと入ってきた。観音様の前に座ると何やらぶつぶつと言いながら拝んでいたが、そのまま床に突っ伏して動こうともしない。

大和たちは伏せている侍をしり目に庭に出た。庭掃除も彼らの仕事である。竹ぼうきで丁寧に木の葉一枚残さずに掃いていく。

みなでやるといっても、庭が広いのでかなりの時間を要した。庭がきれいになったところで、再び堂に戻ってきた。

見ると先ほどの侍があのままの姿でじっと伏せている。

「あれ！　あの人はずーっとここにいたのかしら。ちょっと人を呼んでくるよ」

誰かがそう言って、駆け出して奥へ行った。

やがて連れられて僧が四、五人現れた。

「もうし、これ」

男は転がったまま顔だけ上げて、自分を取り囲む人々を見た。

「どうしてここで伏しているのだ？　見れば食事も持っていないし、このまま死んだら寺がけがれて一大事だぞ。仏教の師となる人は誰かおるのか」

「わたしは父母や妻子も親戚もないし、働ける所もないのです。貧乏で師となる人もおりません。こうして観音様におすがりをして、何か授けてくださいとお願いをしています。『授かりものをくださるときには夢で教えてください。もし何もしてくださらなければこのまま観音様の前で死んでしまいます』と申しているのです」

聞いて僧たちはびっくりした。

「観音様の拝殿で飢え死にされたら、寺はけがれるし、この寺で餓死者を出したとなると大変なことになる。この人は観音様を脅かしているが、どこへも行く所がないらしい。やや！　困ったことだ。仕方がないなあ、みなでこの人を養ってやろうじゃないか」

このように話が決まって、誰かが交代で食い物を持って来てやった。侍はそれを食って命をつなぎながら、トイレ以外はその場を離れず、夜も昼も福を授けてくださいと念じ続けていた。大和はその男に何やら興味を覚えてときどきのぞきに行った。いつ見てもじっとうずくまったままで拝んでいる。祈り始めてちょうど二十一日が過ぎた朝、大和は何やら気がかりになって拝殿に走っていった。すると、男が大きな伸びをしてすっくと立っている。走ってきた大和を見

下ろして、

「今朝がたわたしの夢に御帳（みちょう）の中から坊様が現れて、『お前は前世で自分が犯した罪のために貧乏をしているのだが、それを反省しないで観音様を強く脅迫するのは不届きであるぞ。しかしお前がかわいそうだから、少しだけ授けものをしてやろう。この寺を出ていくときにどんなものでも手に触れたらそれを捨てないでそれがたまわりものだと思いなさい』と言われたのだ。だから、夢のお告げに従ってこの寺を出ていくぞ」

こう言った。そして、彼を養ってくれた僧の所へ行って、朝食をもらって食べてから、お世話になったお礼を言い、まだうす暗いうちに寺を出ていった。大和もその後をついて行った。

男は大門をくぐり抜けたとたんにつまずいて転んでしまった。転んだ拍子にその辺りにあった何かをつかんだが、それは一本の藁（わら）だった。こんなものをたまわったのかなあと思いながら、あの夢を信じて捨てずに歩いていくと、やがてすっかり夜が明けて太陽が昇ってきた。

すると大きな虻（あぶ）が飛んできて顔の周りをうるさく飛びまわる。木の枝を取って追いはらってもいつまでも周りを飛びまわるので、ひょいと捕まえて、腹のところをこの藁しべでくくって、持って歩いた。虻は腹のところをくくられても、元気でブンブン飛びまわっていた。大和は男の後方からついて歩きながら、飛びまわる虻を面白く目で追っていた。

道の向こうから立派な女牛車（おんなぎっしゃ）がやってきた。たぶん、高貴な女性の長谷寺参りだろう。女性用の牛車なので造りは高級だが、少し小ぶりである。その牛車の御簾（みす）をあげて小さな子供が外をのぞいていた。とても可愛い少年である。少年は男が持っている虻を、目を丸くして見ていた。

「あの者が持っているのは何か、あれをわたしによこしてよ」

馬に乗ってお供をしていた侍が寄ってきて、

「ちょっと君、その持っているものを若君が欲しいとおっしゃっているのだが、差し上げてくれないか」

「これは、観音様からいただいたものですが、そう言われるのなら差し上げましょう」

「大変感心なことだ。喉がかわくだろうからこれを食べなさい」

そう言って、牛車の中から大きなみかんを三つ、いい香りがする紙に包んで与えた。

それをもらって男は、

「へーっ、藁しべ一本が大きなみかん三個に化けたよ、すごいな」

みかんの包みを木の枝に結びつけて肩に担ぎ、男と大和は足取りも軽く歩いた。

向こうから、高貴な身分の方が、お忍びでお付きの侍などを連れて、長谷寺参りの坂道を登ってきた。歩きなれない旅にすっかり疲れてしまい、息も絶え絶えになってとうとう座り込んでしまった。

「ハァハァ、もう歩けない、喉がかわいて死にそうだ、水をくれ、水を」

うっすらと目をつぶって、口を開けて気絶寸前。お供の者たちはあわてふためいて、近くに水がないかと探しまわっているが水はない。どうしたものかと言い合っているところへこの男がそっと近づいた。

「この近くにきれいな水がある所を知らないか？」

「この辺りには水はありません。どうなさったのですか」

「長谷寺にお参りする方（かた）がすっかり歩き疲れて、喉がかわいていらっしゃるのだ」

「わたしは、みかんを三つ持っております。これを差し上げたいのですが」

そのときに主人はすでに気絶していたが、お供の者が肩を揺さぶって気づかせて、

「この男がみかんをくれました」

皮をむいて口に入れると、主人はむさぼるように食べ、ほっと肩で息をついた。

「ああ、うまい。このみかんがなかったら、わたしは旅の空で死んでしまうところだった。本当に嬉しいこと。で、その男はどこじゃ？」

「あちらにおります」

「あの男が喜ぶようなことは何をすればいいのじゃ？　何か食べ物はないか」

家来の者は、男に
「今、お昼ご飯の用意をするから待っていてくれ」

そう言って荷物を積んだ馬を連れてきて、簡単な幕を張り、敷物を敷いた。主人に昼食の用意をして、男と大和にも食べさせた。

主人は、美しい布を三反（さんたん）取り出して言うには、

「このみかんの嬉しさは言い表せないほどありがたい。何かお礼をしたいのだが、このような旅の途中では何もできない。この反物（たんもの）をとらせるが、京に上ったらわたしはこういう所に住んでいるので、必ず会いに来てくれ」

男は、布を三反かかえて歩きながら、

「一本の藁しべが、三個のみかんになって、それが布三反になったのはすごいことだ」

大和はもっとすごいことが起きるに違いないと思った。二人はさらに京へ向かって進んでいった。その夜は、道端の小さな家に宿をとり、翌朝早く出発した。

午前八時ごろ、向こうから立派な馬に乗った人がやってきた。めったに見かけないほど見事な馬なので、持ち主はそれを自慢げにして、ゆっくりと乗りまわしながら進んできた。

ずいぶん立派な馬だなあと男と大和が立ち止まって見ているうちに、この馬はばったりと倒れて、目をむき、荒い息をしてそのまま息絶えた。飼い主はぼう然として下りて、首を撫でたり指で目を開けたりしたが、すでにこと切れている馬は反応を示さない。どうしようと泣かんばかりに馬の周りに立っていたが、もうどうにもならぬとあきらめた。鞍をはずし、別に連れていた普通の馬に乗り換えて去っていった。

家来を一人残して、「この馬をどこか人目のつかないところへ持って行け」と命じたので、家来の男は死んだ馬を見守りながら、途方に暮れて立っていた。

男と大和はそこへ近寄って、

「これはどういう馬が急に死んだのですか」

「これはご主人様が、陸奥の国から宝物のようにして連れてこられた馬です。多くの人が欲しがって、いくらでも金を出すから売ってくれと言ったのですが、惜しがって大事にしていたのですよ。それが絹一反さえもらわずに、こんなことになってしまいましたよ。どこかへ隠せと言われても、わたし一人でこんな大きな馬を運べるわけがないし。せめて皮をはごうかと思っても、旅先ではどうにもならないし。いったいどうすればいいのかと困っているのです」

男は死んでいる馬を眺めて、

「いやはや本当に立派な馬だと眺めているうちに、たちまち死んでしまって、命というのは不思議なものですね。ここで皮をはいでもすぐには乾かないでしょう。わたしはこの近くに住んでいますので、皮をはいで何とかできると思います。わたしに分けてくれませんか」

持っている布一反を差し出した。家来の男は、思いがけないもうけものをしたと思って、男が心変わりがしないうちにと布を受け取って逃げるように走り去った。

死んだ馬を買い取った男は大和に向かって言った。

「これ、小僧。わたしは夢で観音様からお告げをいただいて、藁しべ一本がみかん三個になった。みかん三個が次には布三反になった。この布で死んだ馬を買ったが、生き返って立派な馬になるに違いないと思うが、どうじゃ？」

先ほどからとんとん拍子で増えていく様子を見ていた大和は、男の言葉に大きく何度もうなずいた。大和の返事に喜んだ男は、草履をぬいで地面にひれ伏して、長谷寺の方角に向かって拝んだ。

「観音様、もしこれもお助けの一つであるならば、すぐにこの馬を生き返らせてください」

一生懸命に念じていると、死んでいた馬がパチパチと目を開いて、頭を上げて起き上がろうともがき始めた。男と大和は手をかけて馬が立ち上がるのを助けた。すごく嬉しいことは言うまでもない。

誰かに見られるとまずいよと人目につかないところへ引き入れて、二時間ほど休ませた。もとのように元気になったので、人家に立ち寄って適当な鞍を布一反で買い求め、これに乗って京を目指していった。

宇治という所まで来たときに日が暮れたので、その辺りの家に泊めてもらい、最後の一反を使って馬のまぐさと自分たちの食料に換えた。

夜が明けて京に入り、九条辺りの家の前に立つと、引っ越しをする様子で家じゅうが騒がしい。男は大和に言った。

「この馬を京の中に連れていくと、もし知り合いに出会ったら、わたしのような貧乏人だから『盗んだのだろう』と言われるに違いない。この家ではきっと出発の際、馬を欲しがっているだろうから、売ってしまおうね」

その家の門を入り、

「馬を買いませんか」

と声をかけた。その家の主人は、ちょうど馬が欲しかったので、この素晴らしい馬を見るとすぐに買う気になった。

「今、持ち合わせの絹や布がないので、この南の方にある田んぼと米少々とで取り換えてくれないか」

「わたしは、絹や布が欲しいのですが、そういわれるなら田んぼでもいいですよ」

家の主人がこの馬に乗ってみると、実に理想的な馬なので大喜びだった。田んぼ一町と米五斗と取り換えた。男と大和は田んぼの所有権などの手続きを終えた後、米を担いでちょっとした知人の家を訪ねた。冬場なのでその家で米を食料にして過ごし、手に入れた田んぼはその辺りの人に作らせて収穫の半分を納めさせることにした。

すべての手続きが終わったある日、座敷で男は大和に言った。

「わたしは、命がけで長谷寺の観音にお願いしたよ。もし聞き届けてくれないなら、ここで死んでもいいと思ってね。お助けをいただいたからには、これからもよくお参りしなくちゃね」

大和は命がけでお願いをすると観音様は聞き届けてくれるのか。もしそうだとしたら、国じゅうの人が、死んでもいいと思って命がけで拝んだら、すべての人が長者になるわけじゃないか。いや、そんなわけはない。どこかに違いがあるはずだ。いったい何だろうか……。

大和が妙な目つきで男を見ると、男はちょっとあわてて、手を振った。

「いや、思いつきで言ったのではないよ。これからは本当に熱心に信仰するから」

なおさら、わからなくなってしまった。

# 19
# 透明人間

　十二月、田んぼをもらって長者になった男は、冬の間は友人の家に居候をして、春になったら家を買うことにした。大晦日の夜になって、急に別の友人の家へ出かけると言い出した。どうしても今年のうちにすませたい用事があると言い張るのだ。居候をしている家の妻が、

「こんな夜更けに、それも、大晦日というのにどうして出かけるのですか？　晦日の夜は鬼が練り歩くというじゃありませんか。明日になさればどうですか」

「いや、今年のうちに返す約束のものがあるので、行ってくるよ。なに、すぐ戻ってくるから」

　そう言い残して出かけて行った。大和は男の後を何食わぬ顔でついて歩いた。

「おや、お前も行くのか、うん二人の方が物騒でなくていい。俺は以前に貧乏だったときに友人に助けられたことがある。おかげで少し楽になったのでお返しにいかなくてはと思ってね」

　二人は連れ立って一条堀川橋を渡り、都の東の方へと歩いていった。橋の上は冷たい川風が吹き抜けて、二人は襟をかき合わせて急いだ。

　男はこの夏、病気をしたときに友人が米を一升持って来てくれたのでとても助かった。そのうちに返そうと思いながら、いつも貧乏に追われてなかなか返せなかった。長谷寺観音のおかげでもらった米があるので、さっそく年内に返しにいこうとしているのだ。尋ねていくと友人も大変喜んで、

「いや、あれはお見舞いに差し上げたものだが、こうして正月の前に戻ってくるとは本当に縁起がいい。君の気持ちをありがたく思うよ」

二人で酒を酌み交わして話が弾み、楽しい時間を過ごしているうちに、夜更けになってしまった。これから寒い北風の吹きすさぶ暗い夜道を帰らねばならない。

男と大和は一条堀川橋の辺りを西に向かって歩いていた。くたびれた着物を着ていても、足取りは軽快である。大和は男が長い間思っていたことを果たせて晴れやかな気持ちになっているのがよくわかった。大和も嬉しくて小走りについて行く。

「今日は思ったよりも話がはずんで、すっかり遅くなってしまったなあ。早く帰らないと家の人も心配するだろう。おや、あれは何だろう、行列が来るわい」

言われて大和も顔を上げると、西の方からたくさんの人が松明（たいまつ）をかざしてこちらへやってくる。

「これは高貴な方がおいでになるのだろう。早く道をあけねば」

男と大和は大急ぎで橋の下に下りて身を隠した。灯をともした人々は、橋の上を東の方へと歩いていった。

男はどんな人かなと橋の下からそっとのぞいてみた。何と！　行列は人間ではなく鬼たちだった。角が一本の鬼、二本の鬼、目玉が一つの鬼、一本足で飛んでいる鬼、手が何本も生えている鬼、首が長くて揺れている女の鬼など、恐ろしい鬼たちが口から火を噴き出したりしながら橋を渡っていく。

男は、あまりにもびっくりしたので、隠れていることも忘れてぼう然と突っ立っていた。

行列の最後の鬼が大声で言った。

「人間の影を見たぞ」

「いや、見なかった」

「いや見たぞ、探せ、探せ」

あっと気がついて、橋げたの後ろに隠れたがもう遅い。男は見つかってずるずると引き出されていった。大和は柱の後ろに震えながらうずくまっていたが、鬼が振り向いたとき、大和の着物の切れ端がちらっと見えたので、戻ってきて、

「やあ、子供もいたぞ」

襟首をつかまれて引きずり出された。男は、『大晦日に練り歩く鬼に捕まると食われて髪の毛しか残らない』という話を思い出し、もうこれで命はないものと震え上がった。

「お助けください」

両手をすり合わせて、日ごろから信心している観音様の名前を一心に念じた。大和も見習って両手をすり合わせた。

鬼たちは集まって二人を見ていたが、

「こいつらは、特に悪いことをしてはいないようだ。今夜も恩返しに行ったようだし見逃してやろう」

そう言って四、五人が寄ってきてペッペッと二人に唾（つば）を吐きかけて、

「これで俺様たちのことはしゃべれぬわい」

と言いながら行列は東の方へ去っていった。二人は手を取

り合って無事を喜び合った。

男と大和は少し頭痛がして気持ちが悪くなったけれど、食われずにすんだので嬉しくて、

「さあ早く家に帰ろう。家の人たちが心配しているに違いない、みなに今日のことを話して聞かせよう」

大急ぎで二人は駆けるように家に向かった。

家の中に入ると、家の人が夕飯を並べて彼らの帰りを待っている。大和は、さっき自分たちは家に入るときに戸を開けなかったような気がしたがすでに座敷の中にいるので、戸が開いていたのかなと考えて振り向いたら、戸はきちんと閉じている。勘違いかしらと思い直した。

「遅くなりましたが、帰りましたよ」

男が声をかけたが、誰も男の方を見てもまったく気づかない。おかしいなとそばへ寄って、もう一度呼んでも知らんぷり。肩にさわって揺さぶろうとしたが、手が肩を通り抜けてしまい、つかむこともできない。

そのとき、男は気がついた。鬼たちに唾を吐きかけられて自分たちは『隠形』にされてしまったのだ。こちらからは何でも見えるし聞こえるが、相手からはこちらの声も動作も何一つ伝わらないという、体を隠された隠形にされてしまったのだと。これで鬼が言った『もう俺たちのことはしゃべれない』という意味がわかった。

「あの人たちはどうして帰ってこないのかしら、大晦日は物騒だと言ったのに、本当にいやだわ」

子供たちは布団をかぶって眠ってしまった。友人の妻は火鉢を抱えるようにして待ち続けた。男と大和は隠形にされてしまったことが悲しく、いったいどうしてよいかわからない。

やがて夜が明けた。妻は夫にとうとう彼らは帰ってこなかったと言った。使いをやってゆうべ尋ねた友人に問い合わせた。友人はあわてて駆けつけた。

「ゆうべ、子供と二人で帰って行ったのに、戻らないとは、賊に襲われて殺されてしまったのかしら、正月早々とんで

もないことだよ」

『鬼に食われはしなかったが、隠形にされちまったよ！』

大声で叫んでも、友人たちには聞こえない。家じゅうみんなで騒いで、友人は腕を組んで困り果てている。

男と大和は、どうすればよいかわからず、二、三日家にいた。空腹になると置いてあるものをつまんで食べるのだが、それすら誰も気がつかない。

「のう、このままここにいてもどうにもならないから、長谷寺ではないが、六角堂へ行ってみよう」

二人は連れ立って六角堂にお参りに行った。

六角堂では次々と参拝者があったが、もちろん誰も二人には気がつかない。

「観音様、どうかわたしたちを助けてください。長年信心してきましたことの印に、もとのわたしの体を現してください」

二人は並んで祈念して、六角堂に泊まり込んだ。そこには泊まりがけの人の食料や、お供えの米などがあったのでそれを取って食べていたが、誰も気がつかない。

こうして六角堂に入って祈り続けた二週間後の朝方に夢を見た。尊い感じの僧が現れて、

「そなたは、朝早くここを出ていきなさい、そして最初に会った人の言うことに従いなさい」

男はこういう夢は長谷寺の観音様のときとよく似ているので、きっといいことがあるに違いないと、すぐに六角堂の外へ出た。と、門の所へひどく恐ろしい顔つきで、がんじょうな体の牛飼いが、大きな牛を引いてやってきた。

「やあ、そこのお二方、わたしと一緒に行きましょう」

と言うのを聞いて、男と大和は相手が自分たちのことが見えるのだとわかり、自分たちの体は現れたと嬉しくなって、夢で言われたとおりに牛飼いの後をついて行った。大通りを西の方へ十キロほど行くと、大きくて立派な門構えの屋敷の前に立った。

牛飼いは牛を門構えの横に縛りつけて、男の手を取って門の前に立った。門はいかめしくしっかりと閉ざされている。

「ここから入れ」

「門が閉まっているのにどうやって入るのですか」

「いいから入れ」

グッと引っ張られて、気がつくと庭に立っていた。大和は二人が消えた門に体ごとぶつけると、大和もすんなりと庭に入っていた。もしかしてまだ隠形のままかもしれない。

家は実に大きく立派な構えである。人も多くて忙しそうに行き来している。

牛飼いは男の手を引いて廊下に上がり、どんどん奥の方へ歩いていった。三人が廊下を歩いているときにすれ違う人たちは
「お前は誰だ」

とがめる人もなく、誰も気がつかない様子なので、自分たちはまだ隠形のままなのだと思った。牛飼いの姿も自分たちには見えるが、他の人には見えないので、同じく隠形だとわかって心が沈んだ。牛飼いは奥へ奥へと堂々と進んでいくので、二人は小走りについて行った。一番奥の広い部屋に入ると、そこには布団(ふとん)の中に、いかにも苦しそうな様子の若い娘が横たわっていた。腰元たちが足元に並んで介護をしている。両親らしい人は少し離れた場所に座り、心配そうに見つめていた。娘はこの屋敷の姫らしい。

牛飼いは病人の枕元にどっかりとあぐらをかいて座った。向かい側に男と大和が座るように命じた。牛飼いの声は大きくてしわがれていたが、部屋にいる人たちは全然聞こえないらしく、態度が変わらない。牛飼いは懐から槌(つち)を取り出して男に持たせた。

「姫の腹を力いっぱいなぐれ」

命令に従って男が姫の腹を恐る恐る槌で打つと、姫は身をよじって苦しそうにして、ゴボッと血の混じった黄色い液を吐いた。ハアハアと肩で息をしているのに、今度は頭を力いっぱい叩くように命じた。男はこわごわそっと姫の頭を叩いた。姫は寝ていたがいきなり起き上がり、両手で自分の髪をつかんで上に引っ張り上げ、目が飛び出るほど大きく見開いてワーッと叫んだ。その後も続いて、命令どおりに頭や腹を叩いたが、その度に姫は苦しみのたうちまわるという具合である。見ている人たちは、いよいよ姫の命も終わりかなと考えて、両親は泣き崩れた。そこへ部屋の外から女官が大急ぎで入ってきて、

「先ほどお迎えにあがった験者（げんじゃ）さまがお見えになりました」

白装束（しろしょうぞく）に白い頭巾（ずきん）をかぶった男が現れて、病人の枕元に座った。

おもむろに般若心経（はんにゃしんぎょう）を読み始めた。それを聞いて大和はとても懐かしいような気がした。体中の毛が逆立って寒気がするような気もする。ところが、験者を見るなり牛飼いは一目散に逃げ出して、屋敷の外へ消えてしまった。

験者は『火界（かかい）の呪（のろい）』を読んで病魔退散の加持祈祷（かじきとう）を大声で始めた。するとそのとき、男と大和の着物に火がついて、おおきな火柱になって天井近くまで燃え上がった。ぼうぼうと燃えるので熱くてかなわない。男は大声で叫んだ。すると、着物が燃え尽きて男と大和は全身が丸見えになった。家の人や両親、女官たちは、突然座敷の中に、火柱が立って、その火が消えるとそこには、やせてみすぼらしい男と子供が、裸のままでいるではないか。家の人はすぐに二人を捕まえて、問いただした。

「お前がここにいるのはどうしたことだ」

男は体をおおうものを借りてから、今までのいきさつを詳しく話した。聞いた人々は何て不思議な話だと驚いたが、

験者は、

「晦日の百鬼夜行（ひゃっきやこう）にたたられたな、しかし、命があって何よりだ」

つぶやいて病人の方を振り返ると、さっきまでは今にも死にそうだった姫が、病気をぬぐい去ったように元気な顔色で、にこにこと笑いながら座っているではないか。一家の者の喜びようは大変なものだった。みなは、験者の加持祈祷が効いたことを、素晴らしいと褒めたたえた。その時に験者が、

「この男たちは、格別罪があるようには見えない。しかも六角堂の観音様の言うとおりにして助けていただいたのだから、逃がしてやりなさい」

二人は屋敷から無事に追い出された。

こうして二人は験者の祈祷で陰形から逃れることができて友人の家に帰った。家の人たちは行方不明の二人が戻ってきたのでとても喜んでくれた。その後の噂では、あの牛飼いは悪い神の家来で、この姫に取りついていたらしいという話だった。

さて、隠形とは人からは見えないが、死んでいるわけでもなく、生きているともいえない。空腹にもなるし排泄もする。晦日に、そういう隠形にされた人が街じゅうを悲しく漂っているかもしれない。

気味の悪い話である。

# 20 海を越えてきた仏様

長者になった男と大和が寄宿している家に、白い髭のお爺さんがいた。

お爺さんは、奈良の元興寺で、霊験あらたかな弥勒菩薩をお祀りしていると聞いて、ぜひお参りしたいと言い始めた。ところが奈良まではかなり遠い。年寄り一人の旅は危険だと家の者が猛反対した。白髭爺さんはそれでも行きたいと言い張って、そこの子供を連れていくならいいかと聞いた。

長者の男はそれを聞いて、

「どうぞ連れていってください。この者はわたしが奈良の長谷寺観音様に願をかけて、そのお導きでご利益をいただきながら京へ上って来るときに、一緒について来たのですが、京から奈良への道にもある程度詳しいと思います。このとおり、口はきけないのですが、ちょっとしたことにも驚かず、とても機転がきく子です」

そう言ってすすめたので、大和は白髭爺さんのお供で奈良へ行くことになった。奈良へ行けば、長谷寺にいる理順にも会えるかもしれないと思う。

大和は美しく整備された奈良の都の大路を白髭爺さんに連れられて、飛鳥から移転したという元興寺という寺を目指していた。その寺は東大寺に隣接していて広大な敷地に東西南北の大門を構え、中には僧坊、講堂、金色堂とたくさんの建物が配置されていた。飛鳥から移転してきたというだけあって、日本最古の伝統を誇る寺なので、僧も大勢住んでいて、隆盛をきわめている。

お爺さんは、

「金色堂に安置されている弥勒菩薩がとても霊験あらたかなので、まずはお参りをしよう」

と大和と二人で金色堂に入った。

そこには、少し古めかしい仏様が蓮（はす）の台座にお座りになって安置されていた。お爺さんは、

「何でも、この仏様はずいぶん遠くからこの寺に来てくださったのだよ」

そう言ってありがたそうにひれ伏して拝んだ。大和も仏像の前に座ってじっと見つめていたが、例の小さな振動がおなかの辺りで起こったので、何食わぬ様子で席を立って、金色堂の裏の人目のない所でリンボーを取り出し、片足を乗せて、

（行け！）

と、心中で叫ぶと大和はあっという間に空中に消えていった。


大和が降り立った所は立派な宮殿だった。以前にインドに来たことがあったので、ここはインドのどこかの国の宮殿だとすぐにわかった。東インドのショウテンシ国という国で、王様の名はチョーゲン王という。

チョーゲン王は会議のときに、居並ぶ大臣や家来に向かってこう言った。

「わが国は、作物も漁も豊かで何一つ不自由なことはない。国民もみな幸福である。ところが噂では仏法という教えがあるという。わたしはその仏法をぜひ知りたいものだ。誰か仏法を教えてくれる者を探し出せ」

家来たちはお互いに顔を見合わせてがやがや言ったが、仏法を知っている者はいなかった。国王は国中におふれを出して探すことになった。

それから数日後、海の向こうから小さな船が流れ着いて、その中に一人の僧がポツンと座っていた。村人はその船を

引き揚げてすぐに王様に報告をした。

　さっそく王様はその僧に会われて、

「お前はいったい何者じゃ」

「わたしは北インドに住む僧でございます。昔は熱心な仏教徒で、仏教を勉強しておりましたが、今は、堕落して結婚し、子供もたくさんおります。

　子供が魚を食べたいと言うのですが、お金がありませんので夜中にこっそりと海へ漕ぎ出して魚を釣っておりました。すると、突然強い風が吹いて、艪も釣り竿もどこかへ流されて風の吹くままにこの海岸に流れ着いたのでございます」

「そうか、それではお前は、仏教とはどんな教えかを話すことができるな」

「はい、それでは『最勝王経』という経を読んで、説明いたしましょう」

　僧が『最勝王経』を読みながら、仏教のあらましを教えると、王様は大変喜んで、

「わたしはもうすでに仏教を知ったぞ。では、仏を造り奉ろう」

　ところが僧が言うには、

「わたしは仏を造る者ではありません。王様が仏を造りたいと思われるならば、心をこめて祈りなさい。そうすると自然に仏を造る者が現れてくるでしょう」

　王様は僧に教わったとおりに台を作り、そこにお供え物を載せて、ひざまずいてお祈りをした。

「どうかわたしに仏を造る者にめぐり合わせてください」

　この僧には、褒美にたくさんの宝物やご馳走を与えて楽しい音楽や踊り、お遊びなどもさせて、何一つ不自由のない生活ができるようにした。しかし、僧はそれを喜ばず、憂鬱そうだった。

　王様は、

「おまえには、できるだけのことをしているのだが、どうして喜ばないのかね？」

僧は、目に涙をいっぱいためて、

「わたしは、ここにいて楽しい毎日を過ごしていても、故郷の妻や子供が恋しくてなりません。だから喜べないどころかとても悲しいのです」

「そうか、なるほどもっともだ。では、すぐに帰られるようにしよう」

船にたくさんの宝物を積んで本国へと送り返した。

その後、また海岸に小さな船が寄ってきて、その中には少年がただ一人乗っていた。村人はそれを見て前のように王様に告げた。

王様は少年を呼んで尋ねた。

「おまえはどこの国から来たのか？　おまえは何ができるのか」

「わたしは何もできないのです。ただ、仏を造るだけです」

王様は、台座から下りて少年のそばに寄り、うやうやしくお辞儀をして、

「わたしの願いはすでに叶った。仏を造る人を求めていたのだ。さあ、早く仏を造ってください」

少年は、

「ここは仏を造る場所ではありません。何も使っていない広い場所に塀を立てて囲いを作り、その中に仏を造る建物を建ててください」

王様は言われるとおりに、誰も使っていないきれいな場所に塀を建て、その中に作業場となる建物を作った。そして、少年の言うとおりに、仏を造るための材木や、たくさんの金、玉（ぎょく）、大工道具などをそろえて送り込んだ。少年は、門を閉ざして建物にこもり、仏造りに入った。

大和は入ってはいけないと言われていたので中へは入らなかったが、こっそりと門の外で聞き耳をたててみた。少年一人でこつこつと木を刻む音がするのかと思っていたが、四、五十人もの人々が声を掛け合って、せっせと働いているような賑やかな気配が伝わってきたので、不思議だなと思った。大和は今までいろいろな不思議に出合っている。それらは不思議でも必ずよい結果を生むことが多いので、どんな結果が生まれるかを楽しみにした。

それから九日が過ぎて、少年が塀の門をバンと開けて大きな声で言った。

「仏様を造り上げましたよ！　王様に伝えてください」

それを聞いた王様は大急ぎで作業場へと来られて仏像を拝んだ。仏像はゆったりと蓮の花の台座に座り、金色に輝いていた。

大和はこの仏像を一目見て、これは間違いもなく元興寺の金堂に安置されている仏様と同じであると認めた。いったいこの仏様が奈良の都の元興寺までどうやって運ばれてきたのだろうか。

「この仏様のお名前は？」

「仏は十方（じっぽう）にたくさんいらっしゃいますが、この仏は兜率天（とそつてん）という天国の内院（ないいん）にいらっしゃる弥勒菩薩（みろくぼさつ）様です。一度この仏様を拝めば必ずあの兜率天に生まれることができます」

こう言ったときに、仏の額の玉からさーっと光が出た。王様はこの光を見て感動のあまりに涙を流しながら、伏し拝んだ。少年に向かって、

「この仏様を安置するための立派な寺院をすぐに建てておくれ」

少年は大勢の人々を指図して、外側には大きな建物をめぐらして、内側には二階建ての立派な建物の寺院を造り上げた。そしてこの仏像を中の堂に安置して、少年は宣言した。

「東西二町にまわっている建物は、仏教のさとりを表し、南北四町に建っている建物は、人間の持つ四つの苦労から離

れることを表している。

この仏の名前を一度でも読み上げ、一度でも拝んだ者は必ず兜率天の内院に生まれて、弥勒菩薩様にお会いして、永遠にこの世の苦労から離れて仏の世界で暮らすことができるのだ！」

高らかに言い放ち、少年はかき消すようにいなくなった。

王様と国民はこれを見て感動し、地面にひれ伏した。すると、仏の額の玉から再び白い光がさーっと放たれた。

大和は、これはきっと、王様の強い願いに動かされた仏界の仏が行った仕業（しわざ）に違いないと思い、これからいったいどうなるかとさらに興味がわいてきた。

その後、この寺院には国外から次々と僧侶がやって来て住みつき、仏教を教え広めていった。王様をはじめ国民はみなこぞって教えを受けて、この弥勒菩薩をあがめ奉ったので、チョーゲン王はついに願いのとおりに、死んでそのまま兜率天に昇っていった。それだけでなく国民も身分の上下には関係なく、この仏を一心にあがめ奉った者は一人残らず兜率天に召されていった。

ところがこの仏教国の平和で豊かな時代はそう長くは続かなかった。チョーゲン王が亡くなった後、悪い王様がこの国を治めて仏教を迫害したので、僧はみないなくなり、寺は弥勒菩薩を置いたまま無人の寺になってしまった。

大和は弥勒菩薩が日本の元興寺に来るいきさつを見届けようと思っているので、立ち去ることもできないでそこで暮らしていた。そして、こっそりと無人になった寺に出入りして、時には水をお供えしたり、お花を飾ったりして、ひそかに仏像のお護りをしていた。暖かい国なので、木の実も多く、飢えることはない。そんな少年がいても誰も見とがめる人はいなかった。

そのころ新羅（しらぎ）（古代朝鮮）の国の国王が、この仏の霊力の話を聞いて、何とかしてこの仏を自分の国に迎え入れてお祀（まつ）りしたいものだと考えて、大臣に相談した。大臣はとても利口な人なので、よく計らいましょうと言った。船に宝を積んで、はるばる南の国の東インドまでやってきた。

その朝、大和は何となく海岸に立っていた。すると、海の向こうから一艘の船がしずしずと入ってきた。船から見下ろしている人たちは、この国の人とは違ってもっと色が白く、目も細い。着ている物も違っている。大和はそれを見て、前に円仁と旅をしたときに会った人と似ているので、漢人か新羅人だろうと見当をつけた。

船の上から、声をかけられた。

「おーい、そこの少年よ、この国はショウテンシ国かい」

大和は黙ってうなずいた。よかったよかったと喜んで、おもだった人と家来が何人か下りてきた。

「お前、国王様のところに案内してくれるか？」

船に気がついた国民が数人集まってきたが、顔の色も違い、衣服も見たことがないし、話している言葉も理解できないので、何事かと遠巻きに見ている。

大和も、現地人の衣装だから特に目立たないけれど、気のきいた大臣は大和が自分の言葉を理解していることを見抜いて、

「わたしは新羅国からこの国の王に会いに来た。王の所へ連れて行ってくれ」

と頼んだ。大和はこの人が仏像を持ち出すに違いないと思ったので、黙ってくるりと向きを変えて宮殿の方へと歩き始めた。宮殿では噂を聞いて悪王が待ち構えている。船の連中の中から、インド語を話せる人が進み出て、王様に新羅の国の貿易船が遭難して立ち寄ったと伝えてくれと言った。

欲の深い悪王は、何か取られると困ると思い、用心深く、

「何をしに来た？」

「嵐で船が傷んだので、船の修理をするまで、一日、二日、この港においてほしいのです。お礼には貿易で運んできた

宝物を差し上げたい」

そう言われて欲の深い王様は二日間だけ許可を与えた。船からは新羅からのたくさんの宝物が宮殿に次々と運び込まれ、王様は大喜びである。

船長は、船底を修理するので浜に引き揚げたいが、あの寺のそばの海岸はどうかと尋ねた。王様は、あそこはもう廃寺になって誰も住んでいないから自由に使ってよろしいと許可を与えた。

こうして船は寺のそばの海岸に引き揚げられて、船大工がカンカンと叩いたりして修理をしているふりをした。大臣は寺の中を探索に行った。立派な建物であるがまったく人気もなく、ほこりが積もって蜘蛛（くも）の巣や鼠（ねずみ）が走りまわっている。中の堂に入ると仏像が燦然（さんぜん）と輝いていた。その前には水と草花が供えてあり、誰かがこっそりとお祀りをしていた形跡がある。大臣は太いため息をついてうなった。

夜になってみんなが寝静まったころ、船中の人が総出で、こっそりと仏を船に移した。丸太を並べてその上に仏像を載せて滑らせていくのだが、船に運び上げるときには陸上で船に載せてから船ごと水上に浮かべたのでうまくいった。図面係の人が、二日間のうちに、寺の建物の配置や部屋の造りもすべて丹念に紙に写した。そして夜のうちに出航してしまった。もちろん、大和も一緒に乗り込んだ。

こうして船は暗闇（くらやみ）にまぎれて東インドを離れ、北へ向かってまっしぐらに進んでいった。

一日、二日と無事に進んで三日目、朝から雲行きが怪しくなり、空が真っ黒になって突風が吹きつけてきた。船は波にグッと高く持ち上げられドドーンと波の底に落ち込んで、今にも難破しそうだ。

どうかこの嵐を静めてください！　祈りをこめて船の中の財宝を海神に捧げたが、一向に嵐はおさまらない。こうなっては命を保つために、船の中の一番の宝の仏像の額にはめ込んである玉（ぎょく）を取って海に入れようとした。すると、海の中から金色のうろこが生えた竜王の手が伸びてきてその玉を受け取って消えた。

さて、波は静まったが、大臣はよく考えてみると、

「竜王に玉をあげて命は助かったが、玉のない仏像を持って帰ればは王はわたしの首を取ってしまわれるに違いない。そうすれば、国に帰っても仕方がないから、これからの年月はこうして海を漂って暮らすしかないのだろうか」

　こう考えて海面に向かって涙をこぼしながら言った。

「竜王よ、あなたは竜蛇が受ける熱病の苦しみから逃れるために、わたしの船から仏の玉を取られました。わたしたちは本国に帰ったなら玉を失ったということで王様に首を切られます。どうか玉をお返しください、わたしたちの苦しみをお救いください」

　その夜、大臣の夢の中に竜王が現れてこう言った。

「竜たちには、九つの苦しみがある。ところが、この玉を手に入れてからその苦しみは消えてしまった。しかし、お前の苦しみを聞いてしまったから、玉を返してあげよう」

　目が覚めて大臣は喜んで海に向かって言った。

「玉を返してくださるのは本当に嬉しいことです。必ず九つの苦しみから逃れるようにして差し上げます。たくさんある経のなかでも『金剛般若経（こんごうはんにゃきょう）』は、苦しみと罪を消すのに特に効果のある経です。わたしがこの経を書き写して供養をして、九つの苦しみから逃れられるようにいたしましょう」

こう約束をしてただちに経を書き写して供養した。すると、海の中から竜王の手が伸びてきて玉を返した。しかし白い光は竜王が取ってしまったので、それ以後は光らなくなってしまっていた。

その後、竜王が夢に現れて告げた。

「わたしの蛇道の苦しみはこの玉によってなくなった。さらに金剛般若経の力で苦しみがすべてなくなった。本当に嬉しいことだ」

夢からさめた大臣はその玉を仏の眉間に入れて本国に帰り、国王に捧げた。

国王は大喜びで、絵図面どおりに寺院を造って、仏を安置した。その寺には数千人の僧が住み、仏法が栄えてこの霊験あらたかな弥勒菩薩は国じゅうの人々にあがめ奉られた。仏の額の玉は白い光を発することはなかったが、お参りする人々の願いはよく叶えられると評判になって、ショウテンシ国以上の繁栄ぶりだ。

大和はその賑やかな様子を見て、ふと気がついて数百年後のこの寺を訪れてみようと思った。

リンボーに乗って時間を超えて寺に降り立った。その寺は周りの地形が変わり、地盤が沈下したのだろうか、波打ち際のぎりぎりの場所に建っていて、大きな海鳥が寺の屋根や庇(ひさし)に数多く棲(す)みついている。大きな波が押し寄せて危険な状態なので僧たちは波を恐れて一人もいなくなっていた。びょうびょうと冷たい風の吹くなかで、寺の周りの建物は打ち寄せる波に洗われて灰色になっていた。中央の堂はそれほど傷んではいなくて、例の仏がほこりをかぶって座っていた。大和は以前にショウテンシ国でしたように、そっとほこりをはらって水を供え、浜辺で摘んだ草花を挿した。何だか、悲しくなって仏の前の床に座り込んでいると、涙がぽたりと落ちた。すると、おなかのリンボーが静かにうなるので、何かがあるかなと表に出てみた。夜は更けて波は静かになっている。ピチャリピチャリと船を漕(こ)ぐ音がする。よく見ると一艘の船が静かに寄ってきていた。

中から何人かの人が下りてきて明かりで足元を照らしながら寺の中に入ってきた。

「ずいぶん汚いお寺だな」

あ、日本語だ。大和は日本の船が来たのがわかった。

そのころ、日本の元明（げんめい）天皇は、この霊験あらたかな弥勒菩薩が新羅の廃寺で放置されていることを聞いて、何とかこの仏様を我が国にお連れしてお祀りしたいものだと思われた。そして親戚関係のある僧をひそかに呼び寄せて、お迎えに行くようにと命じ、ご自身は神仏に事の成就を熱心に祈願されていた。

一番先頭に僧侶がいた。彼らは中堂の中に入って弥勒菩薩を発見した。提灯に照らし出された仏像は、昔は金色に輝いていたが、今は塗りがあちこちはげ落ちて痛ましい姿である。しかし、先ほど大和が掃除をしてお水もお供えしていたので、見苦しくはないし、古い仏なりに毅然（きぜん）とした品位が出ている。

僧侶は仏の前にひれ伏してお祈りを始めた。

「わたしは日本国の元明天皇のおことばにより、弥勒菩薩様をお迎えに上がりました。これから海を越えて日本の平城京にお連れ申し上げますが、どうか仏法のご守護をいただけますように祈願申し上げます」

そのように口上を述べた後、『金剛般若経』を読み上げてからひそかに仏を船にお移しした。大和も一緒に乗り込んだが、誰も大和を見とがめる者がいないのはいつものとおりだった。

こうして船に移された弥勒菩薩は大切に奈良の都に運び込まれ、傷んだところはきれいに修復されて元興寺の金堂に安置されることになったのだ。

噂では海岸べりに建っていた新羅の寺は、その後間もなく大波にさらわれて崩壊してしまったということだった。

大和は飛鳥にある昔の元興寺に弥勒菩薩が納められるのを見届けてから、ふと気になることがあった。

この尊い仏像は天竺（てんじく）（インド）、新羅（しらぎ）（韓国）、本朝（日本）と三国を渡ってこられた。その国では多くの国民を救って人を幸せにしてこられたが、その二国の寺はいずれも廃寺となって見捨てられる状態になってしまった。それでは、日本の元興寺はどうなるか。

大和はリンボーに乗って未来の元興寺へたどり着いた。なんと、あの隆盛をきわめた寺も内部分裂や、火災などで衰弱していた。一時は廃寺に追い込まれたが、その後あの広大な敷地は分断されて、三つの寺や民家になっていた。

だが、この外国生まれの弥勒菩薩だけは残っていらっしゃって、その後も再び額から光をたびたび放って信者を助けていらっしゃるという。

思うに、この弥勒菩薩は行く先々でいつも最初は大繁盛になり、やがて見捨てられるという過酷な時空をたどっていらっしゃる。しかしそういう境遇の変化が繰り返されているなかでも、常に衆生を救うという霊験のあらたかさは変わらない。そういう点では、限られた時間で生きる人間と、未来永劫（えいごう）変わることなく生き続ける仏の命の違いかもしれない。

再び大和は白髪老人が拝んでいる時代の奈良の元興寺に戻ってきた。素知らぬ顔で拝殿に現れた大和を見て老人は怒った。

「せっかく尊い弥勒菩薩を拝みに連れてきたのに、途中でどこかへ行ってしまって、ずいぶん心配したぞ。寺の方に頼んでお前を探したがいったいどこにいたのじゃ。何時間も命が縮まるほど心配したのに平気な顔をして現れやがって。そんな行儀の悪い奴の面倒は見てやれない。どこへでも行きなさい」

と、叱りつけた。そうか、大和がインド、中国、日本と仏について旅をしていた間、こちらでは数時間が流れていたのかと思った。答えることはできないでうつむいていると、老人はいっそう怒りをつのらせて、

「返事もしないというのはどういう了見じゃ、このわたしをばかにしているのか。さあ早く消えてしまえ」

怒りで握りしめたこぶしが震えている。周りの人がなだめて老人の怒りはようやくおさまった。

連れ立って二人は京の家に向かった。大和は長谷寺に理順がいるかを見にいきたいと思ったが、お爺さんの怒りを思うと、その気になればいつでも行けると思って今回はあきらめた。

## 21 鬼が恐れた一文字

大和が朝早く目覚めると、周りがなんとなくざわついている。

身づくろいをして台所の方に行くと、長者の男が大急ぎで朝ご飯を食べていた。この家の奥さんはもう一つのお茶碗にご飯をよそって、汁椀と一緒に大和の方に出しながら、

「今日、うちの旦那様が、この人にお使いを頼んだのよ。早く出かけなければいけないのよ。お前も早くご飯を食べてお供をするのよ」

大和は長者の男が、どこかへ出かけるらしいと理解して、大急ぎで朝食をすませた。

この家の主人が、居候の長者の男に、何か用事を頼んだらしい。四角の包みを渡されて、男はそれを背中に背負った。男の身なりは水干袴姿で、普通の勤め人の書生の姿である。大和は短い半袴に、筒袖を着て、牛や馬を追う牛飼い童の姿だった。二人が玄関に立つと、厩から馬飼いが一頭の立派な馬を引き連れて出てきた。

長者の男は馬に乗り、大和は手綱を渡されて歩き出した。大和は馬の手綱を握っていたが、いったいどこに向かえばいいのかさっぱりわからない。どうも馬のほうが道中をよく知っているらしく、ぽくぽくと歩くので大和はそばについて歩けばよかった。別れ道に来ると男が、右や左だと言うのでそのままに進んでいった。

届けものをする屋敷までは十二キロぐらいだ。ほどなく着くはずなのに、今日はどうしたことか行くほどに遠くなって、なかなか行き着かない。道に迷って、ずいぶん広い野原に出てしまった。野原の中は行けども行けども人家がない。

一日中歩いてさすがに大和はくたびれ果ててうずくまってしまった。

いつも困ったときには、腰ベルトに入れてあるリンボーから何かの合図があるのに、今日は存在さえ忘れるほど静かである。男は、

「道に迷って困ったな、頼まれたものも届けられないし弱ったなあ。腹も減ったし、お前も疲れただろう、さあ後ろに乗りなさい」

大和の手を引いて引き上げられ、後ろから男の腰にしがみつくような格好で馬を進めた。

すでに日は西の山の端に入ろうとしている。冷たい風が吹いてきた。どこか泊めてもらえる所はないかと探したが、見渡す限り広い野原がどこまでも続いている。

「ああ、何ということだ、このままでは泊まる所もないではないか」

そうこうしている間に、小高い丘の上に出た。大和は、馬の尻から顔を上げて周りを見回した。するとその丘のはずれに立派な造りの家の屋根がわずかに見えた。大和は男の背中を叩いて屋根の方を指差した。

「おお、人家がある。人里に近いのではないか」

男は喜んでその家のそばまで行った。しかし、戸がしっかりと閉ざされていて人の気配がしない。

「この家にどなたかいらっしゃいますか。出てきてください、この村は何という村ですか」

大きな声で呼びながら馬で家の周りをぐるりと回ってみた。すると、家の中から女の声が聞こえた。

「外におられるのはどなた様ですか。どうぞ遠慮なくお入りください」

男は、この声を聞くと非常に恐ろしく感じた。大和も背中の毛がそば立つような恐怖を覚えて、二人は思わず顔を見合わせた。

「いや、わたしは先を急ぎますので、中に入ることはできません。ただ、道に迷っているので人里へ行く道を教えてく

ださい」

「それではそこでお待ちください。今出ていって道をお教えしましょう」

その声を聞くと、二人はいっそう恐ろしくなって、いきなり馬の尻を叩いて逃げ始めた。それを見て女が、

「やや！　ちょっと待て！」

出てきた女を振り返って見ると、屋根の庇の辺りまで背が高く、髪はぼうぼうと逆立って目がらんらんと光っている。

「ワッ！　大変、わたしは鬼の家に来てしまった」

長者の男は馬に鞭打って逃げようとする。鬼女が、

「お前らはどうして逃げようとするのか。すぐに止まれ！」

その声を聞くと恐ろしいなんてものではない。肝は砕け、気は転倒するばかり。見れば身の丈三メートル以上はありそうな奴が、目と口から火炎を吹いて追いかけて来る。どどっと走る様は稲妻のようだ。大きな口を開けて両手を打ちながら追いかけてくる。見ただけで気が遠くなって、馬から落ちそうになるが、大和は必死に男の腰にしがみつき、男は死に物狂いで馬に鞭をあてて逃げていく。

「南無観音様、助けてください、今日一日だけわたしの命を救いたまえ」

叫びながら逃げていくと、突然馬がばったりと倒れた。

「わわっ」

二人は馬の背中から馬の前に放り出されて転んだ。

（いよいよ食われるか）

思って前を見ると墓穴がある。長者の男は大和の襟首をつかんで墓穴に走り込んだ。その直後に鬼が追いついて、

「どこへ行ったここにいた奴は」

どんどんと地団太を踏んでいる。そして逃れようとして暴れる馬を抑え込んで、首筋にガッと食いついて頭から食べ始めた。バリバリと骨を噛む音がする。この音を聞くと、

「馬を食らった後には自分たちが食われるに違いない。だが、この穴に入ったのを気がついていないかもしれない」

そう思って二人は抱き合って震えながらただひたすらに、

「南無観音様、お助けください」

と、懸命に念ずるばかりだった。

そのうちに、鬼は馬を食らい終わって穴のそばに寄ってきた。

「もうし、この者たちは、今夜のわたしの夕食にする者です。それなのに、どうして取り上げてしまわれるのですか。どうしてこんなひどいことばかりされるのですか。わたしは悲しくてなりません」

この声を聞いて大和と男は、鬼は二人がこの穴に隠れているのを知っているのだと悟った。すると穴の中から

別の声がした。

「これはわたしが今夜の食い物に当てている。だからお前にやるわけにはいかないのだ。お前は馬を食ったからそれでいいだろう」

「そんなひどいことを言わないでください。わたしは馬ごと食べようとここまで追い込んできたのですから」

「いや、駄目だ。わたしの穴へ落ちてきたのはわたしが食べると決めているからだ。帰れ帰れ」

それを聞いて、長者の男は大和の耳に、

「さっきの鬼さえ怖かったのに、その鬼がこうして丁寧な口をきいているとは！　もっと強くて恐ろしい鬼がいるに違いない。間もなく俺たちは食われてしまうに違いない」

涙を流して両手をもみながらささやいた。

「観音様、わたしは観音様に一生懸命にお願いしましたが、いよいよもう駄目だと覚悟をします。これもあれも前世からの因縁で、これが運命ということでしょう。この若い子を道づれにしてはすまないことです。どうか、この子だけでも食われぬようにしてください」

大和はこの危機的状況から、他の世界へ逃げ出そうかどうしようかと迷って、腰ベルトの中のリンボーを探ったが、どこにあるのか探り当てられない。目を大きく見開いて男の顔を見つめるばかりである。

その間、外の鬼は丁寧に何度も頼んだが中の声がそれを許さないので、鬼は嘆きながら去っていった。

（さ、いよいよわたしが食われる番だ）

と男が思ったときに、穴の奥の声が言った。

「お前は今日鬼に食われることになっていたのだが、お前は一生懸命に観音様を念じた。それによってもうすでにこの難を逃れることができたのだ。お前はこれから後に、心を尽くして仏を念じ奉り、法華経（ほけきょう）を読みなさい。こういうわたしをお前は知っているかどうか？」

　男は知らないと答えた。声が言うには、

「わたしは鬼ではないのだ。この穴は、昔ここに偉い聖人(しょうにん)が住んでいた。この西の峰に木で作った卒塔婆(そとば)を建てて、妙(みょう)法蓮華経(ほうれんげきょう)と書かれた。その卒塔婆の下に、書き写したたくさんの法華経を埋められた。

　その後長い年月が過ぎて、卒塔婆も経もみな消え失せてしまった。ただ、最初の文字の『妙』という字だけは朽ち果てずに残った。その一字はかくいうわたしなのだ。わたしはここにいて鬼のために食われようとする人を九百九十九人助けた。お前でちょうど千人目になる。さあ早くここを出て家に帰りなさい。そして今後はいっそう仏を大切にして法華経を読みなさい」

　その声が消えると、そこに一人のきれいな仏の童子(どうじ)が立っていた。

「家までの道をお連れします」

　童子は鈴を振るようなきれいな声で言って、案内を始めた。

　童子が先に立って歩いていくと、それまで草ぼうぼうのいばらの野原が、歩くぶんだけきれいに分かれて細い道ができた。二人はその後をついて行った。やがて家の見えるところまで来たときに、童子は立ち止まって、

「もう、ここまで来たからいいでしょう。これからも仏様を大切にしてください」

　そう言ってかき消すように消えてしまった。

　男は疲れ果てて家に入り、この家の主人に預かった四角の包みを差し出して、相手の所へ届けることができなかったわけを詳しく説明した。主人は大変驚いて、鬼に食われずによく無事に帰ってこられたものだと喜んだ。失った馬については残念そうなので、男が少しでも田んぼを売って弁償することで話がついた。

　その夜、長者の男は、

「わたしは人の情けに甘えてこの家に長々といてしまったが、それはよくないと観音様が教えてくれたのだと思うよ。長谷寺(はせでら)の観音様に救われて、田んぼまで手に入れたのに、怠けてしまっていたよ。明日になればどこか小さな家でも探しに行こう。そして、できればきちんとしたお勤め先も探してみるよ」

と言って眠りについた。

# 22 善宰相の引っ越し

田んぼを手に入れて長者になった男は、春になったら家を買おうと思っていた。ところがこの間、友人の使いに行って、危うく鬼に食われそうになったのをきっかけに、居候をやめて、田んぼを少し売って小さな家を買った。家は手に入ったが、小作料が減ってしまったので、働き口を探さねばならない。そこで友人に紹介された屋敷に面接に行った。その家の執事は大和に目をとめて、

「この子はお前の息子か」

「いや、違います。わたしが奈良の長谷寺にお参りして、その帰りにいつの間にかわたしについてまわっている子です。口がきけないのですが……何となく親代わりをしています」

「そうか、うちの若様にはちょうどいい相手になるかもしれん。なかなかすばしこい目つきをしておるわい。物おじしないようだな。よし、二人を一緒に雇い入れよう。お前は裏の下男部屋の頭に仕事の説明を受けなさい。この子はわたしが若様に会わせてみよう」

執事に連れられて大和が若様の部屋に行くと、一目で気に入ってくれた。若様は大和よりも五、六歳年長に見えた。美しく利発そうな顔立ちの少年だ。この立派な邸宅で、その家の主は藤原冬嗣の息子で、内舎人の良門と言う人であった。

若様は、この良門の子供で高藤という。大和は高藤のお付きの稚児になり、住み込みになった。長者の男は通勤で、大和は住み込みなので、自然に会うことも少なくなった。

お付きの業務はいつも高藤のそばにいて、あれを持って来い、これを片づけろと命令されるとおりに黙々と働いていればよかった。

ある日、長者の男のいる下男部屋に行くと、みなが大声で話しているところだった。

「何でも、夜になるとお化けがうろつくというあの屋敷を、善宰相様がお買い上げになったそうだよ」

「善宰相様といえば陰陽道にも詳しくて、学問も優れていらっしゃると世間の評判が高いお方だよ」

「ずっと親元でお住まいだったのが、そろそろ自分の家を持ちたいと思われたらしい」

「それが、なんでまた人が寄りつかないお化け屋敷なんかを買われたのだ?」

「お化け屋敷なので誰も買い手がないから、うんと安く手に入れられたらしい」

お化け屋敷と聞くと、大和の触角がピリピリと働く。

(面白そうだな)

聞き耳を立てていると、

「なんでも明後日は日がいいらしく、引っ越しなさるという話だよ。その家で働いている俺の友だちがそう言っていたから間違いない」

「え? 引っ越しとなればそりゃ大変だよね」

「そうでもないらしい。何でも畳一畳だけ用意するようにとのことだ」

聞いていて、大和はこんな面白そうな話を見逃すわけにはいかないと思った。明後日は幸いにも大和が月に一度の里帰りを許されている日なので、ちょうど具合がいい。話を聞きながら、善宰相の親の住まいがどの辺りか見当をつけて、当日の朝早くお屋敷を出てその辺りを探した。昼過ぎになってようやくあの邸宅だろうというのを見つけた。口がきければ誰かに聞くこともできるが、それが叶わないので一昨日の話を思い出しながら、それらしいところを歩いていると、下女風の女が二人大きな屋敷の前で、声高に話しているのに行きあった。

「うちの若様の善宰相様は、今日引っ越すと言いながら、何の用意もなさらないのよ」

「あらまあ、それじゃあ嘘かもね」

「そうでもないの。家来が新しい畳を一畳買ってきたもの」

立ち聞きで、この屋敷だと確信が持てたので、その辺りをぶらぶらしながら様子を見ていた。

夕方近くになって、宰相は牛車に乗り、供の者たちは畳一枚を車に積んで屋敷からを出てきた。大和は、そ知らぬふりをして畳を積んだ車のそばへ寄り、家来たちの仲間のようについて歩いた。いつもそうだが、大和がその中に入っていっても誰も見とがめたりしない。

その家に行き着くと、広い敷地の中に、十メートル四方の家が建っていた。いつ建てたかもわからぬほどの古びた家である。庭には大きな松、楓、桜、その他にも常緑樹が生えている。どの木も実に古びて樹の精でも住んでいそうなぐあいである。樹には紅葉した蔦が絡まりついている。庭は苔におおわれて、いつ掃いたかわからぬほど枯葉が吹き寄せていた。

「おお、聞きしに勝るすごい家だな」

宰相は寝殿に上がって、中の橋隠しの間の戸を開けさせた。中を見ると、障子は破れかかってみんなまともなものはない。放ち出での部屋に来て、そこの板敷をきれいにふかせてから、真ん中に持ってきた畳を敷かせて、後ろに灯をともさせた。車は車庫に入れさせて、自分は畳の上に座り、雑用係や牛飼い童などのお供の者に、

「みな、帰ってよろしい。明日の朝早く来なさい。車は置いておき、牛も連れて帰りなさい」

ただでさえ気味が悪いので、従者たちは用がすむと言われるままに素早く帰ってしまった。

「さてと、これからどうするかだ。あれ、誰かいるのか？」

振り向くと稚児の大和が座っている。

「お前、みなと一緒に帰らなかったのか？　それでは今からでも帰りなさい」

大和は、困ったような顔でもじもじしている。

「お前、帰る道がわからないのか」

大和は、そうです、とばかり何度もうなずいた。

「仕方がないなあ、何があってもけっして驚いてはならぬぞ。もちろん声を出してもいけない、おお、お前は声が出ないのか。だったら畳が狭いから端に座っていなさい。そうだ、もう遅いから座ったままで眠るとしよう。お前もそちらに座って眠りなさい。何が起きるかわからぬから、着物はゆるめずにそのままだぞ」

そうやって二人は向き合ったまま座って、うつらうつらと居眠りをしていた。

真夜中ごろであろうか。どこからともなく物が腐ったようないやな臭いのする風が吹いてきて、大和の頬を撫でたので、目が覚めた。天井の組み入れの所で、何やらごそごそと音がする。見上げると、枡ごとに顔が見える。どれも違った顔をしている。すごく気味が悪い。長い髪を垂らして、白い顔に赤い大きな口でニーッと笑う女。チロチロと長い舌をひらめかせて、天井から首が伸びてくる蛇女。金色の牙が飛び出して、口から血がしたたり落ちている鬼の顔。髪の毛が一本もない一つ目小僧。可愛い少女が、一瞬後には口裂け女に早変わり。見れば見るほど気味の悪い顔が出たり入ったりしている。それを見ても宰相は少しも騒がず平然としている。角が一本生えていて金色のお椀のような目玉で大きく口を開けた大鬼がグワッと迫ってきて今にも噛みつかれそうなとき、大和は腰を抜かすほどびっくりした。ワッと叫んでどこかへ逃げるところだった。普段から声を出さない習慣が身についているので、なんとか叫ばずにすんだ。また、天井から下がってきた蛇のお化けにふーっと臭い息を吹きかけられ、舌でなめられそうなときなどは、恐怖でおもらしをしそうだった。しかし、宰相を見ると、涼しい顔で無視しているので、大和も震えながら平然と顔を上げて、目をつむらずににらみ返していた。すると、突然、顔たちがパッと消えてしまった。

しばらくすると、人馬の騒がしい足音が聞こえてきた。見ると南の庇の間を身長三十センチほどの人たちが馬に乗って行列をしてきた。弓矢を着けて刀を差した武士、毛槍を突きながら大股で歩く奴、白と赤の二色の上着と袴の立派な体格の男。そういう人たちがぞろぞろと四、五十人ばかり行列を作って進んでいく。その周りの空気は身の毛がよだつ恐ろしい気配を持っているので、大和は座った膝の上に乗せているこぶしが小刻みに震えてしまった。宰相は、それを見ても少しも騒がず平然としている。行列の人が小さいし、こちらに来ないので、さっきの天井百面相よりは怖くない。

行列が行き過ぎるといつの間にか灯が消えて、真っ暗闇の部屋にシーンと静寂が訪れた。宰相が、「こほん」と一つ咳ばらいをしたのみで、大和には話しかけてこない。

息が詰まるような恐怖の静寂のなか、後ろのうるし塗りの戸がス〜ッと九十センチばかり開いて、女性が扇子で顔を隠しながら膝でにじり入ってきた。身長は一メートルぐらいで、濃い赤色の着物を着ている。髪が肩にかかって、大変上品で美しい。何ともいえないいい香りが漂ってきた。麝香の香りが体中に染みついているようだ。その辺りがほのかに明るくなって、浮き出るようによく見える。赤い扇子で顔を隠しているが、その扇子の上から見える額は白くて美しい。涼しそうな瞳でこちらを流し目に見ている様は気味が悪いほど気高くて美しい。宮廷でもこんな美女はめったにお目にかかれないぐらいである。「鼻や口などはどんなに美しいのかしら」そう思いながら、二人は目を離さずにじっと見ていた。女はしばらくそこにいたが、また引き返そうとしてにじり出るために扇子をはずしたので、顔が全部見えてしまった。なんと、鼻は高々ととがっていて真っ赤である。口の両脇から十五センチほどの銀色の牙が食い違って伸びている。すごくひどい顔だと見守っているうちに、女は塗り戸から外へ出て戸を閉めていなくなってしまった。

それでも騒がずにいると、明け方近くの月が煌々と照らす庭の奥の暗がりから薄い青色の着物と袴を着た老人が現れた。手には何やら書いた紙を持って、それを捧げるようにして縁側の下に来てひざまずいた。それを見て宰相は声をあ

げた。

「そこの老人、何事を申したいのか」

尋ねると、老人はしわがれた小さい声で言った。

「わたしが長年住んでいるこの家に、あなた様が来られることは、大変困ったことでございます。そのことをお願いしたいと思いまして、参りました」

それに答えて宰相はこう言った。

「お前の言っていることは正しくないぞ。人の家を自分の物にするには正当な手続きを踏んで我が物にするものだ。わたしは手続きをして金を払って我が物にしたのだぞ。ところがお前は、前の人から正当な手続きで譲り受けるべき家に、勝手に入り込んで人を脅かして住まわせず、強引に住み込んでいるではないか。これは実に道理に合わず間違ったことをしているぞ。本当の鬼神ならば、道理を知って曲がったことはしないからこそ恐ろしいのだ。お前は必ず天罰を受けてひどい目に遭うだろうよ。お前は他でもない年老いた狐(きつね)だろう。長年住み込んで人を脅かしているに違いない。鷹狩(たかが)りの犬でもいれば、みんな食い殺させてやるのだが。どうじゃ、言い分があればはっきり申せ」

大声で叱りつけるように言うと、老人は地面に平伏(ひれふ)して言った。

「おっしゃることはそのとおりでございまして、まことに言い逃れることもできません。ただ、ずっと昔から住みついているこ とを申し上げたいのです。人を脅かすことは、わたしはしませんが、一人、二人いる子供が、わたしが止めるのも聞かずに勝手にしたことでございましょう。今、そのようにおっしゃられては、もはやこの家に住むこともできません。わたしたちはどうしたらいいのでしょうか。世間には空地もないので移って行く所もないのです。ただ、大学の南門の東の脇に空地がございます。お許しいただければそこへ引っ越そうと思いますが、いかがでしょうか」

「それはいい案だ。すぐに一族を引き連れてそちらへ引っ越しをしなさい」

「かしこまりました。そのようにさせていただきます」

老人はお辞儀をして大きな声で言ったが、同時に四、五十人のお礼を言う声がした。

老人が奥の草むらに消えてしまうと、今度は本当に静寂が訪れた。宰相は大和に話しかけた。

「のう、稚児よ。お前はあのお化けが次々と出てきても、ちっとも騒がず、じっとにらみ返していたのは実に胆の据わった奴だよ。幼いのに珍しいな、褒めてつかわすぞ。実はわたしもいくぶん気味が悪かったのだが、騒ぐわけにはいかないからなあ、はっはっはっは」

大和はにっこり笑ってお辞儀をした。僕だってどんなに怖かったか、走り出したいぐらいでしたよと言いたいところだ。大和は、宰相が有名な物知りの人だから、噂にも惑わされずに、本筋を見通して、狐に道理を話して聞かせ、特に争い事もなく狐たちを引越しさせたのはさすがだと思った。また、悪い噂で買い手がつかない屋敷を、安く手に入れたのも賢い人だと感心した。

やがて、夜が明けて家の者が迎えにきたので宰相は牛車に乗って家に戻った。その後を大和はついて歩いていたが、途中から離れてお勤め先の高藤のいる屋敷へと帰っていった。人の噂では、善宰相はあの家を改築して庭の植木も手入れをし、とても快適な住まいに造り替えたという話だった。

## 23 高藤内大臣のこと

大和は善宰相の引っ越しに一晩同席して、世にも面白い経験をした後、素知らぬふりで高藤の屋敷へ帰ってきた。

ある日、高藤は大和と家来に、

「明日、鷹狩りに行くからその準備をするように」

「鷹狩り！」

大和は飛び上がって喜んだ。三カ月ほど前にも一度連れていってもらったことがある。広い原野を優雅に飛ぶ鷹の姿は本当に美しい。家来たちが勢子になって山側から追ってきたウサギや狐を高藤が狙いを定めて鷹を放つ。鷹は獲物をめがけてさーっと低空飛行して鋭い爪で獲物の首を押さえつけ、くちばしで目玉をつつく。逃げようと死に物狂いのウサギも、獰猛な鷹にかかってはひとたまりもない。人々が駆け寄って鷹から獲物を引き離す。高藤がヒュッと鷹笛を吹くと、鷹は一目散に高藤の手元に戻ってくる。獲物は小さな小鳥のときもあれば、鶴や雉のように大きめの鳥のときもある。イタチやウサギはよく獲れる。

大和は勢子の家来に交じって、勇猛な鷹が空を飛ぶのを見たり、捕らえた獲物を皮袋に詰め込んだりして、とにかくすごく楽しくて忙しいのが鷹狩りである。

高藤に命じられた大和は、さっそく召使いの女と一緒に壺屋という衣装倉に行って、高藤が狩りをするときの着物の用意を始めた。高藤は少年といっても十六、七歳なので、父の良門が若いころに着た着物で十分間に合う。下女が大和に向かって言った。

「お前も一緒に連れていってもらうのかい」

大和が大きく二度合点をすると、

「それでは、お前にも狩りの着物を探してあげようね」

そう言って奥の衣装箱の中から、筒袖（つつそで）の着物と、半袴（はんばかま）、藁沓（わらぐつ）などをそろえてくれた。

「若君はお前のことをお気に入りだからね。お前もよく気がつくのでわたしだって気に入っているよ」

笑いながら優しい言葉をかけてくれた。

翌朝、今日は若君が鷹狩りに行かれるというので家の中は何となく楽しい雰囲気になっていた。若君が綾藺笠（あやいがさ）をかぶり、狩猟のための身なりを整えて、馬にまたがった姿は、実に堂々としていて、父君の若いころより立派だと家来たちはささやき合った。大和もその日は子供ながら狩りの身支度をして張り切っている。

高藤を乗せた馬と、鷹匠（たかしょう）の馬に続いて十人ぐらいの家来が喜び勇んで屋敷を出ていった。

南山科（みなみやましな）までやってきて、鷹狩りが始まった。家来たちが山野に散って獲物を追い込みにかかる。高藤は見晴らしのよい高台で勢子の動きを見ている。あの辺りかなと目星をつけて、鷹をその方角に向かって押し出すように放つ。放たれた鷹は空に舞い上がり、見つけた獲物に向かって急降下して捕まえる。勢子が走り寄る。鷹が捕まえた小鳥やウサギを集めて、夢中で狩りをしているうちに、次第に夕暮れ時が近づいてきた。と、四時ごろになって、急に冷たい風が吹いてきた。空は真っ黒になり、大粒の雨がザーッと降り始めた。風はますます強くなって、稲妻が走り、雷もとどろく。お供の者たちもどこかへ雨宿りをしようと、それぞれが蜘蛛（くも）の子を散らすように行ってしまった。鷹は舞い上がって一直線に京の屋敷の方向を目指して飛び去ってしまった。

高藤は馬を走らせて、雨宿りができるところを探した。馬飼舎人（うまかいとねり）と大和は彼の後を追って必死に走る。馬は西の山の麓（ふもと）辺りに人家らしいのを見つけてそこへ走り込んだ。

行ってみると板塀（いたべい）をめぐらせた家の門は、小さいがしゃれていた。高藤は馬に乗ったまま門に乗り入れた。寝殿のそばに廊下があり、そこで馬を下りてつなぎ、自分は縁側に腰を下ろして休んでいた。間もなく馬飼舎人と大和が追いついて入ってきたが、雨はやまないし風は吹き狂うし、雷の音もすさまじく、どうすることもできずに途方に暮れて三人は座っていた。

やがてすっかり日が暮れてしまった。暗くなると夜道は危険きわまりない。吹きつける雨風に、人も馬もびっしょりと濡れてしまった。家の後ろから四十歳ぐらいの男が現れた。

「これは、どなた様ですか、どうしてここにおられますか」

「鷹狩りをしているうちにひどい嵐に遭ってしまい、どこへ行こうにもわからないままに、ただ馬に乗って走っていたら、この家を見つけたので喜んでやってきたのだ。どうしたものだろう」

「雨が止むまではここにおられたらいいでしょう」

男はそう言って、お供の馬飼舎人の所へ行った。

「この方はどなた様じゃ」

「内舎人の良門様の御子（みこ）でいらっしゃいます」

この家の男は聞いて驚いた。ちょっとお待ちくださいとあわてて家に入り、家を片づけたり灯をともしたりして、しばらくして出てきた。

「むさくるしい所ではございますが、このままここにおられてはどうかと思われます。どうぞ雨がやむまで家においでください。お召し物もひどく濡れておりますから、火にあぶって乾かしましょう。お馬にも飼葉（かいば）を与えて裏の厩（うまや）につなぎましょう」

と丁寧に申し上げた。

高藤はみすぼらしい下級の者の家ではあるけれど、何か由緒ありげにも見えて、すすめられるままに上がってみると、天井や屏風がとても工夫を凝らして質素ながら奥ゆかしい。きれいな畳が敷いてあったのでそこに上がり衣装をほどいて横になっていると、家の主が着替えを持って出てきて、濡れたお召し物を乾かして参りますと、抱えて出ていった。

しばらくして、ウトウトしていると、庇の方から戸を開けて十三、四歳の少女が、薄いピンクの着物に、濃い紅色の袴をはいて現れた。恥ずかしそうに扇子で顔を隠しながら、片手でご馳走を載せた高坏を持っている。離れたところの入り口でもじもじとしている。高藤はハッとつかれたようなまなざしで少女の動きを見つめている。

「もう少しこちらにおいで」

かすれた声で高藤はやっとの思いで言った。娘は少しずつそばへ寄ったが、灯に照らされたその顔は見れば見るほど美しく、大人になればどんなに美しい女性になるだろうかと思われる。高藤は娘の動きを瞬きもせずに凝視している。娘は見られていることに緊張し、幼いので上手に高坏を置くこともできず、箸を置くと、消え入りそうな様子で後ろに下がってしまった。豊かな黒髪が美しく、後ろ姿にも高藤は我を忘れてボーッと見とれていた。大和は娘が現れたときからの若君の様子をじっと見ていたが、男性があのような目つきをするときには何かが起きると、前からの経験で知っていた。続いて下男や下女が次々とご馳走を運んできて、下座で控えている馬飼舎人と大和にもご馳走を並べてくれた。高藤は一日中鷹狩りをしていたのでとても空腹だった。それでいやしい身分の者の家でも仕方があるまいと夢中で食べる。酒も出されたが、それもこだわらずにおいしく飲んだ。夜も更けたのでそれぞれが寝ることになった。

それにしても高藤は先ほどの少女のことが気にかかる。そこで次の間で寝ている馬飼舎人に声をかけた。

「一人で寝るのは恐ろしいような気がする。さっきの女にここに来るように言ってくれ」

やっぱりと大和は思った。あの若君の目つきなら、どうしてももう一度娘に会いたいと言うだろう。舎人が裏の方に伝えると、さっきの娘が部屋にやってきた。

「もっと近くに寄りなさい」

そう言って引き寄せて、いきなり抱きしめた。娘は体を固くしてうつむいている。近くで見ると遠くから見るより一段と美しく可愛いらしい。高藤はまだ年も若いけれど、本気で好きになってしまった。

この先、生涯ずっと一緒にいたいと、変わらぬ愛を繰り返し約束して、十月の長い夜を一睡もせずに愛し合った。娘の様子がとても上品に見えるのを、不思議に思いながら朝まで語り明かした。

隣の部屋の大和と馬飼舎人は、昼間の疲れですぐに寝入ってしまった。

朝になって下女が高藤の部屋に行き、ゆうべ乾かした衣装で身支度を整えさせて、出かけることになった。高藤は娘を呼んで、身に着けていた刀を渡して、

「これを形見だと思って持っていなさい。もし、親が誰かと結婚させようとしても、けっして身をまかせてはいけないよ。必ず迎えに来るからね」

そう言って、見送る一家を振り返りながら去っていった。

馬に乗ってしばらく行くと、昨日あちこちに散っていった家来たちが主人を探して集まってきたので、お互いの無事を喜び合った。それからみんなを引き連れて我が家に帰り着いた。

一方、父親の良門は、昨日鷹狩りに行った息子がそのまま帰ってこなかったので、ひどく心配していた。昨日の夕方から天候が荒れ模様になり、日暮れに鳥屋の所にバタバタと鷹が一羽で帰ってきたのも不吉な予感がする。一晩中眠らずにいて、夜が明けるのを待ちかねて人を使わして探させているところへ若君が帰ってきたので、父良門は非常に喜んで、

「若いうちはどこへでも行きたがるものだ。わたしも若いときには鷹狩りであちこちへ出かけたよ。お父さんには何にも言われなかったので、わたしもお前には何も言わなかった。けれども、こんなことがあろうとは、本当に心配をしたよ。若いうちに出歩くのはとんでもないことだ。もう鷹狩りは禁止だからね」

こう言われて高藤は鷹狩りを禁じられてしまった。

それにしてもあの夜の娘のことが忘れられない。すぐにでも会いに行きたいのに、行く道がわからない。あのときの馬飼舎人は退職して田舎に帰ってしまったし、もう一人の大和は口もきけなくて、行く道を知っているかと聞いても首を振るばかりである。他の者はもちろん知らない。ただひたすらに、あの娘を恋しく思い続けているだけである。部屋で書き物をしていて、ふと手を止めて、大和に言った。

「あの人は今ごろどうしているかしら。迎えに行くと約束をしたのに……。わたしが鷹狩りを許される年ごろになったとしても、いったいどちらを向いて馬に乗れば会えるかわからないのでは、どうしようもないね」

ポロリと涙をこぼすのを見て大和も困ってしまった。大和なら口をきかないので、誰にも漏らさないと安心して、ときどき彼女恋しさの愚痴をこぼす高藤だった。

　そんなうちに、父の良門は年が若いのに急に亡くなってしまった。そこで高藤は、叔父の良房大臣の屋敷で世話になることになった。葬式やその後始末が終わって、引っ越してゆく。この家は、成人するまで留守にすることとなる。大勢いた使用人たちに涙ながらに、

「わたしはこれから叔父の屋敷へ世話になりにいく。だからもうお前たちを雇うことはできない。ここに少しずつの米があるから、これで当座をしのいでどこか働き口を探しておくれ」

　そう言って別れを告げた。小さな米袋を五個ずつもらい、家来たちは泣きながらそれぞれの思う方向へと去っていった。

　大和は、高藤が叔父の屋敷に入るのを見届けるために、ついて行った。高藤は、大和の肩を押さえて、

「せめてあの人の消息が知れたら教えてくれないか」

　そう言ってお供の下女を一人連れて門に入っていった。大和は長者の男の家に戻った。長者の男はごろりと寝そべっていたが、起き上がって、

「お前はわたしが奈良の長谷寺(はせでら)に願掛けしたときからずっとついてきているな。いったいどこの誰の子かわからないが、今、お前の顔を見て急に不審に思い始めたのだ。考えてみれば、あれ以来お前といると妙な事件が次々と起きたよな。めったにない事ばかりだった。わたしはもともと怠け者で、怠け者だから貧乏だったのだが、観音様のおかげでこうして働かなくても食べられるだけの物は手に入った。

　この度お屋敷にご奉公して働いたけれど、仕事はあまり楽しくなかった。やはり、わたしには怠け者が合っているのだとつくづく思ったよ。田んぼの田作(でんさく)が少し減ったけれど、わたし一人なら十分に食べていける。

　しかしお前を養うにはちと厳しいような気がする。だから、わたしはこれからこの家で少しの小作料で食いつなぎな

がら働かずに暮らしたい。すまないがお前はどこかへ行ってくれ。ここにもらった米があるからそれを持っていけ」

大和は出された米袋を断った。自分も同じようにもらった米があると見せた。これで、この長者の男とは別れるときがきたと思った。

頭を一つ下げてその家を出ていった。

どこへ行くあてもない。もう一度高藤が引き取られた屋敷の前に戻ってきた。と、通用門から高藤について行った下女が出てきて、

「あら、お前あれからどこかへ行ったのではなかったの？　若様がお前はどこへ行っただろうかとご心配だったよ。ちょっと待っていてね」

そう言って屋敷の中へかけ戻っていった。下女について出てきた高藤は、

「やあ、お前か、心配したぞ。叔父さんから稚児の一人も連れてくればよかったのにと言われて、後悔していたのだ。さ、早く中へ入りなさい」

こうして大和は良房大臣の屋敷で暮らすことになった。

高藤にとっては、大和は最大の秘密を知っているし、もしかしたらあの娘の消息を知る手がかりになるかもしれない。さらに、気兼ねなく愚痴もこぼせる相手だった。

良房大臣の家では、高藤が容貌も美しく気立てもよくて、頭も切れるので、「これはなかなかの者だ、先が楽しみだ」と見抜かれて、何かにつけて面倒を見て教育もしてくれた。高藤はそれに応えて、学問にも歌道にも武芸にも、非常に優れた才能を発揮して叔父を喜ばせた。けれども、高藤自身は後ろ盾になる父親を失って心細いなかで、ともすればあの鷹狩りの日に出会った娘のことばかり考えていた。

叔父があちこちから縁談をすすめるのだが、それには見向きもせずに精進する何年かが過ぎた。

ある日、大和は道でばったりとあのときの馬飼舎人に出会った。相手は気がつかないのでちょっとついてみた。すると、馬飼舎人も大和のことを覚えていて、

「おや、高藤様のところにいた稚児だな。お前、ちっとも変わっていないじゃないか。ところで若君は今どこにおられるか知っているかい？」

大和がうなずくと

「そうか、俺は田舎からまた出てきたが、ぜひお会いしたいと思ってお屋敷に行ったのよ。お屋敷は閉じられていたので、心配していたのだ。連れていってくれないか」

馬飼舎人は大和の後をついて、良房大臣の屋敷に来た。高藤の部屋の外まで連れていくと、中から出てきた若君は、懐かしくて大喜びである。

周りをはばかって、

「ちょっと見せたい馬があるから、厩の方に来てくれないか」

そして馬の手入れをさせるようなふりをして、そばに寄ってそっと聞いた。

「ずっと前に、鷹狩りに行ったときに雨宿りをした家を覚えているかい？」

「はい、覚えております」

「そうか！　それじゃあ、今日そこに行きたい。鷹狩りに行くふりをして行こう」

高藤は五年前とは異なり、立派に成長して今や堂々とした青年貴族の風格である。お供の者を呼んで、あわただしく支度をする。大和も軽装で出かける用意をした。高藤は仲の良い帯刀舎人（たてわきとねり）を呼んで、四人で出かけることになった。出発時刻が遅かったので近道の阿弥陀の峰を越えて行っても、南山科の例の家に着いたときは日が落ちかかっていた。

二月の半ばなので前庭の梅の花はちらほらと散って、ウグイスは小枝で鳴いており、小川に散った梅の花びらが流れ

ていく。その風情は何ともいえない趣だった。

若君は前に来たときと同様に、乗馬したまま屋敷に乗り入れて馬から下りた。

この家の主人を呼びにやると、思いもかけない人が訪れてきたので、嬉しさのあまりおろおろしながら飛び出してきた。

「あのときの人はいますか?」

「おりまする」

喜びながら、例の泊まった部屋に入って行けば、女性が几帳（きちょう）の陰に身を隠すように座っているではないか。寄っていってみると、昔見たときよりも大人っぽくなって、一段と女らしさが加わり別人ではないかと思われるほど美しさが増していた。

「世の中にはこんなに美しい人がいるものか」

と感動して見ていると、傍らに四、五歳ぐらいの可愛らしい女の子がいる。

「この子は誰だ」

尋ねると、女は突っ伏して袖を顔に当てて泣いている様子である。なかなか答えようとしないので、この家の主人を呼んで聞いてみた。

「ここにいる子供は誰だね」

父親が答えて言うには、

「先年あなた様が来られてからは、娘は男のそばに近づいたことは一度もございません。もともとまったくの幼い娘でしたから、男のそばに寄りつくなんてことはなかったのですが、あなた様がお見えになられたころから懐妊しまして産まれた子供でございます」

高藤はひどく心を打たれて床の方を見ると、自分が形見に渡した太刀（たち）が飾ってある。

「なるほどそうだったのか。わたしも一時も忘れたことがなかったけれど、この人は子供を産んでわたしを待ち続けてくれたのか。ずいぶん辛くて長い年月だったね」

感動して肩に手をかけて若君は涙をこぼした。女もこらえきれずに震えて泣いている。

女の子は高藤にそっくりで、利発そうな美しい顔立ちである。大和たちが見比べても、あまりにもよく似ているので疑いようがないとうなずき合った。こうしてその夜はこの家に泊まることになった。

翌朝、帰るときに、すぐに迎えにくるからねと約束して家を出た。この家の主についてどんな人かと調べてみると、その辺り一帯の郡の大領で宮道弥益（みやじのいやます）という者だった。

「下級の身分ではあるが、よほど前世からの契りが深いのであろう」

高藤は、屋敷に帰るとむしろ張りの牛車（ぎっしゃ）を用意した。貴族が乗るような立派な牛車では目立つので、身分の低い者が乗る牛車なら道中が目立たないという配慮からだった。先の侍を二人ばかり連れて弥益の家に行き、牛車を軒近くに寄せて女を乗せ、小さな姫も乗せた。

お供が一人もいないでは困るだろうと、母親にも乗るようにすすめた。母親は、固い生地の上着を頭から着て牛車に乗り込んだ。こうして高藤は人目を避けてこっそりと親子を連れ帰り、もとの自分の家に戻って部屋を整えて住まわせた。

叔父に事情を打ち明けて、娘をしかるべき家柄の養女とし、そこからあらためて嫁にもらう運びとなった。高藤はすでに成人していて将来を期待される官職にも就いていたので、父親の良門の屋敷を改装して一家を構えた。

大和は、勤めに出る高藤の牛車を見送った後で、自分の部屋をきれいに整理して、軽装に着替え、もらった品物を二、三個袋に入れて腰に下げた。長年住んだ部屋を見まわして一つうなずくと黙って、屋敷を後にした。

その後、高藤は内大臣にまで出世し、あのときの女の子が宇多（うだ）天皇の女御（にょうご）となって御子（みこ）を生んだ。その御子が歴代天皇のなかでも特に名君と讃えられた醍醐（だいご）天皇になるなんてことは、大和には知る由もなかった。

## 24 羅城門

高藤家を出た大和は、どこというあてもないままに街を歩いていた。

東の市場に来て、腰の袋の中からきれいな扇子を取り出して、米が入った小袋を数個買って、布で腰にくくりつけた。

春の夕暮れ時、大和は羅城門の辺りに差しかかった。見ると門の柱の陰にぼろの着物を着た貧相な背の高い青年が人目をはばかる様子で立っている。こういう青年には何か事件の匂いがするものだ。

大和は少し離れたところで青年の動きを観察し始めた。朱雀大路の方はまだ人通りが激しい。門の下に立っていると、山城の方から大勢の人がやってくる声がしたので、青年はそれから隠れるように門の上へとそっと登っていった。大和も音がしないように後からついて登った。

青年が細い階段を上って二階に這い上がるとほのかな灯がともっている。変だなと思った青年が、連子窓からのぞいて、「ヒッ!」と小さな悲鳴をあげた。見るとそこには若い女性が死んで横たわっていた。そのそばで白髪頭のひどくやせこけた老婆が、手に灯を持って死体の髪の毛を乱暴に抜き取っている。固めて多くを抜くと、頭皮ごとずるりと抜けた。抜き取った髪を手元に並べていく。

髪を抜かれた死体は、黒く落ちくぼんだ目を薄く開いて、虚空を見つめている。小さく開いた口の歯がとがって見えるのは、飢えて死んだ人なのか。無残というか、この世の地獄というような鬼気せまるものがあった。

青年はうめくような声で、

「あいつは鬼か！　死人か、物の怪（け）なのか」

何を思ったか、いきなり刀を抜いて戸を開けて走り寄った。

「おのれは、おのれは、何者だ！　何をしているのだ！」

びっくり仰天の老婆は、

「ワワワ、お許しください」

手に幾筋かの毛を絡ませたまま、震えている。

連子の窓からのぞいている大和は、その辺りに累々（るいるい）と死体が積まれているのを見た。骸骨（がいこつ）にこびりついて腐った肉が放つ悪臭は、涙が出るほどきつかった。青年は自分も震えながら老婆に刀を突きつけた。

「おのれはいったい何者だ！　なぜ死体の髪を抜く？」

「ああ、お許しください。この方はわたしの主人でございます。ご両親が亡くなり、蓄えも乏しくてとうとう病に倒れて亡くなられてしまいました。お葬式を出すお金もないので、この門の上には捨てられた死体があると聞いて、この二階に運んでもらいました。こうして死体のお守りをしていましたが、食べる物もなく、ひもじさで死にそうでございます。ただ、お姫様の髪があまりにも長く美しいので、これを抜き取ってかつらを作ろうと思ったのでございます。どうかお許しくださいませ」

青年は、両手をすり合わせて拝む老婆に刀を突きつけて、死人の着ている着物と老婆の着物をはぎ取った。

あばら骨が浮き上がり、しぼんで張りつく小さな乳房の老婆。着物をはぎ取られてうつ伏せになった死人の尻の肉はやせこけていた。大和には、総毛立（そうけだ）つほどのすさまじい情景だった。

青年は抜き取った髪と丸めた着物を抱え込んでそのまま階段を駆け下りて逃げていった。連子窓の脇を走り抜ける青年の顔は、大和が今まで見たお化けや鬼よりも凄絶（せいぜつ）で、目はつり上がり、食いしばった歯を見せて、人が鬼になると本

物の鬼よりも怖い顔になる。

着物をはぎ取られた老婆は、青年の出て行った方へ手を伸ばして這い進もうとしている。

「待って、待ってくだされ……」

立ち上がりもできずに、やせこけた体で泣き伏してしまった。老婆は間もなくその辺りに散らばっている骸骨と同様になるだろう。

大和は一瞬迷ったが、急いで階段を駆け下りて逃げた青年の後を追った。彼は人混みの中を小走りに遠ざかっていく。大和は見失わないように男の後をつけて走った。

やがて西の京のはずれに出て、荒地の先をひょいと曲がり、一軒の壊れかかった家に入っていった。

大和は家の前でしばらく迷っていたが、すっかり日が暮れてしまったので、どうにかなるだろうとそっと戸を叩いた。返事はない。もう一度叩いてみた。

「誰だ！」

低い声がして薄目に戸が開いた。青年がそっと外をのぞくとほっそりとした少年が立っている。検非違使でも悪者でもなさそうだ。見るとそれなりにこざっぱりとした身なりである。貧しい青年には何か高貴な人のように感じられたらしく、まぶしそうに目を細めた。

「なんだ、子供か。何の用だ」

　大和は手振りで道に迷って困っていると伝えた。

「家には入れたくないのだが……」

　大和は腰の包みから米袋を一つ出して深くお辞儀をした。男は米袋を受け取ると、

「ま、中へ入れ」

　中に入ると、盗んできた着物が投げ出され、長い黒髪が蛇のようにばさりと置いてあった。青年は油断のない目つきで大和をにらみつけて、

「お前は、どこから来た」

　聞かれても答えることができないので黙って首を振った。

「なんだ、口がきけないのか。迷子になったのか？　いい着物を着ているな。市へ持っていけば金になる」

　大和は、先ほど死体と老婆から着物をはぎ取っている様子を思い出して、思わず手を振って身震いをした。青年は自分のしたことを大和が見ていたとは気づいていない。

「大丈夫だよ。冗談だ。この髪をきれいにそろえて売りにいけばいい金になる」

　そう言って髪を一本ずつ根元でそろえて、しっかりと糸でくくった。それから着物をたたんでいたが、染みついた死(し)臭(しゅう)に思わず顔をしかめた。

「これは臭くてたまらん。そうだ、洗えばどうにかなるな、よし、洗ってみよう。お前も手伝え」

　青年は衣類を抱えて外へ出た。しばらく田んぼ道を行くと、小さな小川に出た。折からのおぼろ月夜で辺りがぼんやりと見える。青年は着物を水につけてごしごしと洗い始めた。特に襟の部分の汚れがひどい。石の上に乗せて足で踏み

つけて洗っている。姫の着物は品質もいい品なので、洗うとごわごわとして扱いにくい。大和にそこを持てとか、ここを引っ張れと言って手伝わせた。洗い終わって二人がかりで絞って持ち帰り、たたんでパンパンと叩いてから家の中に干した。

「外に干すと誰かに盗まれると困るから」

青年の言葉に大和は思わず笑った。

「しかし、腹が減ったなあ、昨日から何も食っていないので目がまわりそうだよ」

そういえば、大和も朝から何も食べていない。高藤を見送ってそのまま街をうろつき、この青年に興味を持ってここまで来たのだ。青年は大和が渡した小袋を持ち出して開けてみた。

「おう！　米じゃねえか、お前、すごいなあ！　飯だ、飯を炊こう」

青年は、裏の小川から水を汲んできて、かまどに土鍋をのせてご飯を炊き始めた。ご飯が炊き上がるのを待つ間に、青年はぽつり、ぽつりと語り始めた。

「お前が誰かはわからないが、こうして米をくれたのは本当にありがたい。俺は摂津(せっつ)から京に上ってきた。家は貧乏な水呑み百姓で、三男だから大人になっても何ももらえないし、食っていくためには自分でなんとかしなくちゃならない。京に上ればどうにかなると思ってやってきた。しかし、こういう汚い格好では奉公先も見つからなかった。この家は空き家なので住んでいるが、もうどうにもならない。乞食(こじき)になるか、坊主になるか、泥棒にでもなるかと思っていたら、今日ちょっとしたことで、手に入った着物と髪がある。これを市に持っていけば、もう少しいい着物と取り換えることができる。そしたら奉公先を見つけよう。俺にもやっと運が向いてきたよ」

いきさつを知っている大和は何だか複雑な気持ちになった。これからこの青年がどういう道をたどるのだろうか。

数日後、青年は乾いた着物と髪を持って西の市へ出かけていった。大和もついていった。

市とは人の集まる所、物品が集まって同時にあらゆる情報が交錯する所である。当時は貨幣制度がすたれて物々交換だったので、市へ行けば地方で生産された米や絹、建材などはもちろん、人が暮らすために必要なものは何でもそろった。その賑わいは大変なものだった。交換される品の中には新品の素晴らしい物から、使い古した中古の品もあり、なかには盗品も含まれていたようだ。西の市は東の市と比べて、ややさびれがちなので、集まる品もうさんくさいものが多い。

青年はあちこち吟味してまわっていたが持ってきた品で、中古の折烏帽子（おりえぼし）と青色の水干袴（すいかんばかま）と草履（ぞうり）、短刀を一振り手に入れた。これで身の回りが一応整うわけだ。売り手は男の身なりや態度を見て、この品が普通のものではないと見通したらしく、じっと男の顔を見つめていたが、言葉少なに手早く商いを終えた。

二人はあばら家に戻ってきて、

「さあ、これから、俺はちゃんとした奉公先を見つけてやっていくのだぞ。この衣装を着れば、ちょっとした侍風に見えるだろう」

そう言って、裏の小川で髪と体を洗って、刀で髭（ひげ）を剃（そ）って衣服を身に着けた。背が高く、髪の色が少し明るくて、鼻筋の通ったおしゃれな感じの侍風の青年ができ上がった。

大和は見て、これならどこか勤め先は見つかるかもしれないと思った。

25

# 消えた女頭領

京の夕暮れ時、大和(やまと)は京の西寄りの通りを歩いていた。前にはすらりと背が高くて、髪は少し明るい色の、水干袴(すいかんばかま)でイケメンの侍風の青年が歩いている。

この辺りは民家がまばらに建っていて、公家の屋敷やお寺もなく、庶民的な街のたたずまいである。前を行く青年はどこという目的もない様子で、ぶらぶらと歩きながら、子供が喧嘩(けんか)をしているのを面白そうに見たり、川辺の柳のそばから、水面をのぞいて泳ぐ魚を追ったりしている。青年は振り返って大和がついてくるのを確かめたが、特に何かを話しかけることもなく、うんと、うなずいて、ついてくるのを承知したようである。

ある家の前を通ると、窓から、

「チュッチュッ」

と鼠鳴(ねずみな)きをして、白い手を差し出してヒラヒラと招く者がいるので、青年は寄っていって、

「何かお呼びですか」

すると、窓の中から女の声で、

「申し上げたいことがございます。そこの戸は閉まっているみたいですが、押せば開きますので、押して中へお入りください」

青年は、いったい何だろうと思いながら戸を押し開けて中へ入っていった。続いて大和もするりと滑り込んだ。

三十歳ぐらいの女が出てきて、

「その後ろの戸に鍵をかけてください」

ちらりと大和の方へ目を走らせたので、大和は鍵をかけてきた。案内されて奥へ進む。女は、

「どうぞお上がりください」

言われて部屋に入ってみると、上品に手の込んだ造りで、家具も立派な部屋だった。奥の簾（すだれ）の中に二十歳ぐらいの美しい女性が一人座っていた。

その女は、簾の中からじっと二人を見ていたが、手で青年を招いて小さな声で、

「こっちへいらっしゃい」

青年は吸い寄せられるように簾の中へ入っていった。女は案内してきた女に目配せして、

「子童（こわらわ）は腹がすいているようじゃ」

と言うと、案内の女が大和のそばに来て、

「お前は別の部屋で、何かを食べなさい」

そう言って大和の手を引いてその部屋を出て、廊下の先の別の部屋に案内した。しばらくすると、白い菓子と赤い菓子がきれいに盛られてお茶と一緒に運ばれてきた。

「この菓子は、お前のものじゃ」

言われて大和は白い菓子を食べ、赤い菓子を食べようとして手を伸ばしたが、なぜか急に眠くなってそのまま眠ってしまった。

大和が目覚めたときには外はすっかり日が暮れていた。風邪をひかないようにと、上から一枚薄い着物がかけられていた。大和は起き出してあの女のいた部屋を探しにいった。人声がするのを見つけて障子を薄目に開けると、その部屋には、くつろいだ様子の青年が寝そべっていて、女は鏡に向かって髪をとかしている。

夫婦のように親密な空気が流れているので、こういう場所に入り込むのはどうもためらわれる。と、薄く開けた障子の隙間に目をやった女が、さっと立ち上がり、いきなり中から障子をパッと開いた。

「おや、お前かい、中にお入り」

大和が中に入り青年の横におずおずと座ると、ちょうどそのときに門を叩く者がいる。女に目で促されて、大和は立って門を開けにいった。侍風の男が二人、侍女のような女ともう一人小間使いの女が入ってきた。襖(ふすま)を閉めて、とてもおいしそうな料理を銀色の皿に盛りつけて次々と並べた。女が何か指図をしたわけでもないのに、こうして三人前の料理が立派に並べられるのは、不思議な感じがした。

青年は、大和が連れ出された後、この天女のような美しい女がそっとにじり寄ってきて体をもたせかけたので、思わず抱きしめて、口を吸った。激情にかられてそのまま激しく愛し合ってしまった。一息ついているところへ大和が戻ってきて、こうして食事が調えられるとは、脚本どおりに物事が運んでいるみたいだ。

それでも大変空腹になっていたので青年は遠慮なく食べることにした。女も上品で美しい顔の割には、人目も構わず大口を開けてよく食べた。もちろん大和も空腹なのでよく食べる。

食事が終わると、侍女が食器などをまとめて片づけ、男たちは雨戸を閉めた後、二人分の布団(ふとん)の用意をして、大和にはさっきの部屋に戻って寝るようにと指示を出した。

大和は、自分が邪魔者だと気がついたが、この青年の後ろについたのだから、多少居心地が悪くても最後まで見届けなければ、どこへも行く当てがない。

朝になっておなかがすいたので二人の部屋に行くと、今度は青年が立ってきて戸を開けてくれた。と、昨日とはまた別の男たちが来て、雨戸を開け、窓を開けてあちらこちらの掃除を始めた。掃除が終わると朝飯を持ち運んで食べさせる。食べ終わると、部屋の隅に昼ご飯の用意をおいて、みないなくなった。不思議なことだが、そういう一通りの家事を行う間、男たちは一言も発せず、女もそこに人がいるのにも気がつかないように無言である。

男たちがいなくなると、女は青年を手招いて簾の中へ呼び入れた。昼間から男の体にもたれかかり、襟の隙間から手を差し入れて、ちらりと大和の方を見た。その目つきの冷たさは、犬や猫を見るよりも無感情で、そこに大和がいてもいなくてもまったく関係のない表情だった。大和はいたたまれなくなり、部屋を出て自分の部屋に戻ったが、屋敷内はしんと静かで人気もない。ちょっとその辺りを探索してみることにした。

女のいる部屋の廊下の先に大和の部屋があり、それは下男や侍女の控室だろう。その奥には広い部屋が一間あったが、襖が閉められていて人気はない。あの家事をする人や食事の用意はいったいどこでするのだろうか。台所らしい場所もない。庭に出てみると壺屋風（つぼやふう）の倉庫があり、そこには衣装類が入れてあるらしい。その後ろには、蔵造りの頑丈な建物があり、鍵がかかっていて中をのぞけなかった。他には何もなく、植木や前栽（せんざい）の類もないさっぱりとした屋敷だった。

「おーい」

自分を呼んでいるらしい青年の声がしたので、急いで行くと青年は、

「これから友だちの所に用事があると言ったら、行ってもいいと言われたので、お前もそのつもりでいなさい」

たぶん青年は大和を残していくのが心配で、声をかけてくれたのだと嬉しかった。しばらくすると侍風の男が三人現

れて、裏の壺屋からそれぞれ衣装を持ってきた。二人が着替えると青年は凛々（りり）しい若侍（わかざむらい）姿となり、大和も上品な稚児（ちご）姿となった。表に出ると立派な馬に鞍（くら）が乗せられていて馬引きが待っていた。行先を告げると馬引きは間違いなくその方向へと歩き出し、稚児姿の大和ともう一人侍風の男とが、お供のような格好でついて歩いた。目的の家に着くと、お供の侍がホトホトと戸を叩いて来意を告げた。

中から出てきた男は、青年が立派な服を着て馬に乗ってさらに従者も連れているのを見てびっくり仰天して叫んだ。

「やあ、ずいぶん立派な構えだな。どうしたのだ。乞食でもしているかと心配していたぞ。金持ちの妻でも見つけたか」

青年は苦笑しながら、

「どういうわけか、ちょっとした縁で……」

と言葉を濁して詳しくは語らなかった。用事が終わると、また馬に乗って帰宅するのだが、馬引きはとても親切によく仕えてくれるし、供の侍も礼儀正しい。大和は一緒に歩きながら考えた。もし、今ここから逃げようとしても、馬引きと侍がいるので逃げられないだろうなと。

つまり護衛のお供のように見えて、実は逃げられないように監視されているのかもしれないと思った。家に帰り着くと、馬も馬引きも、お付きの侍も一言も言わずにどこかへ消えてしまった。

それから数日が過ぎた。相変わらず朝ご飯がすむと、青年と女は二人きりで抱き合って過ごすことが多く、邪魔者の大和は自室に帰って、いつの間にか用意されている絵物語や、すごろくでひとり遊びをした。毎朝どこからか侍風の男と侍女が現れて、食事の支度はいつものとおりに運び込まれて、昼ご飯も用意され、掃除なども終わると一言も口をきかずに消えていくのは同じである。

ある朝、食後に女が青年に言った。

「思いがけなくこのように一緒に暮らすことになりました。これもきっと何かのご縁かと思います。こうなれば生きるも死ぬもわたしの言うことをいやとはおっしゃらないでしょうね」

「はい、思いがけなくこのようにお情けをいただきまして、わたしの命は生きるも死ぬるもあなた様の言われるとおりにいたします」

聞いていて大和は、昔、林の中で見た大きな女郎蜘蛛の巣にかかった虻の姿を思い出していた。

「おや、それは嬉しいことよ」

女は誰もいない屋敷の中を、奥の土蔵の方へと連れていった。

鍵を開けて中に入るといろいろな武具が整理されて並んでいる。端の壁際にははりつけ用の十字架があった。女は青年の髪を縄で縛って結びつけ、背中をむき出しになるように着物をはがした。向こうむきに両手を広げて縛りつけ、両足も柱に縛りつけた。

次に大和の両手を後ろ手に縛って、さらに体全体を海老のように曲げさせて動きにくい縛り方をした。二人をそのように縛り上げて少しの間姿を隠したが、間もなく男物の上着と袴を身に着け、男物の烏帽子をかぶり、肩脱ぎをして鞭を持って現れた。

「よいか！」

一声かけると男の背中を、気合を入れて力強くビシッと打った。男は思わずウッとうめいた。構わず女は続けて力まかせに八十回打った。背中はみみずばれになってはれ上がり、ところどころ皮が破れて血が噴き出した。

女は息切れしながら、

「どう、痛くない？」

「いや、たいしたことはない」

「頼もしいわ」

振り返って大和の方へ歩いてきた。男が打たれるのを見ていた大和は、恐怖で震え上がっている。女は遠慮会釈なくぴしりと叩いた。大和の体がビクンと跳ねた。さらに重ねて十度、ぴしりぴしりと打ち据えた。芋虫のように地面に転がって打たれながら、それほど強い痛みを感じない。腰ベルトの中のリンボーがかすかに振動するのを感じて痛み消しのバリアーでも張られているのかもしれないと思った。

女は床をきれいに掃き清めて、はりつけ棒から男を下ろして寝かせ、血止めにかまどの土を水で溶いて飲ませ、酢も飲ませて二時間ばかりそのままにしておいた。

気分がよくなったので、居間に戻って三人で食事をとった。青年と大和はそのまま横になって休んだ。女は冷たい水を絞った布を傷口に当てたりして甲斐甲斐しく介抱している。三日ほどして傷が治るころ、また同じように蔵に連れていかれて、前と同じようにはりつけにされ、背中の傷の跡を鞭で力まかせに叩いた。前の傷跡を叩くので皮が破れ、肉が裂ける。かまわず八十回叩いた。細い体の割には鞭鳴りの音は鋭い。

背中を血だらけにした青年の顔をのぞき込み、

「どう？」

青年は顔色一つ変えずに、

「大丈夫です」

と答えた。女は大和の方をちらっと見て、やはり容赦なく十回鞭打った。大和には着物の上から叩くので衝撃が少ないとでも思ったのか、声もかけない。青年の我慢強さを褒めて、地面に寝かせ、かまどの灰を溶かした水を飲ませ、よい酢を飲ませて手厚く介抱し、居間に連れ戻って寝かせた。

大和にとってはリンボーの痛み消しバリアーがあるにしても、このように鞭打たれては、精神的なショックが強く、その夜は布団の中で涙が止まらなかった。

それから四、五日してから、また同じように連れていかれ、青年は血だるまになるまで叩かれて、どうかと尋ねられ、大丈夫だと答えると今度はひっくり返して腹の方を打った。さすがに、体を縮めてウーッとうなるがそれでも平気ですと答えるので、女は大変満足した様子だった。振り向いて、大和の方へ来ようとしたが、一部始終を見ていた大和は、青年の肉が破れて打たれたときに血しぶきが飛ぶのを見て、もう我慢できなくて、ゲエゲエと吐き始めた。それでも女は吐いている大和の背中をぴしりぴしりと構わずに十回打った。大和は一言も声を漏らさずにこらえた。

居間に戻って二人で枕を並べて寝たときに、青年は背中が痛むのでうつ伏せになっていたが、女のいないときに、そっと手を伸ばして大和の頭を撫（な）でて、

「よく我慢したな、鍵を開けて出ていってもいいぞ」

小さな声でささやいた。行く先がない大和は、首を振りながらこみ上げる涙をこらえきれなかった。

青年の傷がすっかりよくなったころの夕方、黒い上着と細身の袴と藁沓（わらぐつ）、頭を包む黒い布、弓矢、太刀（たち）などが用意されていた。大和にも簡単な黒っぽい子供用の着物と笛が

一つ用意されていた。女は身を整えた二人にこれからやるべきことをよく教えた。
「さて、ここから蓼中の門に行きなさい。暗闇の中でそっと静かに弓の弦を鳴らしなさい。すると誰かが同じように弦打ちをします。そしたら、このフクロウ笛をそっと吹きなさい。同じくフクロウの笛が聞こえたらそちらに行くように。『お前は誰だ』と聞かれたら、ただ『来ております』とだけ答えなさい。

それから連れていかれた所で見張りに立てと言われたら、そこに立って、もしも人が出てきて妨害しようとしたらやっつけなさい。お前は目立たぬように陰に立ってよく見張り、何か変わったことがあればすぐに短く笛を吹きなさい。目立つように長く吹いてはいけない、緊急のときにはこの穴を塞いで強く三回吹きなさい、わかったね。仕事が終わったらそれぞれ別々に船岳山の麓に行ってそこで獲物を分配するのだ。しかしお前たちはそれらを絶対に受け取ってはいけない。わかったね」

よくよくこまやかに教えて、家から送り出した。

二人が教えられたとおりに行くと、言われたとおりに呼び寄せられた。見ると同じように黒頭巾と黒い着物で身を固めたものが二十人ほどいた。少し離れたところに色白の小男が立っていたがその人にはみなかしこまっている様子である。その他に下っ端らしい者が二、三十人いた。その場でそれぞれの部署を指図されて、一団となって京の街に入る。暗い闇夜を黒い着物を着た五十人もの群れが、目的の屋敷に向かってひた走る。誰一人口をきかない。子供の大和にとって大人が走る速さについていくのはきつかったが、遅れることなく男の後にぴったりとついて走り抜いた。

目標の大きな屋敷に着くと、周囲の家々の門前に二十人ほどの者を見張らせて、残りの者はみな屋敷に入っていった。青年と大和は特に手ごわいといわれる向かいの家の前に立った。すると侍のような人がその家の中から出てきて強盗をやっつけようとした。それに対して門前で見張りをしていた者が弓矢で射殺した。青年も加って弓を使って防戦に努めた。やがて物盗りが終わった一同はそれぞれに船岳山の麓に集まった。そこで戦利品の分配が始まった。

青年にも取らせようとしたが、

「わたしは何もいりません。ただ見習いとして参っております」

とだけ答えて受け取らなかった。頭領らしい色白の小柄な男は満足そうにうなずいた。

家に帰ってみると、お風呂も沸いていてご馳走も並んでいたのでそれを食べてそれぞれの部屋に戻って寝た。

そんなことが、七、八度あった。青年はあるときには太刀を持って家の中に入らされ、あるときには見張りに立っていると、外敵に備えた。大和はいつも屋敷の門のそばに立って外を見張る役目をさせられた。ある夜、大和がいつものように立っていると、馬に乗った人と大勢の人が右側の道路から駆け足で走ってくるのが見えた。左側からも同じような人々がダダッと攻めてくる。検非違使の軍団に両側から挟まれたのだ。大和は例の笛の穴を押さえて、ピピッピピッと三度素早く鳴らして、どこへ逃げようかと辺りを見まわし、どこにも陰がないので門の横の植え込みに滑り込んだ。大和の緊急の笛を聞いた仲間たちは、強奪を中止して弓矢で迎え撃とうと門まで走り出たが多勢の検非違使群を認めるや、一目散に裏手から逃げ散ってしまった。検非違使が屋敷を取り囲んだときには、すでに屋敷はもぬけのからで盗賊はいなかった。

大和は逃げ遅れて植込みの中でじっと潜んでいたが、検非違使たちが引き上げた後、そっと這い出して、住まいの方へとぼとぼと帰っていった。大和にとってこの旅は実に過酷な体験である。いったい自分は何をしているのか、組織立った集団強盗の手先としてこんなことをしてもいいのだろうか。青年はときどきいたわってくれるが、女ははっきりと邪魔者扱いである。

やっと家にたどり着くとその夜、女は不機嫌で、口をきかずに三人で食事をした。

日々の青年の活躍は目覚ましいものがあり、女にとって大変気に入ったらしく、数日後に鍵を取り出して、

「京の街のこれこれという所に行くと、そこに蔵がたくさんあるから、その中のこういう蔵をこの鍵で開けなさい。そ

の中に気に入った物があれば荷造りをして、その近所に車貸という者がいるから、それを呼んで持ってこさせなさい」

教えられたとおりに行くと、蔵がたくさん建ち並んでいて、その中の教えられた蔵を開けると、なかには青年が欲しいと思うような物ばかりがいっぱいあった。

「すごいなあ、お前も欲しいものがあればもらったらどうだい」

言いながら、衣類や武具、飾りなどをまとめて荷造りをして車貸を呼んで家に運ばせた。大和は受け取る気にはなれなかった。

こうして二人は、女に言われるままに命じられた仕事をして、時間が過ぎていった。仕事がない日には女と青年は二人きりで過ごした。

そのうち、女がとても心細い様子で泣くので、

「どうしたの？　何があったの」

聞くと女は、袖で涙を押さえながら、

「心ならずも、あなたとお別れするようなことがあるかもしれないと思うと悲しいのです」

「何を言うのだ。こうして夫婦として仲良く暮らしているし、今更そんなことがあるわけないだろう」

女はまた悲しそうに、

「はかない世の中はそんなこともあるものですよ」

青年はそれを聞いて、格別深い意味で言ったのではないだろうと判断して、

「ところでわたしは知人の所へ行く用事があるのだが、三日ばかりかかるからそのつもりでいてくれ」

女はいつものように甲斐甲斐しく出かける支度をして、供の者や乗る馬も用意して送り出した。今回は摂津の国だったのでかなり遠い。先方には日暮れに着いて、二日ばかり滞在することになった。

供の者や乗る馬もその夜から泊めさせてもらった。あくる日になって、供の者が何か用事がある様子で馬を引き出して、ちょっとそこまでと言って出ていったが、夕方になっても戻らない。明日帰るというのにどうしたことだろうと怪しく思い、近所で馬を借りて、大和を後ろに乗せて急いで帰ってみると、家が跡形もない。あわてて引き返して蔵の建ち並ぶところへ行くと、あれだけ多く建ち並んでいた蔵も跡形もなくて、尋ねる人もなく、男と大和はぼう然と空地の前に立っていた。

車に積んで持ち帰った宝物も何一つ残されず、着の身着のままだ。かつて、チュッチュッと鼠鳴きで呼び込まれたときとまったく同じ形になってしまった。青年は出発の前夜に女が言った言葉を思い合わせていた。地面に座り込んで両手をついてつぶやいた。

「何ということだ、あの女は妖怪変化だったのだろうか。一日や二日で家も蔵も消してしまえるなんて。いつか見た色の白い小柄の頭領は妻に似ていたような気がするが、確かなことはわからない……。妻は何も指図をしないのに、どこからか従者が現れては身の回りの世話をしたり、誰かの指図があって強盗をしたり。もしかしてあの人は天女だったのかもしれない。みんな消えてしまったのに、近所の人も何一つ知らないというのはいったい何だろう」

家があったはずの場所に座り込んで、地面に両手をついてうなだれている青年は、冷たい秋風に打たれて、寒々とした彫像のようだった。

「俺は知らぬ間に、大盗賊の女頭領の愛人をさせられていたのか。あれほど贅沢に暮らしていたのに、こうして身一つになると何も残っていないよ。あんなに仲良くしていたのに、あの人のことを何一つ知らないなんて、なんてばかな話だろう。くそっ！　悔しいなあ」

大和も本当に意外だったが、あのきれいなお姉さんがとても心細い様子で泣いていたのを思い出した。

青年はじっとうつむいたまま、長い間黙っていた。大和もそばで立ち尽くしていた

やがて顔をあげて、にじんだ涙をこぶしでふいて、

「俺は捜すぞ……。一目あの人に会えるまで捜しにいくのだ。仕込んでもらった盗みの腕があれば、食ってはいける。盗みの仲間を作れば消息も知れるだろう。どこまでも捜しにいくぞ。なんとしても会いたい……」

立ち上がり、北風に吹かれてよろめいた。大和の存在はすっかり忘れて、遠い街の灯をにらみつけながら、一歩一歩と街の闇に向かって進んでいった。

残された大和は、男の後を追う気にはなれなかった。

# 26
# 金を見つけた付人

青年が夜の街へ去った後で、大和(やまと)は前に住んでいたあばら家へ向かった。夜の京は危険きわまりなく、夜盗(やとう)が走りまわり、野犬が群れになって人を襲って食い殺す。大和のように、衣装もそれなりに整って、か細い少年が一人で夜道を歩いていれば、格好の餌食となって朝には髪の毛しか残らないだろう。

必死の思いで走り続けてやっと前の家にたどり着いた。誰かが住んでいるかと心配したがその様子もないので、壊れかかった戸をがたがたと開けて中に入った。暗い中を手探りで、部屋の隅にあったぼろを見つけ出した。

頭からかぶって眠ろうとしたが、なかなか寝つけない。こんなことになったのは、この前に検非違使(けびいし)に包囲されたので、秘密が漏れたと判断をして、危険を察知して移動したのか。あのおびただしい蔵の中の盗品は、どこへ移したのか。大量の盗品を受け入れる建物を持っている人がいるのだろうか。考えているうちにいつしか眠ったらしい。夜中の二時ごろだろうか、戸が開く音で目が覚めた。見ると、青年が肩で息をして立っている。青年は素早く中に入り、戸に鍵をかけた。

大和が起き上がったのに気がついて、

「おう、お前は帰ってきたのか」

うっすらと笑って灯をともした。低い声で話し始めた。

「俺はあの人に何としても会いたいと思って、盗人になれば会えると思い、夜の街をさまよい歩いていた。

ふと気がつくと後ろから三人のぼろを着た男がつけてきているのに気がついた。俺は必死に走って逃げた。しかしあいつらのほうが足は速い。囲まれてもうこれまでかと思ったが、匕首で、死に物狂いで戦って、一人の腕を切り、もう一人の肩を刺した。相手がひるんだ隙に必死で逃げてきた。走りながら俺は考えた。きゃつらと同じ職業を目指すのは絶対によそうと」

翌日から、青年の奉公口探しが始まった。ある屋敷の前を通りかかると、引っ越しがあるらしく荷物を出して積んだりしてあわただしい。男は忙しそうに働いている下男の袖を引いて尋ねた。

「この屋敷の方は引っ越しをされるのですか」

「ああ、ご主人様だけが陸奥守のお供で陸奥の国へ行かれる。奥方やお子様はお留守番だ」

「もしかして、下男を募集していませんか」

「待てよ、陸奥の国は寒いからいやだと行きたがらない奴も多いから聞いてみてやるよ」

その下男は奥へ入ってしばらくして主を連れて出てきた。主の名前は記助という。体格がよくて朗らかな感じの男だったが、二人を一目見て、

「お前たちは雇ってほしいと？　陸奥の国は寒いが大丈夫かな。よし、見たところ身なりもきちんとしているし腕っぷしも強そうだ。子供はきかん気の強い面構えだな。よし、雇ってやる。ところで名前は？」

「……摂津の国から来た……」

「そうかよし、摂津だな、それでは摂と呼ぶぞ。明日の朝六時に出発するから身辺の物を整理して五時半に集まれ」

あっけなく名前もつけられて、雇ってもらえた。二人はあばら家にとって返し、青年が持っていた小袋から、なけなしの金をはたいて旅先の着替えや細々としたものを買いそろえた。早めに夕食をとり、並んで横になった。摂はしみじみと、

「お前はどこか変わった奴じゃ。お前と一緒にいると運命が思わぬ方向に進むような気がする。

前にも少し言ったが、俺は、田舎から出てきたときにどうしても奉公先が見つからなかった。とうとう食いつめて、もうこのままでは飢え死にすると思った。それならいっそ盗人になって生き延びようと羅城門(らせいもん)の辺りに行った。そのときに行列が来るので羅城門の上に逃れた。驚いたね、そこには葬式を出せない死体がごろごろ転がっていて、臭いのなんのって、恐ろしさで胆が縮まったよ。若い女の死体が転がっていてね、死にかかったようなばばぁが死体の髪を引き抜いていやがった。俺は間違って地獄へ来たかと思ったよ。夢中でばばぁを責めているうちに、ふと俺は盗人だったと気づいたわけよ。そいで死人の髪と着物、ついでにばばぁの着物もはいで逃げたのさ。家に戻って品物を投げ出すと、恐ろしさにガタガタ震えていたよ。そしたらお前が現れて、米をくれたのよ。それからのことはお前もよく知っている。おや、もう眠ったのか……」。

翌朝早く、二人は身支度をして記助の屋敷に向かった。

記助は綾藺笠(あやいがさ)をかぶり、旅合羽(たびがっぱ)を身に着けて、お供が八人ぐらい、馬五頭には荷駄(にだ)が積まれ、箱や振り分け駕籠(かご)が下がっている。お供の者は徒歩である。馬を引く馬追い、侍、世話役の下人らである。

記助の一行はまとめて陸奥守の付人(つきびと)となる。同様に何組かの主従が陸奥守の付人となり、大きな団体の国司赴任(こくしふにん)行列ができ上がる。

記助と陸奥守は幼友だちだった。子供のころに、体力も知能も陸奥守よりはるかに優れていた記助を、守はひどく憎んでいたが、そんなこととは全然知らない記助は、陸奥守の家来として長年仕えていた。守が陸奥の国に赴任するときに、従者として記助は一番に選ばれた。守は事あるごとに記助を褒めて大切にするので、本当に嬉しいと思い、記助は誠心誠意で仕えていた。陸奥の国では厩(うまや)の別当になると第一の側近とする習わしであり、京にいる間はまだ役職は決めていなかったが、新しい馬を手に入れるとその世話をさせたりして、記助を厩の別当にするかのように取り扱ったので、人々はみな、この人が第一の側近に違いないと思い、下人たちも多くこの人に付き従っていた。

さて、こうして陸奥守の行列は京を発っていった。陸奥守は京を出て以来、どんな些細なことでも記助を呼んで相談したので彼は得意満面で、使用人をあごで使っていたのも当然である。

摂は、こんな立派な殿様に共に仕えることができた喜びで一生懸命に働いていた。そうこうしているうちに、行列は陸奥の国の国境の白河の関（福島県）に着いた。

この関は、守がその関所に入るときには、供の者の名前を書き上げて、それに従って順々に関所に呼び入れ、入れ終わると関所の木戸を閉めるというしきたりである。そこで守は供の者の名簿を木台に渡して中へ入ってしまった。記助は、こういう指図もきっと自分にやらせるだろうと思っていたが、関守たちがずらっと並んで、

「誰々の殿入れ、誰々の殿の供の者は入れ」

と呼び出すと、誰々という殿の主従が入っていった。次々と守の付人が団体で入っていくのに、記助たちはいっこうに呼び出されない。

（最初にわしを呼び出すだろうと思っているのに……。これはきっと最後に呼び出して、きちんとしんがりを務めさせるのだな）

と、思っていると、木戸をバタンと閉めて、

「きょうはこれまでー」

と言って関守も中へ入ってしまった。

あっけにとられて記助主従はぼんやりと木戸を眺めていた。たとえ冷たく扱われても、ほんの少しの間だけでも陸奥の国に入れてくれればいいのに、記助たちは関の外に締め出されてしまったのだ。いったいどうしたのかしら。帰るにしても、都を春の霞と共に発ってきて、もう秋風が吹くころになってしまっている。

ついてきた従者たちの中には、

「こんな人についてきたばっかりに、えらいひどい目に遭ったよ」

さんざん悪口を言って、半数の者が主人を置いて逃げてしまった。主人を見捨てることもできない従者が四、五人いて、

「どこへなりと、落ち着かれるところまでお見送りをして、それから我々はどこかへ行きます」

そう言ってお互いの不運を嘆き合っていた。

記助は、大きな体を縮めて、返す言葉もなく、川底が白砂の浅い川のほとりに下り立って、肩を落として水の流れを見ていた。馬の鞭(むち)の先で川辺の白い砂をかきまわしていると鞭の先に黄色いものがある。

(なんだろう)

とかきまわすと、鞭がするりと円を描いたので、砂をかき分けてみると小さな瓶(かめ)の口が見えた。

(瓶の口だな、人の骨などを入れて埋めたかな)

と気味悪く思ったが、なんとかこじ開けて瓶の中を見ると、黄金が口いっぱい詰めて埋めてあった。記助は先ほどまでわびしいと思っていた心がたちまち晴れて、

（なに、陸奥の国まで無事に着いて、今までの道中のように重用（ちょうよう）されて無事に京まで帰ったとしても、これほどの黄金を手に入れることは絶対にできない）

そう思って、近くにいる従者にも見つからないように体で隠して、この瓶をそっと抜き出した。えらく重いので苦労しながら懐に入れて、狩衣（かりぎぬ）の下に着ている着物の袖をちぎってそれで腹にゆわえつけた。

大和は記助が落胆して川辺に座り込み、砂をいじくっているのを見て本当に気の毒だと思ったが、記助は河原の石か何かを掘り出して抱え込んでいるようだった。

やがて、記助は従者たちがいる所へ戻ってきて、

「あの守の奴めが、わしをこんなひどい目に遭わせやがって、ここでむざむざ死んでなるものか。越後守（えちごのかみ）は長年親しくしていただいているお方だ。今は国におられるからそこを頼っていこう」

そう言うと、従者たちは、

「それもどうしたものでしょうかな」

「構うことはないので行きましょう」

と、意見が二つに分かれた。摂が立ち上がって大きな声で、

「さあ殿様、元気を出して参りましょう。我々はどこまでもお供いたします」

と言って馬の手綱を取ったので、他の人もしぶしぶついて歩くことになった。摂はしぶる従者を促しながら、馬の手綱を引いて力強く歩き出した。記助は、出発前のどさくさにまぎれて子連れの男を雇ったことを思い出して、人の縁というものは不思議なものだと思った。

その夜は近くに宿をとり、記助は小さな瓶を皮の行李（こうり）の底にしまい込んだ。

こうして山を越え、野を越えてかなりの日数の後に越後守の館（やかた）に着いた。

「こういう者が訪ねて参りましたとお伝えください」

門番に言わせると、越後守は懐かしく家に入れて話した。

「陸奥の国に行ったはずだが、思いがけずここに来たのはどうしたわけだ？」

「そのことでございます。国司は、京にいる間に名簿を書いて、連れていくまいと思った者は名簿から除くのですが、それなのに、今回はそういうことをされずに、道中ずっと、万事相談してくださったので『いい具合だ』と思っていました。が、しかし実は内心わたしに毒を含んでおられて、白河の関まで来たときに外に締め出されてしまいました。そこで、どうしようもなくあなた様を頼ってやって参りました」

「それはまことに気の毒なことであった。陸奥守殿はそなたにとって前世からの敵なのですな。それにしても、そなたがそんな目に遭ったのは気の毒千万だが、わしとしても思惑（おもわく）がはずれてしまったよ」

「え？　それはいったいどういうことですか？」

「実はわしは長年の宿願（しゅくがん）で、丈六（じょうろく）の阿弥陀仏（あみだぶつ）をお造りし始めていたのだが、そなたが陸奥守の第一の側近として下ると聞いて以来、仏像に使う金箔（きんぱく）はそなたを当てにしていたのだ。それがそういうわけで来たのなら、もはやどうしようもないな」

「黄金はどれくらい必要ですか」

こしゃくなことを聞く奴め、と思いながら守は答えた。

「あと七、八十両ばかりあればと職人が言っていた」

「それぐらいなら、わざわざ陸奥の国に下らなくても何とか手に入れてみましょう、おまかせください」

軽く言うので守は驚いて、

「それはすごい、人の願いは自然に叶えられるものよのう」

すぐに部屋を用意して食べ物から馬の餌まで用意して、特別に厚くもてなした。そのときまではしぶしぶついてきた従者たちも、その待遇のよさに思い直してこまめに働くようになった。記助は与えられた部屋に戻り、皮の行李を開けて、瓶の口をこじ開け黄金百両を取り出した。守のところへ持っていくと、守は喜んだのなんの、言い表せないほど厚くもてなしたので、陸奥の国にいるよりはかえっていい思いをすることになった。

大和は、この待遇のよさで、あの河原で殿が何かを拾ったのは、多分黄金だっただろうと思った。

記助は白河の関で越後へ行こうと言ったら、摂が率先して手綱を取り、他のしぶる家来たちを促してくれたので、とても頼もしく思うようになっていた。記助主従はそのまま越後守に雇ってもらい、付人を務めていたが、記助は特に摂に目をかけるようになっていた。

そのうち、越後守は陸奥守より早く任期を終えて上京することになり、記助もお供をして京に戻った。

記助の家では、殿が予定より早く戻ってきたので大喜びである。

記助は、都では大変なお金持ちになった。悠々と暮らしているうちに朝廷に仕官することができて、天皇警護役の内(う)舎人(どねり)となった。

天皇の代が変わって記助は不破(ふわ)の関(せき)の高官として任務をたまわり、この関に下って警護に当たるようになる。そこで再び摂と大和は記助のお供で京を離れることになった。この関所は、東北から京へ上ってくる人を検問し、京から東北、北陸へ行く人を調べる関所である。東北には蝦夷(えみし)もいて常に不穏な動きがあるので、不破の関の警備はことさら厳しいものとされている。

記助が到着して業務を始めたちょうどそのとき、あの陸奥守が途中帰省ということで奥方や娘を連れて上京してきた。

上席の記助を見て、

「あら、あんたは朝廷にお仕えするお方でしたのね」

と嫌味っぽいお世辞を言って通り過ぎようとするところを、

「待ちなさい、書類その他調べることがある。今日はもう遅いので明日審議する。裏の泊まり所にいなさい」

こう言って関所の裏に留置した。翌日は、多忙を理由に審議しない。その翌日も審議しない。通してなるものか、通すに通さず、引き返すに引き返させず、あれこれ難癖をつけて引きまわし、いつまでも拘留する。困った守は朝廷に訴えたが、なかなか返事も来ないので、家来たちは守を捨てて逃げてしまった。馬たちも飢え死にさせてしまった。妻や子は身の回りの世話をする人もなく、嘆き悲しんだ。こうしてさんざん弱らせてから、

「今回審議した書類もそろったので、通過を許す」

陸奥守はほうほうのていで小さく列を作って京へと上っていった。記助は大恥をかかせて昔の恨みをはらしたのである。

見ていて、大和は、人に恨まれるようなことをしては、いつどんな仕返しを受けるかわからないものだ。それにしても記助はあの川のほとりで福を拾ったのは、神か仏がついていたのかなあ、と思っていた。

## 27 陸奥の国の若君

その日は天気がよくて、大和は京から下ってくる街道の不破の関の木戸の前を掃き掃除をしていた。京からは、東北、信州、越後へ向かう人々がひっきりなしに関所で審査を受けて通過していく。箒の手をとめて、順番を待つ通行人に目をやると、おや？　と思った。理順ではないか？　旅の法師は、視線を感じて大和の方を見た。

「おう！　四国で一緒だった小僧じゃないか。お前はその後どうしたかと思ったがこんな所にいたのか。元気そうだな、しかしちっとも変わっていないなあ。やっぱり口がきけないのか？」

大和は長谷寺で、馬になった同朋の供養をするという理順を置き去りにしていろいろな旅を続けていたが、たまには会いたいと思っていたのでとても嬉しい。そこで、理順の袖を引っ張って関所の裏へ連れていった。そこで待たせておいて摂を連れてきた。摂は大和がにこにこと笑いながら旅の僧に引き合わせたので、これはきっと何かあると察した。

「これは、旅のお坊様、この子をご存知ですか？」

「摂津の国の小屋寺の住職さんに頼まれて、そのうち比叡山の円仁様に会わせる約束で四国を一緒に旅をしたのです。わたしが、友人の供養をするので長谷寺にこもっているうちにいつの間にかいなくなっていたのです」

「そうですか、こいつはわたしが田舎から出てきてどうにも食っていけないようなときに一緒になって、それからずっとわたしのそばにおります。おかげさまでようやくいいご主人に奉公できて、一安心というものです。なぜかはわかりませんが、この子といると面白い成り行きがありますね。仏様に守られているような気がします……」

「そうです、面白い子で、どんな苦境も乗り越えていくのです」

摂は何を思ったか、

「もし、お坊様、これからどこへ行かれるかわかりませんが、よろしければこの子を連れていってやってください。わたしは、田舎から出てきてやっといいご主人にめぐり会えたので、このままご奉公をするつもりですが、この子にとって、ここでわたしと暮らすよりは、旅に慣れているあなたと一緒のほうが、いいような気がします」

「そうですか、この子がどう思うかですが」

言いながら大和の目をのぞき込んだ。もちろん大和には異存がない。にっこり笑って大きくうなずいた。摂の配慮で記助に挨拶をして、大和と理順は再び連れ立って東北に向かって旅をすることになった。

今度は白河の関を難なく通り過ぎて、平泉の中尊寺に着いた。中尊寺は後の世には藤原氏の力で山全体を寺地として立派な寺となるのだが、大和たちが訪れたころはまだ田舎の一寺院であった。ところが不思議なことに、この寺は円仁が開祖であるという。大和はそれを聞いて、円仁が帰国後も精力的に仏教の布教に努めたことを知り、たまたまその跡に来ることができたのは、仏の縁かもしれないと思った。あれからずいぶん時代が下ったところへ来たらしい。懐かしくもすごいなあと感じたが誰にも言えない。

中尊寺に着いたとき、ちょうど講が開かれていたので二人は講を聴くためにお堂に入り込んだ。隣に立派な風格の老人が、孫ぐらいの子供を連れて講を聴きにきていた。その孫は大和のことが気になるらしくチョンと脇をつついたり、わざともたれたりして気を引こうとしている。大和も面白いので手遊びを教えて二人でひそかに遊んでいた。講が終わったときに老人は理順に言った。

「お坊様の姿は旅の方と見受けられますが、こちらはお子様ですか？　え、違う？　なんでしたらわたしの息子の遊び相手にちょうどいい具合だなあ。実は、わたしの嫁は年取ってからこの子を産んだので、産後の経過が悪くて亡くなってしまったのです。後妻がきていますが、やはり子供は寂しいだろうと思いましてね」

理順は、

「特に差しさわりがあるわけではありませんが。わたしはここのご講話を聴いて大変感動しました。それでしばらくこの寺に頼んで修行をさせていただきたいと思っています。ならば子連れではどうかと思いますので、その間だけでしたら、もし本人さえよろしければ」

成り行きを聞いていた子供は大和の着物の袖をしっかりつかんで自分の方へ引っ張っている。大和は自分がいては理順の修行に迷惑ならばしばらくこの子の家に行ってもいいと思い、おなかのリンボーに手を当てるとピッピッピと規則正しい振動が伝わってきた。これはオーケーだと理解してうなずいた。


大和は、奥州の大きなお屋敷の庭で、若君の弓の遊び相手をしていた。子供向けの小さな弓で、向こうの柵に結びつけた標的を射るのだが、共に十本ばかり持ってどちらがよく当たるか命中率を競う遊びである。二人は二歳ほど違ったが、大和はいろいろな旅をしてきているのでどこか大人びた雰囲気があり、若君は幼く優しい感じの美少年だった。大和が口をきかないぶん、若君は思いやって優しくしてくれるのが嬉しい。二人が夢中で遊んでいるときに、若い家来の達丸が近づいてきた。

「おや、若様はずいぶん弓がお上手になられましたね。ところでお前、裏の小屋で山芋を洗っているから手伝いに行っておくれ」

言われた大和は裏の小屋の方へ駆けていった。おばさんたちが、今朝がた山で男たちが取ってきた山芋をきれいに洗って並べている。

「おや、来たのかい、それなら、同じ大きさの芋を区分けして並べておくれ」

大和が言われたことをしている間に、達丸は若君にこう言った。

「若様、しばらく叔父様に会っていないので連れていってあげましょうか」

「わーい、それじゃあ、お母様に聞いてくる」

若君は継母の所へ行って、後ろから抱きつきながら頬をすり寄せて、

「お母様、叔父様の所へ行っていい？　達丸が連れてってくれると言うのだけど」

「そうね、夕方には帰っておいで、父上のお許しをもらっていないから誰にも内緒でね」

大喜びの若君は、すぐに達丸の所へ戻って、用意されていた馬に乗ってこっそりと家を出ていった。

しばらく行くうちに、馬はいつもと違う道の方へ進んでいった。

「どうしてこっちへ行くの？」

「こちらが近道ですから」

馬はさらに深い山の方へ進んで行く。途中で達丸は馬を止めて地面を掘り始めた。

「若様、山芋を掘ってお見せしましょう。お土産に叔父様に差し上げれば喜ばれますよ」

若君は、それはいいことだと自分も馬から下りて、小さな手で穴を掘るのを手伝い始めた。可愛らしい横顔を見ると達丸は胸がいっぱいになる。いくら奥方様の命令だからといっても、こんな可愛い子を殺していいのだろうか。矢で射(い)殺(ころ)すとか、刀で首をはねるのはあまりにもひどいので、穴を掘って埋めることにしようと思った。

「ねえ、こんなに深く掘ったのに山芋は出てこないね」

あどけなく見上げる若君の襟首をつかまえて、着物をはいで穴の中に落とし込んだ。

「なんだ、わたしを殺す気か、やめてくれ、助けてー」

泣き叫ぶ若君の上から木の枝や土をどんどんかぶせて生き埋めにして踏み固め、若君が乗ってきた馬に飛び乗って一目散に屋敷へと逃げ去った。

そのころ、大和は芋洗いが終わったので、庭に戻ったが若君はいない。どこへ行ったかと屋敷内を探しているときに、馬小屋めがけてまっしぐらに走ってきた馬がいる。さっき自分に芋洗いを命じた達丸が緊張した面持ちで乗っていたが、馬をつなぐとさっと急いで奥方の部屋へ駆けていった。

実は、大和はこの達丸について不信感を抱いていた。その理由は、彼はこの家に来てまだ数カ月しかたっていないのに、しょっちゅう奥方の部屋に出入りして、いろいろなものをもらったりしていることや、つい最近には奥方にすすめられて、姫君の乳母の娘を愛人にしたからである。本妻もいるのに、若い娘の家に入りびたり、二人で夫婦のように暮らしている。

若君の父親の大夫介(たゆうのすけ)は高齢だが、国の長官なので仕事が忙しくてなかなか家に帰れない。そのぶんだけ若君は子供のいない叔父の徳介(とくのすけ)夫婦に育てられていた。夫婦はまるで自分の子供のように可愛がっている。

そんなときに隣村の立派な家に、夫に死なれて姫を一人抱えている女がいた。女は大夫介の家に再婚したいと人を介して強く言ってきた。若君に母親がいないとかわいそうなので、面倒を見させてほしいと言うのだ。大夫介は奥方はいらないと相手にしなかったが、女はとうとう姫を連れて押し込んできた。若君に対しては、とても大切にするし、夫にもよく尽くすうえに、家の切り盛りも上手にやるので、これでよかったのだと大夫介は喜んでいた。

大和はそういう家に住みついて、若君の遊び相手の役を引き受けていた。

ある日、蹴鞠（けまり）をして遊んでいたときに、鞠が裏の方へ転がっていったのを探しにいったとき、裏の離れの縁側に奥方が座っていて前の庭土に達丸がひざまずいていた。何やら内緒めいた話をしていた。

「そうすれば姫の将来は安泰じゃ」

「はい、かしこまりました。自分の命を懸けてもうまくやってみせます」

「頼みましたぞ」

達丸はすぐに走り去って、奥方も部屋へ入っていった。大和は植込みの中から二人が何かをひそかに約束しているのを見たのだ。

大和が芋洗いにいく前までは若君は達丸と一緒だったのに、達丸一人が馬で帰ってきたというのは、若君を叔父の家に連れていったのかもしれないと思った。ちょっと見にゆこう。五キロばかり離れているが、なあに、早く歩けば一時間半ぐらいで着くだろうと家を出た。

その頃、徳介は急に甥（おい）に会いたくなった。なんだか胸騒ぎがして、どうしても甥の顔を見たいと思い、馬を用意させて家来を二人連れて兄の家へと出かけていった。

道を急いでいると、向こうから少年が急ぎ足でやってくるのが見える。馬を止めて見ていると少年は徳介の前で立ち止まり、彼が若君の叔父であることを認め、彼も甥の遊び相手の少年だと認め合った。

「おう、若はどうした？　家にいるのか」

大和は首を横に振った。そして若君が叔父の家にいないことを悟った。

「何？　何かあったのか」

大和は口がきけないもどかしさを感じながら、あちこち指差して手を振り、若君がいないことを知らせようとした。ふとそのときに一匹のウサギが草むらから走り出して奥の方へと駆けていった。すぐその後にもう一匹が飛び出してその後を追っていった。ウサギの走り去る方向を見ると、草が踏みにじられて、馬のひずめの跡が、まだよく乾かないで残っている。大和の脳裏に駆け戻ってきた達丸の馬が浮かんだ。思わず馬のひずめの跡を追って奥へ踏み込んでいった。何だろうと徳介も後を追う。ウサギの消えた辺りに来るとどこからか、「うーん、うーん」と小さなうめき声が聞こえてきた。上からではなく地の底から聞こえているような気がする。家来たちもそこらを探しまわって、土をかぶせて上から踏み固めたばかりという感じの土盛りを見つけた。声はそこから漏れてくるようだ。

「大変だ！」

徳介は弓の先を使って穴を掘り始めた。家来や大和も手で掘り始めた。死人を埋めたのが生き返ったのかもしれない。恐ろしいような気持ちもあるが、大あわてで掘り進んでいるうちに、穴の中には大きな枝や葉が詰め込まれていたがそれが隙間を作ったらしく、うめき声ははっきりと聞こえるようになった。最後の枝を取りはらうと、穴の中には着物をはがれた裸の少年が押し込められていた。何というひどいことをと、抱え上げて地上に出すと、何と少年は会いにいこうとしていた甥ではないか。

抱き上げてみると、ぐったりと気絶して、小さな口から「うーん、うーん」とうめき声を漏らした。体は冷えきっているが、胸の辺りが少し温かい。

「まず、水を口に入れてやらねば」

そうは言っても広い野原なので水はない。家来の男に、

「水を探してこい」

そう言って自分は着物を脱いで、素肌に少年の肌を合わせ、温めながら背中をさする。

涙が頬を流れ落ちるのをふきもせずに、

「仏様、どうかこの子を生き返らせたまえ」

唇の色もなく目をつむったままだったが、強く抱いて心で仏様を念じていると、唇の色が少し戻ったように見える。家来の男が上着を脱いで水に浸し、息を切らして戻ってきた。それを絞って口に入れたが流れ出るばかり、なお仏様を念じて絞り入れると少しは飲んだ様子である。もう一度抱きなおして絞り入れると、今度はなめるようにした。もう、喉も潤ったかと思い、しっかり抱き寄せると肌も少し温まったような気がする。生き返ったようだと思い、嬉しくてよく見れば目を少し開いたようだ。やれ嬉しい、上着の水は汚いけれどぜいたくは言えない。さらに絞って口に入れてやると、よく飲んで目から一筋涙を流した。どうやら生き返ったようだが、意識がもうろうとしてはっきりしない。やっと座らせるとぐったりするので、抱きかかえるようにして馬に乗せゆっくりと家に戻っていった。日が暮れそうな時刻にやっと家にたどり着いて、家来には絶対に人には言うなと固く口止めをして、人目につかないように裏の壺屋(つぼや)に運び込んだ。

妻が、何事があったのかと壺屋に入ってくると、布団(ふとん)を敷いて甥を寝かせて、その脇で徳介と大和が見守っている。

「あら、何ですか、何があったのですか」

徳介が今朝から急に甥に会いたくなったことから細かく説明した。驚いた妻は、

「いったい何があったの」

と、子供に問い詰めたが、子供はぼんやりとして何も答えない。

「もう少しゆっくりさせればいいだろう。お前は部屋の隅でお休み」

大和を休ませて、夫婦でねんごろに子供の看護をした。日も暮れたので、おかゆを食べさせれば少しだけ食べてまた眠り込んでしまった。夜中に急に目覚めて起き上がり、驚いた様子で、

「これはいったいどうしたの？　ここはどこ？」

どうやら気がついたらしいと判断して、

「ここはわしの家だよ。お前が穴に埋められていたのを見つけて家に運んできたのさ。何があったか話してごらん」

「お父さんは？」

「お父さんはこのことを知らない。まだ国のお役所にお勤めされているよ」

「このことを知らせなきゃ」

「今、知らせるよ。それにしてもどういうことがあったのかね。誰がこんなことをしたか覚えているかい。これはすぐに聞いておかねばならないことだよ」

「さあ、あまりはっきりとは覚えていないの。達丸が叔父さんちへ連れていってやるって言うから、母上にお許しをいただいて馬に乗って出かけたの。途中でお土産に山芋を掘って持っていこうと穴を掘り始めたのでお手伝いをしていて、首をつかんで穴に入れられたのまでは覚えているけど、それから先は覚えていないの」

聞いて徳介は、

「まさか、その男の考えでそんなひどいことをするわけがない。誰かがそそのかしたのだろう。それはきっとあの継母の仕業に違いない」

そうつぶやいた。聞いていて大和は自分が若君と遊んでいるときに達丸に芋洗いに行かされたこと、達丸が大急ぎで馬に乗って帰って来たときにまっすぐに奥方の部屋の方へ行ったこと、数日前には離れの縁側で二人は秘密の約束をしていたのを目撃したことなどをつなぎ合わせて、徳介の言うことが当たっていると確信を持った。

　一方、屋敷ではしばらくの間、二人の少年がいなくなったのに気がついた者はいなかったが、奥方が、

「若君がいなくなった」

　と大騒ぎを始めた。殺してしまえと達丸に命じたものの、実際に殺してきたと報告を受けると、かわいそうだという思いと恐ろしさに青くなって声をあげて泣いていた。家の者たちも奥方があんなに心配されるのは本当に可愛いからだと思い、家のあちこちや外回りを探しまわっていた。どこにもいないし、遊び相手の少年も姿が見えないので、叔父の家に遊びに行ったのだろうと判断をした。

　徳介は、夜が明けるのを待ちかねて子供たちに食事をさせ、妻に後のことをよく頼んで、家来を大勢連れて兄の大夫介の家に現れた。着いてみると家はひっそりとして人影もまばらである。

「兄上は？」

「お役所の方においでです」

「申し上げねばならないことがあったので参ったのだ。子供は？　これも役所へ行ったのか」

　これを聞いて奥方は、

「何のことでしょう。その子は昨日から姿が見えないのでお宅にうかがっているのかと思っていましたわ。どうしたことでしょう。もしかしてわたしを驚かそうとして担いでいらっしゃるのではないでしょうね」

　そう言ってわあわあ泣く。叔父は憎い女めと思ったが、しばらく内緒にしておこうと腹を決めて、

「何をおっしゃいますか、担ぐなんて程がありますよ。しばらく会わないから気にかかって会いたくなったのです」

　そう言うと、

「えっ、それはどういうことでしょう」

　再び大騒ぎになって、小屋の中や植え込みの中まで走りまわって探し始めた。これを聞いて出てきた達丸は特に大き

な声で泣きながら走りまわって探している。

「早く兄上にお知らせ申せ。いや待てよ、手紙を書こう」

『申し上げることがあり参りましたが、この家の子供がいなくなっていると聞いて驚いています。早く帰ってきてください。徳介』

手紙を持った使いの者が全力で馬を走らせて役所まで行って、息も絶え絶えに、

「若君が行方不明になりました！」

聞いた大夫介はいったん立ち上がったが、年寄りなのでへたへたと座り込みそうになった。国守に事情を説明もしないまま、取る物も取り敢えず馬に乗って我が家に向かった。途中で何度かずり落ちそうになるのを家来たちが支えてようやく家にたどり着いた。

「いったいどうしたんだ」

奥方が出てきて床に倒れ込んで泣きながら訴えた。

「あなた様はもうお年ですので、これから末長く添い遂げることはむずかしいことでしょう。けれども、どうして若様はいなくなったのでしょうか。あんな可愛い子供を敵と思って殺す人がいるでしょうか。ただ、若様はとても美しく可愛いので、京に上る旅人が、連れていってお寺の坊様の稚児にでも売るつもりでさらっていったのかしら。ああ悲しい、悲しい！　ワアワア」

大きな声をあげて泣き続けた。その様子はいかにも悲しそうなので、大夫介はもう泣くにも泣けず、座り込んでため息をつくばかり。徳介はその様子を見て本当に兄を気の毒だと思ったが、あんなひどいことをさせた奥方のことが憎くてならないので、若は生きていると言わない。さりげなく、

「今は仕方がないよ。これも何かの因縁かもしれませんよ。とにかく家へいらっしゃいませんか。少しは心が休まるか

もしれませんよ」

「わたしはこの事の次第を突き止めたなら、もう頭を丸めて法師になって若の冥福を祈る日々を過ごそう。何のために今まで生きてきたかわからんよ」

大夫介が声をあげて泣くのも当然である。とにかくいろいろと言って馬を用意して連れ出すときに、家来たちもできるだけ多く連れていくことにした。あの達丸も自分から志願してみなの群れの中に加わったので、ちょうどよかったと安心した。やっと徳介の家に着くと、大夫介は馬から下りてそこでも地面に転げ伏して泣く。弟は慰めながら家に連れて入り、気心の知れた家来を呼んで、達丸をさり気なく見張っているように命じて、こちらから合図を送ればすぐに取り押さえて縛り上げるようにと指示を出しておいた。

大夫介を家に入れて子供のいる壺屋に連れていくと、大夫介は子供の姿を見つけるなり、カッと目をむき、振り向いて徳介をにらみつけ、わざと子供を隠して自分を担ごうとしたのかと、烈火の如く怒り出した。

「冗談にも限度があるぞ。縁起でもないこんなひどいことをしてわたしを惑わすとは！　断じて許せない」

「ま、ちょっとお持ちください。実はこういういきさつがございました」

涙を浮かべて話すので、大夫介はそれを聞いて言うべき言葉も見当たらず、子供に聞いてみた。子供は自分が受けた仕打ちをありのままに話した。

「なんと！　驚いた。その男はさっきまでお供についていたが、逃げないだろうか」

「大丈夫です。縛り上げて連れてきます」

連れてこられた達丸は

「これはどういうことですか」

などと言いながら、

「ああ、やはりこうなると思っていた」

とも言った。大夫介は怒りのあまり太刀(たち)を抜いて首を切ろうと詰め寄ったが、弟が、

「内容をしっかり確かめられたうえでどうにでもできるでしょう」

と、止めた。庭に転がして問い詰めると最初はしらを切っていたが、ついに奥方と愛人に頼まれたことをありのままに話した。

すぐさま奥方のいる家に使いをやって厳重に固めさせた。このことはすぐに家じゅうに知れ渡り、長年仕えてきた者たちも、この奥方のひどい仕打ちを口々に非難した。しかし、彼女は平然と、

「これはいったいどういうことかい。子供が出てきてわたしがやったとでも言うのかい。まったくばかばかしいったらありゃしない」

子供は死んだと思っているので平気なのだ。

大夫介は子供が体力を回復するまで四、五日の間徳介の家に泊まったが、自分の家に帰るとなると、憎い嫁に会わねばならないので弟を先にやって始末をつけさせた。

継母とその娘は裸足のまま家を追い出され、埋めた達丸は首をはねられ、乳母は逮捕された。乳母の娘で達丸の愛人はその口を裂こうとしたが、それはかわいそうだということでそのまま裸足で追い出して、継母に関係のある者はすべて追いはらった。

誰もいなくなった家に大夫介は子供と一緒に戻ってきた。その後子供は父親と叔父の財産をそっくり相続するという話が決まり、子供は叔父の家と自分の家を同じような割合で行き来するようになった。大夫介は、大和だけでは心配だと思ったらしく、元気のよい青年に若君の警護をさせるようになった。

大和が考えたのは、継母は子供を大切にすれば自分の老後は安定していただろうに、欲を出して自滅してしまった。

張本人の継母は追放だけで、頼まれた達丸は首をはねられてしまった。他の人に比べて、彼だけが命を取られたのはなぜかしら。若君は生き返ったというのに。と、子供心にも釈然としなかった。

そんなとき、家来たちが噂話をしているのを耳にした。

「何でも、余五君（よごのきみ）と諸任（もろとう）様が領地争いをしていて合戦になるかもしれないそうだよ。余五君は広く兵士を募（つの）っておられるという話だ。稲刈りも終わり農閑期になるから志願してもいいかな」

それを耳にした大和は、おなかに手を当てて、「余五君」とつぶやいてみた。すると激しい振動が伝わってきたので、きっと見に行けということだろうと思った。そこでその家来の様子にそれとなく気をつけていた。

それから間もないある日、その家来はしばらく暇をくれと大夫介に頼み、介も了承したので身軽になって余五の所へ向かって屋敷を出ていった。大和もその後について出ていった。

# 28 維茂と諸任の合戦

東北地方に、平維茂という若い武将がいた。この人は名将平貞盛の甥であったが、貞盛に十五番目の息子として養子にもらわれていたので、一般的には余五君と呼ばれていた。その隣国に、藤原諸任という武将が住んでいた。

この二人は、もとは大変仲が良かったのだが、領地の問題でささいなことからいさかいを起こして国の守に訴え出た。守はどちらの言い分ももっともだと思えるので決めかねて返事を延ばしているうちに三年後に死んでしまった。そんなわけで裁断する人もいないままに、余五と諸任はお互いに不平を持って暮らしていた。

余語と諸任の仲が険悪なことを、面白がって双方にあることないことを言う者たちがいた。悪口を聞いた方は、

「何？　あいつはそんなことを言っていたのか？　そうは言わせないぞ」

二人の仲はいよいよ険悪になり、お互いに相手を憎んでどうにもならぬところまできた。ついに合戦をして白黒をつけることになった。日を定めてどこそこの野で戦おうと決まった。

ちょうどそんなときに、大和は大夫介の家来の青年と共に、余五の館に舞い込んだ。余五は戦のためには人手が必要なので、募集をしていたところへ、尋ねてきた二人をすぐに採用した。

いよいよ決戦の日取りと場所が決まった。余五の軍勢は三千人、諸任の側には千人余りだった。諸任は、

「これでは戦にならないから、この戦いはやめにしよう」

と、言って常陸の国の方へ退いていった。

戦陣の中で、椅子に掛けてみなに戦争の手順を説明している余五の所へ、見張りの兵が走り込んだ。

「諸任軍は、常陸の国へ戦わずに逃げてしまいました！」

それを聞いて余五は、

「何？　あいつは逃げたか、それ見たことか。俺に逆らってかなうわけがないワッハッハ」

と、息巻いた。呼び寄せられて集まっていた三千人の兵たちも、

「そうだそうだ、俺たちに逆らっても無駄だよ」

と、さげすんで意気盛んだった。しかし、時間がたつと、何もすることがないし、戦もなさそうなのでそれぞれが、

「家を長く空けるわけにはいかない。農作業もあるので」

と言って国へ帰ってしまった。

諸任のことを告げ口した者が来て、余五の耳にささやいた。

「さすが、余五君だけあって、すごいじゃないですか。諸任様は、つまらぬ人の告げ口で、無益な戦を好まれないようです。兵の数だってかないっこないし、この領地争いをあきらめて、常陸の国の方を治めに行っていますよ」

などと、うまい具合に言う。兵の中にも無事に自分の国へ帰り、田んぼの仕事をしたいと思う者が口々に、催促がましく言った。

「諸任は、常陸の国に逃げたので、戦はありませんな」

「みながそう言うならもういいだろう」

余五は軍を解散させて、みなを家に帰した。

大和はその様子を見て、妙な胸騒ぎがしてならない。なぜなら、今までの経験から、大和がリンボーと共に現れた現場では、何かが起こりそうで何もなかったということはないからである。先の予測はたたないが、油断はできないと考

えていた。ただ、いくらそう思っても口をきけない大和は、自分の意見を述べることはできない。長い旅路の経験の中から、不安を感じただけである。大夫介の家から来た青年は、休みの期限がまだあるのでと残った。したがって、大和もそのまま余五君の屋敷に残った。

　平和な日々が一月、二月と流れていった。冬の気配が広がったある夜、館ではみんなが深く寝静まっていた。すると、夜中の二時ごろ、館の前にある大きな池の中で休んでいる水鳥がにわかに騒がしく飛び立つ音がした。その羽音に、余五はガバッと跳ね起きた。

「みんな起きろ！　敵が攻めてきたぞ！　鳥が大騒ぎをしている。早く起きて弓矢を身に着けろ！　馬に鞍(くら)を置け。櫓(やぐら)に登れ！」

　大声で次々と命令を発しながら、一人の家来を馬に乗せて、

「走っていって様子を見てこい」

　と送り出したが、その家来はすぐに駆け戻ってきた。

「申し上げます！　この南の野原にものすごくたくさんの、数えきれないほどの軍勢が、真っ黒になっていっぱいいて、幅五百メートルほどに広がって見えます！」

　これを聞いた余五は、

「そんなに多くの軍勢に襲われたのでは、もはやこれまでであろう。しかし少しでも戦うべきだ」

　そう言って、敵の来る道筋にそれぞれ四、五騎ほど楯(たて)を並べて待ち構えさせた。館の中には弓矢を持って戦えるものは二、三十人ぐらいもいるかどうか。

「すっかり油断していたところを、詳しく通報されてしまい、こうして襲われたからにはもはや生き残るすべはない。せめて女子供を逃がしてから討死(うちじ)にしよう」

後ろの山々に女房や子供をせき立てて逃がしてやった。

大和も行くようにと言われたが、大和は最後を見届けたいと思い、危険を承知で残っていた。

こうして余五は弱い者を逃がした後、あちこち走りまわって手配をしていたが、その間に敵はじわじわと攻め寄せてきた。敵は弓矢を雨あられと館に射込んできて、館を飛び出していく者があると、それっとばかり矢を射かけるので、外に逃れる方法もなく、館の中に閉じ込められてうごめいていることしかできない夜更けであった。

余五は走りまわって兵を激励したが、なにぶん人数が少ないので、防戦に頑張ってもどうにもならない。火矢を打ち込まれて館はあちこちから燃え始め、全体に火がまわって炎上していった。やがて夜が明けると、よく見えるので敵はさらに攻撃を仕掛けてきて、館の屋根の最後の柱まで燃え尽くした。一人として逃げる者もなく、みな館にこもって、ある者は弓で射殺され、ある者は焼き殺された。

火が消えるのを待って、諸任軍が中に入ってみると、焼け死んだ者は大人子供、男女取り混ぜて八十人ほどだった。煙がくすぶる中を、どれが余五の死体かとひっくり返しひっくり返して探したが誰の死骸かもわからないほど真っ黒に焦げていて、体つきさえわかりにくい者もいるありさまだった。

「アリ一匹外へ出さずに皆殺しにしたので、きっとやっつけたに違いない」

そう判断して引き返し始めた。諸任の側も三十人ぐらいは、ある者は射殺され、ある者は怪我をして馬に乗せられている状態である。引き返す途中で諸任の軍は、大君という人の館に立ち寄った。この大君というのは、能登守という人の子である。

思慮深くその上武勇に富んでいて、大勢の人に慕われている。敵もなくまことに立派な人だった。大君の妹が諸任に嫁いでいるので、いわば義兄弟という間柄である。諸任はゆうべの激戦で兵士たちが疲れ果てているので、何か食べさせて酒でも飲ませてやりたいと思ったのである。

大君は出てきて諸任に会った。

「このたびはまことにはなばなしく余五を討つことができたのはたいしたものだ。あれほどの知力勢力を持っている武将を、館に閉じ込めたまま討ち取ったというのは思いがけないことだ。その余五の首はたしかに切り取って鞍の後ろに結びつけてこられたのか」

「バカなことを言われるものです。館に閉じ込めたまま戦って、余五の奴は大声をあげて命令していたが、我らは馬に乗って館の周りを回りながら戦っていました。やがて夜が明けてよく見えるようになったので、逃げ出すものもよく見えるし、出てきた者はすぐに弓で射ち殺し、館の中の者は焼き殺して蠅（はえ）一匹逃さずに殺してきました。最後にはかすかな声さえ出ないほど焼き殺してしまったので、どうしてその汚い焼け首を持ってくる必要がありましょうか。露ほども疑う余地はありません」

「なるほど、あなたがそう思うのはもっともだ。しかし、この年寄りが思うには、やはり余五の首を『こいつはもしかして生き返るかもしれないぞ』と鞍の後ろに結びつけて持ってきてこそ、初めて安心というものだろう。さもない限り、気がかりなことだぞ。この年寄りは余五の性格をよく知っているからこそ、こう言うのじゃ。この館で長居をしないでくれ。大変迷惑じゃ。この年になって、つまらぬ人に関わりあって今更合戦などに巻き込まれたくないわ。何の益にもならぬわい。長い間人と付き合ってきたが、いいあんばいに合戦などせずにここまでやってきたのに、今更つまらないことだ。さあ、すぐに出ていってくれ」

冷たく追い出されたが、もともと諸任は大君のことを親のように慕っていたので、追い出されて不平も言わず出ていった。そのとき、大君が、

「あなた方は腹がすいているだろう。飲み食いする物はさっそくわたしが差し上げることにしよう。ただ、早く立ち去りなさい」

諸任が、あれこれと考える隙も与えずに言ったので、

「なんとまあ、賢いご老体だなあ」

と、苦笑いをしながら馬に乗ってみなで去っていった。五、六キロほど行ったところで、草むらの丘があり、下には川が流れている場所に出た。その麓（ふもと）で馬を下りて、ここで一休みしようと武具を外して休んでいるところへ、大君の所から、酒を大樽に十樽ほど、押しずし五、六桶、それに鯉、鳥、酢、塩に至るまで数多く次々と持ってきた。そこでまず酒を温めて、てんでにすくい飲み。昨日の夜から今朝の十時ごろまで働き続けてきたので、すぐ酔いがまわる。料理を食って腹いっぱいになって、みな死んだように寝り込んだ。馬に食わせるまぐさもいっぱいよこしたので、馬の鞍をはずして十分に食べさせた。馬も苦しかったので餌を十分に食べると、みなひっくり返って寝てしまった。

さて、余五のほうだが、ゆうべは館の中を朝まで走りまわってみなを指揮し、自分も大勢の人を射殺して奮戦していたが、今はもう矢も尽き果て、生きている味方も非常に少なくなってきた。大和は、この修羅場（しゅらば）の中を一時も余五から離れず、余五が右へ走れば自分も右へ走り、窓から矢を射るときには次の矢を用意して差し出し、左に走れば左へとついていって何かと役立つように頑張った。家のあちこちに火がついて燃え出してきた。敗色ははっきりと大和にも理解できた。

「このまま戦っても仕方がない」

余五はいきなり自分の着ている鎧（よろい）を脱ぎ捨てて、髪を束ねた紐（ひも）を切って肩に垂らした。そしてそこにあった下女の着る襖（おう）という上着を着て下女のようななりをした。それを見た大和は余五が何を考えているか、すぐに察することができた。余五は下女のような姿になると懐に刀を持って、煙がくすぶる中にまぎれて外に這（は）い出し、飛ぶように裏の流れの深みに沈み込んだ。大和も遅れまいと身を低くして煙の中を余五の後を追った。

息をつめて川の中をもぐったまま這い進んでいく。川岸から遠く離れたところに葦（あし）が茂った中州（なかす）があった。そこまで

注意深く泳ぎ着いて手に触れた柳の根を抱えて体を安定させた。ついて来た大和を見て余五はひどく驚いた様子だったが、黙ってかき寄せて柳の根もとをつかまえさせた。体は水に沈めたまま、葦の葉陰から燃え上がる館の方を見つめていた。

高い火の柱となって燃え上がる館から飛び出した人影はことごとく射殺される。館の周りには、諸任の兵士の馬が駆けまわる。やがて館が燃え尽きて落ちた。熱さがおさまると諸任の兵士たちが中に入って死体の数を数え、

「余五の頭はどこにある」

「これだ、それ」

などと大声で話しながら死体をひっくり返している。やがて敵軍は引き上げて去っていった。油断はできないので余五と大和はまだ水の中に潜んでいた。

敵がもう四、五キロは行ったかと思えるころに、屋敷の外に住む余五の家来たちが四、五十人ばかり馬を走らせてやってきた。この焼けただれた首どもを見て声を合わせて泣き叫ぶ。

騎馬の兵が五、六十人ほど集まったと思えるころに、余五は大声で、

「俺はここにいるぞ!」

と、叫んだ。その声を聞いた兵たちは、馬から転げ落ちて嬉し泣きをしたが、その声は前の嘆きの泣き声に負けないほどの大声だった。その中に大夫介の所から来た青年がいた。たまたま地方の家来の所へ使いにやられて、ゆうべは泊まったので、死なずにすんだのだ。

余五と大和が岸に上がると、家来たちはそれぞれ自分の家に人をやり、ある者には着物、ある者には食べ物、ある者には弓矢や馬、鞍なども持ってこさせる。幼い大和がよく無事で最後まで余五に付き添ったことだと、彼の勇気をたたえて、一人前の兵のように着物や馬などを与えてくれた。一応身なりを整えて余五がみなに言った。

「俺は、昨夜襲われたときに山に逃げ込んで命が果てるまで戦おうと思ったけれど、逃げたという汚名を世に残すまいと思って、こうして生き延びたのだ。これからどうすればよいかだ」

家来たちは言った。

「敵は軍勢が多くて四、五百人はいます。こちらにはわずか五、六十人しかいないのです。それでもってすぐにどうしようと思われますか。それなら、後日兵を集めてから戦われるがよろしいのでは？」

余五はそれを聞いて、

「お前たちの言うことはまことにもっともだ。しかし俺は、『もし、俺がゆうべ焼き殺されていたら、今ここにいることはできない。どうにかやっと危地を脱したわけだから、これではもはや生きている身とはいえない』と思う。一回でもお前たちにこんなみじめな姿を見せたのは、きわめて恥である。だから、俺はほんの少しも命を惜しいとは思わない。お前たちは後日兵をそろえて戦うべきである。俺だけはたった一人でも奴の館に向かい、『余五を焼き殺した』と思っている奴らに『おれはこのように生きているぞ』と見せてやり、一矢なりとも射かけて死ぬつもりだ。さもなければ、子々孫々に至るまでこの上ない恥ではないか。後日兵をそろえて討つなどは実に愚かなことだ。命の惜しい者はついてくるな、俺一人で出かけるぞ」

そう言って、今まさに出かけようとした。それを聞いた家来たちは、後日と言っていた者までも、

「おっしゃることはもっともでございます。何も申すことはございません。ただ早く出発されるがいいです」

と言うありさま。余五は出陣を前に、

「俺の言うことは間違いあるまい。あいつらは夜中じゅう戦ってきたので疲れきって、川のほとりか、くぬぎ原の辺りで死んだように眠っているに違いない。馬なども轡（くつわ）を解いてまぐさを与えて休ませているだろう。弓矢もはずして油断しているだろうから、そこへ大声で鬨（とき）の声をあげて襲いかかれば、たとえ千人の軍勢だとしても何ほどのことがあろう

か。今日を逃せばいつやるのだ。命の惜しい者は構わずとどまってもよいぞ」

こう言って、紺色の着物の上に山吹色の狩衣を着て足には夏毛の行縢をはき、兜をかぶり、矢を三十本ばかり、上指の雁股を二列さした胡簶を背負い、手には皮をところどころに巻いた握り太の弓を持ち、太い太刀を腰に差して見事な武者姿である。

馬は体高が百四十センチ以上もあって、特に背が高く前後に移動して歩くのもうまい立派な駿馬である。

集まってきた兵の数を数えると、馬に乗った兵が七十余人、徒歩の兵は三十余人、合わせて百余人にもなった。これは近隣に住む者がいち早く駆けつけたからだ。家が遠い者はまだ聞いていないので遅くなるだろう。

こうして一軍が後を尋ねて、馬の尻を鞭打って、急ぎに急いで追って行くうちに、あの大君の屋敷の前を通ることになった。余五は家来に門の前まで行かせて、

「平維茂は昨夜戦に敗れて落ち延びていくのである」

と大声で怒鳴らせた。

大君はこれを聞いて、前からもしかしてこういうこともあるかもしれないと、屋敷に武者を三十人ばかりそろえて、櫓の上に数人登らせて遠くを見張らせて、門をしっかり閉ざしていた。

大君は何も言うなと命じて、しんと静かにしていたら、使いの者は駆け去った。大君は、櫓に登らせた者を呼んで、

「しっかり見たか」

「はい、見ました！　一キロばかり先の大路を、軍勢が百人ばかり、すごく速い馬を鞭打って、飛ぶように通り過ぎていきました。その中に、ひときわ大きな葦毛の馬に乗って、紺色の上着に山吹色の衣を着けて、とりわけずば抜けてすごい男が主将と見受けました」

「それは余五であろう。彼が持っている大葦毛の馬に違いない。格別の馬だから、余五がそれに乗って襲いかかれば誰

が手向かいできようか。諸任はひどい死に方をする奴だわ。わしの言ったことをばかにして、勝った勝ったの得意顔はたいしたものだったが、さだめし、あの丘の辺りで疲れて寝ているであろう。そこをあの者たちに襲われたら、一人残らず射殺されるに違いない。よいか、よく聞けよ、わしの言葉は間違いない。門を固く閉じて静かにしておれ、ただ、櫓に登って遠見は続けろ」

　さて、余五は前方に物見を走らせて、

「諸任の居場所をしっかり突き止めて知らせよ」

斥候は走り帰るなり報告した。

「丘の南側の草原で、物を食ったり飲んだりして、あるいは寝込み、あるいは病人のように横たわっています」

それを聞いて、喜んだ余五は、「思いっきり飛ばせ！」と命ずると、先にたって飛ぶように馬を走らせる。

大和は、彼ら荒武者が全速力で飛ばすのについて行けるわけはないのだが、なぜか与えられた馬がほっそりとしてすごく速い。大和は手綱を持ったまま、体が馬の背から少し浮いて馬と一緒に移動するので、はた目には疾走しているように見えた。

　丘の北面から駆け上り、南面に向かって駆け降りる。鬨の声をあげながら馬の上に立って矢を射続ける。五、六十騎が笠懸の競技のように襲い掛かった。

　諸任はじめ軍兵たちは驚いて立ち上がり、ある者は弓を取り、ある者は鎧を着たり、馬に轡を掛けたり、倒れて這いずる者、何もかも捨てて逃げる者もいる。馬も走り騒いで、兵を蹴飛ばして逃げる馬もいる。少しの時間で三、四十人は射殺して、みなで諸任めがけて走り寄り、首をはねてしまった。大将が殺されてしまえば、戦いは終わりだった。

　それから余五は全軍を率いて諸任の館に向かった。館の者は、殿様が戦に勝って戻ってこられたかと、ご馳走を用意して喜んで待っていたが、余五の軍がなだれ込み屋敷に火をかけ、手向かうものは射殺した。使いをやって諸任の妻を見つけ出して侍女を一人つけ、市女笠をかぶせて顔を隠し、余五のそばに立たせた。

「女子供には手を出すな。男は見つけ次第皆殺しにせよ」

そう言って片っ端から弓で射殺してしまった。

屋敷が焼け落ちてから日暮れになって帰るときに、大君の屋敷のそばに来た。余五は、

「わたし自身はご門の中には参上しませんが、諸任の妻女はこちらの妹君にあらせられるので、少しの恥もかかせずにお届け申し上げます」

使者にそう言わせて送り届けると、大君は喜んで門を開き、妹君を受け取って、

「たしかに頂戴しました」

と使者に伝えた。

やがて夜になり満天の星が瞬く平野を、兵たちは疲れきってとぼとぼと影絵のように、焼け落ちた自分たちの館へと戻っていった。

大和が余五の家に住みついて、二、三カ月の間に起きた合戦である。合戦とは日と場所を決めて戦うのが正しいやり方のようだが、今回の諸任のような闇討ちもあるらしい。そこに余五のいう『武士としての面子と恥』が重んじられたらしい。インドでも戦いは見てきたが、こういう目の当りで人の首を切るような生々しい戦いに参加したのは初めてだった。何十、何百の人が死体になって転がっていても、それが合戦ならば仕方がないのかしらと思い、合戦慣れして武力をつけた者が、やがては国を制する時代が、くるのかなあと考えた。社会科で習った日本史では、平安時代の貴族政治が、やがて武力のある武家政治に代わった時期があるが、大和はちょうどそのころの奥州にいたことになる。

焼け落ちた館を新築するために、大勢の人々が忙しく立ち働いている。大和も言われるままに物を運んだりしていた。

ふと見ると街道の先から一人の僧が坂道を上ってくる。

「理順(りじゅん)さんだ！」

持っていた材木を投げ出して僧の所へ駆け下りた。

「やっぱりここにいたか。大きな戦の噂が聞こえてきたので、もしかしたらそこにお前がいるかもしれぬと、予感がしたので訪ねてきたのだ」

大和は、理順の手を引いて余五の所へ連れていった。理順は余五に深くお辞儀をして挨拶をした。

「お殿様、この度の戦に勝たれましてまことにおめでとうございます。つきましてはこの小僧のことですが、実はわたしが敬っている方から預かって共に旅をしておりました。中尊寺(ちゅうそんじ)で百日行のおこもりをしまして、そのときに預けた方を尋ねたら、こちらに来ているとのことで、会いにきました」

「そうか、この子は何か不思議な力を持っておるぞ。危険きわまりない絶体絶命の時にも、目の色も変えずに平然としている。将来有望なので大切に育てようと思っていたところだが、保護者が現れては仕方がない。これから旅に出るのだな？」

「いつまで一緒かわかりませんが、縁のあるうちは、共に旅を続けたいと存じます」

　余五はうなずいて、

「いい旅を続けなさい」

　こうして大和と理順は三度目の道連れとなって出発した。

# 29 飛騨の異郷

理順は大和を連れた三度目の旅を続けていた。

田舎の寺に逗留したり、古い寺の住職に教えを受けたり、托鉢の品物で飢えをしのぎ、鉦を叩き法華経を唱えながら、野や山の旅を続けた。着る物は色あせた衣に、藁沓、手甲脚絆、頭は頭巾をかぶって、笈を背負った旅姿である。夕日の沈む野原を次の宿を求めて歩く姿は孤独で崇高なイメージもした。その後ろから、これもまたみすぼらしい姿の小僧がついて歩いていた。衣は破れ、頭陀袋を背中にまわしてとぼとぼとついて歩く。

二人は飛騨の奥深い山中を歩いていた。やがて人里に出るだろうと歩き続けていたが、道は次第に狭まり、どちらへ行けばいいかわからなくて立ち往生してしまった。

と突然、理順の姿が見えなくなった。ワーッと叫びを残して彼は尾根道から谷間の方へ滑り落ちていく。大和は一瞬迷ったが、腹のリンボーをしっかり押さえて、『行くぞ!』と念じてから理順が落ちた後を滑り下りていった。理順は木の枝に引っ掛かって宙ぶらりんな形でいたが特に怪我もなく、滑り下りてきた大和と谷川の縁に立った。

ゴウゴウと音がするので見ると、大きな滝が高い岩壁から落ちていた。振り向けば渦巻く川の両岸は絶壁で切り立っていて、とても登っていけそうもない。前も後ろも塞がれて二人はぼう然として立っていた。

すると、どこから現れたのか一人の荷物を背負った男が後ろからやってきた。ああ、人が来た、道を尋ねよう。理順は嬉しくなって近づいていった。男のほうでもこんな所で二人に会ったのを不思議そうな顔をしている。

「あなたはどこからどのようにして来られたのですか。この谷から抜け出す道はどこですか」

男は理順の問いに答えずに滝の所まで進むと、いきなり滝の中におどり込んで見えなくなってしまった。

「さては、あれは鬼だったのかもしれない。恐ろしいことだ。鬼に食われてしまうかもしれない。食われる前に、いっそこの滝の中に入って死んでしまおう」

そう言って大和の方を見た。

「わたしの修行が足りなくて、こんなところで死ぬことになるが、お前に死ねとは言えないから、切り立ったあの岩を何とかよじ登って生きておくれ」

そう言ったかと思うと、

「南無！」

と叫んで滝の中におどり込んだ。続いて大和もおどり込んだ。

ところが二人は滝の向う側で、濡れた岩盤の上に転がっていた。振り向くと滝は一面の水の膜のようになっていて、その奥にはトンネルのように道が続いていて、さっきの荷物を背負った男が先を歩いていく。

トンネルを出て、山裾（やますそ）を回る道が終わると、眼前に大きな人里の景色が広がり、人家が並んでいた。

やれ嬉しや、これで助かったと思っていると、さっきの男が水色の水干袴（すいかんばかま）を着た年配の男を連れて走ってきた。年配の男はいきなり理順の腕をつかんで、

「わたしの家に、さあおいでくだされ」

と、引っ張っていく。すると、あちこちの家から人が現れて、てんでに理順の手や袖を引っ張って、

「よくおいでなされた。さあわたしの家に来てください」

争って引っ張っていこうとする。大和はおばあさんに抱きつかれて身動きできなくなり、離れ離れにされそうになっ

た。

「あ、子供を引っ張らないでください」

「それでは郡司様の所へ行って決めていただこう」

みなで二人を取り囲んで大きな家に連れていかれた。

するとその家から立派な風格の老人が出てきて、

「いったいどうしたのだ」

荷物を背負った男が進み出て、

「この人は、わたしが日本の国からお連れして、こちらの方に差し上げたのです」

と、水干袴の男を指したので、老人は、

「ともかくいろいろと言うことはない、彼がもらうものじゃ」

そう言ったのでみんなは帰っていった。

理順と大和は水干袴の男とその家来に手をつかまれて連れていかれる。理順が小さな声でそっとささやいた。

「この村の者はみな、鬼に違いない。わたしを取り合うのは連れていって食らうのだろう。『日本の国』と言ったが、それではここはどこだろう、日本とは遠く離れているのかしら」

そう言いながら涙をこぼした。その気配を察した男は、

「心配なさいますな。ここはとても楽しい世界ですよ。心配することもなくて、みな豊かに暮らしています」

連れていかれた家は、先ほどよりやや小さいが、立派な造りで使用人も男女取り混ぜて大勢いる。みなで二人を歓待することこの上なく、大騒ぎである。

「どうぞお上がりください。さ、こちらへどうぞ、おなかがすいていましょう」

旅装束を脱いで座敷に上がると、さっそくたくさんの料理が運ばれてきた。見れば、魚や鳥が見事に料理されている。

理順がこれに箸をつけずに眺めていると、

「どうして召し上がらないのですか」

「わたしは幼いときから仏道に入りましたので、こういう食事をいただいたことがございません」

「なるほど、日本の仏教では、魚や鳥は禁じられていますな。しかし、ここへ来てこれを食べないわけにはいきませんぞ。あなたはもうどこへも行ける道はないのですから。わたしには年ごろのきれいな娘がおります。あなたに妻として差し上げますから、仲良く幸せになってください。こちらの小僧さんもうんと召し上がって早く大きくなってください」

グッとにらみつけながら言われて、二人はこの料理を食べないと殺されそうな気がした。空腹だったこともあり、出されたものを全部平らげてしまった。理順は、

「仏様、こんな堕落したわたしをどうかお許しください。鬼の里かもしれないところで、生き長らえるためとは言いながら、もう仏の道には戻れないのでしょうか」

そう念じると、今まで長年積み上げてきた仏法の戒が音をたてて崩れ去ってしまうのを感じた。ひたすらに修行してきた身なのに、食欲と脅しに負けた自分が情けない。

この家の主人は夜になって、顔も姿も美しく、きれいに着飾った娘を連れてきて、

「さあ、これが今日からあなたの妻です。どうか大切に可愛がってください」

食べ物だけでも堕落したと後悔しているのに、美しい娘を一目見て、

「ああ、わたしはこの娘にたまらなく魅かれてしまう。この娘を見ていると目もくらみそうだ。またもや大きな罪を犯しそうだ。ああ、とても我慢ができそうにない。もうこの道は戻れないのか」

大和は、理順の表情から、彼の思うところを察した。もしかしたら、この娘を心から好きになる魔法にかけられたの

ではないかと思った。仏教者から堕落してしまった彼は、逃げ場がない苦しみを味わうことになるかもしれない。

しかし、大和の思いに反して、その夜からの理順は、以前の彼とはすっかり人が変わって、新婚夫婦にとっては大変楽しい日々となった。着たいものは何でも着ることができるし、食べたい物もどんどん与えられる。髪が伸びたので結い上げて烏帽子を着けると実に立派な婿殿である。娘もとても可愛らしく夫に尽くすので、夫はますます妻を可愛がって二人は片時も離れずに、仲むつまじく暮らしていた。

一方、大和は理順の変貌を見て、彼と共に歩いた四国遍路の旅、長谷寺で友のために写経をした彼、中尊寺での百日行、二人で歩いた求道の旅を思い返し、あの清々しい僧の理順が、こうも百八十度変わるのは、どういうことだろうと考えていた。

大和は暇をみて村の中を探索した。一本道の周囲に家が散在している。その向こうには豊かな田んぼがあり、収穫前の稲穂は重く垂れている。はずれの森は神社のようだ。暮らしている人は楽しそうに働いているので、のどかで平和な里だと思えた。

しかし、大和が村の中を歩いていると、いつも数人の人がじっと見つめているので気味が悪い。ここへ来たときにおばあさんに抱きつかれたのを思い出し、みなが自分を欲しがっているのを感じていた。

家の主人が、

「男は太っているほうが立派だから、どんどん食べてよく太りなさい」

食事時以外にも次から次へとおいしい物を食べさせた。大和には、

「さあ、骨のある物も食べたまえ、早く大きくなって立派な男になりたまえ。来年か再来年にはどうなるか楽しみだね」

これまた食べさせ続けた。こうして半年も過ぎたころ、二人は共にずいぶん太ってしまった。太るのを見るにつけ、この妻は物思いに沈むようになっていった。ますます太っていく夫を見るにつけ、妻は身をよじるようにして激しく泣

いた。夫はなぜ泣くのかと尋ねるが、妻はただ、

「物事を心細く感じてしまうのです」

とだけ答えて、さらに激しく泣くようになった。

そんなある日、家にお客が来て主人と話していた。理順はたまたま通りかかり、陰で話の内容を聞いていた。

「いいあんばいに、思いがけない人を手に入れられて、娘さんが無事になったことはどれほど嬉しいことでしょう」

「そのとおりでございます。この人を手に入れなかったならば、今ごろどんな気持ちだったかですよ」

「わたしの所は今のところ誰も手に入れていないので来年はどんな気持ちになるでしょうか、そうだこちらでは、子供も一人養っていらっしゃいますが、来年の今ごろに大きく育っていれば、ぜひともわたしどもにまわしてくだされ」

「考えておきましょう」

お客は帰っていった。その後でまたもや食事を持ってきて、婿殿、さあお上がりください。立派になられます、と食べさせる。

妻は泣く。なぜかと聞いても一言も答えない。出されたものを食べながら、何か空恐ろしいような気がした。外から戻ってきた大和が袖を引いて表に連れ出した。どうも里の様子がいつもと違うような気がする。どの家でも賑やかに走りまわって何やら大声で話しながらご馳走をたくさん作っている。まるで村のお祭りを迎えるような賑やかさだ。きっと村のお祭りがくるのだろう、そう思った。

しかし家に戻ると外の賑わいとは裏腹に、妻はげっそりとやつれて泣き沈んでいた。夫は、

「泣き事、笑い事は、いったい何でしょう。わたしたちの間は何も隠し事はないと思っていましたのに、こう隠されると悔しいじゃありませんか」

そう言って妻を責めた。妻は泣きながら、

「隠し事をするわけではないのですが、こうしてあなたと一緒にいられるのはもう残り少ない時間だと思えば、こんなに好きにならなければと悔しいのよ」

「それじゃあ、わたしは死ぬと言うのかね。死は人間には逃れることはできないことだから仕方がないが、いったい何があったのだ。さあ、言いなさい」

強く責めたので、妻は泣く泣く言った。

「この国には大変恐ろしいことがあるのです。霊験あらたかな神様がいらっしゃるのですが、その神様は人間を生贄にして食べるのです。あなたがここへ来られたときにみんなが引っ張って自分の家に連れていこうとしたのは生贄にするためでした。毎年一人ずつ捧げるのですが今年はこの家の番なので、もしもあなたがいらっしゃらなければわたしが食べられることになっていました。けれどもあなたをこんなに好きになってしまったわたしは、あなたの代わりにわたしが生贄になろうと思っていますわ」

「何だ、そんなことか、大丈夫だよ。それにしても生贄は人間が料理して出すのかい？」

「違います。生贄を裸にしてまな板の上にきちんと寝かせて、玉垣の中に入れて人がみんないなくなった後で、神様が現れて料理をして食べるそうです。やせてみすぼらしい生贄をあげれば神はお怒りになって、作物も不作になり、病気が流行り、天候異変もあるので、このように何回も食べさせてよく太らせてお供えするのです」

そうかこれで、ここ数カ月、絶え間なく食べさせられた謎がわかった。

「さて、この生贄を食らう神はどんな姿をしているのかね」

「なんでも猿の形でいらっしゃるとのことです」

「猿の形？　よしわかった。わたしによく鍛えた刀を探してくれ」

「お安いご用です」

妻が用意した刀を夫はよく研(と)ぎすました。そして、大和を呼んで何か密談をした。
大和は言われたものを十数個も作って、神社の森の雨のかからぬ所に隠した。
その後も夫は物をよく食い、明るく元気なので家の主人も喜び、里の人もこれでこの里は安泰じゃと大喜びである。
祭りの七日前から、家の門にはしめ縄を張り、他の家もしめ縄で清めた。妻はあと何日かと泣くばかりだが、夫が明るく心配しなくていいよと言うのでいくぶん心が慰められた。

いよいよその日が来たので、夫にはきれいなお風呂で体を洗い、髪を丁寧に後ろにとかして、真っ白の新しい着物を着せて用意万端整えた。夫は舅(しゅうと)とそれぞれ馬に乗り、案内人に連れられて森の神社へと一行は発っていった。見送った妻はその場に泣き崩れた。

着くと、山の中に大きな祠(ほこら)がいくつかある。周りを広く玉垣で囲んであり、祠にはいかめしい扉がついていた。一段高い所に生贄を座らせて、たくさんのご馳走を並べ、数えきれないほどの人々が並んでいる。みな楽しく飲み食いをして、踊ったり歌ったり大騒ぎだ。その後で理順を呼びたてて裸にした。大きなまな板の上に理順を寝かせ、周りに榊(さかき)としめ縄、御幣(ごへい)で飾った。

「絶対に動くな、口をきくな」と言い含めて、まな板ごと玉垣の奥に入れて、玉垣の扉を閉めて人々は一人残らず帰ってしまった。理順は、まっすぐ伸ばした足の間に刀を隠し持っていた。

夕暮れ時、辺りに暗く恐ろしげな空気が流れるころ、一の祠の扉がギギーッと開いた。中から人間ほどの大きさの猿が出てきた。それを見て理順に髪が逆立つような恐怖心がわいた。次々と他の祠の扉も開き、猿が何匹も出てきてずらりと並んで座った。そのときに、祠の脇から人間ほどの大きい猿が現れて、一の祠に向かって、

「ガッガッ」

と声をかけると、祠の簾(すだれ)の中からさらに一回りも大きな大猿が現れた、髪はふさふさとしていて、肩もたくましく、

歯は銀を並べたように光っている。大猿は大将のようでさすがに貫禄があるが、これも猿だと思えば気が楽になる。

　この猿の指示に従って祠の横から出てきた猿が置いてある箸と刀を取って料理にかかろうとした途端、生贄の理順は跳ね起きて、股下(またした)に隠した刀で一の祠から出てきた大猿に切りかかった。大猿がどうと仰向けに倒れたところを踏みつけて、首元に刀の切っ先をつけて、

「おのれは神か！」

　大猿は手をすり合わせて拝む。

　そのとき、玉垣のあちこちから火の手が上がり、炎は理順の顔を鬼の形相のように照らし上げた。大和が隠しておいた燃えやすい薪(まき)に玉垣の陰から火をつけたのだ。猿たちは恐怖で逃げまどい、キャッキャッと鳴きながら木の上で騒いでいる。理順はその辺にあった葛(かずら)のつるを引きちぎって大猿を木に縛りつけ、刀を腹に突きつけて、

「おのれは猿だったのだな！　神などといつわって、毎年人を食うなんてとんでもない奴だ。そこの御子(みこ)と言う奴をここへ呼び出せ。出さぬと突き殺すぞ。もし、本当に神ならば、刀は通るまい。試しに突いてみようか」

　刀で腹をちょっと突っついた。大猿はキーッと叫んで手を合わせる。

　大猿に言われて二の御子猿、三の御子猿が出てきた。

「わたしを切ろうとした猿も呼び出せ」

「ガガッ」

　と呼ぶとさっきの猿が出てきた。親分の大猿が負けているので、子分の猿も戦意喪失だ。

「おい！　貴様は俺を切ろうとしたな。こいつらを縛るから蔦(つた)のつるを切ってこい」

　言いつけると生贄を切ろうとした猿は裏の草むらから蔦のつるを切って持ってきた。

「よし、俺の言うことを聞いたから命だけは助けてやる。今度また何も知らない人に悪さをしたら、叩き切ってやるか

らな」

大和に手伝わせて四匹の猿をしっかり木に縛りつけ、その他の猿はみな玉垣の外へ引きずり出した。まだくすぶっている松明を持ってきて各祠に火をつけてまわり、全部焼いてしまった。里では神社の森に高い火の手が上がっているのを不審に思ったが、祭りの後の数日は家を出てはいけないので誰もが恐れてひっそりと隠れていた。

この生贄を出した家の主人は、自分が出した生贄に何があったのだろう、と気が気ではない。理順の妻は夫が刀を持っていったし、夫の後をついてまわる少年もいないし、あの火の手は夫の仕業に違いないと、心ひそかに思っていた。

そこへこの生贄の理順が、髪を振り乱し、素っ裸の腰に葛を巻いてそれを帯の代わりとし、刀を差して、杖を振りまわして四匹の猿を追い立てながら里へ下りてきた。もともと旅で鍛えた頑丈な体に、大量の食事で堂々たる体格になって大股で歩く姿は人間ではなく鬼神のようだった。その後ろから、同じく杖を振りかざしながら、笑ってついてくる少年は煤で顔が真っ黒になっているので小鬼のように見える。

まっすぐにはこないで民家の一軒一軒をのぞいてくるので、のぞかれた家は、

(あの神様をやっつけてきたのだから、きっと神様より強い方を生贄に出したのだろう。彼は神様をやっつけたに違いない。これではわしらは皆殺しにされて食われてしまう)

と恐れおののいていた。やがて、舅の家に来た。

「門を開けろ！」

叫んだが、家じゅうシーンとして誰も応えるものはない。

「早く開けろ！　悪いことはしないから。開けなければ非常に悪いことが起こるぞ！」

足で門の戸をどんどんと蹴飛ばしている。家の主は娘を呼び出して、

「婿は、恐ろしい神でもやっつけられる人だったのだ。もしかして、お前をけしからんと思っているかもしれない。お

前、行って門を開けてうまくなだめてくれ」

　妻は、恐ろしくもあり嬉しくもあり、そっと門を細目に開けた。理順がそこをこじ開けると、妻が立っている。

「早く奥へ行ってわたしの着物を持ってきてくれ」

　妻があわてて上着、袴、烏帽子などを持ってくると、理順は門柱に猿たちを縛りつけて衣装を身に着け、弓矢を身に着けてそれを背負い、舅を呼び出した。

「こいつらを神様とあがめて毎年人を食わせていたとはとんでもないことだ。こいつは猿丸といって、人に飼われればおとなしく、飼い慣らされて苛（いじめ）られるだけのものだ。事情も知らずに毎年こいつらに人間を食わせていたとは、ばかげたこともはなはだしい。わたしがここにいる限り、猿にはそんなことは許さない。万事わたしにお任せください」

　そう言って猿の耳をきつくつねった。猿はキーッと鳴いて痛さを我慢している様子がおかしい。

（なるほど。このように人の言うままになるのだな）

　と舅は思い、

「わたしらは全然そんなことは知りませんでした。今後はあなた様を神様とあがめ奉って、身をまかせますから、何事も仰せのとおりにいたします」

「では行こう。あの郡司のところへ」

舅を連れて、猿たちを追い立てながら郡司の家に着いた。戸を叩いても誰も出てこない。シーンとしたままである。

舅が声をかけた。

「ぜひ開けてください。申し上げたいことがございます。お開けにならないと、かえってよくないことが起こりましょう」

郡司はこわごわ門を開けた。猿を連れている生贄の理順が、仁王立ちをしている。郡司は土間に土下座した。理順は猿を追い立てて郡司の家の中へ入っていった。郡司が恐る恐るついてきて見ている前で、理順は目を怒らせて猿に向かって、

「おのれらは長年神という嘘を名乗って、年に一度人間を食い殺したな！　やい、悔い改めろ！」

弓に矢をつがえて射殺そうとした。猿たちはヒーッと悲鳴をあげて、手をすり合わせて固まっている。郡司はこれを見てびっくり仰天した。舅の所へ這い寄って、

「わたしらも殺されるのではないでしょうか、助けてください」

「いや、大丈夫です。わたしがいるかぎりめったなことはさせませんから」

舅の言葉に郡司はほっとした。理順は猿に向かって、

「よしよし、お前たちの命は助けてやろう。今後この村に来て人々に悪さをするなら、そのときには射殺すぞ」

そう言ってビシッと背中を打った。大猿は痛さに飛び上がった。それでも理順は許さない。さらに渾身の力で猿を打ち据えた。ちょうど二十回叩くと、大猿はぼろきれのようにぐったりと床に這いつくばってしまった。次に御子猿を順に叩き続ける。猿たちは悲鳴をあげて頭を抱えて打たれた。血を流しながら床に張りついている。四匹の猿は、十分叩かれてから山の方へ追いやられた。片足を引きずりながら山奥へ逃げていく猿もいる。猿は、それから二度と人里には

現れなかった。

理順は力を入れて叩き続けたので息を切らしながら、指示を出した。村人を集めて、森の神社に行かせて、燃え残っている祠の残骸（ざんがい）をみな集めて焼きはらった。村人に宣言した。

「皆さんは、あんな猿にだまされて、長年尊い人間を人身御供（ひとみごくう）にしてきた。これからはわたしがいる限り絶対にそういうことはさせない。いいな」

村人たちは恐れいって、今後は長者となって村を束ねてもらいたいと進言した。

理順は了承して、村を安全に平和に保つように努める決心をした。

その夜、大和は寝ているときに何かの気配で目が覚めた。家の裏手の小さな滝の所に行ってみると、滝に打たれている人がいた。両手を合わせ、ひとしきり経文をあげてから大きな声で言った。

「仏様、わたしははからずもこういう異郷にたどり着きました。今、俗になってこの村に住みつくことになってしまい、本当に申し訳ございません。お許し願えれば、この滝の脇にお堂を建てて観音様をお祀（まつ）りいたします。そして村人を護っていきたいと存じます。どうか、変わらぬご慈悲のほどを願い奉ります」

大和はこれを聞いて、仏道からこぼれ落ちてしまった理順がそれでも仏道を信じて、この地に観音様をお祀りして信心したいという心に打たれた。

水垢離（みずごり）を終えた理順は滝から上がって、そこに大和がいるのに気がついた。

「お前か……わたしはついに仏道からはずれてこの地で暮らすことになってしまった。本心は、この地の村人よりも何よりも、いちずに自分を慕ってくれる妻を、何よりも大切にしたいと思うのだよ。お前から見れば実に恥ずかしい堕落僧になり果てた」

いきさつを知っている大和は、首を振って彼を慰め、手を差し出して別れの握手を求めた。

「そうか、お前にずっとこの地に住むようにとは言えないな。日本の国へ行く抜け道の所まで案内しよう。そこからは、お前のことだからきっと新しい道を切り開いていくだろう」

濡れた白衣を普段着に着替えて、小さな小包を抱えて現れた。二人は人目につかない裏道を通り、山際の大きな栢(ははそ)の木がそびえている所に出た。その木には人一人が入れるかどうかの洞穴があった。小包を渡しながら、

「この洞穴の向こうには日本の国がある。達者で旅をするように」

無理やりにその洞穴に大和が入り込むと急に道は広くなり、前方から涼しい風が吹いてきた。暗いけれど見えないということはない。洞窟を進んでいくとぽっかりと青空が見えて、山の中腹に出た。振り向くと今まで大和が歩いてきたはずの道は羊歯(しだ)や笹の葉におおわれて、どこだか見分けられない。ああ、日本の国に戻ってきたのだなと思った。

村の将来を想像してみると、理順がこっそり村から抜け出して、日本の国から犬や牛や馬の子を連れてきて繁殖させ、村は平和に繁栄するだろう。こちら側からは出ていけたとしても、向こうの人は絶対に入ってこられない村がある。

その村は飛驒の異郷である。

大和は久しぶりにリンボーを取り出して、この奥深い山中から抜け出せるようにと願いながら空中に飛び立った。

# 30 立山地獄の母

大和が舞い降りた所は、越中の国のとある家の庭だった。

中に入っていくと仏間があり、そこには三人の男の子がいて、みな肩を落としてひどくがっかりした様子で座っていた。一番下の子がまた思い出したらしく、しくしくと泣き始めた。二番目の子次郎が肩に手をかけて、

「三郎、泣いても仕方がないだろう。もう、お母さんはいないのだから」

慰められると、よりいっそう大きな声で泣き出した。

「お父さんが言ったじゃないか。お母さんは急病で亡くなったけれど、お坊さんが立派に供養してくれたからきっといい所へ行ったよって」

それまで腕組みをしてじっと考え込んでいた長男の太郎が、

「お母さんが亡くなってから、お父さんは四十九日供養まで立派にされた。でも、それでも僕たちの悲しみが少しも減らないというのは、これはお母さんがあの世で苦しんでいて、僕たちに訴えているのかもしれないよ。そうだ、あの世でお母さんが今どうしているか会いに行こう、どうすればいいかな」

越中には立山というまことに尊い霊場があり、奥深い山である。非常に険しい峰が連なっていて、容易にそこには登れない。そこにはあらゆる地獄があって、この世で罪を犯した人が、言い表せないほどの恐ろしい目に遭っているという話だ。太郎は、

「あの立山に行けば、死んだ人に会えると聞いたことがあるぞ。立山地獄にお参りすれば、もしかしてお母さんに会えるかもしれないよ」

二人の弟たちは目を輝かせて、

「行こう行こう、お母さんに会いに行こう！」

「いや待て、俺たちが行っても、霊山（れいざん）だからどうやって入ればいいのかわからない。だから尊い聖人（しょうにん）にお願いして連れていってもらおうよ」

さすが年長なのでどうすればよいかという思案ができる。

翌朝三人は、父が勤めに出た後そろって家を出た。大和もその後からついて出たが、誰も見とがめはしない。

子供たちは山の麓（ふもと）にある小さな庵（いおり）を訪ねて行った。そこにはぼろを着て、腰も曲がり、杖にすがってやっと歩けるような年寄りの聖人が住んでいた。乞食（こじき）のように見えるが、実は比叡山（ひえいざん）で長いこと修行をしてきた人で、とても優れた聖人であるという噂である。その聖人が出てきて、

「おや、子供たちがそろって来たな。お前、あまり泣くものだから目が赤いぞ」

こつんと三郎の頭を指で叩いて笑った。

「聖人様、お願いがあって参りました」

「よしよし、わかっておる。お前たちが来ることは昨夜の夢で見たので、待っていたぞ」

「そうですか。それでは用件もご存知ですか」

「いやいや、そうでもない。さ、中へ入って話してみなさい」

庵の仏壇の前に聖人が座り、その前に四人が横一列に並んで座った。太郎が口火を切った。

「僕たちは、越中の国の書生（しょせい）の子供です。お母さんが、二カ月ほど前に、急に熱を出して亡くなってしまいました。僕

たちはそれまではすごく楽しい毎日でした」

　そこまで語ると太郎は昔のことを思い出したのか、唇を噛んでうつむいてしまった。次郎が代わって、

「僕たちはお母さんに会いたいけど、どうしても会えないならば、あの立山にお参りしようと決めたのです」

　三郎が泣きながら叫んだ、

「お母さーん。会いたいよー」

　太郎が決然と言った。

「あの立山はすごく恐ろしい地獄がいくつもあるので危険だと聞いています。だけどそこへ行けばもしかしてお母さんの消息を知ることができるかもしれないのです。僕たちだけの力では、とうてい立山に入ることができません。どうか聖人様、僕たちを連れていってください」

　お願いしまーすと、四人が畳に手をついてお辞儀をした。

　聖人はウフウフと笑いながら言った。

「立山は、霊所だから、お前たちの服装はまずいのでしばらく待ちなさい」

　奥から黄ばんだ白い衣類を持ってきた。

「少し大きいかもしれんがな、ちょうど四枚あったよ。この前の行者（ぎょうじゃ）の置き土産じゃ」

　みなは白い筒袖（つつそで）の着物に袖を通し、腕まくりをして白袴（しろばかま）をはいた。大人なら半袴（はんばかま）だがまだ小さいので裾（すそ）まである。歩けないということはない。聖人は長い白い布で彼らの頭を頭巾（ずきん）のように巻いた。

「さあ、これでよし。待てよ、昼飯がいるぞ」

　聖人は小さな布にクルミなどを包んでそれぞれに持たせた。

　一行はまるで遠足に行くような軽快な足取りで立山に向かった。実際に立山に入って登山が始まると遠足どころでは

ない。その峻嶮（しゅんけん）な山道に息を切らして口を聞く者もいなかった。途中で一休みしてさらに奥深く進んでいくと、目の前を鹿が横切ったり、タヌキが走ったりしていかにも人里離れた森林だった。頑張ってさらに上の方に行くと、周りから背の高い木がなくなって、岩肌がむき出しになってきた。荒々しい山肌に差しかかる。砂礫（されき）の斜面、夏でも雪渓（せっけい）が残る岩盤、大きな岩の周りを滑り落ちないようにして回り込んだ。子供たちは息を切らして座り込みそうになった。と、突然目の前に地獄の光景が広がった。

聖人に先導されて四人は恐る恐る地獄の中へ入っていった。地面は辺り一面燃え続けてくすぶっている。火の粉が飛んでくる。ぐらぐらと煮えたぎる湯からは赤い炎の蒸気が噴き出している。遠くにいてもあの蒸気に当たればどれほど熱いだろうかと恐ろしい。筋骨隆々の赤鬼、青鬼や、頭は牛や馬の頭の牛頭馬頭（ごずめず）がうろうろとしている。それらが血走った眼でにらみながら棍棒を持って人を追い立てている。ロープで逆さにつり下げられてその下から炎であぶられている人もあり、地獄の釜ゆでをされて体中の皮がずるーっとめくれている人もいる。熱い鉄板の上で足が熱くて飛び跳ねている人もいる。

特別ひどいところに来ると、聖人が錫杖（しゃくじょう）をじゃらじゃらと振って、法華経（ほけきょう）を読むと、その炎が少しおさまったように見える。骨と皮だけにやせて、地面を這（は）いまわっている人が、ようやくおいしそうな食べ物を見つけて手にとって食べようとするとそれが突然火を吹いて消えてしまう。水を飲もうとしても火になって消えてしまうので、あまりの空腹に喉をかきむしっている。仰向けに寝ている体のあちこちをムカデが食い漁るので痛さに悲鳴をあげている人。鬼に百回、二百回と鞭打（むちう）たれて背中から血を流しのたうちまわっている人もいる。髪の毛で上からつり下げられた女の人は、裸の乳房が悲しく揺れている。このような地獄をいくつか見てまわった。あまりにも無残なところでは、聖人が法華経を読んだり錫杖を振ったりすると、少し静まるような気がした。

こんなひどい地獄の様子を大和が目の当たりにするのは初めてで、迫力に押され、煙にむせながら、腐った臭いに鼻

を押さえていた。

「太郎よ……」

　そのとき、体は見えないで、岩の隙間から、恋慕う母の声が聞こえたような気がした。思いがけないことなので聞き違いかと思いしばらく返事をしないで耳を澄ませた。うーっと辛そうなうなり声に混じって再び、

「太郎よ、太郎」

　しきりに同じ声で呼ぶ。そこでこわごわ、

「お呼びになったのはどなたでしょう」

　岩の隙間の声が答える。

「何を言っているのです。自分の母の声がわからぬ者がありますか。わたしは、先の世の中でとても重い罪を作りました。人に物を与えようとしなかったのです。今、その報いを受けて、この地獄に落ちて、考えられないほどの苦しみを受け、昼も夜も休まることなく責められておりますよ」

　これを聞いた子供たちは怪しく思った。夢のお告げということはあるが、現実に声で告げられるということがあるのだろうか。そんなことは聞いたことがない。でも声は間違いなくお母さんの声である。

「お母さん、僕たちがどうすればお母さんは苦しみから免れられるのでしょうか」

岩の隙間の声がすすり泣きながら言った。

「わたしの罪は深いから、並の方法では免れることはできないのです。うんと大きな善いことを行えば、何とかなるけれど、それにはお前たちは貧しくてとうてい行うことはできないでしょう。となれば、わたしはずっといつまでもこの苦しみの地獄から離れられないのですよ」

悲しそうなすすり泣きと苦しそうな唸(うな)り声が聞こえて、子供たちは焦りながら、

「それにしてもどのような善いことをすれば、地獄から離れることがおできになるのでしょうか」

「一日に『法華経』千部を書写供養(しょしゃくよう)して初めて、この苦しみから逃れることができましょう」

母のことばを聞いて太郎が言った。

「一日に『法華経』一部を書写供養するのでさえよほどの財力のある人が初めてやれることだと聞いています。まして十部でもなく百部でもなく千部となれば思いもよらないことです。けれども、お母さんがこの地獄の苦しみを受けているのを見た以上、家に帰っても安らかに暮らせるわけがありません。ならば、自分が地獄に入ってお母さんの代わりに苦しみを受けようと思います」

聖人がそれを聞いて、

「子供が親の苦しみを代替わりできるのは、この世のことだけで、冥途(めいど)では自分の行った罪の報いとして自分が罰せられるのだから、他の者が代わることは許されない。ただ、家に帰ったら、自分の力の及ぶ限り、一部でも『法華経』を書写供養すれば、母の苦しみはずいぶん軽くなるだろう」

と言ってきかせた。そこで子供たちは泣く泣く立山を下りて、聖人と別れて家に帰った。

大和は、今までの知識で法華経はかなり長い経なので、一人で書写するのは時間もかかり大変なことだと知っていた

が、それにしても、自分とあまり年も違わない少年たちでは、それをやり遂げるのはむずかしいだろうなあと思っていた。

三人の子供たちは父の書生に、立山で見てきた地獄の話を代わる代わる詳しく話した。

書生は腕を組んでじっと聞いていたが、太いため息をついて言った。

「そうか。お母さんは人に物を与えようとしなかったけちん坊の罰なのか。考えてみれば、わたしの安い給料の中で切り詰めて子供三人を育てて、こうして立派に家を維持してくれていたので、本当に所帯持ちのよい妻だと感謝していたのだが、その努力が仇となって地獄へ落ちるとは、哀れにも悲しいことだ。自分にも責任があるし、本当に不憫に思われるなあ。しかし千部の書写供養とはとほうもないことだ。わたしの力ではどうにもならないが、聖人様は少しでも書写すれば地獄の苦しみは軽くなると言われたのか？　わたしの力でどこまでできるだろうか。少しでもやりたいが、はてどうすればよいかさっぱりわからん」

太郎が言った。

「お父さん、あの聖人様に相談してはいかがですか」

「おお、そうだ、よいことに気がついた、さっそく出かけよう、案内しなさい」

子供たちは、思いがけず、お父さんが積極的に素早く動いてくれたので、喜んで聖人の庵まで連れていった。庵は屋根も壊れかけて、縁側や障子の桟も壊れていてみすぼらしいかぎりであった。それでも父は気にかける様子もなく入っていった。聖人は、

「おや、父御も来られたか、どうされたのじゃ」

「実は、息子に聞かされて、何とか妻を苦しみから救ってやりたいのですが、どうすればいいのか教えてください、千部はとうてい望めませんが、さしあたり、家屋敷を売ってでも、三百ぐらいまでは何とかしたいのです」

「まず紙じゃ、紙を手に入れるのじゃ。美濃の紙がよかろう。作っているところを教えよう」

「どうやって書き集めるのでしょうか」

「寺じゃ、寺に頼め。寺には法華経があるし、字を書ける僧も大勢いる。そなたの縁故をたどって頼み歩くのじゃ」

「ありがとうございます。さっそく始めます」

喜んだ父は帰宅してすぐに旅支度をし、馬に乗って美濃の国へ紙を買いに出かけた。

残された子供たちは、太郎を中心に話し合った。

「聖人様は、お寺に頼めと言ったが、お前たち知っている寺はあるかい」

みんなでそれぞれ○○村の××寺というふうに数え上げたが、せいぜい五寺ぐらいしかない。これでは三百はむずかしいなあと言っているうちに二、三日が過ぎて、父親が渋紙にしっかり包んだ写経用の紙を大きな束にして持って帰ってきた。

親戚や近所の人を集めて事情を話し、寺や一般人で書写をしてくれる人を探してくれるように頼んだ。

それからは、紙を持って、思い当たる人や寺を尋ねて頼み歩く日が続いた。父だけではなく子供たちも二人で組になって遠く山を越えた寺へ頼みに行った。大和はいつも子供たちと行動を共にした。末の子は体力がなくて休みたがっても、太郎は帰りの道程を考えて休ませない。そんなときには大和が手を引いてやったりする。遠い道のりを、写経を頼みに来た子供たちを見て断れる人はいない。これも仏教と縁が結べるかと快く引き受けてくれて、一人で三部も約束をする人さえあった。寺でなくても字を書ける人を探して歩いた。

やっと一部の約束を取りつけたときに、千部というのがどんなに大変な数かを思い知ったという感じである。子供たちが書写してくれる人を求めて歩く日が何日も続いた。

ある人がこのことを越中の国の国司（こくし）に話した。国司は大変信仰心の篤（あつ）い人だったので、書写供養に興味を持った。じかに父親の書生を呼んで差し向かいに座らせて質問した。書生は詳しく話し、現在の進行状況も説明した。

聞いた国司は、温かい慈悲のまなざしで言った。

「わたしはお前と心を一つにして、その千部書写供養の計画を成功させたいと思うよ。力になってやろうじゃないか」

と言って、能登、加賀、越前、敦賀など他の国々にも、それぞれの縁故をたどって頼んでくれた。頼まれた寺からは本山の寺まで話が通じた。こうして書生と国司と周囲の人々が心を合わせて協力をしているうちに、次第に千部近くになってきた。

例の聖人が来て、これだけ規模の大きな法華経供養をするからには、それなりの講師やその他の役僧に依頼してはどうかと提案した。ほとんどお金もなくなっていたので書生は迷ったが、とにかく事情を話して頼み込むことだということになった。聖人が紹介状を書いてくれた。

紹介状を持った書生は大和一人をお供にして京へと上っていった。

京の東に六波羅蜜寺という寺があり、そこでは毎日いろんな講が開かれているという。

二人が訪ねていくと寺ではよく話を聞いてくれた。地方からもよくそういう依頼があるらしく、予定表を見ると、かなり混んでいる。寺の受付の僧が上司に相談して、どこの寺の僧に依頼するかを考えてくれた。本山のちょうどよいぐらいの高僧にお願いすることになった。と、言っても頼めばすぐにオーケーというわけではなく先方のスケジュール調整もあり、全体的なめどがたつには三カ月はかかりそうだということだった。

# 31 利仁将軍と五位

書生が書写供養の段取りを待つまでかなり時間がかかるようだ。

ある日、大和はふと思いついて講堂へ講を聴きにいった。

隣に座っている貴族風のおじさんが、

「観音様、まことにありがとうございます。こうしてときどき講を聞きにくるおかげで、明日は利仁将軍が東山のお湯に連れていってくださります。いえ、なに、お正月の大饗宴のときに、おさがりの芋がゆをご馳走になりました。あまりにもうまいのでこんな芋がゆを腹いっぱい食べてみたいと申しましたら、それを聞いた将軍が食べさせてあげようと言って、明日、温泉につかりに行くのです。本当にありがとうございました。厚かましくて申し訳ありませんが、急なことでお供になるいやしい身分の小童もおりません。臨時にどうにかなりませんか」

周りに人がいることも気にせずに、一心に観音様に拝んでいるのを見て、大和はふと心を動かした。法華経書写供養のめどがたつのは三カ月先なので、その間にこのおじさんについて行ってみようかと思ったのだ。

そこで、おじさんの袖をちょいちょいと引っ張って、にこにこ笑いながら自分の鼻を指差した。

おじさんは目を丸くして驚いた。今さっき頼んだばかりなのにもう小童が現れたではないか。大和の両手を取って伏し拝んだ。このおじさんは長年官庁に勤めた人で、階級は五位という高官らしい。が、ちょっとだらしがなく貧しいイメージがする。

昨日、利仁将軍が、五位の官舎に現れて、明後日早く出発するからと告げて去っていった。さっそく六波羅蜜寺へお礼参りをしたところ、霊験あらたかに小童までつけてもらった五位はわくわくしながら当日を迎えた。利仁将軍は狩衣姿で現れて、

「さあ参りましょう、太夫殿。東山の近くにお湯を沸かせているところがありますから。支度はできましたか？」

「お湯ですか！　それはまことに嬉しいことです。昨夜は体がかゆくてなかなか寝つかれなかったですよ。でも東山は遠いのですが、あいにく乗り物がないので……」

と言いかけると、利仁が、

「いや、馬ならここにありますよ、小童の分もね」

「それはありがたい」

そう言った五位の姿を見ると、薄い綿入れを二枚ほど重ね、裾の破れた青鼠色の指貫に、同色の狩衣の肩の折り目が少し崩れているのを着て、下の袴は着けていないので、ちょっとだらしなく見える。高い鼻の先は赤くなっていて、穴のまわりがひどく濡れているのは、鼻水をろくにふきもしないのかと思われる。狩衣の後ろは帯に引っ張られてゆがんでいるが、それを直さないで、ゆがんだままなのでなおさら変な格好だ。そんなだらしのない五位の姿を利仁は気にもせずに、笑いながら出発した。

鴨川のふちを利仁と五位、その後に家来の武具持ち男と下男と大和が、馬に乗って軽い足取りで進んでいった。

さて、河原を通り過ぎて粟田口に差しかかると、五位が、

「その場所はどこですか？　東山は通り過ぎて山科も過ぎたようですが」

と、聞けば、

「いやなに、もうすぐですよ」

と、言いながら進んでいった。やがて、滋賀の三井寺に着いた。知り合いの僧がいるのでと、立ち寄った。五位は、

（さてはここに湯が沸かしてあるのだな）

と思い、

（しかしそれにしても、気が狂うほど遠くへ来たものだ）

と思っていると、寺の坊主が、

「これはまた珍しいお方が見えたものじゃ」

そう言ってあわてて接待に走りまわる。しかし、お湯の気配はさらさらない。

「どこにお湯があるのですか」

利仁は、

「実は敦賀の国のわたしの家にお連れするのです」

これを聞いた五位は、

「えーっ！　何とも常識はずれのお方だ。京でそうおっしゃってくだされば、お供の二人も連れてきたものなのに、そんな遠い旅をするなんて物騒でいけません、心細くてなりませんよ」

「大丈夫です。わたしが一人いれば、千人力ですからご心配は無用です」

「確かにそうですけど」

五位は振り向いて大和の方を見た。六波羅蜜寺で隣に座った小僧を小童のように連れてきたが、果たしてそんな遠い旅になったら親御が心配するだろう。大和は五位の気持ちを察知して、大丈夫ですとばかりにこにこ笑って胸を張った。

利仁は面白そうに笑っている。三井寺で出された食事を終えると一行は急いで出発した。ここで利仁は武具持ちの家来から弓矢と刀を受け取って身に着けた。大和はその様子を見て、こうして武装するととても強そうなので、賊に襲わ

れても平気だろうなと思った。

一行がどんどん進んでいくうちに、三津（みつ）の浜（はま）という琵琶湖（びわこ）のほとりに来た。前に狐（きつね）が一匹走り出た。利仁はこれを見て、

「おう！　ちょうどよい使いが走ってきたぞ」

狐めがけて襲いかかった。狐は命からがら逃げだしたが、追いかけられてどうにもならなくなったところを、利仁は馬の横腹に体を落として、手を伸ばして狐の足をつかんで引き上げた。乗った馬は一見普通の馬のようだったが、実は素晴らしく優れた馬だったので、すぐに追いついてしまったし、馬に乗ったまま狐を捕まえるなんて、利仁も大変な馬術である。五位と大和が走り寄ると、狐の首を持ってぶら下げて、

「おい狐、今夜中にわしの敦賀の家に行ってこう言え。『急にお客様をお連れして家に帰ることになった。明日の午前十時ごろ、高島（たかしま）の辺りに馬二頭に鞍（くら）を置いて、男たちが迎えにくるように』とな。もしこれを言わなかったら、どうなるかわかっているな。狐よ、やってみろ。狐は化けるものだから必ず今日中に行き着けるだろう。そして家の者に言え」

そう言って狐を前に放り出した。五位が、

「これはまた、あてにならないお使いですな」

「見ていてごらんなさい、行かないはずはないですよ」

それと同時に狐は走り出して振り返り振り返りしながら、街道の先を

走っていく。見る見るうちに姿は見えなくなった。

大和は狐が街道の先に消えたのを見て、きっと今日のうちに向こうに着いて、言われたことをするだろうと思った。それにしても、たまたま通りかかった一匹の野狐を捕まえて大きな役をさせるなんて、この利仁将軍はすごい能力を持った人だなあと思い、まぶしいような気持ちで利仁を見ていた。

その夜は道中に宿をとって一泊した。翌朝早く出発して先を急いだ。十時ごろになると、道の向こうの五百メートルほど先に、一団となってやってくる者がある。

「何だろうか」

見ていると、利仁が、

「昨日の狐が向こうに着いて告げたのです。それで男どもがやってきたのです」

五位は、

「さてどんなものですかな。まさか本当とは思えないですな」

言っているうちに、みるみる近づいてきて、ばらばらと馬から下りて利仁たちを囲みながら、

「それ見たことかだ。本当においでなされたではないか」

利仁は微笑んで
「どうしたのだ?」

その中のおもだった男が前に進み出たので、

「馬はあるか?」

「二頭おります。お食事もここに」

重ねた木箱の中には果物、魚や煮しめ、卵焼き、すしなどご馳走がいっぱい入っていたので、馬から下りてその辺り

に座って食事をした。

　そのときにおもだった男が進み出て、

「じつは昨夜不思議なことがありました」

「何があったか言うてみよ」

「昨夜八時ごろに奥様が急に胸が痛いと騒がれました。みなが見守っているうちに奥様はきっと顔を上げて、目をつり上げて、『わたしは他でもございませんが、三津の浜の狐でございます。今日の昼ごろ、三津の浜で利仁様が急に京より下ってこられるところに出会いました。逃げましたが、どうにも逃げきれなくて捕まってしまいました。そのとき利仁様は、わたしに今日中に利仁様の家に行き着いて、お客人を連れて急に下ることになったが、明日の十時ごろ馬二頭を連れて、高島の辺りまで男どもに迎えにくるように言え。と、こう言われました。だから家来の皆さんは早くお出かけください。遅くなるとわたしがひどいお叱りを受けることになりますので』そう言いながら奥様はひどく怯えて震えながら袖でお顔を隠して騒がれました。大殿様が、『よし、簡単なことだ。男どもはすぐに支度を始めよ。女どもは料理にかかれ』と命じられると、とたんに奥様は正気に戻られました。その後、夜明けの鶏の声と同時に我々は出てきたのでございます」

　これを聞いた利仁はにっこり笑って、五位の顔を見て片目をつぶった。五位はあきれてしまった。

　さて、食事が終わって一行は急いで出発して、日暮れごろに家に着いた。

「それ見ろ、本当だった」

　奥様に狐が憑いて語った話が本当だったことがわかり、家じゅうが大騒ぎをして迎えた。

　五位と大和は馬から下りて家の様子を見ると、素晴らしく裕福な家であることが見てとれた。

　座敷に上がると今まで着ていた二枚の着物の上に利仁の夜着まで着せてもらった。しかし、腹も減っていて、心細いので、二人は借りてきた猫のように小さくなっていた。大和は旅慣れているとはいえ、何と言ってもきつい道中で疲れてしょんぼりとしてしまった。それを見て、利仁の妻が子供の夜着を持ってきて着せてくれた。それでも二人が心細そうなので、家の人たちは火鉢にがんがん炭をおこして、畳を二枚敷いた上に、食事と果物や菓子を並べてくれた。実に豪勢な夕食だ。

「道中お寒かったでしょう」

薄い黄緑色の真綿の入った上着を三枚かけてくれたので、二人はすっかり温まり、いい気持ちになってぼんやりとしてしまった。

やがて食事が終わり、辺りが静かになったころ、義父の有仁(ありひと)がやってきて、利仁に、

「いったいどういうことで、こんなに急に帰省なさり、あのようなお使いを出されたのですかな。どうも常識をはずれていますね。あなたの奥さんがにわかに病気になられて本当にお気の毒でしたよ」

利仁は笑って、

「狐がどうするか試してみようと思ってやったのですが、本当にこのうちに来て伝言をしたのですね」

義父も笑いながら、

「狐を自在に使えるなんて、まったく驚きましたよ。ところでお連れするという客人はこのお二人のことですか」

有仁は、このみすぼらしい二人は、利仁将軍のお客としては釣り合わないと思ったのだろう。

「そうです。この方はこう見えても長年勤められた五位でいらっしゃるのです。『芋がゆをまだ腹いっぱい食べたことがない』と言われるので十二分に食べていただこうと思ってお連れしたのです」

「それはまた簡単なこと。おやすいご用ですよ」

と冗談みたいに言うと、五位が、

「いや、この方が東山に湯を沸かしてあるからとわしを騙(だま)して連れ出し、こんな遠くまで連れてきたのです」

などと言い、お互いに冗談を言って笑っているうちに夜が更けたので、義父は自分の部屋へ戻っていった。

五位も寝室と思われる部屋に連れていかれると綿の厚みが十五センチほどの寝具が置いてあった。今まで着ていた薄い綿入れは着心地も悪いし、何か虫がいるのか痒(かゆ)いところも出てきたので、みな脱ぎ捨てて、薄黄緑色の柔らかいものに着替えて厚い寝具にもぐり込んだ。一方、大和は家来の身分なので家来の部屋に行くべきだが、小さいのでかわいそうだと思われたのか、隣の控えの間に寝具が置かれていた。

しばらくすると、隣の五位の部屋に誰かが入ってきた様子である。小さな声で、

「おみ足をおさすり申せと言われて参りました」

「おお、可愛い人じゃ、こちらにいらっしゃい」

五位が嬉しそうな様子で声をかけて、抱き寄せている気配である。その様子を感じながら、大和はふとあることを思い出していた。それは藤原の高藤(たかふじ)が鷹狩(たかが)りで迷子になって泊めてもらった家でも、夜になると可愛い女の子が来て仲良くしていた。ということは、この時代には、お客が来るときれいな女の子が夜の接待もしていたらしい。大和も隣室の気配に何だかドキドキしていたが、昼間の疲れですぐに眠り込んでしまった。

しばらくすると、庭の方で大きな声で騒いでいるので目が覚めた。男の声がして、

「この近くの下人(げにん)たちよく聞け。明日の朝午前六時ごろに、切り口十センチ、長さ一メートル五十センチの山芋をめいめい一本ずつ持ってこい」

と言っているようだ。大和は、陸奥の国で大夫介(たゆうのすけ)の若君が、山芋を掘ると言われて穴を掘りその中に埋められたことを思い出し、この地方ではそんなに大きな山芋が掘れるのかしらと思った。

（よし、それなら山芋を掘るのを見てみたい）

そう思って、夜明け前の暗がりの中を、屋敷の裏の門のところで待ち構えていた。すると二人の男が長い棒のような鍬を担いで出てきた。

「なんでまたこんなに朝早く芋掘りに行くのかしら」

「若殿様が京の客人に芋がゆをたらふく食べさせたいそうだよ」

「たらふくといっても芋一本あれば足りるだろうに」

「いや、大旦那様が面白がって芋がゆの宴会をするらしい」

「それは面白い、我々にもおこぼれがあるかもね」

二人は足早に裏山の方へと歩いていった。大和もその後をついて歩いた。まだ暗いので山道は歩きにくい。二人は大和がついてくるのに気がついても特に気にせずにどんどん進んでいく。山一つ越えた辺りのゆるい傾斜地に出た。土が柔らかそうな所へ来て、二人は山芋の根を探し始めた。

「今の時期、ちょうど寒くなり始めたので、山芋もよく肥えているな」

葉が黄色になったつる草を見つけて引き揚げると小さな『むかご』がついている。その茎をたどっていくと根元に届くのだが、根の茎の太さが人差し指ぐらいにならないと芋は小さい。つると葉がよく茂っていて根元の茎の太いのを見つけると、二人はヘラのような長い器具で周りを掘り始めた。しばらく黙々と掘り続ける。最初は幅広く掘って次第に細くなるが、一人が穴の中から土をかき出して、もう一人が手助けをする。途中で芋が折れないように気を遣いながら長い時間をかけて、男の身長ほど掘ったところで芋掘りは終わった。やっと持ち上げるが、傷がつかないように周りに土をつけたままである。持ってきたこもに包む。こうして芋を二本掘り上げた。二人は土を払った芋を、こもに包んで束ねて棒にぶら下げ、帰り道についた。朝の六時までに帰れるように急いだ。

峠の上に来るとさすがに疲れた二人は一休みをしながら汗をぬぐった。白々と明け始めた景色は、遠く海岸沿いに延びた平野が見渡せる。

　ずっと北の方に山の尾根が海岸近くにせり出して、その麓（ふもと）に大きな屋敷がかすかに見えた。男の一人が、

「あの屋敷の姫は生きておられるだろうか」

「そうよ、ご両親が亡くなって、召使いも一人もいなくなって、着物を売って食いつないでいたらしいが、どうなされたかのう」

「なかなかいい婿殿（むこどの）がつかなくてな」

「器量も気立てもいいというのに不運な姫よのう。何でも親が死ぬ前に観音堂を造って姫のことを頼んで死んだというが、効き目があればいいと思うがね」

　大和が二人の話を聞いていると、腰ベルトのリンボーがビビッと振動した。大和は思った。

（次に目指すのは、あの屋敷の不幸な姫だな）

　おなかを押さえてリンボーにわかったという合図を送った。

　やがて三人は利仁の屋敷に戻った。見ると庭に大きな長むしろが四、五枚敷いてある。そこへ一人の男がやってきて丸太ん棒のようなものを一本おいて去っていった。続いてまた他の男が同じような棒を置いて去っていった。大和と一緒の二人もむしろのそばへ行ってこもをはがして中から二本の山芋を取り出して並べて置いた。次々と持ってくる棒は、ゆうべの叫び声が聞こえたように、切り口十センチ、長さ一メートル五十センチの山芋だった。それをお昼ごろまで次々と置いていくので、五位の寝ている寝室の軒の高さにまで積み上がっていった。昨夜の叫び声は、実はその辺りに住む部下の人たちに何事かを急に伝えるときには、人呼びの丘という高い所で叫んだのである。その声の届く範囲に住む下人たちが持ってきた芋がこれほど多いのだから、ましてやもっと遠くに住む下人の数を想像するだけで、いかに多くの部下を持っているか想像できるというものだ。

「いやはや驚いたものだ」

と五位がつぶやいていると、一斗入りの大釜を五つ、六つ担いできて急いで杭を何本も打ち、その釜をずらりと並べて据（す）えた。

いったい何をするのかと見ていると、白い着物に帯紐（おびひも）を締めたきれいな若い下女が新しい桶に水を入れて釜にザーッと移す。水かと見えたが、実はあまずらの汁だった。釜の下に火を入れる。若い男が十人ほど出てきて袖をたくし上げて長く薄い刀でこの山芋の皮を削っては、なで切りにして鍋に落とす。こうやって芋がゆを作るのだ。五位も大和もこれを見て、げんなりしてしまって食べる元気もなくなってしまった。ぐつぐつと煮上がってきたので味見をして、

「芋がゆが出来上がりました」

「では差し上げよ」

大きな銀製のひょうたんに一升ほど入れたのを三、四杯も汲み入れて持ってくる。一杯さえも食べきれないのに。

「もう腹いっぱいです」

五位が情けない声で言うとみんなはどっと笑った。そこで無礼講（ぶれいこう）となり、芋を持ってきた者やその家族まで加わって昼間から芋がゆの大宴会となった。

「お客様のおかげで芋がゆがたらふく食べられるぞ」

笑って口々に冗談を言い合っている。

そのとき、向かいの家の軒に狐がのぞいているのを利仁は見つけた。五位に、

「ごらんなさい、昨日の狐が会いたがっていますよ」

そばの家来に、

「あの狐に何か食わせてやりなさい」

と命じたので、食い物を与えると狐はそれを食べて去っていった。

こうして五位はしばらくこの家で静養するようにと利仁に言われ、毎日ご馳走を食べて面白おかしく暮らし始めた。

大和が思うには、こういう流れになったのは、長年真面目に官庁に仕えた五位への利仁のねぎらいかもしれないと。

大和は芋掘りの明け方に見た屋敷の貧しい姫の様子を見に行こうと思った。五位にどうやって伝えるかを考えたが、利仁の家に来てからもらった衣類をきちんとたたみ、自分は前から着ていた古い着物に着替えて、もらった物を五位の前に差し出して丁寧にお辞儀をした。

五位は一瞬きょとんとしていたが、この名前も知らぬ小僧が六波羅蜜寺からついてきて何くれとなくよくやってくれたことを思い、この小僧はこれからまたどこかへ消えてしまうのだなと直感した。この小僧はたぶん六波羅蜜寺の仏様が、当座しのぎに自分につけてくれたのかもしれないと、両手を合わせて大和を拝み、自分の乏しい巾着の中からなにがしかの小銭をつかみ出し、両手に握らせて、

「ありがとう」

と礼を言った。

大和は一つお辞儀をして屋敷を出ていった。たぶん、利仁や五位にとって、自分のいたことは、すっかり記憶から消えてしまうに違いないと思いながら。

# 32 猫の島

大和は五位と別れて北に向かって歩いていった。

ある魚港に着いたときに日が暮れたので、海岸の辺りの小さな小屋で寝ることにした。

翌朝、まだ明けきらない薄靄の中で、七人の漁師が忙しく出港の支度をしていた。子供を抱いた妻や、まだ目覚めずにぼんやりしている子供たちが、父が漁に出るのを見送りに来ていた。漁師たちは七人が乗れるような大きめの漁船に食べ物や水を積み、その上に各自が弓矢や槍、刀を積んでいる。海へ出るのは命がけであり、どんな敵に遭うとも限らないので、そのときのために武器を持つのは必携である。

「おっと、このロープを忘れるところだった。ほれ、お前、これを船底に積んでおいてくれ」

そう言いながら漁師の一人がそばにいた少年に束になった太いロープを渡した。少年は、ロープを受け取ると担いで船に乗った。ロープ置き場は人が歩くのに邪魔にならないように、少年は下の方の棚を探していた。

「それ！　いくぞ！」

漁師の頭の声かけでそれぞれが持ち場についていっせいに漕ぎ始め、船は夜明け前の海へと順調に滑り出していた。

適当なロープの置き場が見つからなくて、少年は肩に担いだまま船底から出てきたが、すでに船は走り出している。

「お、お前は何だ、ロープを持ち込んだのか、もう戻れないから、二、三日はその辺で手伝いをしていろ」

頭が、特に名前も聞かずにそのまま存在を許したので、他のみなもうなずいた。つまり、大和は漁船に乗り込んだのである。

陸地も見えなくなったころ、急に荒い風が吹きつけてきた。風は渦巻きのように船を回転させた。漁師たちは櫓（ろ）も引き上げて、船べりにしがみついている。つむじ風がやむと船は回らなくなったが、いったいどっち方向から来たかもわからなくなってしまった。その後に、今度は船尾から前に押し出すような強風がきた。船は宙を飛ぶように、波の上を走っていく。吹きつける風に任せて、ただ死なないようにしがみついて祈るばかりである。そのとき、前方にある大きな離れ島が目に入った。船は島を目指してまっしぐらに進んでいる。

「やれ、ありがたや、ひとまず島に上がってしばらくでも命を長らえよう」

船はひきつけられるように島に着いた。まずは命拾いができたと、みなで喜んで島に上陸して船を引き揚げた。島を見まわすと上の方には木々が生い茂り、滝が落ちていて細い川が流れ出しているので、飲めそうなきれいな水があることがわかった。また後方の森には、何か食べられそうな果物がなる木もありそうだ。海岸辺りには貝殻も多くて、少し掘れば貝も採れるだろう。

周りの状況を観察していると、二十歳余りの美しい青年が現れた。それを見た漁師たちは、着ている物も高貴な衣と袴（はかま）なので、このような離れ島にどうしてこんな品格のある人がいるのかと不思議に思った。

「前からここに住んでいた人がいるのだな」

嬉しく思っていると、青年は近寄ってきて、

「お前たちをここへ呼んだのはわたしだと知っていますか」

「いや、知りませんでした。釣りに出てつむじ風に回されて、方角がわからなくなったところへ強い追い風がきて、ここまで流されてきたのです。島を見つけて喜んで着いたところです」

「その風はわたしが吹かせたのです」

それを聞くと、この青年は普通の人間ではないことがわかった。

「お前たちは、疲れているでしょう。おい、あれだ、あれを持ってこい」

出てきた方に高い声で呼びかけると、足音がして数人の男が長櫃（ながひつ）を担いで出てきた。

中を開けると、素晴らしいご馳走がたくさん入っている。酒の瓶（かめ）もいくつかあって、朝から何も飲み食いしていない漁師たちは、夢中でがつがつと食べた。酒なども十分に飲んで、残した食い物は再び長櫃にしまい込んで明日のためにとっておいた。長櫃を運んできた者たちは去っていった。美青年は漁師たちに近寄って、

「お前たちをここへ迎えたわけは、この沖の方にもう一つ島がありますが、その島の主がわたしを殺してこの島を乗っ取ろうとしていつも戦いを挑んでくるのです。わたしも対抗して戦ってきて、長年が過ぎましたが、明日またそれが攻めてきて勝敗を決する日なのです。わたしか相手かどちらかが死ぬまで戦うのですが、何とか助けてほしいと願って、こうして迎えたわけです」

漁師の頭が、

「攻めてくる相手の奴はどれほどの軍勢を引き連れて何艘（そう）の船でやってくるのですか。我々は力が及ばないかもしれませんが、こうなったからには『命を捨ててまでも』と、あなた様のおっしゃることに従いましょう」

青年は喜んで、

「相手は人間の形（なり）をしていないのです。待ち構えているわたしも人間ではありません。今日、明日中にわたしの正体もおわかりになりましょう。まず、奴が海の方からやってきて島に上陸しようとするでしょう。わたしは上の山から攻め下ってきます。以前は上陸させなかったのですが、今年はお前たちのおかげもあるので、上陸させようと思います。奴は上陸すれば力もつくことですから、喜んで上がってくると思います。初めはわたしが戦いますが、もし、こらえきれなくなったら、お前たちに目で合図を送るから、お前たちは、ありったけの矢を打ち込んでください。絶対に油断して

はなりませんぞ。明日午前十時に戦いは始まります。正午ごろまでには決着がつくでしょうから、十分に腹ごしらえをしてこの岩の上に立っていてください。矢が足りなければ、竹はこちらから運ばせます」

青年はよくよく言い聞かせて去っていった。漁師たちは、そこに生えている木を伐って簡単な小屋を造り、先ほどの従者が持ってきたまっすぐな細竹を適当な長さに切って、先に矢じりになりそうな石を拾ってきて、ロープをほどいた糸で縛りつけ、即席の矢をたくさん作った。大和もその竹を集めてきて、先端にぼろきれを巻きつけたものを作っていた。頭が、

「火矢かい？」

笑いかけたので大きくうなずいた。弓の弦などもよく検査して、たき火をしながら話しているうちに夜も明けてきた。みなで十分に腹ごしらえをしていると十時近くになってきた。

さて、攻めてくるだろうという方向に目をやると、生臭い風が急に吹いてきて海の水が真っ青になり、光っているように見えた。

その中から大きな火が二つ出てきた。

「どういうことだ」

山の方を見れば、その辺りも怪しく恐ろしげになって、草はなびき、木の葉は揺れ騒いでごうごうと音がする。その中をまた、火が二つ出てきた。沖の方から岸の近くまで押し寄せてくるものを見れば三十メートル以上もある大ムカデが泳いできていた。背中は真っ青に光り、脇のところは真っ赤に光っていて、何百と生えている足がワサワサと動いている様子は言い表せないほど恐ろしい。二つの火は目玉だった。上を見れば同じくらいの長さで、胴回りが一抱えもありそうな大蛇が下りてくる。鎌首を持ち上げて舌なめずりをしながら目は燃える火のように光っている。あれもこれも、身の毛がよだつほど恐ろしい。大蛇は、言っていたように、目を怒らせて少し後方に首を立たせていたので、ムカデは

喜んで駆け上がってきた。お互いにしばらくはにらみ合いが続く。七人の漁師はかたずをのんで、教えられたとおりに岩の上から戦いの様子を見守っていた。ムカデが走り寄って蛇の首元に食いついてきた。蛇も負けずに噛みつき、胴を絡ませて締めつける。共に毒を持っているので、食われたところから血がほとばしる。ムカデは手が多いので、蛇を押さえ込んで噛みつく。蛇はムカデを巻き締めようとするが数多い手にはばまれてしまうので、ムカデの頭に食いつき、首を振る。もつれ合って取っ組み合ううち、噛み合って血しぶきは砂を赤く染め、緑色の液体も流れ出し、壮烈な戦いが四時間も続いた。ムカデは手が多いから、手で捕まえながら食いつくので常に蛇より優位だった。ついにムカデは蛇の背中にベッタリと張りついてすべての手足の爪を蛇の胴体に突き刺して首元の急所に噛みついた。蛇は急所を噛みつかれて何とか振りほどこうとしてもどうにもならない。ムカデの出す毒が全身にまわってきて、目に見えて弱っていく。辛そうな目で漁師たちに早く射よという表情をした。七人の漁師と大和は駆け寄ってムカデにあらん限りの矢を打ち込んだ。大和は頭に松明から火をつけた矢を渡すと、彼はムカデの目玉を狙って火

矢を打ち込んだ。一本目はわずかにはずれて下に落ちた。二本目の燃えている矢を目に打ち込まれて、ムカデは狂ったように跳ねまわり苦しんだ。のたうちまわるムカデのもう一方の目にも火矢は打ち込まれた。大和の火矢は手の付け根にも打ち込まれてムカデの体から流れ出た脂がジュジュッと燃え出した。漁師たちはすべての矢を根元まで打ち込んで弱らせてから、今度は刀や鉈で蛇に刺さっているムカデの手を切り始めた。手をズバッと切ると赤い血と緑の液体が同時に噴き出す。それを身に受けた漁師たちも鬼のような色になりながら、夢中になって手を切り離していった。手足を切られたムカデが倒れたので、蛇はやっと離れることができた。漁師たちは、ムカデによってたかって、胴体を切り刻んで殺してしまった。これを見て蛇は首をうなだれて山の方へと帰っていった。

漁師たちはムカデの切り離された足がまだ動いているのを見ると、山へ行って木を伐ってきた。切った体をいくつかのかたまりに分けて海岸に置いて、その上に木をたくさんかぶせて焼き始めた。体が大きいので焼くのにもずいぶんと時間がかかる。火の番をしながら、互いに小川に行ってきれいに体を洗った。

しばらくして先の青年が青い顔をして、足を引きずりながら現れた。ずいぶんと体調が悪い様子である。顔の傷口からも血が流れている。

また、たくさんのご馳走を持ってきて食べさせながら、言葉を尽くして感謝をする。やがて、ムカデを焼いた灰や骨などは遠くの海に捨てさせた。

さて、青年が漁師たちに言うには、

「わたしはあなた方のおかげで、この島を平和に保つことができて本当に嬉しい。この島は田んぼを作るところも、畑にするところも至る所にあります。果物の樹も数知れずあります。きれいな水や、鳥もいます。そういうわけでとても住みやすい島なのです。あなた方もここに来て住んではどうですか？」

「とても嬉しいことですが、国に置いてきた妻子のことが心配です」

「それは簡単です。向こうから連れてくればいいでしょう」

「どうやって国へ帰っていくのですか」

「あちらへ行くには、こちらから送り風を吹かせますから簡単です。向こうからこちらに来るのは、こちらの分院（ぶんいん）である神社が、加賀の国の熊田の宮という所にありますから、そこへ行ってお願いしなさい。こちらに来たいと思えば、熊田の宮でお参りをすれば簡単に帰ってこられます」

そう教えられて、漁師たちは取り敢えず風に送られて加賀の国まで帰ることになった。一緒に行くという家族を集めて戻ってくる予定である。夜中にひそかに熊田の宮にお参りして、七艘の船に家財道具や米、麦、野菜の種など積み込んで、加賀の国を後にする。その後、熊田神社には、年に一度、夜中にお参りをしにくる人たちがいるらしいが、誰も会ったことはないという言い伝えが残った。

漁師たちの船が故郷を目指して出港の準備で忙しいときに、青年は大和を呼んで人影のない所へ連れていった。大和の心を見透かすようにじっとのぞき込んで、

「お前は他の人には気づかれていないが、わたしの目はごまかせない。遠い未来からの旅を続けているのだね。この島は猫の島という名前で、世間には知られることなく栄えていくだろう。あの者たちは家族を連れて戻ってきて、この島で平和に楽しく暮らしていくことになるだろう」

青年の話を聞いて、大和の脳裏には絶海の孤島に、楽園のように繁栄する村の様子が目に浮かんだ。あの漁師たちが、家族と共に誰知らぬ島で豊かに暮らしてゆく。何十何百年という長い年月が流れていくときに、村はどうなってゆくのか。大和は青年の言うように楽園がいつまでも続くといいなと思った。

うつむいて青年の言葉には答えずにいたが、ふと顔を上げて青年の瞳をじっと見ると、心で訴えた。

（わたしは、言われるとおり、遠い未来から旅をしています。猫の島は楽しい島になると思います。さようなら）

深くお辞儀をして、帰りの船に乗り込んで島を離れていった。

# 33 貧しい娘がお嫁にいった

大和は猫の島から戻って船を下りると、前から目的にしていた姫の館を探しあてた。

田舎家で広い庭がある。先日、芋掘りの後で峠の上から見た屋敷はここだろうと思う。家の中へ入っていくと、広い座敷がいくつか続いているが、人の気配はない。表に出ると別棟に小さな家がある。ここに誰かいるかなと思い、入っていくとやはり誰もいない。やっぱりあのときの下人が心配していたように、姫はもう死んでしまったのかもしれない。そう思いながら家の裏手にまわっていった。そこには後ろの山から落ちてくる細い滝があり、傍らにお堂が建っていた。中に観音様がお祀りしてあるというのはこれだなと近づいて行くと、堂の前に小さくうずくまって手を合わせている女性がいる。

女性は手を合わせて目をつぶり、昔のことを思い出していた。


広い屋敷の中、そこには老夫婦と一人の娘がいた。父親が、太いため息をついて力なく言った。背中が曲がって、髪も白く、いかにも疲れた様子だった。

「のう、お前は何度お婿さんをつけても、逃げられてしまうのは、いったいどうしたことかのう」

「お父さん、この子が悪いわけではないのですよ。こんなに可愛くて優しい娘なのに相手が悪いのです。かわいそうなくらいよく尽くしているじゃありませんか。それなのに戻ってきてくれないなんて、何と薄情な男たちかしら」

小柄な母親も、髪が真っ白で顔色も悪くささやくような話し方だった。

「いや、家に財産がないから、先の楽しみがなくて逃げてしまうのかもしれぬ」

「そうですね、お金持ちなら、婿殿も引き止められましょうよ。でもこの娘の器量と優しさは、そこいらの娘さんとは比べものにもなりませんわ」

「もうこれからは、婿とりはやめにする。娘や、お前は一生独身で一人暮らしをするしかないね」

父親に言い渡されて娘は袖で顔をおおってしくしくと泣いた。

「しかし、わたしたちはもう年老いているから、わたしたちが死んだ後でお前はとうてい一人では生きていけない。それが一番心配だよ。そうだ、家の裏に観音様のお堂を建てて娘のことをお願いしよう」

父親はさっそく木材を買い集めて裏にお堂を建て、観音様の像を求めて安置した。

「どうか、観音様、わたしたちが亡き後には、この娘を守ってやってください。いい婿がきて、娘が幸せに暮らせますように、お守りください」

そのように願をかけた。

間もなく父親は亡くなってしまった。家じゅうが悲しみに暮れているとき、続いて母親も死んでしまった。急に両親を失い、ぼう然として泣き明かす娘を慰める者もいない。親が残した物があるうちは召使いもいたが、何もないことがわかるとみんないなくなってしまった。

そこまで思い出して、次に声を出して観音様に言った。

「観音様、亡くなった父と母がわたしの行く末を案じて、ここに観音堂を建ててわたしのことを頼んでいきました。わたしは、持っている着物を一枚ずつ手放して今まで食べて参りましたが、もう手放すものもございません。今まで何一つ働いたことがないわたしには、働くこともできないのです。ご近所の方がたまに食べ物を差し入れてくださるのでそれで生きております。でも、もう乞食のような暮らしも考えられないのです。

観音様、わたしの父がお願いしましたように、わたしを助けてください。でなければ、いっそこのまま観音様の前で死んで、優しい両親の所へ行かせてください」

泣きながら拝む姿を大和は立って見ていた。人の気配に振り向いた姫は、見知らぬ子童の姿に、もしかしたら観音様が寄こされた子供かもしれないと思い、親しげな笑顔でやせた手を差し伸べた。

姫に連れられて小さな家に入ると、なるほどがらんとして何もない。きっとおなかをすかせているだろうと、大和は食べ物の調達に外へ出て行った。蕪の畑の前に立っていると、畑仕事をしていたおじさんが、

「お前、腹が減っている顔をしているな。よし、蕪を一つ持っていけ。それからおにぎりも一つやるから」

大和は深くお辞儀をしておにぎりと蕪を抱えて帰ってきた。娘は大和の差し出す蕪とおにぎりを受け取ると、嬉しそうに、葉っぱと蕪を別々に煮て、おにぎりを鍋に入れておかゆを作り、量を増やして二人で分けて食べた。食べながら幸せそうなほほえみを見せた。

「お前は誰か知らないが、他の召使いがみんないなくなったのに来てくれてありがとう。でもわたしは貧乏で何もお前にしてやれないわ」

大和は何も言わずに笑って見せた。

「あの広い家に住むのは少し怖いので、この離れの小さな家で暮らしているのよ。お前は端の部屋で眠るといい。ここは、観音堂に近いからいいね」

離れの小さな部屋で暮らすことになった。その夜、大和は、明日は海岸の方へ行けば何か食べ物にありつけるかなあと思いながら眠った。翌日、大和は外へ出て海岸で貝や海藻を拾い、さらに五位からもらった小銭で穀物や野菜、乾物

などを仕入れて帰ってきた。娘は喜んで、やっぱりこの子は観音様がわたしを助けるためによこされたに違いないと思い、自分もかいがいしく食事の支度をした。

翌朝、なぜか娘はいつもよりもきびきびと動いて、風呂を沸かして身を清め、観音様にお参りしている。そして、大和に向かってこう言った。

「ゆうべの夢で、観音様の後ろからお坊様が現れて、『お前があまりにもかわいそうなので、夫をつけてやろうと思い、呼びにやったから明日ここに来るだろう。来たら、すべてその人の言うなりにしなさい』と言われたのよ。きっとこれは観音様がわたしをお救いくださるのだと信じるわ。ありがたいことです」

聞いて大和は、また夢のお告げだ、どんな形で実現するのだろうと興味がわいてくる。

夢を信じた娘は、大和が海岸から拾って来た貝と、海藻をゆでて朝食をすませ、二人で大きい母屋の掃除を始めた。風通しをよくして、娘と大和はすみずみまで掃除をした。広い家がすっかりきれいになったので離れに戻って待っている。

夕方になって馬の足音が多くして、がやがやと人が来たようである。大和が見に行くと、なかでも偉そうな青年が主人のようで、指図をして家来が入り口から中をのぞいている。

「ここに宿を借りたいと思って来たが、よくこんないい所が見つかったものだ。とても広々として気持ちがいいな」

振り向いて大和が立っているのを見つけ、

「おや小僧、この家の主にこの家を宿に借りたいと伝えてくれ」

大和は駆け戻って戸口でそっとのぞいている娘を外へ押し出した。

娘が出ていくと、娘の顔を一目見た青年が、

「おっ！」

と目を見張り、じっと娘を見つめている。さっきの家来が娘に近づいて、

「今夜の宿にこちらの家を貸してもらえないか」

と尋ねている。娘は夢で言うとおりにせよと言われているので、

「こんなみすぼらしい家でよろしければ、どうぞお使いくださいませ」

と、答えた。その様子を先ほどから青年が食い入るように見つめている。

家来たちは喜んで、

「実に広々としたいい宿だ。よかったな」

と、言い合っている。青年は三十歳ぐらいのなかなかの美男である。従者、郎党、下郎など全部で七、八十人はいるだろうか。みな母屋の中へ入っていった。板敷で畳を敷いていないが、青年は皮行李（かわごうり）の皮をはずして、二、三枚に重ねてその上に座り、周りには幕を張りめぐらしている。行李の中からそれぞれ食い物を取り出して、みなで食事を始めた。馬に餌をやる者もいて賑やかにしていたが、やがて旅の疲れですぐに寝入ってしまった。

すると、青年はそっと抜け出して、娘のいる離れに行ってホトホトと戸を叩いた。大和が出てみると青年は、

「ここのお方に話したいことがございます」

大和は夢の話を聞いているので、心得て中へ入れた。娘は母屋に大勢の客を泊めてどうしてよいかわからずに動転していたが、眠ることもできずにいたところへ、大和に連れられて青年が入ってきた。

青年は、娘の前に座り、

「あなたに話したいことがあるから聞いてほしい」

と言って、娘の手を取った。

「何をなさるのです」

と、手を引こうとしたが、振り切ることもできずに手を握られたままである。お告げを信じて言われるままにしている。

「わたしは、美濃の国の大きな豪族の一人息子です。親が死んでたくさんの財産を相続しましたが、今ではそれ以上にあらゆる力を蓄えております。それが、心から愛していた妻に死なれて今は独身なのです。いろんな人が『婿にしたい』『嫁になりたい』と言うのですが、死んだ妻のことが忘れられず、結婚するなら妻に似た人をと思って過ごしてきました。今日は、越中の国に用事があって行く途中なのです。それが、昼間に宿を借りるとき、どういう人が住んでおられるのかとのぞいてみたら、なんと、あなたは死んだ妻と生き写しじゃないですか！　口のきき方から歩く姿までまったく瓜二つです。やっと見つけた妻だと思うと、それでもう目もくらみ、心は躍って早く日が暮れないか、そばへ寄って近いところでよくよく見たいものだと思って入ってきました。越中の国への用事がなければあなたと会えなかったですよ。この宿を借りなかったらあなたを知らなかったことですよ」

そう言って、握っていた手をぐっと引いたので娘は青年の胸の中に倒れ込んでしまった。

大和は、あわててこの場を退散して自分の部屋に戻ったが、胸が早鐘のように鳴って、娘の部屋が気になるのでなかなか寝つかれない。悩ましく寝返りを打つばかりである。

あくる朝、青年は娘が着物を持っていないことに気がついて、自分の着物を何枚か与えて、

「ゆうべ、あなたの身の上話をじっくりお聞きして、あなたこそわたしの妻になるために待っていてくれた人だと確信しました。越中の国から戻ってきたら、必ず一緒に美濃の国へ連れていって夫婦になりましょう。この旅には、あなたの大切な小童をお預かりしてよろしいかな？　代わりに家来を置いていきますから、何でも言いつけてください」

と固く約束をした。そして大和を連れて朝早く山越えをして越中の国へと旅立っていった。

大和を連れた青年の一行が旅をして行き着いたのは、あの立山地獄を見た少年たちの家だった。

書生の家では、いよいよ明日法華経千部供養が行われるというので、準備に大忙しだった。

大和を連れた青年が現れると、書生が感激したのは言うまでもない。三人の子供たちは大和が再び現れたので飛び上がって喜んだ。

青年は、荷物の中から八巻の法華経を取り出した。書生に向かって、

「この経は、美濃の国の国司(こくし)があなたの熱心な法華経供養の話を聞いて、ぜひともお役に立ててほしいと書いたものです。あなたが美濃の国へ来て写経のための紙をたくさん買われたことが国司の耳に入ったのです。もう一部は隣の尾張(おわり)の国の国司が噂を聞いて尾張の国も参加すると言って、預かって参りました」

書生にとっては、京で行方不明になっていた大和が、美濃からのお客と一緒に二部十六巻の法華経を持って現れたのは不思議というほかはない。

翌日は供養の日だ。

書生は越中の大きな寺に依頼して千部法華経供養を開催した。座敷の障子も取りはらい、座敷に赤い布を敷いて千部の経をうず高く積み上げている。京からお連れした高僧を講師とし、立山の聖(ひじり)をはじめ周辺の寺の僧がこぞって集まってきている。読経僧を十数人並べて寺じゅうに読経の声がひびき渡り、線香の煙が流れた。遠くの里や近くの村から集まってきた参拝人の数は千人、二千人と数えきれない。みな庭にゴザを敷いて座り、盛大な供養のありがたさに涙を流した。

供養が終わって、子供たちはお互いに言い合った。

「僕たちのお母さんは、この供養によって地獄の苦しみを逃れたかしら」

その夜、太郎が夢を見た。母が素晴らしくきれいな着物を着て現れて、

「わたしはこの功徳(くどく)をしていただいたおかげで、地獄を離れて忉利天(とうりてん)に生まれることになりました」

と言って空に昇っていった、と見とどけて目が覚めた。それを父に告げたので、父親からみなにお礼の言葉が述べら

れた。こうして子供たちは立山地獄に落ちた母を救うことができた。

一方貧しい娘の家では、青年が郎党四、五人と従者どもを約二十人ばかり残していった。娘は彼らに食べさせる物もなく、馬に食わせる物もないのでどうすればよいか途方に暮れていた。

「今朝お立ちになったご主人は、わたしを美濃の国へ連れていって嫁にするとゆうべおっしゃってくださったわ。それで、わざわざわたしのためのお供の方を残してくださったと思うけれど、何かおもてなしをしなくては。でも本当に悲しいことに、うちの米櫃の中には米一粒もないのよ。まさか小童にお願いして海岸で貝を拾ってきてくれと頼んでも、二十人分ではどうにもならないわね。第一、小童はあの方が連れていってしまったし。夢のお告げのとおりにしていても、恥をかくことになるのかしら」

さめざめと泣いていたが、ふと、外に人の気配がしたので戸口へ走っていって戸を開けた。そこには若い女が訪ねてきていた。

「お早うございます。わたしは昔この家で使われていた召使い女の娘でございます。母がいつもこちらのお嬢様のことを気にかけていましたので、わたしも会いたいと願っていたのですが、なかなか暇を取れなかったものですから来られなかったのです。でも今朝早く目が覚めてどうしても会いたいと強く思いまして、こうしちゃいられないという気持になったのです。このようにご不自由な生活をなさっていらっしゃるのでしたら、むさくるしい所ですが、わたしの家に来てください。わたしの方からお尋ねしても離れて暮らしているので行き届かないこともございましょう」

にこにこと笑いながら朗らかに話した。

「ところで母屋にいらっしゃる人々はどなたですか」

「ゆうべこの家に宿をとった方が、今朝越中に向かって旅立たれましたが、明後日ここに帰ってくるからと言って置いていかれた人たちです。あの人たちに食べさせる物もないし、もう日が高くなってお昼どきなのにどうしようもないのです」

その女は、

「お世話申し上げねばならないほど大切な方のお供の人たちですか」

「そこまでしなくてもいいと思うのですが、せっかくこの家に宿をとった人に物を食べさせないのも情けないことでしょう。その方は、わたしにとって少し大切にしたい方なのです。無視してもいいという方でもないのです」

昨夜のことを思い出して、娘は思わず顔を赤らめた。

「そうですか、大切な方のご家来ですか。それはお気の毒なことでございます。いいでしょう、偶然今日ここへ来たのも何かの縁ですから、うちに帰って準備してまいりましょう」

と言って出ていった。娘は裏の観音堂に行って、

「こういうめぐり合わせは観音様のおかげです。どうかお助けくださいませ」

手をすり合わせて拝んでいると、ほどなく先ほどの女が供の者に食べ物を持たせて帰ってきた。馬のまぐさまで持ってきている。

「さあさ、みな様に思う存分に食べてもらってくださいね」

「なんということ、まるで昔のお父様お母様が生きておられたころのようですわ。恥をかかなくてすみましたわ。本当にありがとう」

娘は涙を流して喜んだ。この女も泣きながら、

「長い年月、どうしていらっしゃるかと案じていながら、日ごろの忙しさに追われて、ついついそのままになっていましたが、今日何としても行こうと決心したのはどうしたことでしょうか、ありがたいめぐり合わせですわ。ところで越

中より帰ってこられる方は、いつお帰りになるのでしょうか？　お供の方は何人ぐらいですか」

「明後日の夕方に帰ってこられます。お供の方は残っている人も加えると、七、八十人ほどです」

女は、

「そのおもてなしもしなくてはなりません」

と言うので、娘はびっくりして手を振った。

「とんでもないこと！　今日だけでも本当にありがたいのにそこまでお願いなんてできませんわ」

「これからも、どんなことでもお仕えしますからご遠慮なさらないでくださいね」

そう言って帰っていった。

翌々日、越中から例の人が戻ってきた。すると、ちょうどそのときに女が供の者に長櫃（ながびつ）を担がせてやってきた。中にはたくさんのご馳走が盛りだくさんに入っていた。そのご馳走は素晴らしく、身分の上下に関わらず、飲んで食べて大宴会になった。大和と娘も宴会に出て一緒に食べたが、娘はこんなおいしいものを食べるのは何年ぶりかとため息が出るぐらいだった。

その夜、みなが寝静まったころに、青年は再び娘の部屋にやってきた。

「いや、今日は大変なご馳走になってありがとう。明日はあなたを連れて美濃の国へ行こう。長年独り身で我慢をしていたが、亡くなった妻と同じ女と結婚したいと思っていた願いが、やっと叶えられてこんな嬉しいことはない。馬に乗せて連れて帰りたいね」

優しく言われて娘はいったいどうしたことだろうと思ったが、夢に見たことを信じて、何事も言うなりにすることにした。

召使いの娘だという女が、明日の朝出発する人たちの支度をしているので、この家の娘は思った。

(思いがけなく大変なお世話になってしまったわ。この女に何かお礼を差し上げたいものだわ)

思っていろいろ考えたが、何一つ与えられるものもない。ただ、もしもお嫁にいくようなことがあればと思って、紅の袴(はかま)を一着大切に持っていたので、これを与えようと思い、自分は、男にもらった白い袴を着て、女を呼んで言った。

「長い間、あなたのような方がいらっしゃるとは知らなかったのに、思いがけずこのようなときに、ちょうど来合わせて恥をかかないようにしてもらったことは一生忘れません。この気持ちをお知らせするために気持ちばかりですがこれを受け取ってください」

と袴を差し出すと、女は、

「あなた様は、人目にもみすぼらしい姿をしていらっしゃるので、わたしのほうから何か着物を差し上げようと思っていたのですわ。だから、こんないい袴を受け取るわけには参りませんわ」

「わたしは何年も前から、どなたかわたしをお嫁にと言ってくださる方があればとずっと願っておりました。思いがけずあの方が連れていこうとおっしゃってくださいました。明日はどうなるかわかりませんが、あの方を信じてついて行こうと思います。だから、もうあなたには会えないかもしれませんので、これを形見にと思って受け取ってください」

「形見だと言われれば受け取らないわけにはいきませんね。お幸せになってください」

そう言って女は袴を受け取り去っていった。

二人が話し合っているすぐ近くで、この男は眠ったふりをして二人の話を聞いていた。

やがて出発のときになり、あの女が用意した食事をすませて、馬に鞍を乗せて、さあ行こうとしたときに娘が思ったのは、

「人の命ははかないものだから、この観音様を二度と拝めないかもしれない。最後のお参りをしよう」

観音堂の前に来て中を見て拝もうとすると、観音様の肩に何か赤い物がかかっている。不思議に思いよく見ると、あ

の女に形見に渡した袴ではないか。これを見て、

（さては、あの女は観音様が姿を変えてわたしをお救いくださったのだわ）

　そう気がついて床に倒れ、身もだえをして泣き伏した。青年はそれを見て不思議に思い、どうしたのだと聞く。見ると観音様の肩に赤い物がかかっている。よく見ると、昨日空寝（そらね）しながら薄目で見た、娘が女に渡していたあの袴ではないか。

「いったいどうしたことだ？」

　娘は、泣きながら、前からのことを包み隠さずすべて話した。青年は、空寝しながら聞いていた話を思い出し、娘の言うことは嘘ではなく、自分と娘は観音様のお引き合わせによってめぐり会えたことがわかり、共に涙を流しながら尊く拝んだ。供の者も仏心のあるものはありがたく尊く拝んだ。

　娘は涙ながらに観音堂の扉を閉め、また必ずお参りにきますと誓って馬に乗せられて旅立った。

　大和も、行列に加わって美濃の国へと旅立っていった。

34

# 五節の舞

大和が青年とその妻となった娘の行列に連れられて行き着いた国は美濃の国であった。屋敷に着いて荷物を解くと、すぐに青年は国司の館に報告に行った。報告が終わるとその足で馬を飛ばして隣の尾張の国の守にも無事に届けたと報告を行った。

国守は七十歳の高齢で少しよぼよぼしていたが、この国では国守の評判が大変よい。国守は京都では若いころには国司なども仰せつかっていたが、最近は何の役も就かず、したがって家計も苦しくて質素な暮らしをしていた。そんなある日、天皇からの使者が馬に乗ってやってきて、門から招じ入れられると、玄関で懐から重々しく書状を取り出して読み上げた。

『この度尾張の国の国守を命じる。速やかにかの地に下って国を興せよ』

といった趣旨の書状を読み終えて主に渡した。天皇がこの人を選んで尾張の国の国守を任命したのは、昔の任地で真面目に立派な成績を上げた記録によるものだった。

天皇の印鑑が押してある文書をありがたくいただいて、

「この年になって、再び国守に任じられるとはなんとありがたいことだ。さあ速やかに尾張の国へ行こう」

あわただしく家財をまとめて、今の家は一応しっかりと戸締りをして、荷物を積んだ馬や、妻子、家来を連れて尾張の任地へと下ってきた。

尾張の国守の屋敷に着いて、本当に驚いた。

美濃平野は肥沃な土地が広々とあると聞いていたが、どこへ行っても草ぼうぼうで田んぼらしいものはほとんどない。桑畑の桑の木も伸びきって深い草むらの中で茂っている。人気もまばらで畑仕事をしている姿も見かけない。尾張の守は家財道具の片づけを家族に任せて国内探索のために馬に乗ってまわっていった。

ある村に行くと、みすぼらしい家の前で農夫が嫁と二人で田の草取りをしていた。その周りだけは田んぼもきれいに耕されている。馬を下りて農夫に話しかけた。

「なかなか精が出るのう」

いぶかし気に見る農夫に、守は話し続けた。

「この田はお前の田か」

「いえ、領主様の田でございます」

「納税はいかほどか？」

農夫の説明によると、以前の国守は九割も税として取り上げるので、いくら頑張って作物を作ってもほとんどが取り上げられ、生活は苦しくなるばかりなので、多くの農民たちは家を捨てて浮浪の民となり流れ出ていったという話である。国守と家来は馬を連ねて、国一円をまわり、民の生活状態が、まさに飢え死に寸前に追い込まれていることを知った。

その結果、国守は課税の重さが国を衰えさせたと判断して、彼が以前に任じた国での政策経験を活かして、尾張でも初年度はほとんど税を掛けずに農民に力をつけて生活を楽にしてやり、開墾をすすめて田畑を増やし、養蚕も奨励して質のよい絹布を作る方法を教えた。また染め物にも通じていたので、生産された絹布は他国のものとは比較にならないほどの色鮮やかな上質のものが生産されるようになった。

新しく開墾した田畑の一部は、その者の所有と認めたので、農民はこぞって田を耕し、流れ出ていた浮浪の民も戻ってきて働き始め、隣国の農民も雲のように集まって、山といわず丘といわず開墾して田畑を作ったので、作物の生産量は飛躍的に伸びて美濃の国は二年後には豊かな国になり変わった。

そんなわけで民に絶大な人気のある国守の所へ挨拶に行った青年は、越中の国の千部経供養がどれほど盛大であったかを報告し、書生と越中の国の国司からのお礼状を渡した。続いて、長年独身を続けていたが加賀の国から嫁を連れてきたことも報告をした。

国守はとても喜んで、後ろに控える大和に目を向けた。

「この小童は？」

「それが不思議な小童でございます。加賀の娘に宿を頼んだときにそこにいたのですが、娘を嫁にしようと心に決めましたとき、自分の家来をそこに置いて、この小童を連れて越中へ参りました。するとこの子は千部経の供養をする家で三カ月前までは一緒に暮らして、千部の経を集めていたというのです。そこへ我々が経を持っていったものですから、先方の驚くやら喜ぶやら大変でした。実は、この旅で嫁をもらえるのも観音様のお引き合わせかと思いますが、この口のきけない小童にも、何か仏様の縁があるような気がいたします」

「そうか、面白い小童じゃ、しばらくわしが預かってよいか」

青年が振り返り大和を見やると、大和は嬉しそうに笑って三度もうなずいた。

そのまま大和は美濃の国守の稚児になった。

大和は、今までの旅の中で国守が民のために東奔西走して、彼らの生活をよくするために働いているのを見たのは初めてなので、この国守を大変尊敬した。国守にとっても、口のきけないおとなしい少年だが、書き物をしようと思うと筆と墨入れがさっと出てくるし、腹が減ったころには竹の皮包みの弁当が用意されているので、気がきいて便利な稚児だと喜んでいた。

そういうわけで、大変豊かになった尾張の国の話は当然ながら天皇の耳にも届いた。

「尾張の国は、前の国守によって滅ぼされて衰えきっていると聞いていたが、今度の国守はたった二年でよく富ませたものよ」

と、お褒めになった。このことは宮中の公家たちの間でも評判になった。

さて、三年目になって尾張の国は『五節の舞』の当番を命じられた。これは、宮廷で行われる新嘗祭という収穫祭りの余興に演ずる五節の舞に舞姫を出す役である。公家、国司の未婚の娘が四、五人選ばれて、三日間舞を舞うのであるが、大変名誉なことである。しかし莫大な出費もかかることであった。尾張という国は絹、糸、綿などを生産しているところであるし、何でもそろっている。その上国守がもともと諸事に明るい人であったから、衣装の色や打ち方、縫い目、針目などどれもたいそう立派に調えることができた。

新嘗祭の当日、五節の舞姫の控室は、尾張の国守の場合、常寧殿の北西の隅に設けられていたが、簾の色、几帳のとばり、とばりの下からはみ出した婦人ものの着物など、実に立派に縫い重ねてあり、なんと器用な男だろうと誰かれなく褒める。褒め言葉が大和にも聞こえてくるので嬉しい。介添え童や、女童なども、他の五節所の控室よりはるかに優れて見えるので、殿上人や蔵人が気を引いて仲良くなろうとこの控室の辺りをひっきりなしにうろついていた。しかし、この控室の内側では、国守をはじめ子供たちや一族の者は、みな屏風の後ろに固まっていた。

大和はこういう宮中に来たのは初めてであるが、どうも周りの者も初めてらしく、なんだかそわそわとしていて落ち着かない。

実は、この国守は、身分は高い人の流れではあるが、どういうわけかこの守の親もこの守も一度も蔵人にさえもなったことがなかったので、宮中に出入りした経験はなく、内部のしきたりは伝わっていなかった。さらに子供たちも何も知らない。それに各殿の建て方や造り方、宮様に仕える女官たちの正装と、魔よけのちはや掛けをした姿、殿上人、蔵人の正装の袴の後ろから引きずる長袴などさまざまに着飾って歩く様子を、この五節所に集まっている連中は恐れと好奇心で追い求めて簾のそばに重なり合ってのぞいている。殿上人が近づくとあわてて屏風の後ろへ逃げ込むが、先に逃げる者は後から逃げる者に着物を踏まれて倒れると、その上に踏んだ者がつまずいて倒れる、倒れた者につまずいてまた倒れる。あるいは冠を落とす者、あるいは我勝ちに逃げてうろうろする者。屏風の後ろに入ったならば、じっと座っていればいいものを、また誰かが通りかかると我勝ちに表をのぞきに簾の裾に集まる。だから簾のうちの混乱は醜態この上ない。それを見て若い殿上人や蔵人は笑って面白がった。

そうしている間に、あるとき、大和が廊下を歩いていると、前を行く三人の若い殿上人が大声で笑いながら話していた。

「尾張の五節所は物の色などは大変素晴らしい仕立て上がりだ。下の童や女童も、他の五節所のよりははるかに優れて立派なものだよ。しかし、尾張の一家は宮中のしきたりややり方についてはまったく知らないらしく、ちょっとしたことでも吸収しようと見にくる。そのくせ、わたしたちを恐れて近くによれば大急ぎで隠れてしまう。おかしいったらないじゃないか。だからあいつらを騙して脅かしてやろうじゃないか、面白いぞ」

大和は、尾張と聞こえたので、そっと三人の話に耳を澄ませた。片方の殿上人がこのように提案すると、もう一方の殿上人が、

「それは面白そうだ。どうすればいいかな」

「五節淵酔の行事を使うといいね。奴らは寅の日に殿上人が五節所の前に集まって狂喜乱舞するというしきたりを知らないから、これを利用してこれはあなたをあざ笑うためにやっていることだと教えればそれを信じて、大あわてで怯えるだろうということだ」

と続けて、

「あの五節所へ行って、親切そうにこう言うのだよ。『ここの五節所について殿上人たちはすごくあざ笑っているよ。

この五節所を笑いものにしようとして、殿上人が計画していることは、大勢の殿上人がこの五節所の所で、みな着物の紐(ひも)をほどいて上着を脱ぎ捨ててこの前に立ち並び、歌を作って踊ろうとしているのですよ。その歌は、ビンタタラハアユカセバコソヲカセバコソ愛嬌付タレトという。ビンタタラというのは、守の主の髪が年老いて薄くなって落ちてしまったのに、若い女房と一緒にいるのはおかしいと。アユカセバコソ愛嬌付タレは、守が後ろ向きに歩くのがへんだと。信じてもらえないだろうけれど、今日の午後二時に、殿上人や蔵人ができるかぎり集まって、若いのも年寄りもだらしない服装でここへきて歌を歌うだろうから、それが本当ならばわたしの言うことを信じてください』と言うのだ」

「本当に、君は頭がいいなあ、ビンタタラを尾張の守の髪が薄いことにこじつけて説明するなんてすごいよ。ま、うまくやってよ」

肩を叩き合って殿上人は別れようとして、ふと振り向くと少し離れたところに稚児が一人立っているのを見つけた。聞かれたかなと思ったが、それはないと自分で頭を振って笑顔で別れた。

大和は大変なことを聞いてしまった。とんでもないことが起こりそうだ。あの若い殿上人は、通例の行事が行われるのを利用して、尾張の守をあざ笑うために行われると告げるつもりらしい。何も知らない守は信じるに違いない。何とか守に伝えたいと思ったが、その方法もない。口がきけないというのはこういうことかと改めてわかった。もし話ができたならこれからのことは未然に防げるのだが、それは本筋をゆがめてしまうことになる。

舞姫が参入して、第一日目の丑(うし)の日の試演を立派に舞い上げて、宮中の饗宴(きょうえん)も終わり、無事に五節所に戻ってきた。五節所でも、よくやったとみんなで出迎えて、明日の寅の日も、うまく務めてほしいと語り合った。

翌日の寅の日の朝早く、例の殿上人は、尾張の守の息子に会って、親切そうに意地悪な計画を細々と話して聞かせた。そのとき大和は簾の陰から殿上人が息子に話しているのを聞いていた。

息子はひどく恐れ入った様子をしている。

T.ISHII

「やあ、つまらぬことを言った。他の連中に見られでもしたら大変だ。そっと帰るから、わたしがこんなことを教えたとは言わないでね」

　口止めをしてそそくさと去った。息子は父親の守に、

「新源少将（しんげんしょうしょう）様が来られてこういうことを言われました」

「さて、さて」

　父親の守はぶるぶると震えて、頭をわななかせながら、

「ゆうべ、公達（きんだち）たちがその歌を歌っているのが聞こえたので、いったい何の歌かと思っていたが、なんとそれはこの爺（じい）をあざ笑う歌だったとは！　どんな罪や失敗があったから、あのようにこの翁（おきな）を嗤（わら）う歌を作るのか。尾張の国は代々の国守に搾取されて荒廃してしまったのを、天皇が見捨てがたく思われたのだ。わたしはそれを何とかしようとあらゆる手段を講じて立派な国に興（おこ）したのを悪いとでも言うのかね。また、この五節の舞を引き受けるのも、自分が進んでしたことでは絶対ないぞ。天皇に押しつけられてとてもいやだったけれど仕方なくお受けしたのだ。また、ビンの髪がないのは、若くて盛んな年ごろの者が、ビンが落ちたならおかしくて笑いもするだろうが、七十歳にもなれば、ビンの髪が落ちてもおかしいことじゃないだろうが。何で、ビンタタラの歌なんぞ歌うのか。また、このわたしを憎いと思うならば、打ち殺すも、蹴飛ばすも、踏みつけるもしてよいわ。けれども、どうして天皇のいらっしゃる宮中で、着物の紐をほどいて、肩脱ぎをして狂い歌うのか。絶対そんなことはないはずだ。その少将がそう言ってきたのは、お前が内にこもってばかりいて人と交わらないから、脅かそうとでたらめを言っているのだ。このころの若者はひどいものだ。他の人なら騙されても、このわたしはたとえ身分は低くても中国のことでも日本のことでも何でも知っている身だぞ。絶対にわたしは騙されないぞ。もし、この宮廷で紐をほどいてだらしなく腰に巻いて狂い歌ったなら、その罰で奴らはひどく重い罪に問われるだろう。ああかわいそうに」

そう言って、糸筋（いとすじ）のように細くなった足を膝までまくり上げて、扇子でバタバタあおいで怒り狂っていた。ただ一人事情を知っている大和は、どうにかうまくおさまらないものかと一人で気をもんでいたが、どうにもならない。

守はこのように怒っていても内心は、

（昨夜、ここの公達がいたずらしたことを思い合せると本当にやるかもしれない）

と思われたので、午後二時ごろになると、さてどうなることかと胸がつぶれるような思いがしていた。

大和も、しきたりの時刻が刻々と迫って来るのを恐怖の思いで待っていた。案の定、二時になると南殿の方から歌い罵（ののし）る声がして近づいてくる。

「そらそら、来たようだ」

五節所の中の人は舌を丸め怯えて顔を震わせて怖がっていると、大勢の者が南東より一丸となって押し寄せてくる。一人としてまともな者はいない。みな上着物を尻の辺りまでずり下ろしている。肩組みをして寄せてきて中をのぞき、五節所の前の畳のへりにあるいは靴を脱いで伏せり、あるいは尻餅（しりもち）をついて座り、あるいは簾に寄りかかって中をのぞき、あるいは庭に立っている者もいる。みな声を合わせてビンタタラの歌を歌って盛り上げる。これを脅かしの計画だと告げた若い殿上人の四、五人は簾の内側のみなが恐れおののくのを指差して笑い転げている。

何も事情を知らない年配の殿上人はみなで無礼講の踊りを踊っている間、この五節所の人々が恐れおののくのをひどく不審に思っていた。

さて、守はそんなことはないと言い張っていたが、あらゆる殿上人、蔵人が酔っぱらって歌いながら近寄ってくるのを見て、

「あの少将の君は、年は若いが、信用できるお方だから、本当のことを教えてくださったのじゃ。このように教えてもらわなかったなら、自分のことを歌っているとも気がつかず、ぼんやりしていたことだろう。ありがたい少将の心だよ」

と、手をすり合わせて祈っている。

(今にわたしは引き出されて、腰の骨を踏みつぶされるに違いない)

屏風の後ろに隠れて壁の隙間で震えていた。子供や親族はみな重なり合って震えていた。その様子を見て大和は、もう我慢がならないといきなり駆け出して簾の外に出た。踊りながら簾の中を指差して笑い転げている若い殿上人の前に立ちはだかり、唇を噛みしめてグッとにらみつけた。今にも涙があふれそうだった。若い殿上人はその稚児が昨日廊下で立ち話をしていたときに後ろにいた稚児らしいのを認めると、何となく具合が悪くなって人混みの中にまぎれ込んでしまった。

やがて、殿上人がみな去った後で守は、

「公達たちはまだいるか、いるか」

何度も確かめて、誰もいないと言われてやっと震えながら出てきた。

「どうして、このように翁を笑いものにするのだ。天皇のためにもこんな無礼をするのはとんでもないことじゃ。必ずおとがめがあるだろうよ。天地この方、神の御代(みよ)よりこんなことはない。国史にも書かれていない。ひどい世の中になったものだなあ」

天を仰いで嘆いている。

幸いにも尾張の守の舞姫は豪華な支度に身を包み、すべての日程を立派に踊りおおせたので、そちらには何の落ち度もなく、したがって寅の日の五節淵酔のときの控室の醜態は騒がれずにすんだ。

尾張の守の一行は無事にお役をすませて帰郷した。待っていた留守の者はどんなふうに楽しい話を聞かせてもらえるかと心待ちにしていたが、尾張の守は口数も少なく、疲れたと言って一週間も寝込んでしまった。その間にこの噂は、隣の五節所の人が不審に思ったことから広まって、宮中では大きな噂となり、しばらくはそのことでみんなが笑い合っていたという。

　大和は、

（地方行政という面ではとても優れた人でも、宮中についてはほとんど知らないので、無知の田舎者だと殿上人にからかわれたのだ）

　と判断した。そのようなことはどの時代でもあるかもしれない。たとえば、すごく勉強ができる秀才の学生がいたとする。彼は田舎育ちで勉強以外は何も知らなかった。上京して大学に入ったときに、都会育ちの先輩や友人にいろいろな場所へ連れていかれ、田舎者の彼は、その場にふさわしい言動が取れなくてみんなの笑いものになったという話など。でも、相手をばかにした人たちは、それだけだったのか、もしかすると、ちょっと悔しさの裏返しもあったに違いない。

などと考え込んでしまった。

　その後、京から下ってきた使いの官吏が国事の用件を伝えた後で、こう言った。

「この前の五節の舞は、美濃の国が一番立派にやってのけられましたね。しかし、あの若い公達のいたずらは度が過ぎましたよ」

　国守は顔をしかめて、

「いたずらとは？」

　聞くと、話し好きの官吏は五節淵酔という行事について説明し、あの酔っ払いやビンタタラの歌は決して国守をあざ笑ったものではないと言って、いたずら好きの新源少将を非難した。その言葉で国守はもう一度落ち込んでしまった。

　聞いていて大和も不愉快になった。

　その話好きの官吏は相手の反応を無視して、別の話題に移った。

「ところで、近江の国の栗太の郡にある大木が日陰を作って作物が取れないという話をご存知ですか？」

さっきの話に打ちのめされていた老国守は力なく首を振った。ところが大和はその一言に引っ掛かり、栗太の郡へ行ってみようかなとひそかに思った。たぶん老国守はきっと彼の持ち前のねばり強さでこれからも立派に国を治めるに違いない。

官吏が用事をすませて京へ帰った翌日に、気の毒な国守を後にして、大和はリンボーに乗って近江の国へと旅立っていった。

# 35 栗太の郡の巨木

大和は栗太の郡にある巨木へ行こうと思ってリンボーに乗ったが、いつものあのいやな転落のときが来て、気がついたら馬に乗っていた。

広がる田んぼの中をまっすぐに延びる道路がある。その道路を、馬を連ねて西に向かう三人の男がやってきた。大和の馬もごく自然にその列に加わった。前の二人は、馬を横に並べて大きな声で話し合っている。

「天皇様は、我々の願いを聞いてくださるだろうか、うまく願いが叶うといいが」

「あの大きな柞の木には、神様が宿っているから伐ってはならぬと言われるかもしれないな。伐ると呪いがかかるからと」

「あの木に何かが憑いていて、伐れば呪われると言っても、我々の生活を守るためにはいたしかたがないだろう」

「要は、大きな木と我々の生活をどちらが大事か、天皇様のご判断を仰ぐしかないね」

「何回もみなで寄合いをして、ここはやっぱり天皇様に直訴してみようということになったので、こうして京に向かっているのだから何とかしてもらいたいものだ」

話しながら、一行は逢坂山の峠を越えて京の街へと入っていった。御所の門前に着いたとき、あまりの立派さにすっかり驚いた。馬を下りて傍らの離れた所につなぎ、門前に並んで土下座をして、

「申し上げます！　近江の国の栗太の郡、志賀の郡、甲賀の郡から参りました農民でございます。天皇様に直々にご奏

上いたしたいことがありまして、やって参りました。なにとぞお聞き届けのほどをお願い申し上げます」

門番は、うさん臭そうに、

「直訴はまかりならん。立ち去れ！」

棒を地面にトンとついて追いはらおうとした。そこを何とかと頼む農民と、そうはさせないと断る門番がもめているときに、一人の蔵人（くろうど）らしい貴族がやってきた。門のそばで馬を下りて、

「やあやあ、何があったのか」

「この者たちが天皇様にお願いがあると言うのですが、聞けば何やら直訴のある様子。それならば国守（くにのかみ）を通じての方法があろうと、とめております」

農民たちは、救いの神が来たとばかり蔵人ににじり寄って、懐から渋紙に包んだ封書を出して差し伸ばし、

「わたしたちは、近江の国の農民です。巨大な柞の木がありまして、三郡の田畑には、日の光が差さないので毎年作物が取れません。国守様に納める年貢もままならないのです。その木の処置について天皇様に吟味していただきとうございます」

切羽詰（せっぱつま）った様子で懇願されて蔵人は、

「よし、わかった。天皇様に奏上してやるから沙汰（さた）を待つがよい」

封書を受け取って、そのまま御所の奥へと消えていった。一時間ほどして、さっきの蔵人が出てきて、

「明日の朝、何がしかの沙汰があるのでここに来るように」

農民たちは自分たちの訴状が天皇まで届いたのを知って、大喜びでその場を去っていった。

翌朝、言われた時刻よりやや早めに四人は門前で待機していた。やがて門の内から乗馬姿の掃守（かにもり）の宿祢（すくね）という役人が、家来を二人連れて出てきた。掃守とは宮廷の設営や掃除、土木に関する仕事に携わる役である。昨日の蔵人も出てきて、

「天皇様は、お前たちの訴状をお読みになり、現場を確かめるために役人を遣わされることになった。失礼のないようにご案内いたせ」

この蔵人は、それほど身分は高くないのに、直接天皇に掛け合ってここまで運んでくれたのは、よほどの信頼を得ている人物だろうと、農民たちは厚く感謝をした。

一行は、近江の国を目指して馬を急がせた。大和も一緒に走ったが、彼はまだ近江の国にあるという巨大な柞の木を見たことがない。今まで聞いた話をつないでいくと、巨木が農作物の生産に悪影響を与えているのでそれを伐りたいということのようだ。いくら巨木といっても、天皇に奏上して、許可を得ないと伐れないというのはいったいどういうわけだろうと不思議である。一行は昼過ぎにこんもりとした山に近づいた。山だと思ったが、それは一本の巨大な木がそびえ立っていたのである。山と見間違えるほどの巨木を眺めて、掃守の宿祢は、

「ほほう、これはすごい。これが木なのか。低い山よりも大きいぞ」

やがて馬は木の下の道を村の方へと進んでいった。上を見上げると木の葉が重なり合って、木洩れ日も少なく薄暗くなっている。見まわすと周りの田畑に生えている作物は、白っぽくひょろひょろとしていて生気がない。働いている人たちはと見ると、顔色も悪くやせていて腰が曲がり、病人のような陰のある人が多い。

一行は木の根元に着いた。根元の幹は木というよりは、壁のように大きく広く立ちはだかっている。下から見上げれば、幹からは四方に太い枝が張って、木の頂上付近ははるか高い所に葉が生い茂り、光をさえぎっている。

「この巨木が、農作物や人間に与えている害がいかに大きいかはわかった。天皇様に報告をするために、調べたいのでわかるところを答えなさい」

栗太の庄屋が言うには、

「幹の周りはみなで手をつなげば、五百人はいりましょう。だが、木の高さはどれほどかわかりません。朝日が昇れば、

その影は丹波の国まで届きます。夕日が差すと伊勢の国にまで影を落とします。雷がとどろいてもびくともしないし、風が吹く日はゴオゴオと鳴きますが、揺れることはありません」

　宿祢は早速調べることにした。まず、根元の周囲である。持っている綱では一周できないので、ちょうど傍にいた大和と家来に綱の両端を持たせて尺取りのように回らせることにした。一人が立ち、もう一方の者が先に走る。いっぱいになったらそこで立ち止まり、後の者が走る。これを交互に繰り返した。なんと、その周囲は九百メートルもあることがわかった。大和は頭の中で直径は約二百八十メートルであると推測した。宿祢も同じくらいの数字を割り出していた。次に、宿祢は木の高さを知る必要があると考えて、明るいうちに木の外側まで引き返した。今度も例の綱を持って、木のてっぺんが見えるところまで来て、地面の一点に綱の端を置いて綱をてっぺんに向かってまっすぐに伸ばした。次にその地点から水平に二メートルの場所で綱までの高さを測らせた。大和はそこにできる三角形を見て、それを拡大すれば、高さが割り出せることに気がついて、土木の人はやっぱりすごいと思った。

　一行は栗太の庄屋の家に入った。宿祢はその辺りの地図を出して、三郡の庄屋にそれぞれの地域の影になっているところを線で囲ませた。三人は、自分の領地の地名をつぶやきながら、木を中心にどの辺りまでが影で、どの辺りまでが日照時間が短いかを書き込んだ。そしてその土地で年間にどれくらいの農作物の収穫があるかも報告した。三郡の広さを考えると、普通の農地の作物の収穫量に比べて三分の一にも満たないことがわかった。

　宿祢は調べが一段落したところで、決然として言った。

「この巨木が三つの郡にどんなに被害をもたらしているかはよく理解できた。わたしは伐るべきだとは思うが、天皇様のご判断を仰ぐしかない。これほどの木を伐るには、何かの障りも考えねばなるまいし、第一にこんな木の伐採は技術的にも見当がつかない。まずは、天皇様のご判断を仰ぎたい。よって、明朝早く、御所に戻って沙汰を仰ぐことにしよう」

「お役人様、わたしたちはそのことについても何度も話し合いました。巨木が大事か、民が大事かと。なにとぞ天皇様のご威光で民を救っていただきたいのです。たとえ障りのものがおりましても、天皇様のご威光の前にはひとたまりもありますまい」

強く述べる庄屋の言葉に宿祢は深くうなずいた。

二、三日たって宿祢は三十人ばかりの工人と工具を積んだ荷車を引いて栗太の庄屋の家に現れた。集まった村人たちに向かって、

「天皇様はただちに伐るように命じられた。工事には村人の協力を要請する」

告げられた庄屋たちは直訴が聞き入れられたことを喜び合った。

大和は、伐る方法についてずっと考えていたが、大きなビルほどの巨木を一体どういう手段で伐れるのかが思いつかない。

巨木の前にしめ縄を張って、祭壇を造り、米、塩、酒、野菜、乾物などたくさんのお供え物をして、陰陽師（おんみょうじ）がお祓（はら）いをする。工事の無事を祈願し、天皇の命令によりこの木を伐ると宣言した。

宿祢は工人に命じてまず木の根元を斧（おの）で伐らせ始めた。見ていた大和は、いくら力のある工人でも巨木をいきなり斧で伐るのは無謀に思えた。二、三回斧が打ち込まれると、その切り口から真っ赤な血のような色の汁が噴き出した。それでも負けずに工人は斧をふるったが、噴き出す汁はどんどん量を増して工人の体を包み込むほどになったので、宿祢の所に逃げてきた。

「殿！　もう伐れないです！」

唇は恐怖で紫色になっている。

それを見て、栗太の庄屋が怒り出した。

「木が古くなれば汁が赤くなるのは当然じゃ。こんなことでひるんではならぬ。よしわたしが伐ってやる」

工人の斧を受け取ると、

「おう！　うん！」

気合を入れて別の角度から斧を打ち込んだ。そこからも、真っ赤な汁がどっと噴き出して庄屋の体に吹きつけた。それを見ていた村人は巨木の怒りに震え上がり、地面に伏して手を合わせて拝むばかりだった。

宿祢は打つのをやめさせて、何か他の方法はないかと工人たちに聞いた。

「まずは、枝をはらって裸にして、上から順繰りに切り落とすのがよろしいかと存じます」

一人の工人が提案した。続いてみんながそれぞれ意見を出し合った。

「枝を切るにしてもかなり高いし、太さもあるからどうすればいいか」

「それには、枝の付け根まで人をやり、そこから枝の先まで行かせて、切れる太さをのこぎりや斧で切って、下から引っ張ってはどうでしょうか」

「高い所の仕事は落ちる心配がある」

「あの高い枝まで誰が登るのだ」

「矢尻に糸をつけて射たら、枝の上を通って落ちてくる。その糸を頼りにもう少し太い縄を引き揚げて、それにすがって身の軽い子供が上がれば枝まで行けるのではないか」

みなの意見を聞きながら考え込んでいた宿祢は、

「よし、それでは三郡の農民に命じて一軒につき五束の藁を提出させよ。集めた藁で縄をなうのだ。太さは小指ぐらいのものと、親指ぐらいの太さがよかろう。長さは長ければ長いほどよい。三郡でなった縄をこの木の下に集めよ」

工人に命じて別に縄梯子を何本も作らせた。農民たちは言われるままに藁縄をせっせと作って運んできた。

「怪我がないように、縄を張りめぐらし、仕事をする者は命綱をつけて木に登れ」

用意が整ったので、強弓（ごうきゅう）を誇る工人が、一番下の枝に向かって、糸のついた矢をヒョウと放った。矢は糸の重さに後ろへ引かれて枝まで行き着かずに落ちてしまった。今度はもう少し細めの絹糸をつけて、軽く伸びるように大きな輪にして地面に置き、工人は気を整えて再度枝の上をめがけて渾身の力で矢を射た。矢は見事に枝を越えて糸を引きながら地面に落ちてきた。その細い絹糸の端に、細めの縄を縛りつけてゆっくりと引いていくと縄は枝を越えて下りてきた。この案を出した工人が大和の所へ来て手首をつかみ、

「この童（わらわ）は我々が話しているときも実に興味深く聞いていたので、この童に枝へ登ってもらおう」

大和はえっと驚き周りを見まわしたが、止めてくれる身内はいない。庄屋は、いつの間にか常に自分の周りにいるこのおとなしい童が誰だかわからなかったが、ものに動じない瞳をしているので、腕を組んだまま、

「うん」

と、うなずいた。それで決りとなって体に縄の一端を結びつけられて、もう一方を引っ張ってやるから木の幹をよじ登れと命じられた。

おなかの辺りでリンボーがかすかに震えるのを感じて、そっと押さえて、

「たのむよ」

小さくつぶやくと粗い木の肌に手をかけてそろそろと登り始めた。こぶや皮の隙間に手をかけ、足を貼りつけてサーカスのように登っていくのだが、おなかの辺りでかすかに振動するリンボーに支えられ、ゆっくりと引いてくれる腰の紐（ひも）に助けられて、ついに枝の付け根までたどり着いたときは、汗びっしょりだった。細い縄をはずして下まで下ろすと、今度はその縄に縄梯子がつけられて上がってきた。大和はほどよい太さの枝を見つけて縄梯子をぐるりと巻きつけてしっかりと固定した。

これで工人が第一の枝までは登れるようになった。そこから先は同様に縄と縄梯子が木の上まで伸びていった。大和は大きな虫が蜘蛛（くも）の巣にかけられたようだと見ていた。

命綱につるされた工人が枝先まで来て、斧とのこぎりで溝を作り枝の半分以上まで切り口を入れる。その枝の先に十本ほどの縄をぶら下げて村人が「エイエイオウ！」と引っ張った。枝は大きく揺れ、ミシッミシッと音をたてて折れ、バサッと落ちてきた。そのときに村人から大歓声があがった。一番下の枝先が落ちただけで全体から見ればほんの少しだが、村人にとっては自分たちの力で光が差し込んだという喜びが大きい。こうして、枝の付け根に立った工人が斧とのこぎりで溝を作り、縄で下へ引く村人たちが声を合わせて枝を引っ張った。あちらの枝でもこちらの枝でも命綱につるされた工人が斧をふるう。

するとそのとき、枝の葉の間から何やら大きな鳥がいっせいに飛び立った。かまびすしく鳴きながら旋回し始めた。他の枝からもいろいろな鳥が飛び出してギャアギャアと鳴きながら空が暗くなるほど飛びまわっている。そのうち一羽が縄を引く村人目指して一直線に攻めてきた、庄屋や、手のあいている者は弓矢や刀で鳥の群れに応戦したが、群がる鳥は人の目玉を狙って急降下してくる。人々は頭を抱えて、鳥の攻撃に恐怖を感じたとき、遠くで稲光が走り、雷がとどろいて大粒の雹（ひょう）が降ってきた。鳥の群れは雹に打たれてあわてふためいて琵琶（びわ）湖の空の方へ飛び去っていった。長年の棲み処を壊されて鳥が怒ったのも無理はない。あの雹が降らなかったら、人間にも多くの犠牲者が出ただろう。

枝が切り落とされると、その下の土地に柔らかな日差しが注ぎ、生えている植物が喜びで震えているようだった。明るい日の光を見た三郡の農民たちは、大人も子供もこぞって巨木に登り、手当たり次第に枝を切りはらっていった。地面で縄を引っ張る者、大きな枝に斧を打ち込む者、枝の先まで這っていって、縄を結びつけて下に垂らす者、切り落ちた枝を積み上げて整理する者、それぞれが宿祢と庄屋の指示に従って働いた。大和は大人が行けないような枝先まで行って、綱を結びつけ、下へ垂らす仕事に夢中になっていた。まるで大きなセミの死骸に取りついたアリのようである。巨木が丸裸にされるにつれて、三郡にはさんさんと日光が降り注ぎ始めた。

工人の一人が木から下りてきて、

「上部に大きな空洞がありまして、何やらうなり声がしてとても臭いのでどうしましょうか」

庄屋は立ち上がって腰に太い刀を差して、

「わたしが見てこよう」

縄梯子をどんどん上っていって空洞の所まで来ると、

「やい！　中にいるのは誰じゃ、出てこい！」

穴に向かって大きな声で怒鳴ると、頭が真っ白で身長が一メートルぐらいの何かが飛び出して、赤い大きな口を開けて「ガオーッ」と庄屋に飛びかかった。庄屋はすかさず太刀をはらって切り殺した。と、続いて同じようなのが飛び出してきた。庄屋は夢中になって切りはらった。こうして五、六匹の怪物を切り殺した。空中から落下した怪物は地面に衝突して血だらけになって息絶えた。木から下りてきた庄屋がよく見ると、人間でもなく動物でもない不思議な怪物だった。しばらく様子を見ていたが何も変化がないのでまたみなで仕事に取りかかり、ついに巨木はすっかり切り取られてしまった。

おびただしい木材はそれぞれに切りそろえられて、太い幹は建築用に、細い枝は薪用に、葉は積み上げられて堆肥用にと農民に配られた。

工事がすっかり終わった夜、庄屋の座敷で祝宴が開かれた。宿祢の挨拶は、

「わたしは、この土地の巨木を初めて見たときには本当に驚いた。こんな大きな木があるとは昔から聞いたこともない。果たしてこんなものを人の力で切ることができるのだろうか。根元を切れば血が噴き出すし、枝を切れば鳥が襲ってくる。幹の中には怪物がいるし、他にも目に見えない何かがいたかもしれない。天皇様の詔が『木を伐るべし』であると、最初の日に陰陽師に宣言させたので、巨木もご威光に観念したのかもしれない。しかし、どんなことが起きようとも、常に勇敢に前へ進んでいった庄屋と三郡の農民の働きを心から讃えたい。これをつぶさに天皇様に報告するであろう」

その後、栗太、甲賀、志賀の三郡はあふれる陽光と肥沃の大地に恵まれて、豊かな収穫を得られるようになり、人々は血色もよく明るい笑顔で暮らせるようになった。

大和は、今までの旅では、主たる人の人生について歩いたが、今回は、誰ということなく大勢の農民たちが巨木を伐るという難事業をやってのけるのを見た。一人の人物と仏との関わり合いではなく、集団の強い願望と努力、協力で物事が成立した。これはどういう意味なのかと思いながらリンボーを握りしめた。

ぼうっと白い煙の中に菩薩のような人が現れて諭した。

「大和よ。常に仏は広い世界の衆生を見守っている。だが、何もせずに仏に物ねだりをしてはならぬ。できる限りの手を尽くしきったなら、後は運を天にまかせよ。必ず慈悲の光が注がれるものぞ。暗雲漂う世界から立ち上がり、ついに慈悲の光を獲得した農民を見よ。心して観るべし」

大和は次に目指すところがわからないままに、行き先をリンボーにまかせて乗った。リンボーは急速に空高く舞い上がっていく。右や左へジグザグ走行から一回転二回転、空中を自在に飛びまわる。大和は高い空の中で跳ねまわる光の

粒になったような気がして思わず、

「わおーっ」

と叫んだ。とたんにリンボーはふっと消えてしまい、あのいやな落下中に気絶してしまった。

「おい、いつまで眠っているのだよ。起きなさい。晩ご飯の支度ができたよ」

良彦おじさんの声でふと目が覚めた。大和は良彦おじさんの書斎で『今昔物語集』の本を枕にして眠りこけている自分に気がついた。

# あとがき

私は年老いてから大学に進学しました。卒業論文のテーマは『今昔物語集』を選びました。その理由は、『今昔』の中に生きている人々に、身近な親近感を抱いたからです。

そして遠い昔の時代にこんなにたくましく生き生きと暮らした人々を、現代感覚で捉えて紹介する懸け橋になれればいいなと思いはじめました。そのために大学院に進学して、続けて『今昔の会』のゼミで勉強を続けています。

『今昔物語集』に踏み込む最初は、慶應義塾大学の岩松研吉郎名誉教授のご指導を仰ぎました。大学院に入ってから現在まで八年間、立教大学の小峯和明名誉教授のもとで『今昔物語集』ひとすじに研鑽を重ねてまいりました。出版に際しましては笠間書院の橋本孝元編集長に一方ならぬお世話になりました。さらに多くの方々にアドバイスやご指導を頂きお世話になりました。

ここに心から感謝を申し上げ御礼とさせていただきます。

石井とし子

# 『今昔物語集』対象リスト

| | 題名 | 今昔物語集の該当話 |
|---|---|---|
| 1 | 三蔵法師との出会い | なし |
| 2 | 釈種サーマ | 巻第二　流離王、殺釈種語第二十八<br>巻第三　釈種、成竜王婿語第十一 |
| 3 | 亀の恩返し | 巻第五　天竺亀、報人恩語第十九 |
| 4 | ゼンショーニンとアジュ | 巻第五　東城国皇子善生人、通阿就頭女語第二十二 |
| 5 | 鼠の守りで戦勝 | 巻第五　天竺国王、依鼠護勝合戦語第十七 |
| 6 | イッカク仙人のこと | 巻第五　一角仙人被負女人、従山来王城語第四 |
| 7 | 蔵の父を殺した泥棒 | 巻第十　震旦盗人、入国王倉盗財殺父語第三十二 |
| 8 | クマラエン | 巻第六　鳩摩羅焰、奉盗仏伝震旦語第五 |
| 9 | 中国に初めて仏教が来た | 巻第六　震旦後漢明帝時、仏法渡語第二 |
| 10 | 再会 | 巻第六　玄奘三蔵、渡天竺伝法帰来語第六 |
| 11 | ショーコーの恋 | 巻第十　震旦呉招孝、見流詩恋其主語第八 |
| 12 | 円仁の旅 | 『入唐求法巡礼行記』にて、円仁の行程を記録し、中に『今昔物語集』の説話を入れた。<br>巻第九　震旦長安人女子、死成羊告客語第十九<br>巻第九　震旦眭仁蒨、願知冥道事語第三十六<br>巻第十一　慈覚大師亘宋伝顕密法帰来語第十一 |
| 13 | 盗賊の僧 | 巻十六　従鎮西上人、依観音助遁賊難持命語第二十 |
| 14 | 小屋寺の鐘 | 巻第二十九　摂津国来小屋寺盗鐘語第十七 |

| No. | 題 | 出典 |
|---|---|---|
| 15 | 冥途から戻った綾氏 | 巻第二十　讃岐国人、行冥途還来語第十七 |
| 16 | 源太夫よいずこへ | 巻第十九　讃岐国多度郡五位、聞法即出語第十四 |
| 17 | 打たれて馬になる | 巻第三十一　通四国辺地僧、行不知所被打成馬語第十四 |
| 18 | 藁しべ長者 | 巻第十六　参長谷男、依観音助得富語第二十八 |
| 19 | 透明人間 | 巻第十六　隠形男、依六角堂観音助顕身語第三十二 |
| 20 | 海を越えてきた仏像 | 巻第十一　聖武天皇、始造元興寺語第十五 |
| 21 | 鬼が恐れた一文字 | 巻第十二　肥後国書生、免羅刹難語第二十八 |
| 22 | 善宰相の引っ越し | 巻第二十七　三善清行宰相、家渡語第三十一 |
| 23 | 高藤内大臣のこと | 巻第二十二　高藤内大臣語第七 |
| 24 | 羅城門 | 巻第二十九　羅城門登上層見死人盗人語第十八 |
| 25 | 消えた女頭領 | 巻第二十九　不被知人女盗人語第三 |
| 26 | 金を見つけた付人 | 巻第二十六　付陸奥守人、見付金得富語第十四 |
| 27 | 陸奥の国の若君 | 巻第二十六　陸奥国府官大夫介子語第五 |
| 28 | 維茂と諸任の合戦 | 巻第二十五　平維茂、罰藤原諸任語第五 |
| 29 | 飛驒の異郷 | 巻第二十六　飛驒国猿神、止生贄語第八 |
| 30 | 立山地獄の母 | 巻第十四　越中国書生妻、死墜立山地獄語第八 |
| 31 | 利仁将軍と五位 | 巻第二十六　利家将軍若時、従京敦賀将行五位語第十七 |
| 32 | 猫の島 | 巻第二十六　加賀国諍蛇蜈島行人、助蛇住島語第九 |
| 33 | 貧しい娘がお嫁にいった | 巻第十六　越前国敦賀女、蒙観音利益語第七 |
| 34 | 五節の舞 | 巻第二十八　尾張守□五節所語第四 |
| 35 | 栗太の郡の巨木 | 巻第三十一　近江国栗太郡大柞語第三十七 |

［著者］

石井とし子

（著者略歴）
1941 年 4 月 8 日生まれ。兵庫県出身
［学歴］
1960 年　兵庫県立姫路工業大学付属高等学校卒業
2007 年　慶應義塾大学文学部卒業
2012 年　立教大学大学院文学研究科修士課程修了
［著作］
1975 年　『私のヘア』
1996 年　『チャリ犬ラッキー』
2016 年　『わんことといっしょに』
1995 年～現在　「石井とし子の日めくりエッセイ」

# 大和(やまと)の冒険
## 今昔物語集外伝(こんじゃくものがたりしゅうがいでん)

平成 30 年（2018）6 月 20 日　初版第 1 刷発行

［著者］
石　井　と　し　子

［発行者］
池　田　圭　子

［カバー絵・挿画］
石　井　と　し　子

［装幀］
笠間書院装幀室

［発行所］
笠　間　書　院
〒101-0064　東京都千代田区神田猿楽町 2-2-3
電話 03-3295-1331　FAX03-3294-0996
http://kasamashoin.jp/　mail：info@kasamashoin.co.jp

ISBN978-4-305-70866-3　C0093


組版：ステラ　　印刷／製本：モリモト印刷